本书由清华大学外文系资助出版

近代日本人的中国纪行研究

近代日本人の中国紀行に関する研究

王成　张明杰　主编

商务印书馆
The Commercial Press

图书在版编目（CIP）数据

近代日本人的中国纪行研究 / 王成，张明杰主编. —
北京：商务印书馆，2024. -- ISBN 978-7-100-24206-6

I. I313.076

中国国家版本馆 CIP 数据核字第 2024Z5H202 号

权利保留，侵权必究。

近代日本人的中国纪行研究
王成　张明杰　主编

商 务 印 书 馆 出 版
（北京王府井大街36号　邮政编码100710）
商 务 印 书 馆 发 行
北京通州皇家印刷厂印刷
ISBN 978 - 7 - 100 - 24206 - 6

2024年10月第1版　　　开本 880×1230　1/32
2024年10月北京第1次印刷　印张 12¼
定价：78.00元

序

　　本书是有关日本游记文学研究的论文集，主要收录"东亚文化交流中的旅行叙述国际研讨会"（2012，清华大学主办）参会学者以及参与翻译"近代日本人中国游记"丛书（中华书局，2007—2012，张明杰、王成、陈捷主编）的学者近几年所著学术论文。

　　"近代日本人中国游记"丛书出版后，受到学术界和大众读者的好评。这套丛书的翻译出版不仅为读者提供了全新的阅读体验，也成为人文社科领域的学者了解近代日本人观察中国的第一手文献。在此基础上，有关日本游记文学的研究成为国内学术界的热点，催生本书的出版。

　　本书主要从东亚跨文化交流的角度，切入近代日本人的中国游记，通过详实的文本解读，考察近代日本游记文学中的中国叙事特点，挖掘文本内外的历史事实，追寻游记作者的历史足迹，复原近代东亚的历史空间。为了表达便利，本书对当时日本对中国及中国部分领土的称谓"支那""满洲"等词保留历史原样。对"支那""支"等，正文中出现全部增加引号。对"满洲""满铁"，正文中不加引号使用。日文文献目录保留原样。

　　在"一带一路"的大背景下，世界看中国的角度在变化，本书将成为读者阅读中国、了解世界的重要参考著作。

王成

2023年9月

目 录

第一编　日本近代作家的中国叙事

作为制度的旅行/脱离制度的"表象"
　　——旅行记述是如何成为"文学"的？……刘建辉　3
殖民主义冲动与二叶亭四迷的中国之旅……王中忱　22
殖民地之旅与文学叙述
　　——夏目漱石的《满韩漫游》……王　成　46
军国主义语境里的殖民地书写
　　——夏目漱石《满韩漫游》辍笔考辩……刘　凯　57
木下杢太郎的中国旅行与美学叙事
　　——《大同石佛寺》的美学叙事初探……杜雪雅　78
芥川龙之介与中国京剧……周　阅　101
与谢野宽、晶子的"满蒙之旅"……李　炜　116
日本近代作家的中国游记
　　——以阿部知二的中国游记为中心……王　成　132
阿部知二的北京之旅与文学叙事……王　成　147

第二编　近代日本汉学家的中国纪行

明治汉学家的中国游记……张明杰　169

清末中日实业界的汉诗文交流
　　——以永井禾原的《观光私记》为主 ················ 张明杰　180
清末中日书画交流
　　——以明治初期日本书画家的汉文游记为主 ······· 张明杰　195
竹添进一郎及其《栈云峡雨日记并诗草》············· 张明杰　219
访古游记之经典
　　——桑原骘藏及其《考史游记》··················· 张明杰　231
青木正儿的中国之行与中国研究 ····················· 周　阅　248

第三编　近代日本游记的中国印象

驶向中国的"千岁丸号" ····························· 阎　瑜　269
中法战争时期一汉学家的中国观
　　——冈千仞游华及其见闻 ························ 张明杰　282
日本僧侣的上海体验：以1873年小栗栖香顶
　　日记为中心 ···································· 陈继东　300
明治时期日本人的中国印象
　　——以内藤湖南的《燕山楚水》为中心 ············ 吴卫峰　331

第四编　日本人的中国游记文献

近代日本人涉华边疆调查及其文献概述 ··············· 张明杰　357
明治时期日本人的中国游记文献综述 ················· 张明杰　372

近代日本人中国游记文献目录 ······ 张明杰　王　成　陈　瑜　383

第一编
日本近代作家的中国叙事

作为制度的旅行/脱离制度的"表象"
——旅行记述是如何成为"文学"的？[1]

刘建辉（国际日本文化研究中心）

19世纪末，随着近代旅游业的形成，以往的旅行作为一种"制度"开始重新启动，其表象也随即成为一种制度下的产物。因此，对于今天的研究者来说，如何将旅行的表象，即围绕"旅行"的记述当作"文学"来重新看待，如何将其再叙述（话语化），便自然地被要求成为一种极具策略性的批评行为。本文拟首先考察近代中日两国旅游业的形成，以及日本作家们如何在这种制度性制约下前往中国大陆旅行。然后，再以谷崎润一郎和芥川龙之介等作为具体案例，进一步探究其中部分作家是如何超越这种"制度"，并创作出各自作为"文学"的旅行叙事的。

---

[1] 本文是由对刘建辉的《增补 魔都上海——日本知识人的"近代"体验》（筑摩学艺文库，筑摩书房，2010年）中部分内容加以修改而成。

一、中日近代旅游业的形成

日本旅游业中"满韩"①扮演的角色

以往，在谈及日本近代旅游业的时候，经常会强调贵宾会（Welcome Society，1893年设立），或是可以称为其后续机构的日本观光事务所（Japan tourism bureau，简称JTB），以及日本国有铁道（国铁）所起的作用，然而，还有另一个不能被遗忘的机构，就是作为日本在日俄战争中取得的"权益"，于1906年11月设立的南满洲铁道株式会社，通称满铁。1908年5月，首次出面进行日本与外国（俄国）之间旅客货物联运交涉的，并非别人，正是满铁的首任总裁后藤新平。1910年7月，依旧是满铁，参加了在布鲁塞尔召开的第五届跨西伯利亚国际联运会议，并提出与国铁一同加入通往欧洲联运的意愿。1911年11月，经过两年时间修筑的中朝边境鸭绿江大桥终于竣工，过去纵向贯穿朝鲜半岛的朝鲜铁道，得以直接与满铁相连接。换言之，日本终于可以实现经由朝鲜、满洲，而与欧洲之间的国际联运了。正是在这种新情况下，1912年3月，以日本政府和铁道院为主导，由日本邮船、东洋汽船、满铁共同出资，成立了日本观光事务所。

成立之初的JTB马上开始销售于第六届跨西伯利亚国际联运会议确定的经由满铁的环游世界一周车票和"从新桥到伦敦"的东半球周游车票。当时，19世纪后半叶以来的环游世界旅行热潮

---

① 所谓"满洲"与朝鲜的略称，当时二者经常被合并使用。清末，帝国主义列强入侵中国东北，称东北三省为"满洲"，并以吉林省长春为界，分称"南满""北满"。

在欧洲尚有余波,这两条线路主要招揽了一些从欧洲来到日本的观光客。为了迎合这些观光客的需求,日本方面一开始就重视海外,尤其重视"满韩"与"中国"间的联运。JTB在总部设立不到一年的时间里,接连在大连、汉城、台北设立了分部。进入大正后半期,日本游客量逐步增加,大正十三年(1924),以促进日本旅行文化发展为宗旨的文化团体——日本旅行文化协会成立,但即便是到了这个时候,日本旅游业仍基本继承了以JTB和满铁为代表的草创期的方针。

《旅行》是日本旅行文化协会在创立之时发行的机关杂志。在创刊号上登载了协会设立的宗旨,其中强调除了介绍日本"内地",还拥有"介绍朝鲜、满蒙、中国的人情、风俗"之目的。创刊号上还刊登了非常直白的满铁宣传广告:"旅行季节要到了!/到朝鲜去!/到满洲去!/到'支那'去!"。这些事例都表明,在日本近代旅游业形成的过程中,"满韩""支那",作为始终包含在内的重要一环,其地位不输于日本本土。

顺便一提,最初利用JTB和满铁开发的这些海外旅行业务到"满韩"或中国内地观光的作家,正是后文将要详述的谷崎润一郎。之后,还有大众文学作家谷让次(林不忘),他在1928年,首先到哈尔滨观光,随后经西伯利亚铁路前往欧洲。两年之后(1930),还有新晋女作家林芙美子,她在满铁的安排下,从大连游至哈尔滨,随后到达上海"散步"(《三等旅行记》,1933),并且于"九一八事变"后最混乱的时期再一次经过满洲,由西伯利亚抵达欧洲。

然而,JTB安排的这些个人旅行,只不过是日本旅游业在"满韩"或中国内地所经营项目的一小部分而已。与此同等重要,甚至有时远超个人旅行,占比更大的,是日本的初中、高中生的团体旅行，即修学旅行的盛行。日本初中生、高中生的"满韩支"修学旅行，通常被认为是起源于明治二十九年（1896）兵库县丰冈中学的朝鲜旅行。而其真正的流行，则开始于十年之后的明治三十九年（1906）。在这一年，由文部省和陆军省共同主办，从全国选拔出一部分中学生，分成五个班，进行了探访日俄战争遗迹的"中学联合满洲旅行"。从那以后，以效仿这次活动的形式，"战场旅行"的风潮急速扩大，特别是进入大正期之后，其范围变得更加宽泛，连商业学校、师范学校、高等学校也被卷入这场风潮。随后，"满韩支"修学旅行的实施继续扩大，大约在昭和初年到达了顶峰。在这前后，仿佛是受"修学旅行"的影响，社会上的普通公司职员也开始加入了"满韩支"团体旅行。例如，比JTB创立更早，当时规模最大的民营企业"日本旅行会"（后来的日本旅行株式会社），不仅主办了首次团体旅行"鲜满巡游"[①]，之后还以大约每年一次的频率，一直将这种旅游项目维持到了二战期间。

如上所述，在JTB、日本旅行会（日旅）和满铁积极的斡旋运作下，前往"满韩支"的作家个人旅行、初中生高中生的修学旅行、普通职员的团体旅行得以迅速发展。而这样的出国旅行能够轻松实现，还有一个重要因素不可忽视，那就是这一时期中日韩三国的铁路和客船航线等"交通手段"比较发达。从其对于日本的观光业，乃至与之密切相关的"中国情趣"的影响来说，这个因素极为重要。因此尽管无法详述，在此还是有必要简单介绍一下当时从日本到中国的两种交通手段——即日本通往"满韩"的列车，以及日本通往上海的客船。

首先是到"满韩"所乘坐的列车。若是从东京出发，则有明

[①] 指朝鲜和所谓"满洲"各地的集体或个人旅游。

治四十五年（1912）开始运行的一趟"特别急行"列车，往返于东京和下关之间。大正十二年（1923）起又增设了第二趟"特急"列车。并且，前者为一、二等座特急（后来变为各等特急），在昭和四年（1929）修订列车时刻表时，命名为"富士"；后者只有三等座"特急"（后来变更为二、三等"特急"），同样在改订时刻表时，命名为"樱"。在这两趟"特急"列车以外，还有"急行列车"，即第五列车和第七列车。乘坐这些列车到下关之后，都要换乘关釜渡轮（下关—釜山），到釜山之后，换乘釜山至新京的"急行"列车"光"号，或是釜山至奉天的"急行"列车"希望"号，日本与"满韩"之间就这样实现了极其便利的交通。

另外就是通过客船到达上海的航线。主要有，自明治时代起，由日本邮船经营的"横滨—上海"，以及"神户—上海"航线，再加上大正十二年（1923）新设的"长崎—上海"航线，一共有三条固定航线。其中，随着最高航速为21海里的快速客船"上海丸号"和"长崎丸号"的登场，中日（长崎—上海）之间的距离缩短为26小时，这样便利的交通，给日本人的大陆观光带来了不可估量的影响。

中国近代旅游业的诞生

草创期的日本旅游观光业，及其对"满韩支"旅游的开发情况，大概如上文所述。相比之下，以略为落后于日本的态势，近代中国的旅游观光业，尤其是国内接待外来游客的制度，也在这一时期逐渐完善起来了。交通方面，如中国的南北大动脉京汉铁路（北京—武汉），已于1906年开通。连接上海与南京的沪宁铁路，也于1908年建成。随后，连接东北与北京的京奉铁路（北京—沈阳）、天津与南京间的津浦铁路，都在1911年通车。住宿设施方面，不论欧美式的宾馆，还是中国式或者日本式的旅店纷纷在全国各地开业运营。以上海为例，日本人常入住的礼查饭店、汇中饭店、一品香旅馆，都是为了应对急速增加的外国游客，在1910年前后改建或是新建的。

旅行社方面，在20世纪初，世界三大旅行社——通济隆（Thomas Cook）、万国寝台车（The Wagon-Lits Cook's Office）、运通（American Express）已经纷纷在上海租界设立了分店展开营业。同时，JTB为了迎合包括欧美顾客在内的市场需求，相继在大连、台北、上海、青岛等城市建立了分店或营业所，并开始大力"开发"各地的观光名胜。

在这些外国旅行社的刺激下，1923年，由民族资本建立的、中国人自己的旅行社终于诞生了。这家公司效仿美国运通公司，最初是在上海商业储蓄银行（上海银行）内，作为银行下属旅行部门起步的，1924年组织了杭州旅游团，1925年组织了赴日本"赏樱"旅游，在国内外旅客中广受好评，因而于1927年从上海银行独立出来，更名为"中国旅行社"。

"古典"的风景化与"实物"的话语化——作为"制度"的旅行之形成

如上所述，从20世纪初到20年代，中日两国都迎来了近代旅游业的新发展，同时，双方也共同地进行了一项旅游制度上决定性的"事业"。这项事业，就是由JTB和中国旅行社（或者其前身上海银行旅行部）等国内外旅行社运作，对景点和旅行线路进行筛选，打造各地"名胜"的活动，相较于后来的"Discover Japan"可称之为是一种"Discover China"。这项活动的进行方式，并非是各个旅行社事先协商好后——决定下来，而是按照自己客户的需求，各家独自进行的观光资源"开发"。但在其中，像JTB这样的"外国"公司,很明显是参照了日本的审美基准,据此打造出了种种中国"名胜"的。具体来讲,有两种做法,即或是把过去已有的"古典"和其他话语,进行实物化和景观化;或是反过来,把一些实物,通过新的创作,将其话语化和传说化。随后,这种依据外部审美而完成的"古典"景观化与"实物"话语化,靠着中国内部的各种强化与"再生产",逐渐演变成了一种固定的"真实",其自身也成为了近代旅游业"制度化"中的一环。

再如前文所述,作为"制度"的旅游业形成的重要因素,除了"景观"的筛选以外,还必须提及的,就是"旅游"的规定线路,这点在日本人的"满韩支"旅游中也不例外。大约在大正后半期,这种大陆旅游的线路基本就逐渐固定下来了。例如大正八年(1919)9月,日本铁道院依据旧的英文版东亚导游书(5卷本),重新编纂了所谓"满洲"、"朝鲜"以及"中国"部分,当时虽然已有日文版的《朝鲜满洲·"支那"案内》,但是从这份政府出版的最"权威"的导游书来看,似乎日本铁道院正极力销售一种"日'支'周游券",而这种周游券则指定了既定的"两条线路"。

"两条线路"中的第一条,是使用上文提到的关釜航线,由釜山进入朝鲜半岛,之后走汉城、奉天、北京、天津、郑州、汉口、上海、杭州、长崎、神户这条线。另一条,是在半途中,由天津到济南、再经过南京到达上海。这本导游书上不仅有线路,还有历时两个月的推荐日程,事先规定好了所有要参观的"名胜古迹"。顺便要提的是,在日本铁道院出版导游书之后,民间也出版了大量导游书籍,但其中的线路都不过是以上两种的变形而已。

在来华的日本作家中,最早利用这种新兴制度进行大陆旅游的,是谷崎润一郎。1918年10月,谷崎携带着日本铁道院发售的

"Guide book"（导游书），只身一人，经由朝鲜半岛，历时两个月，游遍了中国各地。此时，他正是沿着日本铁道院导游书上"两条线路"的前一条走的，日程也几乎是按照"周游计划"里的推荐。在这个意义上，谷崎正是以遵循"制度"下的旅行的形式来到中国的。但正如我们在后文中的考察，他最终巧妙地突破了这一点，自行"发现"了为数众多的"制度"外的中国风景。

二、谷崎、芥川的中国旅行及其表象

水与女人的游戏——谷崎对"江南"的重新发现

按照谷崎自己的说法，这次中国旅行，"花费了整整两个月，10月9日从东京出发"后的行程则是，途中"从朝鲜经过满洲到北京，从北京乘火车到汉口，从汉口顺长江而下，到九江，登庐山后返回九江，再从南京到苏州，从苏州到上海，从上海到杭州，随后又返回上海，最后回到了日本"（《中国旅行》，1919年2月）。但是，在这期间，他好像对一般观光客常去的朝鲜和满洲没有什么体会，比起北方城市，他更喜爱南方，特别是对于"南京、苏州、上海"，表现出了极大的兴趣，希望第二年春天能够再来探访一次。回国后，像是决心不要遗忘这次旅行的体验一样，包括短篇的散文在内，他写下了十四篇关于中国的小说和游记，之后又陆续发表戏剧，这其中有直接取材于旅行的《庐山日记》等5篇作品，非常详细地书写了他在旅行中的种种行动和"发现"。

这两个月的海外旅游，使谷崎得以将过去通过读书所获得的抽象的"中国情趣"，因自身直接的体验而强化，并发现了一些目前为止未被其认知的"事实"。这些"事实"中，最有代表性的，莫过于作为"水乡"存在的江南。大约因为他有着"比起山国更喜爱水乡"(《苏州纪行前书》，1919年2月)的天性吧，所以刚一遇到中国南方的"水乡"，就"完全喜欢上了"，在之后的旅行途中，也几乎都乘着传统的水路，遍历了江南地区星星点点的"水乡"。

例如，谷崎对于奉天或北京等中国北方城市大体都没什么感觉，他按照观光导游书中的"周游计划"，乘火车从北京到达武汉(汉口)，在那里坐船顺长江而下，到达九江这座城市后，突然脱离了"规定线路"，与友人一道，来到城外的甘棠湖，享受着以庐山为背景的"湖面风景"，发现了自然与人和谐的"风雅"景致。记载这段故事的《庐山日记》(《中央公论》，1921年9月)，本是以攀登庐山为主要内容的随笔，但是不知为何，作品中随处可见谷崎痴迷于甘棠湖美景的样子，非常引人注意。不仅如此，正是由这份"记录"开始，作者开始了其一系列在旅行中对中国所进行的"话语"化，这不能不说是极具象征意义的。

作者这份对于"水路"和"水乡"的执着，也鲜明地体现在九江的下一站——南京。但是这一次，"水路"已经不单单被视为一种风景，而是被视为，为了造访"女人""妓女"居所而不得不经过的"通路"，因此增加了另外一种重要的价值。并且，这种对于"水边"的女人，或者说，"水"对岸的女人，"水"和"女人"之间关联的发现，正与过去对"恶"的发现有着相同的结构，启示出作者心中潜在的两者"关联"，并引导他开始对此的表露。根据记述了作者南京体验的《秦淮之夜》(《中外》，1919年2月)，谷崎自进入南京开始，白天搭乘传统游船"画舫"，沿水路游历市内，详细地侦查"地理"，入夜后，则惋惜于当时并非夜间乘船的季节，改为雇用人力车，进入"小巷"——可称得上是"水路"

这种大道的延伸，接二连三地走访"女人"所在的妓馆。其情形如同下文描写：

> 月亮不知什么时候出来了，透过夜空的云翳散发出淡淡的月光，在混浊沉滞的河面上投下惨白的倒影，此外，只有暗淡的街市如死去一般地不断伸向前方。来到利涉桥街北的人力车，仿佛被这漆黑的夜色中的城市所吞噬一般，折向左路向前行去。令人惊讶的是，从河那头看来有那么多的妓馆，来到近旁一看都不知道进口是在哪里。地面上铺着如砖头大小的石块，高低不平。车就在这样的地方震动摇晃，拐过了一个又一个墙角，到后来我连河在哪一边也搞不清楚了。终于来到了连人力车也无法通行的令人胆战心惊的狭窄的拐角处，我们就让车停在那里等着，两人靠着围墙走去。鞋后跟碰上了铺路石块突起的夹角，发出"咯噔"的声音，真是一条难走的路。也不知道是小便还是食物的油水，有些地方流淌着黑水。白色墙壁——其实已脏成了深灰色，上面满是污迹——的围墙上端，月亮投下了朦胧的光晕，只有这部分犹如电影中的夜景一般有点光亮。这样来说，这条小巷的情景和我们在电影中屡屡见到的流氓的帮手逃进来或是侦探等跟踪尾行的西洋小巷的景色非常相像。来到了这样的地方，要是那中国导游是黑帮流氓的话，真不知会有什么样的遭遇。这样一想，不禁有点毛骨悚然。①

---

① 谷崎润一郎：《秦淮之夜》，徐静波译，浙江文艺出版社，2018年，第22—23页。

中国风月场独特的高墙、迷宫一样弯曲的小巷、黑暗中的女人"魔窟",造访起来确实有些阴森之感,但是在恐怖的同时,也能看出作者在享受着这种"探险"的刺激。就在这之后,他曾三度潜入"黑暗的墙壁",和导游一起与女人"谈判",最终与位于"奇望街"后的小巷里,一名为"花月楼"的十七岁"私娼"谈妥价钱,二人共度了一夜。驱使谷崎明知危险还依旧来到"魔窟"探险的,大概主要是与生俱来的"天性"吧。另外既然到了南京,就一定要去逛一次妓院,体验一下中国古代文人"情趣"的冲动,应该也是一个重要原因。这样说是因为,他所造访的秦淮河两岸,本来就是拥有千年以上悠久历史,传统文人们无一所不向往的中国江南有代表性的"花花世界"。特别是在秦淮河的画舫上,一边随波摇荡一边与妓女调笑,可谓是"风流"的极致。而谷崎熟知中国历代文人的这种"习俗",并且曾经写过以南京为背景的小说,所以他会白天乘画舫游历秦淮河,夜间惋惜不能乘画舫,而特意乘车去阴森的小巷子里寻找妓女,应该就是意识到了这些活动的"文人"属性,想要体验一次"风流"的缘故吧。在这种意义上,由于时节不合适,没能与"女人"一同乘坐画舫,最终只是体验了一把不完整的"风流",这在他心里一定是留有着某种遗憾。

然而,即便是没有"女人"同乘,只要是坐上充满了旧时"风流文人""记忆"的画舫,作者依旧是置身于古典"话语"当中的,因此哪怕是暂时的,也可以完成其向传统文人的"回归"。并且,或许是为了使这种"回归"尽可能持续一段时间吧,离开南京,进入苏州后的谷崎,依旧痴迷于画舫,他利用水路"运河",前往这座被他称为"东方威尼斯"(《苏州纪行前言》)的城市。根据《苏州纪行》(《中央公论》,1919年2月),在苏州的第三天,按照原计划本应前往郊外的天平山观光,"然而说真的,我对天平山的红叶没什么兴趣，想看的是半路上运河的景色"，正像他自己说的这样，他到底还是专注于一边乘坐画舫，"一心凝视着河流的景色"。但是，此时作者绝非是在单纯地欣赏河川之景，在往返路途上，还有在天平山时，他脑海中始终浮现出古来文人的种种传说和《剪灯新话》等古典文学中的登场人物，并使之与眼前的实景相重叠。而正是依靠这种"遥远的梦幻""突然来到眼前"的感觉，作者得以谋求向"传统"的"回归"，确认自己同样作为"文人"的身份，同时，这种传统"文人"感的收复和获取，也为其下一步创作出新的中国"奇谭"做好了必要的准备。

根据《中国旅行》等文本推测，谷崎离开苏州后去过一次上海，在上海逗留十多天之后，才前往下一个目的地，杭州。在第一次中国旅行中，不知为何，没有任何关于上海的记录，所以我们无从得知他在上海期间的具体情况。但是有一点可以确定，正是以首次访问上海为分界点，他的中国"表象"开始发生巨变。如前文所述，在此之前，他的中国记述都是日记或游记，但是在上海之行以后，全部变成了只能称之为"奇谭"的极具幻想性的小说。并且，在前者，作者虽然对个别风景抱有很深的迷恋，但形式上也只是表达了一种"感动"和"印象"而已。然而在后者，一系列的"感动"与"印象"已经完全化为了作者的血肉，换言之，就是作为一种完全"内化"之后的，谷崎个人独自的"风景"，开始出现于作品之中。从此意义上可以推断，在上海停留的十几天，恐怕正是一道分水岭，他"反刍"了在旅行前半所获得的"印象"，以其新获得的"文人"感觉，逐步地进入了创作真正中国题材的"奇谭"的阶段。

毋庸赘言，作者此后造访的杭州，用夸张点的说法，可以称得上是浓缩了迄今为止各种"文人"文化，极致"风流"的空间了。它进一步强化了作者的"文人"意识，恐怕也立刻唤起了其以往"世纪末"的颓废之感。若是如此，以杭州为背景所展开的旅途后半的作品，正是以谷崎一贯以来抱有的"西洋志向"，以及与通过此次中国体验而强化了的"中国情趣"这两种"美学"为依据所创作出的小说世界。在这个世界里，两种原本迥异的中国与西方文学的感性，通过"世纪末"这一崭新的文学装置，出色地融合在了一起，产生出了极具谷崎特色的不可思议的"奇谭"。下面将就这些"奇谭"进行一下简要的分析。

脱离制度后的去向——谷崎的中国"奇谭"创作

谷崎以杭州为背景书写的第一部文学作品，是短篇小说《西湖之月》。主人公"我"是"东京某某新闻"的北京特派员，一年秋天被派到上海出差一个月，"我"想利用这个机会，到一直向往的杭州转一转。坐上从上海前往杭州的列车，"我"发现离自己座位不远的前方，有一位"孤身一人，身穿潇洒的浅青瓷色上衣，脚踩一双白缎子鞋"的大户人家小姐打扮的女人。在随后的乘车旅途中她一直与"我"同路，到达杭州后又刚好与"我"入住同一家宾馆。在此过程中"我"始终痴迷于她"极为纤细"的手指，"与丝绢手帕的柔软轻盈不相上下"的手掌，还有，她的双腿从膝盖向下"逐渐变得纤细，到了脚踝，仿佛只有骨头一样，脚踝以下又渐渐有了些肉，而最末端，则是穿着一双只能覆住脚尖的浅口白缎子鞋"。"我"这样观察着她，并沉迷于其"全身上下显现出的病态美"。

不用说，在重复这种偷窥行为的同时，"我"也在欣赏着旅途中出现的大小"水乡"的美景，且颇为之感动。"在这些风景面前，我望着出入停车场的美女们的身姿打扮，像是自然而然地进入了杨铁崖、高青邱、王渔洋的诗中世界",就这样,"我"通过联想一系列与眼前风景相关的古代文人的作品世界,来满足着自己的"文人"情趣。并且,为了进一步享受这种"文人"情趣,"我"在到达杭州的第二个晚上,便乘坐画舫去游览月色辉映下的西湖,在那片"分不清从哪里开始是空气,哪里开始是水面",宛如幻境般的湖水上,意外地发现了一个不可思议的东西:

> 船在桥下穿过一半的时候,突然船底下发出了吱吱嘎嘎的声音。船老大说的不错,那一边长满了长长的水草,犹如随风摇曳的芒穗一般轻轻晃动,仿佛像熊掌触摸似的使劲地缠抚着船底。不过,大约划了十几米以后水草渐渐稀少起来,水好像又深了些。就在此时,离船五六尺远的水中好像漂浮着一样白色的东西,摇近一看,有一具女尸躺在水草上。虽有一层好像比玻璃更薄的浅浅的湖水冲荡在她仰卧的脸上,但在月光的映照下女尸反而呈现出比空气中更明晰而年轻的容貌。女尸就是昨天在火车上、在清泰旅馆的阳台上几次见到过的那位美丽的小姐。从她双目紧闭、双手交叉地搁在胸前、安详地躺着的情形来看,恐怕是想定后的自杀吧。即使是这样,其表情上却未有一丝痛苦的痕迹,她是采用了何种自杀方法呢?悄悄瞥一眼的话,你会觉得她并没有死,而是安闲地睡着了一般,她的脸上闪烁着一种安详甚至是灵动的光辉。我从船舷中尽可能地探出身子,将脸凑近到尸体的脸上。她的高高的鼻梁几乎要露出水面,我甚至感到她的呼吸仿佛吹到了我的衣襟上似的。像雕刻似的过于生硬的脸部轮廓,也许是浸湿在水中的缘故吧,反倒像一个真人似的柔软具有弹性,青灰色的甚至有些黛色的脸色,也如洗去污垢似

的重又恢复到了白净的模样。青瓷色的缎子上衣,在清朗皎洁的月光下也隐去了其青颜色,而闪射出如鲈鱼鳞片般的银色光辉。①

后来得知,这位女性是一位"名叫郦小姐,毕业于上海一所教会学校,年方十八的少女",近来"不幸患上肺结核",由兄长和嫂子送至杭州,准备入住肺病医院疗养,然而本人自觉罹患了不治之症,便绝望地选择了辞别人世。

以上即是小说的主要情节,概括之后,我们可以明显地看出作者到底想在作品里表达什么。正如小说最初的标题"青瓷色的女人"所指向的那样,这位中国江南女性"纤细"的手指,"柔软"的手掌,"穿着白缎子鞋"的双足,"端庄且散发着光泽"的尸体,换言之,她的身体——女人的身体,才是作者想要表现的"美"的对象。这里对于女人的身体,以及对其中某些部位特别的兴趣,不必说,都与作者大约同时期发表的另一部作品《富美子的脚》(《雄辩》,1919年6—7月)相似,可以说这是谷崎一贯的"天性"之一了。但与以往作品有所不同的是,水中漂浮的是女性的"尸体",我们可以推断,这里涉及了女人与水、女人的身体与水之间终极的审美关联。看过一遍引文,恐怕大家都会联想起英国画家米莱斯的那幅名画《奥菲利亚》②吧。同时,亦如作者自己提及的那样,这背后十分明显地还有着同样在西湖投水而死的,中国六朝时代名妓苏小小的影子,两者都不可忽视。虽说创作与史实有所不同,但二人同为"薄命佳人",都是以"投水而死"并

---

① 谷崎润一郎:《秦淮之夜》,第76—77页。
② 约翰·埃弗里特·米莱斯(John Everett Millais):《奥菲利亚》,1852年。

漂浮在水面上的形式，保全了自身的"美"，从而被人们铭记的女性。在这层意义上，作品的主人公"青瓷色的女人"，正是集东西方两种传说于一身，在作者一流的创造下所诞生的"西洋志向"与"中国情趣"相结合的优秀混血儿。而使这种"绝技"诞生成为可能的，正是杭州，这一凝聚了中国江南"水乡"文化的特殊空间。

大正中期，经历明治维新以来近五十年的近代洗礼后，日本国民渐渐产生了一种对邻国的优越感，以及随之诞生的"余裕"心理。一部分作家和诗人，顺应这种心理，趁着新兴的旅游业来到中国，带着一种与以往不同的东方主义式的眼光来观察中国，并开始表现中国。以上所介绍的就是在这种大的时代话语背景下，有关谷崎的中国"表象"，特别是其大正七年（1918）旅行中国时的"记录"和"小说"。在就作者围绕这些作品的"意图"进行了简要的说明后，笔者在这里还想强调一点，即无论是我们平时视为问题的"东方主义"还是"世纪末的感性"，看似已经不言自明，但两者都不是在一个"西洋对日本"的封闭结构内所发生的，它们经常会波及日本与整个东亚的关系，尤其是常被日本视为"下位"的中韩等邻国。若说对于前者，日本文学只是单纯以"接受者"的身份，进行了其种种生产活动的话，那么对于后者，在日本与中韩之间所发生的种种文学关系里，日本是明显处在"输出者"地位的。在此意义上，"中国情趣"正是日本作家把"东方主义"与"世纪末的感性"同时内化之后，利用他们对于中国的独特兴趣，非常巧妙地将其活用到了相关的表述之中，并通过这种"活用"，进一步增强了其各自的文学"想象力"与"创造力"。而谷崎润一郎则是这批大正作家中最具典型的代表。

顺便一提，通过这次中国旅行而被强化的"中国情趣"，不仅反映在谷崎以旅行见闻为题材的作品里，在其他作品中也得到了充分的"发扬",并以各种不同形式鲜明地呈现了出来,例如,以东京为舞台的《美食俱乐部》(《大阪朝日新闻》,1919年1月)、《鲛人》(《中央公论》,1920年1月)等,因与本文无直接关联,故在此不做进一步论述。

寄托于"旅行"记述中的自我"表象"——芥川的创作

与谷崎一样,芥川龙之介也利用既有的旅游制度来到了中国,但他却选择了与前者完全相反的路线。1921年3月,芥川作为大阪每日新闻社的海外视察员,被派遣到上海,并以此为出发点开始了为期约4个月的中国旅行。回到日本后,按照到访城市的顺序,他写作了一系列旅行游记,后于1925年集结为《中国游记》,由改造社出版。

芥川在上海停留了约一个半月,但是前三周由于患肋膜炎住院,没有能够外出。出院后他却显示了旺盛的精力,去了许多地方,拜访了很多人。这期间,他以自己擅长的理性观察力,犀利地捕捉了上海的各个侧面,以下仅试举其中两例:

> 这家咖啡馆,比起刚才的"巴黎"来,档次似乎要低得多。在漆成桃红色的墙边,一个梳着大分头的中国少年坐在一架硕大的钢琴前,弹奏着乐曲。另外,咖啡馆的正中是三四个英国水兵,正与几个浓妆艳抹的女人跳着格调低下的舞蹈。最后,在入口处的玻璃门边,一个卖玫瑰花的中国老太婆,在听了我喊出的"不要,不要"之后,呆呆地看着水兵们跳舞。此刻,我的心情犹如在欣赏着画报上一幅插图。这幅插图的题目,不用说叫"上海"。

闲话休提，言归正传。且说这个中国人正悠悠然地向池子里撒尿。对于这个中国人来说，陈树藩叛变也好，白话诗的流行已走下坡路也好，日英两国是否继续结盟的议论也好，这些事儿根本不在话下。至少，从这个中国人的态度和脸色上，有一种十分悠闲的神色。一间耸立在阴沉沉天空里的中国式破旧亭子，一泓布满病态绿色的池水，一大泡斜斜射入池中的小便……这不仅是一幅爱好忧郁的作家所追求的风景画，同时也是对这又老又大的国家可怕且具有辛辣讽刺意味的象征。[1]

这可以说是非常芥川式的速写了。这组描写，真真切切地雕刻出了上海作为半殖民地的种种特性，以及那种在背后隐藏的无可救药的虚无主义。然而遗憾的是，芥川并没有在此基础上继续观察，并进一步挖掘其内在的实质。他只是对作为半殖民地的上海所展现出的"混沌"感到极为困惑，对照自己梦想中"富有诗文的中国"，就上海做出了严厉的裁断，认为这是"猥琐的、残酷的、贪得无厌的、仿佛为小说一样的'支那'"。

结果，他只是把上海视为"水土不合（错位）的西洋"，"粗劣（低俗）的西洋"，表达了对其"近代性"的极端厌恶。而这种对上海的排异反应，最终妨碍了他与章炳麟和郑孝胥等中国政治家们的深入交流，好不容易获得的感觉，也未能进一步发挥什么作用。随后他便出发前往最喜爱的北京了。

芥川在其北上的旅途中，也有意地选择了"水路"，每每乘坐画舫，来欣赏江南水乡的美景。然而，除了苏州和扬州等个别

---

[1] 芥川龙之介:《中国游记》，陈生保、张青平译，北京十月文艺出版社，2006年，第10页。

城市以外，芥川对这些"水乡"基本上秉持了否定的态度。例如，曾经激发谷崎产生了种种幻想的杭州西湖，在他看来，只不过是个"泥塘"，而南京的秦淮河，他也认为只是个"平凡的小河沟"，不值得一游。前文提到的洞庭湖，更被他贬低为"夏季以外，不过是泥田里的一条小河"。

总之，芥川绝没有像谷崎那样从江南的"水"中找出自己的"幻想"，也没有像金子光晴那样从中抽出颓废的"美"，而是作为"小说家"始终凝视着水乡的"现实"。并且，也正因为这"小说家"的一面，他"发现"了同样生长于水乡，却与谷崎笔下风格迥异的女性。

例如，他晚年发表的短篇小说《湖南之扇》（《中央公论》，1926年1月），描写了发生在革命家辈出的湖南，一位被斩首的土匪头目，还有一位爱着他的"艺妓"玉兰，她像是为了证实自己的爱意一样，平静地吃下了沾满男人鲜血的饼干。作者在小说的开头特意声明，正是这件"小故事"才"展现了富有激情的湖南人民的真实面目"。对于芥川来说，这位女主人公所代表的湖南这片土地的"绝不服输"的秉性，大概是与他在上海目睹的，那种半殖民地式的"窝囊"、混沌形成了鲜明的对比吧。

综述以上，我们可以看出，无论是"西洋"也好，"支那"也罢，芥川寻求的始终是一种"正宗性（原真性）"，在他那里，任何一种"融合"，结果都只能变成一种"水土不合（错位）"而已。从这个意义上来说，他称赞湖南和北京，是因为其拥有的"本土性"，反之，对于上海的批判，则是出于对"均一性"的近代空间的抗拒。这就是作为一名"近代人"，他最终的选择。

（田笑萌译）

殖民主义冲动与二叶亭四迷的中国之旅[①]

王中忱(清华大学)

一、埋骨中国:二叶亭的人生夙愿

在近代日本文学史上,二叶亭四迷(1864—1909,本名长谷川辰之助)是一个重要的存在。他的长篇小说《浮云》(第一部,1887),因为首次使用口语体描述一个被官僚社会排挤到边缘的"多余人"形象,而被称为"日本最早的一部近代小说"[②]。他翻译的俄罗斯作家屠格涅夫的《幽会》(《猎人笔记》之一部分)、《邂逅》(中文译名为《三个会面》)等,则被后世学者誉为日本"明治翻译史上具有划时期意义的作品"[③]。在中国,二叶亭四迷也不是一个陌生的名字。他在世的时候,译作就曾被王国维任教的

[①] 本文初刊于《日本学论坛》,长春:2001年第1期;收录于王中忱著《越界与想象——20世纪中国、日本文学比较研究论集》,中国社会科学出版社,2001年。

[②] 唐纳德·金:《日本文学的历史》第10卷,德冈孝夫译,中央公论社,1995年,第198页。唐纳德·金的这一评断也曾是很多日本文学史研究者的共识。

[③] 中村光夫:《日本的近代小说》,岩波书店,1991年,第50—51页。

江苏师范学堂用作教材,也曾引起留学日本的青年鲁迅的注意。[①]后来中国出版的日本文学史著述,大都列有关于二叶亭四迷的记述。[②]

但需要说明的是,这里所要追溯的,主要不是二叶亭四迷的著译在中国的传播和扩散过程,而是他先后两次中国之旅的动机和在中国的实际经历与际遇。这当然首先是因为前者在一般所谓"影响与接受"的研究框架中已经被屡屡提及,无须笔者再来多言,但更主要的,还在于对后者的忽视,不仅已经造成了我们对这位文学家认识的盲点,甚至也导致了我们对近代日本文学、近代日本知识分子理解的严重偏差。而二叶亭四迷本来就是一个具有浓厚的知识分子意识的人物。[③]

二叶亭四迷最初的中国之旅,开始于1902年5月12日。这天下午1点12分左右,他在日本的福井县敦贺港与送行的友人告别,然后登上"交通丸号"轮船,和船长见面致意。4点20分左右轮船起航,恰巧从头一天晚上下起的大雨停了,这更给二叶亭带来了

[①] 据郭延礼《托尔斯泰小说的第一部中译》(《中华读书报》,2000年4月5日)说,二叶亭四迷翻译的托氏短篇小说《枕戈记》(今通译为《伐林》或《砍伐森林》)于1905年被转译成中文刊载于《教育杂志》第8期、第10期和第19期上,中文译文无署名,《教育杂志》"编者的话"说此作品曾被江苏师范学堂用作日文教材,"本社据其译稿润色之"。据郭氏查考,1904年9月至1905年11月,王国维在江苏师范学堂任教,同时担任《教育杂志》的编辑,并代行主编之事,故《枕戈记》由日文译成中文,王国维可能参与,而润色者可能性最大的是王国维"。另据周作人《鲁迅的青年时代》说:在日本留学期间,鲁迅"对于日本文学当时殊不注意,森鸥外、上田敏、长谷川如是闲、二叶亭四迷诸人,差不多只看重其批评或译文"。

[②] 在此仅举两本著作为例,以供参考。谢六逸:《日本文学史》,北新书局,1929年;叶渭渠:《日本文学思潮史》,经济日报出版社,1997年。

[③] 参见桶谷秀昭:《二叶亭四迷和明治日本》,小泽书店,1997年,第63页。

好心情，他特意在笔记上描绘了当时的景致：

> 此时雨霁，透过西天缤纷多彩的虹霓望去，远山如在近前，蔚为美观。①

二叶亭此行的目的地是中国北部城市哈尔滨，为此他已经筹划了许久，现在终于得以实施，难怪笔记的字里行间都透露着惬意。但二叶亭的亲友们，无论当时还是后来，都不认为他的中国之旅是明智之举。因为这不是一次轻松的休假旅游，而是以辞去东京外国语学校教授这样一个薪水丰厚、养尊处优的职务为代价的。而有无这个职位，对二叶亭以及他的家人生活来说，有着非同寻常的意义。

在近代日本的文坛上，二叶亭四迷属于天才的早慧者，1887年发表长篇小说《浮云》（第一部）的时候，他才24岁。但《浮云》的先驱意义，在当时只有如坪内逍遥等少数文学家才略有领悟，并没有立刻被多数读者接受，没有给年轻的作者带来相应的经济收益，当然也未能让二叶亭由此树立以文为生的信心。

二叶亭的家境困窘，开始从事创作的时候，他的父亲已经从地方政府一般职员的位置上退休，仅凭一点退休金在东京维持四口之家的生活，是相当艰难的。作为长子，二叶亭不能不负起自己的责任，在著书谋不得稻粱的时候，不得不另寻能够谋生的途径。1889年他毫不犹豫地中断创作，进入内阁官报局，主持《内阁官报》译载国外消息栏有关俄国新闻的编译工作。据统计，二叶亭笔耕的三年，每月稿费收入10日元左右，而刚入官报局的月

---

① 《二叶亭四迷全集》第5卷，筑摩书房，1986年，第330页。

薪就是30日元①。在这个位置上二叶亭一坐就是九年，他和文坛几乎处于两忘状态。直到1897年，由于不能忍受新上司的官僚作风辞去官报局工作之后，二叶亭才重操译笔，卖一点儿译稿维持生计。贫病交加的不稳定生活过了两年左右，1899年9月，由恩师古川常一郎先生推荐，二叶亭到东京外国语学校任俄文教授，才迎来了新的生活转机。在这里，他以对俄语的深湛造诣和敏锐感悟，在学生和同事中获得好评，甚至被视为可以和前辈教授古川常一郎、市川文吉两先生比肩的人物，和他们一起被并称为"俄语三川"②。

当时的外国语学校俄语教授属于高级官吏，收入丰裕，据说当了教授以后，二叶亭每天坐人力车上下班，这在当时是一种很奢侈的享受。③正当生活和事业如日中天的时候，1902年5月，他突然辞去教职，要到中国大陆另辟新路，怎么不让周围的亲友们感到震惊和担忧呢？但二叶亭本人则去意已定，毫不动摇。早在这一年的2月份，在写给友人奥野小太郎的信中，他就表现出了一种壮士一去不复返的味道：

> 小生的夙愿总算要实现了，下个月或者再下一个月的初旬，我将出发去满洲的哈尔滨。未来如何不可卜知，但决定出国的时候，我已经打定主意埋骨黑龙江边、松花江畔或者长白山下……④

---

① 中村光夫：《"不如早死好"——二叶亭四迷传》，刘士明译，湖南人民出版社，1987年，第108、122页。
② 同上书，第178页。
③ 同上书，第177页。
④ 转引自桶谷秀昭：《二叶亭四迷和明治日本》，第189页。

二、在"满蒙"铺设国民抵抗线：二叶亭的国际政治构想

中学时代，二叶亭四迷曾在岛根县松江市有名的汉学私塾（相长舍）跟随儒学者内村友辅学习中国古代文化，具有良好的汉学素养。但如果由此认为他埋骨中国的夙愿来自对中国文化的钟情，则是莫大的误会。无论是二叶亭当时写下的笔记[①]，还是他的友人们后来的回忆[②]，都可以证明，驱使他前往中国北部地区的动力，主要是他对中国北方邻国俄罗斯的关心。他奔赴中国的最主要目的，是调查俄罗斯帝国东进亚洲的情况，寻找日本应该采取的有效对策。

在此必须解除一个可能招致的误解，即二叶亭这样做是受到日本官方的指令。事实并非如此。二叶亭既非受日本军方或政府指派，也没有拿到官方的资助或津贴。为了实现自己的目的，二叶亭四迷煞费苦心，屡屡请托友人，最终才在一个私人经营的贸易公司（德永商店）设在哈尔滨的支店谋得一个顾问的位置。他甚至没有和该商社店主德永茂太郎约定工资的数额，只是领取了一点路费，以及留给家人一点生活费，就毅然上路了。[③]二叶亭致奥野小太郎的信里流露出前程未卜的情绪，可能与此有关。但即便如此，他也没有踌躇。

[①] 参见桶谷秀昭：《二叶亭四迷和明治日本》，第182页。

[②] 参见《二叶亭四迷先生追想录》所收松原岩五郎的回忆，转引自桶谷秀昭：《二叶亭四迷和明治日本》。

[③] 关于二叶亭求职于德永商店的前后经过，参见中村光夫：《"不如早死好"——二叶亭四迷传》，第186—187页。

当然，说二叶亭的决断完全是个人选择也不正确，他的思路的形成，其实和他所受到的教育、所感受到的社会氛围有密切关系。若干年后，二叶亭回忆促成自己青年时代决心选择俄语作为专业的动因时，曾做过如下说明：

> ……谈到我为什么喜欢上了文学，首先必须从我学习俄语开始说起。其经过是这样的：千岛群岛和萨哈林岛交换事件发生后，日本和俄罗斯的关系成为社会议论纷纷的话题。那以后，《内外交际新志》不断鼓吹敌忾之心，社会舆论随之沸腾。在这样的时代，我自孩提时代就萌生了的思想倾向——应该称为维新志士气质的倾向也就抬起头来。总之，慷慨爱国的社会舆论，和我的思想气质相遇，其结果，便形成了这样的认识：日本将来的深忧大患必定是俄国，现在必须考虑怎样预防，就此而言，学习俄语是非常必要的。于是我考进了外国语学校的俄语科。[①]

作为事后追忆，上面的说明难免有些细节疏漏。二叶亭四迷的传记作者中村光夫查阅过《内外交际新志》后指出，这是一个研究国际关系的杂志，上面并没有二叶亭所说的鼓吹敌忾之心的激烈言论，也没有把千岛群岛和萨哈林岛的交换问题当作特别重要的事件报道。[②]桶谷秀昭则推断说：事实的顺序可能恰好和二叶亭的回忆相反，可能他首先是受到千岛、萨哈林交换事件的刺激，开始关心国际问题，然后才读到《内外交际新志》的。[③]但无论

---

① 二叶亭四迷：《我这半生的忏悔》，《文章世界》，1908年6月号。
② 中村光夫：《"不如早死好"——二叶亭四迷传》，第31—32页。
③ 桶谷秀昭：《二叶亭四迷和明治日本》，第20页。

如何，千岛、萨哈林交换事件以及围绕这一事件的种种社会舆论，曾对二叶亭四迷青少年时代的精神形成和他此后的世界认识，产生过不容忽视的影响，则是没有疑义的。

1875年缔结的千岛群岛与萨哈林岛交换条约，是日俄两国战略妥协的产物。如众所知，这两个国家，到了这一时期，都仿照欧美等西方国家的发展模式初步完成了国内社会体制的改革，都在快速地推进近代化建设，并取得了相当可观的成果。据一份研究报告显示：在1870年，日俄两国按人口平均计算的实际国民生产总值，和当时世界最强大的英国比较，"日本是四分之一，俄国是三分之一"。这表明，"有能力和决心赶上实现现代化比较早的国家的，只有少数几个国家，日本、俄国可能是其中的两个"。[①]这两个国家，不仅通过自身的转变，具备了抵御西方殖民主义的能力，同时也按照欧美模式，把扩张领土、攫取殖民地作为近代化建设必不可少的日程。俄罗斯自不必说，从19世纪50年代开始，即大规模南下，从中国北部夺得辽阔的土地，日本也在1874年吞并了琉球王国。如是，日本北部和俄罗斯相邻的一些所属暧昧的地带，特别是自1853年起两国约定共管的千岛群岛和萨哈林岛，也便在这一时期成为经常惹起纷争的敏感区域。但从争夺自然资源和经济市场的角度看，俄罗斯当时的战略中心主要在西伯利亚毗邻的中国东北，日本则更看好朝鲜半岛和台湾。1875年，双方经过谈判达成妥协，千岛群岛完全划归日本，萨哈林岛则全部划入俄罗斯国界。

千岛群岛与萨哈林岛的交换，不是出自建立长久和平关系的

---

① 西里尔·布莱克等：《日本和俄国的现代化——一份进行比较的研究报告》，周师铭等译，商务印书馆，1992年，第35页。

构想，只是日俄两国权衡利害的一时之计，所以，非但不能消弭两国的冲突，反而强化了相互之间的仇恨和不信任，激发了各自的民族主义情绪，促使它们快速向帝国主义发展，自然也成了它们后来进行更酷烈角逐的远因。少年二叶亭把俄罗斯视为"日本将来的深忧大患"，即是这样大背景下的一个典型事例。

1881年二叶亭考入东京外国语学校俄语科的时候将届18岁，和同届的那些十四五岁，眼睛只盯着俄语科官费助学金的考生不同，他是怀着探寻消除"日本将来的深忧大患"方略的远大志向来研究假想敌俄罗斯的。但非常有意思的是，通过学习俄语，特别是接近俄罗斯文学之后，二叶亭的思想竟有所改变。他回忆说：进入俄语科后，"不知不觉地受到了（俄罗斯）文学的影响。当然因为原本就很有基础，也就是说，我与生俱来的艺术情趣，这时受到俄罗斯文学的激励，自然而然地被激发出来了。而另一方面，还有我的志士气质所带来的慷慨热情，这两种倾向最初本来是没有偏倚、平行发展的，但渐渐地，我从帝国主义的迷狂中醒悟过来，只有文学的热情在炽热地燃烧"。①

那么，二叶亭四迷在这一时期接触到了哪些俄国文学作品呢？据有关研究者考察，读到三年级的时候，他至少已经通过俄文原文阅读了屠格涅夫的《父与子》、陀思妥耶夫斯基的《罪与罚》。此外查明，二叶亭就读东京外国语学校期间从图书馆借阅的书还有普希金的《叶甫盖尼·奥涅金》、莱蒙托夫的《当代英雄》、冈察洛夫的《奥勃洛莫夫》、托尔斯泰的《战争与和平》等②，大都是19世纪批判现实主义的经典作品。从二叶亭后来的创作中表现

---

① 二叶亭四迷：《我这半生的忏悔》，《文章世界》，1908年6月号。
② 北冈诚司：《〈小说总论〉材源考》，《国语和国文学》，1965年9月号。

出的对人生的关怀，对明治时代日本社会时弊的犀利批判，以及对自我觉醒之后彷徨无路的知识分子心理状态的剖析，都可以看到俄罗斯文学的浓重投影。曾有许多学者强调坪内逍遥的理论著作《小说神髓》对二叶亭四迷文学创作的影响[1]，但从总体考察，应该说，俄罗斯文学对于二叶亭所起到的启示作用更为重要。

俄罗斯文学诱发了二叶亭的文学兴趣，促使他"从一个政治青年转变为文学青年"[2]，帮助他确立了自己的文学观和写作方法，但二叶亭的政治观是否由此而发生变化，或者如他自己所说，真的"从帝国主义的迷狂中醒悟过来"了呢？从二叶亭的整体生涯考察，事情似乎没有那么简单。东京外国语学校期间对俄罗斯文学的迷恋，《浮云》时期的文学写作，只是他兴趣的一时转移。终其一生，二叶亭的兴趣和关注点始终在政治，特别是国际政治和文学之间游移，并且，前者所占比重始终大于后者。他进入官报局后，立刻搁置文学写作的笔墨，除了对自己文学才能的怀疑，编译俄国新闻的工作激发了他的兴趣，恐怕也是一个相当重要的原因。成为东京外国语学校的教授之后，这位当年的文学迷，已经闻名于世的小说家，却没有像他学生时代的俄语教师那样，把俄罗斯文学带进课堂。即使有时选用文学作品作教材，二叶亭也并不从文学的角度去讲解。他的教学重心主要放在语言学方面，不仅认真地分析语法和词汇，甚至连语气词的细微区别也予以细致辨析。据他的学生回忆，"先生已经好像很不高兴在

---

[1] 如美国学者唐纳德·金即说："《浮云》确实不仅仅是受了《小说神髓》的启发之后的产物，但无可否认，以二叶亭四迷为代表的青年作家们从（坪内）逍遥明敏的批评精神中所受到的启发是相当巨大的。"参见唐纳德·金：《日本文学的历史》第10卷，第191页。

[2] 桶谷秀昭：《二叶亭四迷和明治日本》，第52页。

教室里讲授小说或者剧本之类的东西",一般多认为这是因为他弃绝创作之后"讨厌别人把自己视为小说家"①,但真正的原因可能远比这更为复杂。

二叶亭到东京外国语学校工作期间,日本已经成功地实现了产业革命②,并通过1894年的出兵朝鲜和对清朝开战,初步建立了拥有海外殖民地的帝国主义体制③,由此,它和同样后起的帝国主义国家俄国的关系也再度进入紧张的阶段。不过,此时双方争掠的地域已经不在日本北部,而是转移到了中国大陆。1895年4月,日本利用甲午战争得胜之势,在下关谈判中强行要求中国割让台湾、澎湖列岛和辽东半岛。随后,俄国联合法、德两国进行干涉,迫使日本放弃对辽东半岛的占领权。随后,1896年,俄国通过和清朝政府秘密谈判,获得修建一条自西伯利亚经由中国东北通到海参崴的铁路,即中东铁路的权利。1898年,俄国又从清朝政府强行租借到包括大连、旅顺在内的辽东半岛南部地区,并获准把中东铁路支线延伸到大连。俄国的一系列行动,使日本觉得受到了侵害和侮辱,日本国内民族主义情绪普遍高涨。一向怀持扩张野心的军方首领自不必说,如在1890年即以内阁总理大臣身份在《施政方针》中公开提出日本国家的"主权线"与"利益线"战略理论的山县有朋,此次作为陆军大臣,又早在俄、法、德"三国干涉"的10天之前,就颇具"预见性"地提出,日本要成为东洋

---

① 参见股野贯之的回忆,转引自桶谷秀昭:《二叶亭四迷和明治日本》,第187页。

② 一般认为,从1894年的中日甲午战争到1904年日俄战争期间是日本近代产业革命发生与发展的时期。参见隅谷三喜男:《日本帝国的磨炼》,《日本历史》第22卷,中央公论社,1961年,第58—59、85—89页。

③ Mark R. Peattie:《殖民地——帝国50年的兴亡》,《20世纪的日本》第4卷,读卖新闻社,1996年,第1章、第2章。

霸主，必须进一步扩大"利益线"，扩大军备。①

许多站在民间立场的知识分子也同样表现出帝国主义逻辑的"爱国"热情。最为著名的代表，是一向以平民主义评论家著称，甚至被誉为"国民之声"的德富苏峰。甲午中日战争期间，德富苏峰曾作为战地记者随军行动，听到辽东半岛因为三国干涉而决定交还中国，他愤慨无限，欲哭无泪，"不屑于在已经返还他国的土地上多停留一刻钟"，立刻找船回国。但在上船之前，他特地从旅顺口海滩上抓了一把碎石和沙粒，用手帕包好带回了日本，"作为它们曾经成为日本领土的纪念"。德富苏峰后来写道，这一事件在他的思想历程中产生了决定性影响，他原来坚信的"正义""公道"等理想由此完全轰毁。"归根结底必须有力量。力量不足，任是什么正义公道，都不值半文。"于是，他放弃了平民主义立场，转而积极谋求和政府合作。②

德富苏峰的"转向"，在明治后期思想史上是一个具有象征意义的重要事件。正如隅谷三喜男分析的那样，"这不是由警察等施加压力导致的转向，而是思考国民利益的人们，在把迄今为止的思考从国内问题向国际问题拓展时"得出的结论："只有集聚国力才是最急要的。"而德富苏峰等人的认识，即"必须以力量对付力量"的思路，在当时的日本"国民当中也急速地蔓延开来"。③日本近代的军国主义体制就在这样的气氛中得以确立。

---

① 山县有朋1890年的《施政方针》说："盖国家独立自卫之道有二，一是守卫主权线，二是保护利益线。何谓主权线？国疆是也。何谓利益线？同我主权线之安危有密切关系之区域也。""方今立于列国之间，欲维持国家之独立，仅仅守卫主权线已不足，非保护利益线不可。"转引自吴廷璆：《日本史》，南开大学出版社，1994年，第472页。

② 参见德富苏峰：《苏峰自传》，中央公论社，1935年。

③ 隅谷三喜男：《日本帝国的磨炼》，《日本历史》第22卷，第58—59页。

在这样的国际局势和社会氛围中,二叶亭四迷自然不会引导学生沉醉于俄罗斯文学的世界里。一直潜伏在他内心的所谓俄国是"日本将来的深忧大患"的认识,和伸张国威的"帝国主义"意识在这一时期都浮出水面。二叶亭没有满足于一个俄语教授的工作,从其1900年至1902年间在笔记里记下的"对外时事拔萃",可以明显看出,他的关心所在是"东清铁路(即中东铁路)和俄罗斯的出兵满洲"。据他的友人回忆,他经常以"东亚大经纶家"的神态和同事、朋友等讨论对俄问题,提出应对方略。[①]大体说来,二叶亭四迷的对俄方略,和山县有朋的主张有同有异。相同的是,他们都主张把日本本国的所谓战略"利益线"扩展到其他国家,比如,把对付俄罗斯的防御线设在中国的东北部。不同的是,山县有朋强调的是增加军备,二叶亭则重视民间的力量,认为应该加强"国民的抵抗线"。正如桶谷秀昭所说:"明治三十五年(1902)抛弃外国语学校教授职务,作为海参崴一个民间企业德永商店的顾问奔赴中国大陆,就是二叶亭在满蒙铺设国民抵抗线的野心所导致的行为。"[②]

三、从哈尔滨到北京:二叶亭在中国的足迹

1902年5月14日下午4时30分,二叶亭四迷到达俄属港口城市海参崴。德永商店的店员前来迎接,他办了海关手续后,乘坐马车到商店住下。第二天,他先后访问了日本人设置的贸易事务馆和同胞会事务所,又到德国人开设的阿里贝而斯杂货店买了些

[①] 参见桶谷秀昭:《二叶亭四迷和明治日本》,第187页。
[②] 同上书,第188页。

东西。在海参崴，二叶亭住了20多天，为去哈尔滨做准备。① 从他写给坪内逍遥的信看，在这段时间里，他特别留心考察了日本人在海参崴的经济贸易情况。

如前所述，二叶亭是怀着远大志向离国远行的。据有关资料说，二叶亭的对俄方略，即在所谓的"满蒙"地区设置日本的"国民抵抗线"，主要就是在中国的东北直到西伯利亚地区大力发展日本的实业力量。出国之前，他甚至提出，为了达此目的，一个最为有效的办法是往西伯利亚输送日本妓女。因为日本妓女所到之处，日本的商品肯定会随之渗透进去。如在海参崴日本人经营的商业获得发展的背景，就是日本妓女的存在。在那里，日本妓女改入俄罗斯籍，成为上流阶层的主妇人数很多，所以，日本的生活方式得以流行，日本产品也打开了销路。据说，二叶亭的这个"运用'胯裆政策'把西伯利亚日本化"的战略，让他已经成为实业家的同窗苦笑不已，但二叶亭却丝毫没有开玩笑的意思，他说，把输送妓女看成是国耻的哄嚷，只是一种鼠目寸光的短视而已。②

但二叶亭确实没有准备像他以前宣称的那样在海参崴经营妓院。他此次远行的目标不在海参崴，而在哈尔滨。6月7日，二叶亭从海参崴乘上俄国人经营的火车，沿中东铁路进发，6月9日抵达哈尔滨，到德永商店设在这里的分店就职，准备以此为据点，大展他的"实业抗俄"的宏图。

不过，此时的哈尔滨并不具备让二叶亭施展抱负的条件。首先，这座城市本来是俄国为修筑中东铁路选定的枢纽据点，自

---

① 参见《二叶亭四迷全集》第5卷，第330页。
② 参见关川夏央：《二叶亭四迷的明治四十一年》，文艺春秋社，1996年，第165页。另见桶谷秀昭：《二叶亭四迷和明治日本》，第194页。

1898年6月中东铁路建设局从海参崴迁来后,俄国的大批官员、管理人员、工程技术人员、服务人员和军队都蜂拥而至,1899年,仅驻扎在这里的哥萨克兵等兵员就有5 000多人。二叶亭来到的这年,除了军队和铁路员工,俄国侨民已经达到12 000人[①],而居住在这里的日本人仅有800人左右[②]。俄国不仅在人口比例上占了优势,并且,按《中俄密约》领有哈尔滨及中东铁路附属地区的行政管辖权,是这里的实际统治者。其次,此时日俄两国在中国东北地区的争霸,亦进入了空前紧张的阶段。1900年,日本通过派遣大量兵力到北京镇压义和团而挤进西方近代帝国主义行列,在世界舞台上第一次获得了和西方列强对等的地位。而俄国也利用同样的机会,以清除义和团为借口,派遣大量军队进驻中国东北。1902年,日本和英国结成同盟,极力敦促俄国从中国撤军,设法驱逐俄国在中国东北的势力。日俄两国的角逐不断升级,战争已经到了一触即发的境地,俄国管辖的地域,自然也加强了对日本人的警戒。据二叶亭四迷此一时期写给坪内逍遥的信说:在哈尔滨,只要说是日本人,必定会招致猜疑的目光。为了防备日本军事侦探的潜入,俄国的官宪们对新来此地的外国人严厉检查,不发给经商许可;而对于已经开设的老店,也经常刁难、压制。[③]在这样的情况下,日本人的商贸活动,大都处于沉滞低迷状态,二叶亭的宏图大志当然无法实行。

不过,需要指出的是,二叶亭在哈尔滨期间写下的书信和笔

---

① 薛连举:《哈尔滨人口变迁史》,黑龙江人民出版社,1998年,第50—51页、第64页。

② 桶谷秀昭:《二叶亭四迷和明治日本》,第202页。

③ 同上书,第203页。

记，虽竭力抨击俄国官宪管制的暴虐，却绝口不提确实有日本军事侦探潜入哈尔滨活动，而他经常出入的菊地照相馆，其实就是日本军部设在哈尔滨的一个情报站，照相馆的主人菊地正三，就是日本著名的军事间谍石光真清。据石光真清的回忆录《旷野之花》言，那时二叶亭经常来照相馆游逛，有时"在这儿住一周，以流利的俄语和照相馆的顾客聊天"。他曾听石光讲述在俄属远东地区的旅迹，"大感兴趣"，甚至"记了笔记"。有一次石光得到一份俄罗斯驻军的调防命令书，不巧照相馆的翻译不在，于是便请二叶亭帮忙，却被二叶亭一口回绝。他说："我讨厌这种无聊的东西。"①

最让二叶亭感到失望的，还是德永商店。他本来对店主德永茂太郎寄予很大期待，实际接触后才觉得这个商人并不能担当他所期待的大任。经纶大业无望有成，他在德永商店的食客地位却不好过，虽然吃饭不成问题，但工资却因为来前没有明确约定，商店也不主动提起，使得二叶亭连洗澡用钱都要张口向商店去要，这是他无法忍受的。②

1902年9月，二叶亭离开哈尔滨，途经旅顺、大连、山海关、天津，做了一些考察，10月7日到达北京，见到东京外国语学校读书的校友川岛浪速。东京外校期间，川岛学的是中文，中日甲午战争时曾作为日本陆军翻译从军，1900年镇压义和团时随日本军队侵入北京，担任日军司令部翻译官和日军占领区的军政事务长官，得到清朝皇族中的实权人物肃亲王的信任，在日军撤军之后，由肃亲王保荐留在北京组建培养中国警察的警务学堂。

---

① 石光真清：《旷野之花》，中央公论社，1978年，第318—319页。
② 参见二叶亭四迷致坪内逍遥的信（1902年7月2日和1903年5月25日）。

殖民主义冲动与二叶亭四迷的中国之旅

肃亲王对川岛极其信任和赏识，不仅请他担任全权管理学堂的监督（相当于校长）之职，还让自己的女儿认川岛做义父。肃亲王的这位女儿，就是后来大名鼎鼎的女间谍川岛芳子。而川岛结交肃亲王，组建警务学堂，则另有远图。所以，当二叶亭向川岛浪速倾诉自己经营"满洲"、抗御俄国的战略以及壮志难酬的苦恼时，川岛顿觉深获我心，并对之倾吐了自己的见解："对俄和对'支'，看似两个问题实际是一个问题，归根结底，我们的理想对象是整个亚洲。而为了解决作为当务之急的俄'支'问题，我们要一边等待时机，一边巩固自己的立足根基。现今可担任警察教师的人很多，但能一起谋划远大理想的人一个也没有，既然在北满不能如意施展抱负，您暂且留在此地，我们一起携手，推进理想事业如何？"二叶亭也有知己相逢之感，于是决定留下，和川岛共襄大业。①

川岛请二叶亭担任北京警务学堂的提调（相当于总务长）职务，每月酬以250银圆的高薪，川岛外出时，还请他代行学堂监督职责。确实像内田鲁庵所说，北京警务学堂"提调时代是二叶亭一生中最得意的时代"。②但后来，因为学堂内部日本教员发生分歧，二叶亭被拥戴为和川岛对立一派的领袖，为避免和川岛发生冲突，二叶亭决心辞职，1903年7月正式提出辞呈，同月21日离开北京回国。当年谋划的雄图大略几乎一事无成，出国时发下的埋骨中国北部白山黑水之间的誓愿，似乎也被忘到了脑后。

---

① 参见川岛浪速：《忆亡友二叶亭四迷君》，《中央公论》，1936年12月号。另见二叶亭四迷致坪内逍遥的信（1902年11月27日）。

② 参见关川夏央：《二叶亭四迷的明治四十一年》，第184页。

四、关于二叶亭放浪中国的叙述及其意义的再生产

由是，二叶亭四迷从1902年5月到1903年7月之间，一年零两个月有余的中国之旅，在后来一些关于他生平的叙述中，常常被描绘成一个自我意识觉醒之后时时处于自我怀疑状态的知识分子壮志未酬的悲剧，或一个言过于实、"知"而不能"行"的浪漫文人轻率的放浪故事，而对于促成他此次大陆之行的殖民主义冲动，则很少进行深刻的批判性剖析。有的传记甚至以惋惜的语调，感慨二叶亭离开北京过早，未能赶上半年以后的日俄战争，"轻易丢失了奔赴历史现场的机会"。[①]并且，多数传记都热衷于突显二叶亭的民间立场和文人的任性，以此强调他和那些带有浓厚官方色彩，从事政治、军事活动的帝国主义者的区别，他拒绝给石光真清翻译军事情报的细节，也常常成为各家传记乐于引用的典故。

而事实上，二叶亭和官方人物积极合作的事例也有很多。且不说他和川岛浪速的一见如故，在北京警务学堂时期，二叶亭还始终和日本驻华使馆公使以及驻华军队负责人山根少将保持联系。他不仅利用学堂提调的有利身份，留心收集清朝的政治、军事方面的情报，还打算以学堂为基地，"把手伸向'支那'人"，鼓动起反俄运动。[②]有一次，二叶亭打听到清朝军队有关日俄开战后的应对方案，立刻汇报给川岛，请托川岛"把昨夜获得的情报报告

---

① 参见关川夏央：《二叶亭四迷的明治四十一年》，第182页。
② 参见二叶亭四迷致坪内逍遥的信（1903年5月25日）。

给山根将军"①。另外一个很少被注意到的例子是二叶亭四迷和《顺天时报》的关系。这家后来曾被鲁迅、周作人等称为"日本帝国主义机关"②的报纸虽然此时还没有正式被日本外务省购买，但由于其创办者兼主持人中岛真雄和军方有特殊关系，此时，不仅在报纸上公开鼓吹对俄开战，还直接接待日本军部派遣来做对俄作战准备的"特别任务班"。③应该说已经和官报无异了。二叶亭这一时期写下的笔记，不仅记载了和《顺天时报》的印刷业务往来，还代为支付、领取"机密费"。④可见其关系非同寻常。

当然，二叶亭又确实和日本官方派遣的从事政治、军事活动的人物有所不同，他没有从官方那里接受指令，做是自觉自愿，不做也可以率性而为，比如，辞去警务学堂职务回国，就没有也不会受到官方的任何约束。但唯其如此，则更可以透过二叶亭的行为，看到帝国主义意识在日本社会渗透的深广程度，并非像一般想象的那样，仅仅是一小部分军人和政客操纵的结果。在维护和扩张日本国家权益的问题上，民间立场的文学家二叶亭四迷和官方人物的思想基础并无根本分歧。

在这里有必要特别提出一个问题：二叶亭四迷在中国生活了一年多，表现或流露出了怎样的中国观？这似乎没有被日本的二叶亭传记作者们特别注意，而这，恰恰是衡量二叶亭国际政

---

① 《二叶亭四迷全集》第5卷，第517页。
② 参见周作人：《日本人的好意》，1927年5月，《周作人早期散文选》，上海文艺出版社，1984年，第112页。
③ 参见李相哲：《日本人在满洲经营报纸的历史》，凯风社，2000年，第64—69页。
④ 参见《二叶亭四迷全集》第5卷，第479、482—483页。另见中村光夫：《"不如早死好"——二叶亭四迷传》，第221页。

治观的一个不可忽略的指标。从这段期间二叶亭的笔记和书信看，中国虽然被多次提及，但基本上是被放在日俄关系、对俄战略的格局中，作为一个可以利用的棋子来考虑的，至于中国自身的主权和利益，中国人的苦乐，则没有进入他关心的范围。中国经历在二叶亭的创作里倒也留下了一点痕迹。他归国后创作的长篇小说《面影》(1906)后半部分曾写到，主人公小野哲也在传统婚姻和自由爱情的冲突中彷徨无路之时，一个应聘到中国去做专科学校教师的机会使他看到打开难局的希望。他后来真的去了中国，虽然未能爱情美满，但也没有走日本传统文学常见的殉情之路，或重回家庭委曲求全，而是流落异域不知所终。一些日本研究者曾考证这样的情节安排与二叶亭游历中国时的见闻之关系，但这种与作者实际经验对号入座式的传记批评往往把情节的多层蕴涵简化，而英国学者艾勒克·博埃默关于19世纪英国小说中常见的把"到殖民地去"作为某些人物出路的叙述模式的分析，则对我们理解《面影》更具启发性，博埃默认为，关于殖民地的想象"为维多利亚的小说家创造了一种很容易把握的封闭的叙述策略。殖民问题于是就成了小说和剧本中说让情节复杂就复杂、说让它解决就解决的一帖灵丹妙药。即使一切都失败了，仍有一条出口通道——可以到帝国去。那遥远的国度虽说是惩罚服刑的地方，但也有种种可图的机会，甚至要想东山再起也指日可待"[①]。

《面影》发表的时候，中国和日本的关系虽然不同于英国和它的殖民地属国的关系，但许多类似二叶亭这样的"大日本帝国"

[①] 艾勒克·博埃默：《殖民与后殖民文学》，盛宁、韩敏中译，辽宁教育出版社，1998年，第30页。

殖民主义冲动与二叶亭四迷的中国之旅

国民到中国大陆去开拓疆土的欲望,即所谓"大陆志向",和大英帝国国民"到帝国(的属地)去"的心态应该有很多相通之处。从这样的意义说,在近代日本文学史上,二叶亭四迷是比较早地把"大陆志向"作为情节因素引进小说叙事的作家,距《浮云》发表近20年后问世的《面影》,实际上又开了近代日本小说另一流脉的先河。到了20世纪30年代,中国的东北已经沦陷为日本的殖民地,一些为配合军国主义侵略政策而倡导所谓"开拓文学"的日本作家把二叶亭四迷引为先驱①,虽然不无牵强附会、为己所用之嫌,但也并非全无缘由。

最后,也许有必要说到中国学术界和读书界对二叶亭四迷的认识。如前所述,在中国出版的各种有关日本近现代文学的史论里,对于二叶亭四迷的文学生涯、代表作《浮云》以及俄罗斯文学的翻译都有所评述,但他的中国之行,以及此次游历在这位文学家精神形成史和文学创作上的意义却鲜被论及。毋宁说,中国学术界对二叶亭的这段经历一般来说是比较陌生的。就笔者读到的文献资料,较早提到二叶亭来华的是周一良先生的《十九世纪后半到二十世纪中日人民友好关系和文化交流》(收《向达先生纪念论文集》,新疆人民出版社,1986年2月),然后是汪向荣先生的《日本教习》(生活·读书·新知三联书店,1988年10月)。汪著说在来中国任教的日本教习名单中,可以看到"后来以'二叶亭四迷'见著于世的长谷川辰之助"。周文和汪著一样,关于二叶亭的记述也是很简略的一句,并且也误以为他是在中国任教之后才成为著名文学家"二叶亭"的。可见周汪两先生撰文时所掌握的二

---

① 参见福田清人:《大陆开拓和文学大陆》,满州移住协会,1932年;转引自川村凑:《异乡的昭和文学》,岩波书店,1990年,第40—41页。

叶亭的来华资料并不充分。

　　这里还应该提到余秋雨先生收在《文化苦旅》（上海：知识出版社，1992年3月）中的《这里真安静》，这篇散文也写到了二叶亭四迷。作者过访新加坡，一位朋友带他到一个墓地去参观，在那里竟然和二叶亭相遇。

　　二叶亭四迷的墓为什么建在了新加坡？原来，1903年离开北京回国后，二叶亭的求职、谋生并不顺遂，好不容易进入朝日新闻社，写作和工作也很不如意，所以又萌动去海外的念头。1908年6月，他作为《朝日新闻》的特派员奔赴俄罗斯，途径中国的大连、哈尔滨等地，曾小做停留。二叶亭的此次中国之旅，算是旧地重游，但因为日俄战争后，日本已经在中国东北占据优势地位，他心境也今非昔比了。走在大连街头，"行人皆我同胞，店头招牌皆我日本方形文字，再也没有人用怀疑军事侦探的奇异目光看我，对谁都可以毫无顾忌的挥手致意，在宽阔的大道上阔步行走，我的喜悦之情无法按捺"。[①] 一个殖民地新主人的神态跃然活现于纸上。在俄罗斯，二叶亭工作到1909年2月，身体感到不适，随后病情不断加重，4月，决定取道欧洲，经伦敦乘日本航船"贺茂丸号"回日本。5月10日，在船从科伦坡开往新加坡途中，二叶亭四迷病逝。13日，"贺茂丸号"停靠到新加坡，二叶亭的尸体在当地火化，他的墓也就留在了这里。不过，在日本本土，还有一座二叶亭四迷的墓，那是二叶亭的朋友和东京外国语学校的校友1921年在东京丰岛区染井墓地给他修建的。

　　余秋雨的文章说，在新加坡的这片墓地，他先看到的是日本

---

① 二叶亭四迷：《入俄记》，转引自桶谷秀昭：《二叶亭四迷和明治日本》，第308页。

军人的墓,即二战时期担任日本南洋派遣军总司令的寺内寿一和他数万名战死的部下的墓,然后看到了日本女人的墓,从20世纪初到二战结束期间到南洋谋生的日本妓女的墓,最后才看到日本文人二叶亭四迷的墓。虽然按照埋葬的年代,可能顺序正好相反,二叶亭是比较早地进入这块墓地的。

在日本军人墓前,余秋雨先生历数寺内寿一等军阀的暴虐,在日本妓女墓前,他表达了对这些不幸女性的同情,也分析了造成她们不幸的历史根源。到了二叶亭四迷的墓前,余秋雨先生首先感到意外,但也产生了一种"亲切感",所以,他的文章写到这里,议论和抒情都达到了高潮:

……一半军人一半女人,最边上居高临下,端坐着一位最有年岁的文人。这么一座坟地还不是寓言么?

二叶亭四迷早早地蹲守着这个坟地,他万万没有料到,这个坟地以后会有这般怪异的拥挤。他更无法设想,多少年后,真正的文人仍然只有他一个,他将永久地固守着寂寞和孤单。

我相信,如果二叶亭四迷地下有灵,他执拗的性格会使他深深地恼怒这个环境。作为日本现实主义文学的一员大将,他最为关注的是日本民族的灵魂。他怎么能忍心,日日夜夜逼视着这些来自自己国家的残暴军士和可怜女性。

但是二叶亭四迷也许并不想因此离开。他有民族自尊心,他要让南洋人知道,本世纪客死外国的日本人,不仅仅只有军人和女人。"还有我,哪怕只有一个:文人!"

从余秋雨的文章得知,对二叶亭,他是有所了解的,但显而易见，国内现有的关于二叶亭的研究和译介，局限了他的知识视野。如果他对这位"日本现实主义文学的一员大将"的另一面，也就是他的"志士气质"和"东亚大经纶家"性格有所了解，如果知道二叶亭的"大陆志向"和"经营满蒙"的构想，知道他那惊世骇俗的"胯裆政策"，应该是另有一番感慨了吧。

不过，无论是周一良先生的论文，还是余秋雨的随笔，都让我们感到，学术信息闭塞和有关资料的匮乏，未必是造成二叶亭认识盲点的根本症结。周一良先生文章的初稿写于1972年，时当"文革"，真正的学术研究条件还不具备，周先生急切地从历史文献中找出中日两国的"友好'佳话，为中日刚刚恢复的邦交提供文化资源，自有其良苦用心和难言苦衷。但不对19世纪后半到20世纪初两国之间侵略与反侵略、殖民与反殖民的复杂历史进行细致的考辨和分析，一概笼统地用"中日人民友好关系和文化交流"加以表述，无疑会导致历史理解的偏误。1980年代初周先生虽然对此文做了修订后才放入《向达先生纪念论文集》，但总体叙述格局并没有变动。在1980年代末写作的自传里，周先生说他解放以后所写的"一些中国与某国友好关系的文章，大多是奉命或应邀之作。虽满足一时需要，起过作用，但……多数不足以言研究也"。[①]用语简要，自省痛切，当然，如果能在思想层面对这种应时之作的论述模式做更深入的剖析，应该更有历史警示意义。而余秋雨先生的散文，虽然看似个人色彩鲜明，但其实并无创见和洞见，在他那慷慨激昂的议论中，分明可以感受到近些年来颇为流行的所谓文人或曰知识分子超政治、超意识形态的幻想，看到更早一些年代曾在文艺理论界占主导地位的现实主义万能论的痕迹。

[①] 周一良：《毕竟是书生》，北京十月文艺出版社，1998年，第49页。

仿佛只要是文人,就天然和军人、政治家有清浊之别,如果是现实主义的文学家,那就更天然会是反动军人、政治家的审视者和批判者,天然会是不幸女性的同情者。支撑余秋雨先生那极具煽情色彩的"寓言"故事和遮蔽人们全面认识二叶亭四迷的视线的,难道主要不是这样一些长期被视为无须质疑和追问的前提?

殖民地之旅与文学叙述

——夏目漱石的《满韩漫游》[1]

王成（清华大学）

二十世纪初，海外旅游对于普通日本人来说是可望而不可即的。所谓海外旅游大多是外交官、商人、政客或者留学生才能够做到的。文人的海外旅游也大多是以记者的身份或者海外考察的名义，如果他们把在海外的见闻写成游记，就成为日本人了解世界的媒介。夏目漱石的《满韩漫游》在《朝日新闻》上连载后，和其他三篇随笔编成一个集子，以《漱石近什四篇》（1910年5月）的书名由春阳堂出版了单行本。这个文本记录了日俄战争后夏目漱石的满洲印象，带有日本知识分子的东方主义色彩。夏目漱石的《满韩漫游》对当下的问题会有一些启示。或许可以帮助我们思考：在民族主义和帝国主义的时代背景下，日本近代知识分子如何认识中国和亚洲？在全球化的今天，东北亚的历史和现实为

---

[1] 本文由《夏目漱石的满洲游记》改写而成，原文发表于《读书》，2006年11月。

什么如此纠缠不休？

　　有趣的是这篇游记的题目叫《满韩漫游》，可是文章中所写的全都是作者的满洲见闻并没有涉及朝鲜的内容。其原因是在《朝日新闻》连载过程中，文章没有写完就中断了。所以，这篇游记的题目应当改成《满洲漫游》才能避免文不对题之嫌。《满韩漫游》确切地说应该称作"满铁漫游"。正像游记的开头写的那样"南满铁道会社到底是个什么机构？满铁总裁看我一本正经的样子，满脸愕然，他回答说：你真够迂腐的！是公说我迂腐没有什么可怕，不值得放在心上。我沉默不语。于是，是公笑着说：这次带你一起去怎么样？"[①]，这里所提到的满铁（南满洲铁道株式会社）是日本帝国主义掠夺中国的一个特殊的殖民地机构。其总裁就是夏目漱石大学预科时代的好友中村是公，满铁旅游的全程就是由他邀请和赞助实现的。

　　帝国主义列强瓜分中国的日俄战争结束后，依据《朴茨茅斯条约》日本获得了东清铁道的长春至旅顺段的铁路和附属权利。为了实施对满洲殖民地的开发掠夺，日本政府于1906年成立这家半官半民的国策公司，满铁的管辖范围包括交通、矿山、工业、商业、移民开发等，甚至包括了附属地的城市建设和日本殖民地的开拓。第一任总裁就是当时担任殖民地台湾民政官的后藤新平，夏目漱石青年时代的好友中村是公在满铁成立之初任副总裁，他从后藤新平任台湾民政官时代就是后藤的左膀右臂，深得后藤的赏识，1908年作为后藤的接班人继任满铁总裁。中村是公是满铁开创时期实施日本满洲殖民政策的官僚，继任满铁第二代总裁后，按照后藤新平的"文装性武备"的统治原则推进满铁的殖民事业，并加

[①] 夏目漱石：《满韩漫游》，王成译，中华书局，2007年，第153页。

大了对日本本土的宣传，笼络了大批本土的人才，扩大了本土面向满洲的移民。根据夏目漱石夫人夏目镜子的回忆，当时中村邀请夏目漱石游览满洲和朝鲜就是为了满韩殖民地的宣传工作。①

日俄战争期间，东京大学的英国文学教师夏目漱石创作的长篇小说《我是猫》和中篇小说《哥儿》以讽刺幽默的笔触剖析日本社会、批判日本现代文明，获得了读者广泛支持，夏目漱石因此以兼职作家的身份登上文坛。1907年夏目漱石辞掉大学的教职进入朝日新闻社，成为报社的专职作家，抛弃学术殿堂投身大众媒体，在当时被看作惊人之举，引起舆论哗然。接下来，夏目漱石在《朝日新闻》上连载了《虞美人草》《矿工》《三四郎》等多部长篇小说，文风更加成熟，越来越受读者的好评。夏目漱石前往满韩旅游的1909年可以说是他奠定文坛地位的年份。这年的1月，他接受文部大臣邀请出席"文士恳谈会"，对政府的文艺政策建言献策。5月，在当时最有影响的综合《太阳》杂志实施的"创业二十三周年纪念事业第二回十五名家投票"活动中，夏目漱石获最高票。也就是这年年初，中村是公时隔七年后，突然跟夏目漱石联系希望见面，但是，这次见面并没有实现，他们实现会面是在半年以后。从夏目漱石的日记中可以看到7月31日中村是公来访的纪录，"他说将要在满洲创办一家报纸，你能否来帮忙？"②8月6日的日记里记录了前往东京饭仓的满铁分社与是公见面的话题。这次见面的后续就是8月13日夏目漱石接到伊藤幸次郎的信，说中村是公提到让夏目漱石到满铁负责报纸方面的工作。这期间他数次接到中村的来信，但是信的内容因没被记录不得而知，不

---

① 夏目镜子：《回忆夏目漱石》，文春文库，1994年7月。
② 《漱石全集》（新书版）第25卷，岩波书店，1957年，第92页。

过可以猜想，其中会提到请夏目漱石到满铁帮助办《满洲日日新闻》或其他的报纸。这从8月17日的日记中可以窥其一斑。这天的日记记录"伊藤幸次郎来访，就满洲日日新闻的事谈了一个半小时。"[①]次日中村是公派人问是否一起前往满洲，夏目漱石以书信的方式答应了中村的邀请。至此可以推测出，中村是公邀请夏目漱石到满洲负责满铁的新闻宣传一类的工作，夏目漱石没有直接答应，是公就邀请他先到满洲视察也替满铁做一番宣传。夏目漱石的满铁旅行表面上看是单纯受朋友邀请的轻松考察之旅，但是不难看出这是满铁总裁的广告宣传战略的一环。从此以后，邀请文化人考察旅游就成为满铁的一项活动。

夏目漱石从1909年9月2日离开东京，3日早上乘大阪商船会社的"铁岭号"前往大连，此后历时一个半月参观游览了大连、旅顺、熊岳城、营口、汤岗子、奉天、抚顺、长春、哈尔滨、安东县等满铁沿线的地区，然后前往朝鲜，游览了平壤、京城、仁川、开城、釜山等地，10月17日回到东京。回到东京不久，10月21日就开始在《朝日新闻》上连载游记《满韩漫游》。此后，由于受重大新闻报道的影响，连载的版面不能保持正常刊载。夏目漱石在写给寺田寅彦的信中流露了对报社的不满情绪。11月28日在写给正在柏林的寺田寅彦的信中，夏目漱石提到满韩旅行中到处都有熟人朋友，受到高规格的接待，颇有些自鸣得意。回到东京后，不久，就听到伊藤博文被暗杀的消息。他在信中说："然后就是基钦纳来访，宇都宫举行大演习，东京变得热闹非凡。我受报社纸之约正在写满韩漫游，一旦当日的报道量增多，连载就会往后推，我一气之下打算中止连载，他们就劝我接着往下写。所以，

[①] 《漱石全集》（新书版）第25卷，第96页。

现在拖拖拉拉地还在刊登。"[1]从信中可以看出他在11月底已经决定中止连载，于是在连载了51回以后，到12月30日，以"在报纸上的连载至此已经到了除夕，跨越两个年度不甚正常，暂且决定停止连载"[2]为理由，中断了连载。因此我们所看到的《满韩漫游》只写了旅游行程的一半。

没有结局的故事会留给读者广阔的想象空间，未写完的文章同样留给读者许多悬念。夏目漱石最后的一部长篇小说《明暗》是因为作者的去世而没有写完，而夏目漱石生前唯一连载过程中未写完的作品就是《满韩漫游》。关于夏目漱石为何中途停止《满韩漫游》的连载，一直是学界讨论的话题。第一代研究夏目漱石的权威小宫丰隆给出的解释是，《满韩漫游》中途辍笔是因为文章中把该写的内容都涉及到了，算是还了中村是公私人邀请他游览满洲和朝鲜的一个人情。他把夏目漱石的《满韩漫游》解读成一篇抒发个人观光游览情感的游记。而多数学者却注意到了伊藤博文被刺杀事件间接导致了《满韩漫游》的中途辍笔。例如，日本学者青柳达雄的《漱石与涩川玄耳——关于〈满韩漫游〉辍笔的理由》(《漱石研究》第11期)详细考证了《满韩漫游》在《朝日新闻》连载的全过程。旅行归来的夏目漱石很快着手连载满韩见闻。可是，不到一个星期，10月26日伊藤博文在哈尔滨火车站被朝鲜爱国义士安重根开枪打死的事件迅速成为报刊的热门话题，连载《满韩漫游》的版面因此受到影响。同时，担任《朝日新闻》社会部长的涩川玄耳以其对时事新闻的敏感，立刻决定连载自己一个月前访问朝鲜时的见闻。11月5日《朝日新闻》的第六版刊

---

[1] 《漱石全集》(新书版)第29卷，岩波书店，1957年，第97页。
[2] 夏目漱石：《满韩漫游》，第252页。

登了《恐怖的朝鲜》第一回,此后,这篇纪实报道连载了一个月。伊藤博文被暗杀后,以纪实报道的手法描写朝鲜的这篇游记对于希望了解日本的朝鲜政策到底出了什么问题的读者来说好比及时雨。而夏目漱石仍然以他那闲适幽默的笔调连载他的满洲见闻,等到写完抚顺接下来该写朝鲜的时候,他已经意识到自己的朝鲜见闻不会像玄耳的文章那么具有时事性,何况在同一张报纸上连载,朝鲜的部分只好忍痛割爱了。韩国学者尹相仁认为伊藤博文被暗杀后,面对日本国内高涨的军国主义思潮,从连载开始,夏目漱石一直模糊政治立场,所以,如何描写自己的朝鲜见闻显得有些迷茫。①从某种意义上说,也许中途辍笔使夏目漱石避免了因《满韩漫游》受到读者批判的命运。

对照夏目漱石的日记和《满韩漫游》的文本,可以确定这篇文章是他旅行的真实记录。但是,这篇游记的文体耐人寻味。著名评论家吉本隆明认为《满韩漫游》的文体与小说《哥儿》的文体如出一辙,夏目漱石与好友中村是公的关系相当于《哥儿》的主人公与数学教师"野猪"的关系,他指出:"《满韩漫游》是一篇很奇怪的文章,既不像游记,也不像漫无边际的随想,也不像见闻录。因此,并没有阐述深刻的思想。他试图像《哥儿》的文体那样,突出文章的滑稽性。实际上,怀旧的文章,一边回忆一边叙述的文体,就应该是这样的。"②吉本隆明把《满韩漫游》看成是一篇怀旧的文章,把阅读的重点放在了夏目漱石在满洲各地与同学朋友相会叙旧的部分。的确,夏目漱石再一次发挥了"写生文"的描写技巧,通过描写对象来表达自己的感情。《满韩漫游》

---

① 尹相仁:《满韩旅行》,《夏目漱石事典》,学灯社,1990年,第246页。
② 吉本隆明:《漱石的大旅行》,日本放送出版协会,2004年,第154页。

的主要篇幅都用于记述夏目漱石与同学朋友相聚后的怀旧情绪。满铁总裁中村是公、受满铁委托调查满蒙畜牧业的农学教授桥本左五郎、大连海关关长立花政树、旅顺警察总长佐藤友熊、满铁奉天公所的佐藤肋骨，出现在文章中的这些人物都是夏目漱石青少年时代的好友。虽然夏目漱石采用调侃的语言，描写了自己与老友见面时的情景，尽量避免刻画他们了不起的一面，但是，我们不难看出夏目漱石引以为自豪的旧时玩伴儿都是日本派驻满洲的要员，殖民统治的主力军。而《满韩漫游》传递给读者的信息是旧时的玩伴儿现在已经身居满铁和满洲殖民地的要职，他们在为日本帝国的满洲建设挥洒汗水。"哥儿"与"野猪"同仇敌忾对抗权力体制的结构在《满韩漫游》中变成了漱石和"野猪"们同流合污，服膺权力体制，为日本帝国掠夺满洲殖民地身体力行的结构。因此，夏目漱石对于满铁的满洲开发津津乐道。他描述了满铁在铁路建设、工业产品开发、港口建设、农产品加工、电力煤炭资源开发、城市规划、职工福利等方面方兴未艾的事业格局。他笔下的电气化工厂、电气化公园、中央实验所、公司员工的住宅等现代化设施都比日本本土先进。不难看出夏目漱石替满铁做广告的用意。他后来写给朝日新闻社记者鸟居素川的信中也称赞"日本人具有进取精神，虽然还不富裕，但是往各个领域发展的事实以及与此呼应的经营者气魄。游历满韩后就觉得日本人的确是前途有望的国民"。[1]从这段称赞海外日本人具有上进心的话语中，亦可以看出夏目漱石通过满韩之旅重新找回了自己的民族主义意识。

夏目漱石的民族主义意识是通过与西洋人和亚洲人的接触过程中不断强化的。《满韩漫游》中形成对照的视点是如何看待洋

---

[1] 《漱石全集》（新书版）第29卷，第93页。

人和中国人，这位曾经在《我是猫》中讽刺日本人到处鼓吹"大和魂"的文明批评家，当面对西洋人或者中国人的时候，自觉或不自觉地把歧视的结构表现在自己的叙述中。夏目漱石在满韩之旅日记中，记录了9月5日到达中国大连的前一天傍晚在船上的经历。在与船长的交谈中，船长谈到他以前作为舵手航行美国的途中，在餐厅里，欧洲妇女看到他坐在旁边，就会站起来离开座位，说讨厌和黄种人坐在一起。[1]船长的经历无疑勾起了夏目漱石伦敦留学期间的记忆，正像他在《文学论》序中所言："于英国绅士之间，余如一条与狼群为伍的卷毛犬，生活凄凉。"[2]亲身体验过欧洲人歧视黄种人的夏目漱石在前往满洲的途中重新确认了自己作为一个日本人的文化认同。他在《满韩漫游》的第六节中描写了住在满铁大和宾馆时与一位英国人的交谈。当对方听说他是日本人时，洋人马上改变了说话的方式，文章是这样写的："我刚回答自己是日本人，他马上开始恭维说：我四十年前到过横滨，日本人有礼貌，热情好客，确实是模范公民。虽然难得听到这样的恭维，但是，已经和是公有约在先，只好随便结束了谈话，与老人告辞。"[3]对照日记中船长受歧视的谈话，我们可以看出夏目漱石描写他和洋人谈话的用意。作为满铁总裁的客人他不仅受到同胞的奉承，还受到了洋人的恭维。深层的含义应该是作为战胜国的国民可以在洋人的面前昂首挺胸了。后面的文章中还描写了当面批评中村是公向洋人献媚、谢绝参加中村为欢迎美国舰队举办的联谊舞会、在旅顺煤矿与英国领事同席都不愿意主动搭讪等情节。把这些情节连起来看，我们可以指出夏目漱石有意识地凸现了对

---

[1] 《漱石全集》（新书版）第25卷，第118页。
[2] 同上书第18卷，1957年，第13页。
[3] 夏目漱石：《满韩漫游》，第164页。

抗欧美列强的民族主义意识。

那么，同为黄种人的夏目漱石在《满韩漫游》中是如何把视线投向中国人的呢？《哥儿》的叙述文体滑稽幽默，包括主人公在内所有出场人物都受到了调侃和讽刺，不会令读者产生歧视的感觉。但是，在文体调侃幽默的《满韩漫游》中，叙述者夏目漱石以居高临下的视点描写印象中的中国人，产生的阅读效果与《哥儿》则大不相同。文章中毫无顾忌地称呼中国人为"清国佬儿"（日本人蔑视中国人的称呼），称呼俄国人为"露助"（日本人蔑视俄国人的称呼），与日本人相比，夏目漱石描写的中国人没有一个是有名有姓的。他到达满洲时的第一个印象就是码头上拥挤在一起的苦力。"单个人显得很脏，两个人凑在一起仍然难看，如此多的人挤在一起更加不堪入目。"[1]他关注的是洋车夫、马车夫的"脏、乱、差"，而且自造滑稽的词汇"鸣动连"[2]来形容聚集在码头的中国劳工。到达大连后，夏目漱石无心与中国人交流。他笔下的中国人是那些：参观日俄战争遗迹时见到的盗挖"宝物"的人，浑身弥漫着汗臭味的轨道车夫，赶着马车横冲直撞的马车夫，不顾客人只顾拉车奔跑的洋车夫等等，"肮脏、鲁莽"是夏目漱石用在他们身上最多的形容词。而对于中国总体的印象竟是中国人的城区很脏，中国人的商店有臭味，中国城市的水"又酸又咸"，中国的旅店散发着"奇特的臭味"，梨园主人家的客厅"不干净"等等。总之，在他的印象里中国人不讲卫生，还没有达到文明人的水准。他甚至直言不讳地说：中国人"果然是肮脏的民族"[3]。麻木和奸诈也是他用于描写中国人的关键词。《满韩漫游》

---

[1] 夏目漱石：《满韩漫游》，第159页。
[2] 日语词，直译是引起震动和响声的家伙，意译为一窝蜂。
[3] 同注[1]，第243页。

中有一个情节描写夏目漱石一行乘坐横冲直撞的马车在从沈阳北陵参观回来的路上,看到一个被马车撞伤的老人无助地坐在地上,小腿上留下血淋淋的伤口。可是,黑压压一片围观的人却没有一个主动救助的。受伤的老人表情麻木,围观的人也无动于衷,连自己车上的导游也不顾"我"的催促若无其事地离开了现场。读到这里不由得令人想到鲁迅先生描写的幻灯事件,这个情节无疑揭示了受皇权压迫和帝国主义踩躏的中国民众身上的人道缺失。但是,夏目漱石和鲁迅流露出的感情是不一样的,所带来的阅读效果也不一样。鲁迅面对国人的麻木,表现出"哀其不幸怒其不争"的情绪,激发了改造国民性的斗志,开始为弱小民族的独立自强而呐喊。可是,夏目漱石却居高临下、超然物外,"在旅馆门口下车的时候,我产生一种终于和残酷的中国人断绝了缘分的心情,不由得高兴起来"。①这里表现出的完全是局外人的情感。从夏目漱石对待中国人的态度上,可以看出这位深受欧美列强歧视之苦的日本知识精英在面对中国人或者亚洲人的时候,却毫不掩饰地把歧视的目光投了过去。夏目漱石身上表现出来的这种歧视亚洲民众的观念一直是日本近代知识分子的主流意识。第二次世界大战日本战败之后,随着亚洲国家的独立,这种意识才逐渐淡化。

满洲之旅让夏目漱石发现了新的风景,他在初秋的大连看到了日本本土看不到的星星,他认为大连的太阳比日本的太阳耀眼,满洲的落日使他感动。他在满洲找到了"沃野千里"的感觉。更令他兴奋的是找到了"南画"(水墨画)的风景,明确了与日本不同的"中国风景"。自幼受中国古典文化熏陶的夏目漱石在满洲找

---

① 夏目漱石:《满韩漫游》,第240页。

到了古典中国的风景意象，满洲的风景让他回到了精神的故园。他享受着温泉胜地的中国山水，品尝着中国大地赐予的食物，感叹的却是生长在这满洲大地上的中国人"自古以来喝着这（辽河）泥汤之水，怡然自得地繁衍子孙，繁荣至今"。[1]他感受到了中国大地上蕴藏的力量，也为日本的满洲殖民感到了危机。

从《满韩漫游》中可以看出夏目漱石对于满洲的认识是复杂的，甚至流露出恐惧的情绪。惨烈的日俄战争留下的废墟还没有清理，旅顺口海底的沉船和鱼雷依然存在，围绕"鬼屋"的战争创伤故事不断流传。满洲这块"沃野千里"[2]一望无际的"辽阔"大地上聚集了复杂的力量，国际势力继续聚集，欧美列强持续干涉，俄国不甘失败，日本面对来自世界的压力。当地民众的抵抗，土匪马贼的骚扰，对于满铁的建设也是威胁。他在中国"苦力"的劳动现场，"注视着这个苦力赤裸的身躯时，不由得联想起了'汉楚军谈'。古时候，让韩信从胯下钻过去的好汉必定是这样一些人"。[3]他看到了忍辱负重，坚毅不拔的中国民众，意识到中国人的力量是不可藐视的。夏目漱石不愧是二十世纪的预言家，他也许已经预见到日本会陷入满洲殖民地的泥沼，最后会遭到历史的惩罚。按这样的逻辑推理，《满韩漫游》的辍笔也就是历史的必然了。

---

[1] 夏目漱石:《满韩漫游》，第230页。
[2] 同上书，第223页。
[3] 同上书，第185页。

军国主义语境里的殖民地书写

——夏目漱石《满韩漫游》辍笔考辩[1]

刘凯（四川大学）

《满韩漫游》是夏目漱石根据自己在满洲和朝鲜半岛的旅行体验而创作的游记。此次旅行最初缘于年轻时的旧友、时任满铁总裁的中村是公的邀请。时间是1909年9月2日至同年10月17日，游记在《朝日新闻》上的连载时间是同年10月21日至12月30日，先后有51回。题目虽然为《满韩漫游》，但是由于连载的中断，内容只涉及作者在满洲的旅行。

在夏目漱石的作品中，《满韩漫游》历来受到的评价不高。其弟子小宫丰隆称之为"用满洲旧友的闲谈写成的纪行文"，而著名评论家荒正人则认为它是"漱石作品中评价最差的一部"，夏目漱石在其中"对日本的军国主义现状缺乏认识"。[2]中川浩一指出夏目漱石对在帝国主义体制下推进殖民统治的满铁完全缺乏认识。[3]

---

[1] 本文曾刊于《东北亚外语研究》2014年第1期，此次收录略有改动。
[2] 三好行雄：《夏目漱石事典》，学灯社，1990年，第245页。
[3] 中川浩一：《漱石与帝国主义殖民地主义》，《漱石研究》（5）特集"漱石与明治"，1995年，第39—50页。

中国研究者杨红则根据《满韩漫游》中写到的战争遗迹、中国人的形象指出夏目漱石对日俄战争进行了美化,对中国人也持鄙视态度,最后结论道:"《满韩处处》[①]是夏目漱石当时应日本当权者之邀而写的作品,所以他的作品理所当然要为日本军国主义摇旗呐喊,也可以说夏目漱石的《满韩处处》处处体现了他的军国主义倾向,对于日本帝国主义者的侵略扩张主义起到了推波助澜的作用。"[②] 此外,与一贯的批判态度相对,泊功在详细地梳理了先行研究之后,重新分析了《满韩漫游》中的歧视性用语。他指出,因为在同时代确实存在江户、东京比世界其他地区大都市的环境卫生要好的客观事实,而"肮脏"这一用语是内嵌于这个事实之中的;而"清国佬儿"这样的称呼,则牵系着写生文本中叙述者的身份认知与表现技巧的设定等因素,不能简单视之为歧视。[③] 可以说,泊功的论述是在有意识地淡化以往研究中对夏目漱石的批评。另一方面,《满韩漫游》连载中止的原因也是研究者们争论的焦点之一。目前为止的主要观点大致可以归结为:一是媒体在此时集中转向报道"伊藤博文暗杀事件"(1909年10月26日),这在客观上影响并导致了夏目漱石的辍笔;二是夏目漱石尚未写作的部分在已经完成的《满韩漫游》中大都已被涉及,没有再继续写作的必要。

上述各方对《满韩漫游》的论述的确各有其一定的合理性,

[①] 《满韩漫游》的日文原题为「満韓ところどころ」,杨红译为《满韩处处》。考虑到这部作品在多年前已经有中译本(王成译,中华书局,2007年),且在一定范围内已为中国读者所熟知,笔者在本文中将使用中译本译名"满韩漫游"。

[②] 杨红:《浅析夏目漱石〈满韩处处〉中的军国主义倾向》,《时代文学(下半月)》(02),2010年,第58—59页。

[③] 泊功:《夏目漱石〈满韩处处〉中的差别表现与写生文》,《函馆工业高等专门学校纪要》(47),2012年,第81—88页。

但仅仅停留在批判夏目漱石对当时社会现状缺乏认识还是不够的；或者仅通过对个别关键词的考察，一厢情愿地为夏目漱石开脱，也会忽略历史过程的复杂性。要知道，夏目漱石是带着在满洲、朝鲜旅行时的体验回到东京之后开始写作的，而且在写作过程中发生了"伊藤博文暗杀事件"。若不去考虑这一过程中的语境转换，就无法解释为何夏目漱石在之后非但没有与日本国内高涨的军国主义、殖民主义的时代氛围同流合污，反而自创作小说《门》（1910）开始了迂回曲折的殖民地描写与批判。另一方面，如果只强调《满韩漫游》的连载中断是受到媒体报道行为这一客观因素的影响，那么夏目漱石决定中止连载时选择上的主动性和写作过程中的意图则会被忽略掉。鉴于此，本文尝试还原《满韩漫游》发表前后的社会背景、舆论氛围，以探讨其遭受读者冷遇的原因；之后再在这一语境之下，从作为写作主体的夏目漱石的角度来重新分析《满韩漫游》中途辍笔的原因，以此窥探他在写作过程中进行的种种考量。

一、满韩旅行的两面性

夏目漱石的满韩旅行是由多方面的因素促成的。首先，在日俄战争后，日本国内兴起了海外旅行的热潮。1906年6月，东京朝日新闻社开始举办"满韩巡游"[①]计划，7月第一艘船出发，定员374人，出发时轮船早已满员。而1909年9月21日的《东京朝日新闻》[②]头版最上端登载着"满朝巡游券发卖"的广告，此时夏目

[①] 朝日新闻社社史编修室：《朝日新闻九十年》，朝日新闻社，1969年。
[②] 本文中所引用的《东京朝日新闻》上的内容均来自高野义夫主编：《朝日新闻〈复刻版〉》，朝日新闻社，1988—2008年。

漱石正在旅行途中。继"满韩巡游"计划之后，朝日新闻社又分别在1908年1月和1910年4月举行了两次"世界一周"环游计划。此外，在这些计划进行期间，朝日新闻社还举行了一系列的庆祝活动。在这种氛围下，作为朝日新闻社社员的夏目漱石前往满韩旅游也是顺理成章之举。其次，1909年夏目漱石的文坛地位和社会地位再一次得到提高。该年1月21日，夏目漱石受文部大臣之邀，参加"文士恳谈会"，为政府的文艺政策建言献策。5月份，在当时最有影响的杂志《太阳》举办的"创业二十三周年纪念事业第二回十五名家投票"中，夏目漱石获得最高票。而这些也让他在当时日本社会毫无疑问地成了文化名人。

另外还有一个更为重要的原因是，满铁第一任总裁后藤新平在"经营满洲策概略"[①]的基础之上，提出了"文装性武备"政策。所谓"文装"，简言之便是在殖民地发展教育、医疗、铁道和文化等事业，以备战时之需。其中的文化事业则包括诸如在满铁沿线设立图书馆，邀请文化名人到满洲考察、旅游并在回到日本后进行宣传等。1908年继任总裁职位的中村是公是夏目漱石在第一高等学校时的同学，而且是室友。他在任期间（1908—1913）大力推进了满铁的事业，并加大了对日本国内的宣传。他在到任后不久，也即在夏目漱石参加"文士恳谈会"后不久，便开始联系夏目漱石。这也是时隔七年后中村是公第一次联系他。查阅夏目漱石的日记可知，1909年7月31日，中村是公来访，"他说要在满洲办一

---

① 1905年9月6日，时任日本满洲军总参谋长儿玉源太郎同他的得力助手、台湾总督府民政长官后藤新平提出"经营满洲策概略"，并且直截了当地指出："战后经营满洲的唯一要诀，即阳里经营铁路，阴地谋划诸种事业。"参见王中忱：《满铁图书馆遗事》，《博览群书》(06)，2005年，第45—50页。

家报纸,你能否来帮忙?"①夏目漱石对此并未给予明确答复。8月6日,夏目漱石受邀到满铁东京分社赴宴,列席的有中村是公和满铁各位理事。8月17日,时任《满洲日日新闻》社长的伊藤幸次郎来访,"就满洲日日新闻之事谈了有一个半小时"。② 8月18日,夏目终于写信答复中村是公决定接受邀请,去看一看"海外的日本人都在干什么"③。之后由于胃病的原因,拖延到9月2日才从东京出发。

在这里需要指出的,同时也是常常被忽略的一点是:对于这次旅行的定位,夏目漱石和满铁之间存在着认识上的偏差。在满铁方面,给予夏目漱石的是全程高规格待遇。在出发之前,中村是公便给了夏目漱石五百日元旅费,相当于漱石两个多月的工资④。也即是说,夏目漱石的旅行是由满铁全程资助。另外,夏目漱石在满洲的旅行日程安排是由满铁调查科长河村胜野所做,其中包括两次公开演讲。而从夏目漱石的角度来看,虽然他知道中村是公邀请他去旅行的目的,但他还是将之当作一次个人旅行来对待。例如当调查科长河村胜野问他想要了解满铁的哪方面信息时,他在心里说道"我本来也并非想要了解什么,面对他的提问我不知如何回答才好"。⑤可见他本人并没有制定具体的调查计划或任务,而且两次公开演讲也是在毫无准备的情况下进行的。当完成旅行回到东京后的第二天,夏目漱石一开始就说到这也算不上视察,只是一个人旅行了一次。总之,这是一次具有两面性的旅行,即满铁方面将夏目漱石

---

① 《夏目漱石全集》(16),岩波书店,1928年,第376页。
② 同上书,第378页。
③ 夏目漱石:《满韩漫游》,第154页。
④ 夏目漱石当初同朝日新闻社签约时的工资为每月两百日元。参见夏目镜子:《漱石的回忆》,角川书店,1984年,第175页。
⑤ 同注③,第172页。

的到来当作一件公务活动进行接待，而夏目本人则更多地将此看作一次私人旅行，而正是这种两面性在一定程度上使得夏目漱石在后来的写作上能够保持一定的自由度。

二、《肉弹》畅销下的连载

经历过甲午、日俄两场对外战争之后，军人的地位在日本社会达到了前所未有的高度。特别是在日俄战争后，诸如"军神"之类的歌颂军队与战争的话语层出不穷。查阅《明治、大正、昭和之新语、流行语辞典》可知，1906年的流行语为"肉弹"。下面是该辞典对"肉弹"的解释：

> 该词来自樱井忠温的书名《肉弹》（1906年4月）。意为将肉体当作炮弹的军人。这部小说是描写日俄战争中旅顺攻防战的畅销书，后被译成十几个国家的语言。小说中写道："其后的数次大突击亦是不断投入肉弹，直至勇士们鲜血干涸、身骨俱碎。"在大宅壮一的中学生日志（1916年2月17日）中有这样的记载：初中时，国语课学习樱井大尉的《肉弹》。石川达三在《苍氓》（1939年）中写道：每逢日本船到来时，在大家都齐聚的店里，各种装饰用的彩色纸上写满了某某子爵、樱井肉弹大佐，樱井当时被称作"肉弹大佐"。①

从上面的解释或许能看出"肉弹"这个词在日本社会的流行

---

① 米川明彦：《明治·大正·昭和新语·流行语辞典》，三省堂，2002年，第82页。

程度。我们可以看看樱井忠温的《肉弹》自1906年4月出版后直到二战期间的流行程度。到1909年11月，短短三年半的时间内就发行至第六十八版。特别是在1909年8月至11月期间，平均每个月再版两次，而且在《东京朝日新闻》的头版上有非常醒目的广告。其热销程度从广告词中便可以看出：1909年9月3日"需求激增 六十四版发售！！！"、10月7日"战况如图 六十六版"（该则广告版面的背景为日本军人在炮火中奋勇作战的画面）、11月10日"极受欢迎的名著六十八版"。那么该书为何会如此畅销呢？因为作者以自身的战争经历描述了日俄战争的惨烈，歌颂了军队对天皇绝对的"忠"和作战时惨烈的"勇"。①

乃木希典阅读完此书之后为樱井题"壮烈"二字，大隈重信等人亦为该书作序。此外，据1906年10月17日《万朝报》所载天皇召见樱井忠温的报道，樱井面见天皇时痛哭流涕地诉说军人的悲惨，最后献上一本《肉弹》，天皇则说他已经通读过一遍了。②可见，在当时的日本社会，上至天皇，下至整个社会都沉浸在一种近乎亢奋的军国主义狂热中。正如上述辞典中的解释所提到的那样，《肉弹》在后来被标上注音假名甚至被普及为教科书。因此，这部小说很明显已经被官方意识形态化，而媒体以及作为读者的社会大众在一定程度上又与其处在互动的关系上。这样也就不难想象当"伊藤博文暗杀事件"发生时会刺激并引导读者的阅读取向了。而夏目漱石在当时作为文坛的知名作家，又是《朝日

---

① 关于作品《肉弹》的具体研究请参见董炳月：《"梦"与"肉弹"的文学史——中日现代作家创作中的互文问题》，《"国民作案"的立场——中日现代文学关系研究》，生活·读书·新知三联书店，2006年，第79—95页。

② 中山泰昌、中山八郎：《新闻集成明治编年史》第12卷，本邦书籍，1982年，第155页。

新闻》社的社员，对于《肉弹》不会不知晓，更何况他于松山中学当英语老师的时候，樱井忠温曾为该校的学生。或许是夏目漱石有意识地选择了回避。

正是在上述《肉弹》畅销的背景之下，夏目漱石于满韩旅行途中到旅顺参观了日俄战争的战场和纪念馆，在《满韩漫游》中详细地记录了他在这一过程中的见闻。《肉弹》中所描写的壮烈英勇的战争场面在漱石笔下却是这番景象：

> A君告诉我们：双方仅隔着用装土的麻袋筑起来的屏障对垒。如果露出头来的话马上就会被击中，所以他们是身体躲在掩体里胡乱扫射。而且，有时打累了就停下打枪，双方还聊天，向对方要酒喝，或者说我们要收拾尸体希望你们停止进攻，或者商量说太无聊了我们别打了，几乎无所不谈。①

上面这段内容是夏目漱石从向导A君那里转述的，A君则是从那场战争中生还下来的人。当读者们对日俄战争的想象还沉浸在《肉弹》所描述的惨烈场面之中时，像"双方还聊天，向对方要酒喝……或者商量说太无聊了我们别打了，几乎无所不谈"这样的描写毫无疑问地成了对《肉弹》的反驳，同时也是对这场战争的讽刺——"太无聊了"！而且这是从战争亲历者之口发出的证言。由此可以看出，作为写作主体的夏目漱石在一开始便与那场战争拉开了一定的距离，这种距离感消解掉了民族主义、军国主义式的盲目。这与他在早期作品《我是猫》《三四郎》中的立场是具有一贯性的。因此，《满韩漫游》的战争描写不仅不惨烈、不忠君爱

---

① 夏目漱石：《满韩漫游》，第201页。

国，反而与民众的狂热情绪和舆论走向相悖。特别是在当时描写满洲和朝鲜的文章中，闲适幽默、政治倾向不明确，甚至隐隐透着几分讽刺与批判的《满韩漫游》面对亢奋的读者时自然地就略显不合时宜了。

与此同时，我们还要注意到作为铅字印刷媒介的新闻报刊在日俄战争后的动向。由于日本在日俄战争中付出了巨大的人力、物力和财力，虽然取得了胜利，但最终未得到使国民满意的赔款或割地。民众的不满和再次开战的呼声最终导致了东京的"日比谷烧打事件"（1905年9月）的爆发。在这一著名的政治事件中，新闻媒体不仅是事件的报道者，而且也是积极的参与者。正如内川芳美和新井直之所指出的："起到煽动作用的报纸与被动员起来的民众这一组合，实际上就是这场运动的参与者，统治者日后对这一点是完全知晓的。而新闻记者们虽没有公开承认，但对这一点他们也是自知的。"[①]夏目漱石所供职的《朝日新闻》当时也采取了战斗的姿态，坚决站在民众一边，最终被明治政府禁止发售。《大阪朝日》被停刊3次共计35天，《东京朝日》被停刊15天。[②]停刊固然不是件好事，但对于《朝日新闻》来说这或许也可以说是因祸得福。正因为在事件中坚决地与民众一同作战，被停刊时成了牺牲者，但也成了英雄。因而《朝日新闻》在民众中的口碑和地位自然就得到上升。根据山本武利的研究可以看出，当时《朝日新闻》的读者群主要为知识分子、中小商人、农民、下层劳动者以及士兵。[③]而从当时在东京的中国留学生黄尊三的日记中也

[①] 内川芳美、新井直之：《日本新闻学》，有斐阁，1983年，第47页。
[②] 朝日新闻社社史编修室：《朝日新闻九十年》，第239页。
[③] 山本武利：《近代日本的新闻读者层》，法政大学出版局，1981年，第三章。

能窥见一斑:"1906年7月4日:早上去取《朝日新闻》。其评论公正报道详细。每日发行四五万份。在日本的报纸中,为最有价值者。"①

另一方面,经过日俄战争后,日本各大报社之间的竞争也变得更为激烈。田中浩指出:"新闻的商业价值与时间是成反比递减的,明治后期,特别是经过日俄战争后,其递减速度更快。"②这促进了"盈利性新闻报道"的发展。新闻报道"向商业报道转换"、政论报道更加大众化。《朝日新闻》在村山隆平的领导下成为了这种转换的先行者和主导者。其最大特点之一便是时事性的报道成为报社盈利的主要来源。这一点通过查阅当时《朝日新闻》的收支状况也会发现,到了1907年前后《朝日新闻》才真正扭亏为盈,并从此以后利润逐年攀升。③

因此在上述背景下,当日本国内本来就已经高度紧张的社会氛围受到"伊藤博文暗杀事件"的刺激时,焦点也必然高度集中于此,而以时事性为首要报道原则的《朝日新闻》此刻自然也会尽最大努力来报道这一事件。于是,夏目漱石的《满韩漫游》只能面对如下的命运了:开始连载一周后伊藤博文在朝鲜被暗杀(1909年10月26日),从10月27日开始,作为最具时事性的新闻事件,"伊藤博文暗杀事件"的相关报道占据了《朝日新闻》的大量版面,一直持续到11月中旬才有所减少。另外,在报道"伊藤博文暗杀事件"的同一天,《朝日新闻》也迅速做出反应,开始连

---

① 黄尊三:《清国人日本留学日记》,实藤惠秀、佐藤三郎译,东方书店,1986年,第100页。
② 田中浩:《近代日本传媒》,御茶水书房,1987年,第690页。
③ 内川芳美、新井直之:《日本新闻学》,第47页。

载《伊藤公的前半生》，紧接着11月5日社会部部长涩川玄耳①决定开始连载《恐怖的朝鲜》，这个连载持续到11月底。其中《满韩漫游》因报道的需要在进入11月一开始就被迫停止了一个星期，总共51次的连载用了70天才完成。在报导暗杀事件的这段时间内《满韩漫游》确实是直接受到了影响，而且夏目漱石在11月28日写给寺田寅彦的信中还对此抱怨过："我受报社之约正在写满韩漫游，一旦当日的报道量增多，连载就会往后推，我一气之下打算中止连载，他们就劝我接着往下写，所以现在拖拖拉拉地还在刊登。"②

三、两则日记里的夏目漱石

迄今为止关于《满韩漫游》中途辍笔原因的讨论，大多止步于将之解释为"伊藤博文暗杀事件"的影响。可是一个简单的事实是，在关于暗杀事件的报道热潮结束后，《满韩漫游》又连载了约一个月。可以断定的是，暗杀事件虽然影响了夏目漱石的写作进程，但并未致其中止。相反，我们从夏目漱石在事件前后的持续性写作行为本身和他的论述中也可以感受到，他有想要传达给国内读者的信息。而他主动决定中止连载的理由："在报上连载至此已经到了除夕，跨越两个年度不甚正常，暂且决定停止连载"③，

---

① 涩川玄耳（1872—1926），活跃于明治时期的新闻记者、随笔作家。夏目漱石在熊本教书时，他曾参加夏目漱石的俳句社"紫溟吟社"。与夏目漱石同于1907年进入朝日新闻社，之后任社会部部长，被称为"辣腕社会部长"，提出了一系列崭新的构想，将报道口语化，改革社会版版面，还充实了家庭栏。
② 夏目漱石：《满韩漫游》，第144页。
③ 同上书，第252页。

似乎更像是一种搪塞之词。因为所谓"跨越两个年度不甚正常"反倒显得不甚正常。只要简单地查阅一下《日本近代文学史年表》之类的工具书便会发现，在《满韩漫游》发表前后，田山花袋的《妻》（《日本》1908年10月—1909年2月）、永井荷风的《冷笑》（《东京朝日新闻》1909年12月—1910年2月）、森鸥外的《青年》（《卯》1910年3月—1911年8月）等作品都是跨越两个年度连载的，何来不正常之说呢？那么，鉴于此，我们就必须得换一种角度来考虑原因之所在。笔者在翻阅夏目漱石的日记时发现，其中有两则值得仔细阅读。

1. 求道者与殖民主义者

> 日记一：从中村是公处寄来一封写着"不可不读"的信，接着送来了"二叶亭四迷"。①

这则日记是夏目漱石于1909年8月16日所记，正值中村是公到东京邀请夏目漱石去满洲工作之时。中村是公此时正在等待夏目漱石的答复。经过笔者查证，此处的"二叶亭四迷"应为同年8月7日由东京易风社出版的《二叶亭四迷》一书，该书由坪内逍遥和内田鲁庵共同编著。该书内容正如其副标题所示："多重视野中的长谷川辰之助及其追忆。"此外，该书的广告还登载在前一天（8月15日）的《朝日新闻》第三版上，位置恰巧在夏目漱石正在连载的小说《其后》（1909年6月—10月）的正下方。广告中还写到该书执笔者为坪内逍遥、森鸥外、德富苏峰等朝野六十余名士。

---

① 《夏目漱石全集》（16），第380页。

中村是公便是在广告刊登后的第二天给夏目漱石送来了这本书。那么，中村是公的用意何在？为何让夏目漱石非读不可？

首先，中村是公此行的目的很明确，就是想让夏目漱石到满洲帮忙创办报纸。为了达到目的，中村是公也是做了不少工作：1909年8月4日派人送给夏目漱石两箱俄罗斯香烟、6日在满铁东京分社宴请夏目漱石、次日又派人送给漱石一把满洲掸子和一箱香烟、13日差遣伊藤幸次郎写信催问赴满洲创办报纸之事、17日让伊藤登门拜访并与漱石长谈了一个半小时、18日再次派人前来催促。但是在整个过程中夏目漱石的态度一直是暧昧的，最终唯一的答复就是去满洲看看。

其次，我们再来看二叶亭四迷。众所周知，二叶亭四迷一直被视为文学家，但是他本人是不甘于此的，甚至不屑于做一个文学家。第一，当时对他来说靠写作很难维持生计，《浮云》（1887）中途辍笔后他便去了内阁官报局，领到的薪水是以前的三倍。他后来创作《面影》（1906）和《平凡》（1907）也是被外界所迫。第二，二叶亭四迷是一个在年轻时就已经树立了政治抱负的人，当《面影》受到好评时，他并不以文士自居，反而一心关注国际政治问题。而最重要的是，二叶亭四迷有着强烈的殖民主义冲动。关于这一点，王中忱的《殖民主义冲动与二叶亭四迷的中国之旅》[①]一文已有很详细的论述，在此不再重复。在二叶亭四迷去世五天后，坪内逍遥登在《东京朝日新闻》1909年5月15日上的追悼文对他有这样的总结："在文学上有如此成就的他却非常讨厌文学，这一点甚至连与之长期交往的我们也难以理解。他的志向并非岛

[①] 王中忱：《越界与想象——20世纪中国、日本文学比较研究论集》，第3—26页。

国日本的文学，而是社会经营、国际问题等。有一段时间他还热衷于满洲经营，并倾全力于这方面。"分析到此，我们可知二叶亭四迷有着强烈的"弃文从政"倾向和殖民满洲的抱负。那么作为日本帝国主义殖民中国东北地区的最重要的主力军，满铁总裁中村是公在这里的用意便不言自明。

最终的结果当然是令中村是公失望的，因为夏目漱石并没有"弃文"而加入他的殖民事业，虽然当时的夏目漱石也正为钱发愁。①其实，夏目漱石一直以来是立志要做一名文士、一名求道者的。1907年5月，夏目漱石宣布进入朝日新闻社，在入社辞中写道："当问及所担任的工作内容时，对方答复说只需要适时适量地写一些文艺作品即可。这对于视文艺著述为生命的我来说，没有比这更难得的了、没有比这更快乐的待遇了，也没有比这更光荣的职业了……"(《朝日新闻》，1907年5月3日)。看到这里，我们便会明白为何夏目漱石当时对旧友中村是公的态度暧昧不明，也会明白为何满韩旅行对于夏目漱石来说只是一次个人旅行。既是个人旅行，那么写《满韩漫游》也就不在自己的工作义务之内，中断与否也是自己说了算。此外，在《满韩漫游》中也并无将满铁向日本国内进行宣传的口气。可以说在整个过程中，夏目漱石一方面默默地选择了坚持走自己的求道之路，有意识地同殖民主义者们在心理上保持了距离；另一方面，这种距离感也将他自身放置到了国家权力与殖民制度的紧张感之中。而他与中村是公等人的友情不免让他多多少少陷入了矛盾之中。

---

① 此年三月，夏目漱石曾经的养父盐原昌之助突然出现并向夏目漱石索要钱财。此事直到夏目漱石从满韩旅行回来后的十一月才商讨完毕。最终双方约定断绝关系，夏目漱石给盐原一百日元。

2.两种朝鲜人印象

日记二：余谓韩人可怜。①

这则日记是夏目漱石在1909年10月5日所记，当时他已经结束在满洲的旅行，抵达朝鲜。对比《满韩漫游》和朝鲜旅行期间的日记我们会发现，夏目漱石的中国人印象和朝鲜人印象有着明显差别。"肮脏"的中国苦力、"鲁莽"的车夫这些印象到了朝鲜后被"可怜"的朝鲜人取代。关于朝鲜人的描写在日记中还有很多："既入朝鲜，人皆白兮"（9月28）、"风雅的朝鲜人"（9月29日），而在10月7日的日记中夏目漱石甚至作了一首诗：

> 吹高丽人之冠兮秋风
> 　韩人白兮
> 逢秋山兮唯见白衣人②

如此等等。夏目漱石对朝鲜人的印象多呈现为"风雅""白""可怜"。然而到了与夏目漱石同时在朝鲜旅行的涩川玄耳那里情况就完全不同了。如上文所述，"伊藤博文暗杀事件"发生后，作为《朝日新闻》社会部部长的他迅速开始连载《恐怖的朝鲜》。"白衣"在涩川笔下则变为："就像幽灵一样，令人不快"（1909年11月7日）。涩川连载《恐怖的朝鲜》是基于"时事性报道"这一

---

① 《夏目漱石全集》（17），岩波书店，1929年，第34页。
② 同上书，第35页。

点出发的，而这个所谓的时事性，其实也就是在对事件本身进行报导的基础之上，尽可能地迎合当时读者的阅读需要。夏目漱石所谓的"可怜"的朝鲜人在那里变成了"恐怖的""可恨的"朝鲜人。如涩川开篇这样写道：

> 伊藤公被朝鲜人杀害了。
>
> 直截了当地讲，西乡、大久保、江藤、前原乃至清俄两大战役的几十万勇士都被朝鲜人杀害了，沾着血和泪的几十亿日元战资都白白地撒在朝鲜的秃山上了。尚今每年还投入三千万日元的汗水，但并没有生出好的胚芽。这样下去还要花费多少工夫、多少财力和人力啊。想到这里，对于日本来说，再没有比这个国家更恐怖的了。（1909年11月5日）

这里需要注意的是，"一个刺杀者"被涩川玄耳升级为"整体朝鲜人"加以对待。这种做法似乎在《朝日新闻》其他的相关报道中变成了固定模式，比如《可恨的朝鲜人》（大仓喜八郎，1909年10月27日）、《哈尔滨的无赖韩人》（宋秉畯，1909年10月27日）等。新闻报道本身是具有诱导性的，"报纸对时事问题、政治问题的分析评论是以文章这一'明示性言论'的形式进行的。……'明示性言论'通过报纸这一媒体把人们的关心、注意力集中到特定的时事问题上，同时又是将读者向某一个方向诱导的有效手段。其目的是诱导关心、诱导意见"。[1]在这种情况下，可以说媒体与读者形成了一种相互刺激、默契配合的关系。当舆论中流行

---

[1] 参见野崎茂《电视传媒的形成》，转引自内川芳美、新井直之：《日本新闻学》，扉页。

着"恐怖""无赖""可恨"这样的朝鲜人印象时,夏目漱石的所谓"风雅""白"之类的描述自然会显得格格不入。当整个社会都在说"黑"的时候,不管一个人的所见所感如何"白",都会遭到冷落,甚至会招致危险。或许正是基于这种状况,夏目漱石选择了沉默,中止了连载。因此,从夏目漱石的角度看,《满韩漫游》连载中止的原因与其说是其内容缺乏时事性,不如说是夏目漱石计划写作的内容与读者的阅读需求相悖。但也正是因为选择了沉默不可避免地遭到后人的批评。

四、小说《门》中的满洲暗影

　　如上所述,夏目漱石在整个过程中没有从正面去批判日本的殖民主义、帝国主义和军国主义,但是也没有与他们同流合污。我们可以看出,夏目漱石在整个过程中一直有意识地与主流意识形态保持着距离。上文提到,他在旅顺参观了战利品纪念馆和旧战场,但有趣的是,在听过向导A君的"热情讲解"之后,夏目漱石将那些战利品"大都忘却了",甚至"根本没有留在脑海里",最后他"只记住一件东西,那是一只女人穿的鞋,质地是缎子面料,颜色是浅灰色"。以日军的胜利和战利品为主要描写对象,应是当时日本媒体的主流叙述方式,然而夏目漱石的叙述则与此大相径庭。在此我们不得不去怀疑夏目的写法是有意为之。此外,在《满韩漫游》中关于日俄战争的记述还有不少。夏目漱石在参观二零三高地时,从陪同参观的市川君的讲述中,我们还能看到如下的描述:

　　　　经历过进攻二零三高地战斗的市川君讲解得非常详细。

市川君告诉我们：从六月份到十二月份，他们没在房子里睡过觉，有一次，在齐腰深的水沟里一站就是几个小时，冻得嘴唇的颜色都变了。吃饭也不定时，趁不打枪的时候，随时往嘴里填几口干粮。有时因为下雨马车陷在泥潭里出不来，靠马的力量无论如何也不能把食物运上来。现在，要是还那样做，不出一个星期人就会大病一场。我曾经问过医生这是什么原因，医生笑着说，战争期间身体的组织一段时间会改变，变得就像猫或者狗一样。市川君现在担任旅顺的巡警处长。①

了解日俄战争历史的读者都知道，二零三高地是军事要地，也是日俄战争中双方战斗最惨烈的地方。日方军队在此处的伤亡也最为惨重。战争结束时，领导这场战争的乃木希典将二零三高地命名为"尔灵山"（该名称与"二零三"在日语中发音相同）以纪念那些死去的士兵。正是这样一个地方，让樱井忠温使尽浑身解数去描写和歌颂，而夏目漱石则是描写这场战争的残酷性以及人的身体和生命是怎样被压抑、被摧残。对"身体"的描写是作为批判的方法呈现的。经历过那场战争的市川君当然会向夏目讲述战争过程的惨烈，但是他最后选择写下的却是上面那段话，像上一次选择描写那只"女人穿的鞋"一样。毫无疑问，在他的"选择"里是有政治性的，即始终保持距离。值得一提的是，夏目在这两次战争描写中，都是以A君和市川君之口转述的形式进行的。这种婉转曲折的写作策略一方面可以保证描写客观性，但同时也免不了作者为自身安危考虑之嫌。

---

① 夏目漱石：《满韩漫游》，第205页。

军国主义语境里的殖民地书写

夏目漱石在《满韩漫游》的中途选择了沉默并主动中止了连载。而且这一选择性沉默又给自身招致了批判。但是，我们在此需要注意的是，选择沉默并不等于停止了思考。夏目漱石这个作家最大的特点就是不停地在思考。在《满韩漫游》辍笔三个月后，夏目漱石开始了小说《门》（1910年3月1日—6月12日）的连载。小说第三回中，三位主人公在谈到"伊藤博文暗杀事件"时有如下的对话：

"他是为什么被杀的？"阿米把看到《号外》后向宗助提过的问题，又向小六问了一遍。

"有人用手枪砰砰连发几枪，就打中了。"小六老老实实地回答。

"我是问你为什么被杀呀！"

小六现出一副不得要领的尴尬模样。

"还不是命里注定的。"宗助沉静地说。他甜滋滋地喝着茶。阿米看来还不明白他说的话的意思，又问：

"他为什么又到满洲去了呢？"①

主人公阿米在这里反复三次追问伊藤博文去满洲的原因以及他在那里被杀害的原因。从作品中的时间点来看，在事件发生的当时，宗助和弟弟小六或许还不能够充分回答阿米的提问。但是在事件发生之后，特别是对小说发表以后的读者来说，这个问题的答案很容易就能出现在脑海中。但实际上，夏目漱石通过阿米之口进行反复追问这一行为本身，在话语层面也构成了对当时媒

---

① 夏目漱石：《门》，陈德文译，湖南人民出版社，1983年，第16—17页。

体上所流行的事件叙述方式的质疑。换言之，他追问的不是暗杀事件本身，而是导致这一事件发生的历史前提和内在逻辑。要知道，自甲午战争以后，日本明治政府不断谋划将朝鲜半岛和中国东北地区纳入自己的版图，特别是在1904、1905、1907年分别签署了三次《日韩协约》。针对这种将帝国主义侵略和殖民统治制度化和正当化的做法，当地兴起了抗日运动。1909年10月26日，朝鲜抗日民族运动家安重根用手枪刺杀了前来哈尔滨与俄国财务大臣弗拉基米尔·科科夫佐夫进行谈判的伊藤博文。伊藤博文的死可以说是满韩抗日的一个结果，但另一方面也刺激日本加快了侵略的步伐。1910年8月《日韩合并条约》颁布，日本正式吞并朝鲜半岛。可以说，与游记相比，夏目漱石在小说中得到了更大的表现空间，使得作者能够更加自由地在现实与虚构之间进行艺术性的转化。或许，夏目漱石在当时的环境中写作《满韩漫游》时感受到了游记这一文体在表现上的局限性；也或许是夏目漱石对当时的社会现状有所察觉和认识才中止了《满韩漫游》的连载，遂决定改变写作策略、放弃继续连载，转而将思考放在小说中继续。

　　毫无疑问，此次"满韩旅行"与"伊藤博文暗杀事件"对夏目漱石的影响是决定性的。从《门》开始，在小说《春分之后》（1912）、《明暗》（1916）等作品中，"满洲""朝鲜"始终作为一个巨大的他者反复出现。这种内在于夏目漱石自身的连续性便是起源于这次殖民地旅行。当然，将夏目漱石的"沉默"放在其对日俄战争与"伊藤博文暗杀事件"的描写中来理解是远远不够的。因为在这"沉默"的背后，他正在思考着一个更大的问题。夏目漱石在旅行途中曾于大连做过一次题为《物之关系与三种人》的演讲。在演讲中，夏目将社会中的人分为三类：探究物之关系的人（如物理学家、化学家、哲学家）、改变物之关系的人（如军人、满铁员工）、品味物之关系的人（如文学家、艺术家）。接着指出满洲的日本人中大多是"改变物之关系的人"，他们大都是为经营满洲、为了这里的资源和财富而来。而且这些人在夏目看来都是"过于忙碌的人"。这些人虽然能够在大连不断地发展出像西洋那样的"物质文明"，却出不了艺术家。在满铁的员工和中村是公面前讲出这些话可谓犀利。夏目在这次演讲中不仅解答了自己最初的旅行目的（即看看海外的日本人都在干什么），而且在与西洋文明的比较中以殖民地大连为原型展开了对日本现代性的批判。两年后他那篇著名的演讲《现代日本的开化》（1911）在这里已有雏形。可以说，夏目的现代性批判和文明论是在其殖民地体验之后进一步展开并确立起来的。要了解个中的要义，就必须要回到这"体验"的现场和相关文本中。

木下杢太郎的中国旅行与美学叙事

——《大同石佛寺》的美学叙事初探[①]

杜雪雅（清华大学）

木下杢太郎（1885—1945），本名太田正雄。1915年，木下杢太郎来到中国，任职南满医学堂教授兼皮肤科部长。在中国的5年间，木下杢太郎到中国各地旅行，以旅行中的所见所闻为题材写作了大量游记。《大同石佛寺》就是记录了木下杢太郎到山西省大同云冈石窟游历的整个过程的作品。

1920年9月10日，木下杢太郎与画家木村庄八乘火车从北京西直门出发，途经下花园、张家口、天镇、阳高县，至大同后夜宿东华栈。9月11日赴云冈，在云冈石窟寺经过16天测绘调查，用文字、写生图、照片、拓本、平面图等多种形式对云冈石窟进行了全面记录。木下杢太郎在旅行中写就的17篇日记对大同城内外和云冈地区的地理风貌以及云冈石佛寺27窟的构造格局和内部装饰进行了精细的记述。

---

① 本文由提交给清华大学的硕士论文改写而成。

1921年木下杢太郎的旅行日记以《云冈日录》为题分3次分别在《太阳》杂志第3、4、5号上刊载。1921年，木下杢太郎又在《中央美术》杂志第7卷第4号上发表了《大同美术中的犍陀罗元素》一文，文中以在云冈石窟实地调查时收集的资料为基础，批判性论证了建筑学者伊东忠太、美术学者大村西崖和佛教学者松本文三郎的观点，从美学视角出发对云冈石窟艺术中的美学元素进行了再探讨。1922年，由木下杢太郎执笔的《云冈日录》《大同美术中的犍陀罗元素》《云冈佛龛的名称》构成的《大同石佛寺》(第一部)，与木村庄八执笔的《大同石佛寺》(第二部)，以及238张照片、写生图以《大同石佛寺》为题结集出版。1938年木下杢太郎将改稿后的《大同石佛寺》(第一部)与《大同石佛寺杂话》《北魏的造像》《云冈石佛文献抄》等诸篇以《重版大同石佛寺》为题交座右宝刊行会重新出版。本稿以《大同石佛寺》(第一部)为主要研究对象，并对照《重版大同石佛寺》改稿部分，从木下杢太郎的美学视角出发对其大同书写中的图像式记录进行梳理探讨。

在《云冈日录》序言中，木下杢太郎提出了以"美术眼"观察云冈石窟的倡议："这座石佛寺至今尚未引起日本美术界的注意。这样一个地方，竟然鲜有美术家前来拜谒并以美术眼对其观察。依我所见，雕刻家和画家们就算只为了看看石佛寺，来中国留学也未尝不可。"[1]第二次鸦片战争后，中国与西方列强签订了多个不平等条约，列强各国在中国的探险活动有组织性地由沿海地区向内陆地区进一步扩散。随着东方学（Orientalogy）的急速发展，对中国的研究在地理环境、道路交通、经济贸易、文化艺术

---

[1] 木下杢太郎、木村庄八：《大同石佛寺》，日本美术学院，1922年，第2页。

等多个领域全面开展。英国、法国、德国的学者在新疆、甘肃地区针对佛教建筑在丝绸之路上的传播途径展开调查并取得了相应的成果。其中英国学者斯坦因（Marc Aurel Stein，1862—1943）通过1901—1902年在新疆和田、1906—1908年在敦煌、1913—1916年在帕米尔高原的实地调查，发表了《关于中国土耳其斯坦的考古和地形发现旅行的初步报告》（Preliminary Report on A Journey of Archaecogical and Topographical Exploration in Chinese Turkestan）、《和田被沙漠埋葬的废墟》（Sand—buried Ruins of Khotan）等以中国西部为主要对象的研究成果。[1]欧洲的东方学研究的开展带给日本很大刺激，明治维新后西洋的科学技术和学科体系传入日本，伴随着日本的民族意识觉醒和亚细亚主义从萌芽走向成熟，日本建立了东洋史学与西方的东方学相抗衡，并以人种学和文明论为思想基础为所谓的"同文同种"寻找现实依据。1894年甲午战争爆发，日本的亚细亚主义变质，日本踏出侵略中国的第一步，并企图在政治、军事、文化等各个方面抢占对中国的主导地位。伴随着武力扩张，东洋史学以中国学为中心，对中国的政治、经济、文化等方面的研究全面铺开，为日本侵略中国的所谓正当性输送依据，而对照中国确定日本文化的身份、证实日本文化的优越性是其重要环节。20世纪初日本学者对云冈石窟的调查就在这种背景下产生。所以，在不同的云冈书写中都可以看到透过中国佛教艺术对日本文化的探讨及在东西方文化交流层面对日本文化源头的追溯。同时，由于探讨的领域、层面、视角等不同而呈现出不同的云冈叙事。

---

[1] 徐苏斌：《日本对中国城市与建筑的研究》，中国水利水电出版社，1999年，第27页。

在木下杢太郎到云冈之前,伊东忠太、关野贞和松本文三郎等人已经从建筑学、考古学、美术史学等角度对云冈石窟展开了研究,而当时对云冈石窟的美学探讨尚未铺开。所以《大同石佛寺》可以说是云冈石窟美学叙事的开先声之作。在《大同石佛寺》中,无论是对"石佛寺"或者"石窟"的概念区分,还是对伊东忠太、大村西崖和松本文三郎等人的著作中有关源流论的再探讨,都有木下杢太郎在东洋美术研究的体系中承前的一面。同时,木下杢太郎的从美学角度对云冈佛教艺术的解构和文本重塑也发挥了启后的作用。《大同石佛寺》是云冈美学重构的重要节点。杉山二郎在《享乐人与humanist》中评价《大同石佛寺》为"珠玉般的人间记录",是为"误将味如嚼蜡的记述当作艺术学且感官淤塞的美术史学者和不能将后世重修与原貌区分开来的佛教史学者的笔力所不及"。[①] 与前人从建筑史学、美术史学或者是艺术史学的角度出发的论证性记述不同,木下杢太郎确实用更为丰富的视觉形式和注重整体和细节的调和的艺术眼光,从地理风貌、交通机关、风土人情等各个方面对中国美、大同美和云冈美进行了细致的把握和图像式文本构建。从另一方面来说,在同时代云冈书写的文本中,可以看到《大同石佛寺》发挥着云冈"观光手册"的作用。比如,考古学者浜田青陵(1881—1938)在记录1926年云冈之行的文章中写道:"因为在云冈观光的大部分外国人都是日本人,我们的前辈、朋友也都叨扰于此。读过木下、木村二位所著的《大同石佛寺》的人,想必都在书里看到过东华客栈的名字吧。"[②]

---

① 杉山二郎:《享乐人与humanist》,《木下杢太郎:humanity的系谱》,平凡社,1974年,第212页。
② 滨田青陵:《大同的东华客栈》,《考古游记》,刀江书院,1929年,第8页。

大约可瞥见《大同石佛寺》在当时日本知识分子的大同旅行中的作用和影响力。

加藤周一认为"木下杢太郎的杰作当属《大同石佛寺》和《皮肤科学讲义》"[1]，木下杢太郎在极富诗性地进行文本构建的同时发挥着科学精神，用作为画家、作为作家、作为分类学者的眼光注视着周遭的万物[2]。而木下杢太郎使用的方法是形态学的，即在各种各样的特殊形态中追求普遍性原理。石川巧在此基础上更进一步，认为木下杢太郎对云冈佛教艺术的观察法是将其作为"杂种文化"的一种具体形式去把握。木下杢太郎的记述与伊东忠太和松本文三郎将重点放在希腊、印度、中亚等对中国佛教艺术的影响关系上去探索有所不同，并不强调中日佛教艺术的差异和日本佛教艺术的特殊性，而是从众多的特殊性中探求一种原型。[3]加藤周一和石川巧的论述重点都在于探讨木下杢太郎的观察方法和木下式观察中蕴含的文化心理和内涵。本文的论述将从《大同石佛寺》的文本出发，着重对木下式观察下的文本的图像式视觉表现和美学效果进行初步探讨，从而进一步把握木下杢太郎中国叙事的特殊性和美学内涵。

"市街风景图"与时代的"对境"

木下杢太郎的大同书写中多使用图像式记录法，而木下杢太郎式的构图中多存在空间或时间的多重图像叠加，以及多种美学

---

[1] 加藤周一：《关于木下杢太郎的方法》，《文艺往来》，1949年3月号。

[2] 加藤周一：《工业化的时代》，《日本文学史序说（下）》，筑摩书房，1980年。

[3] 石川巧：《木下杢太郎的"支那"通信与"支那学"的成立》，《九大日文》2号，2003年。

要素的"新配列"。比如：

> 房屋是随处可见的新式旅馆，进了街门就是砖砌的影壁，招牌当中写着"东华栈"三个大字，和其他"连升客栈"、"春元客栈"等毗邻旅店的招牌一字排开。其后是宽敞的院子，四周一圈的砖筑平房将之包围起来。站在一侧看过去，全然一副透视画法的样本，就像看明治初年的市街风景图一样令人心情舒畅。①

从以上引文中可以看出，作者的视线集中在"街门""影壁""招牌""院子"等充满中国情调的意象上，这些意象构成了中国住宅的"绘画性景观"。②换言之，在木下杢太郎的美学视野中，这些意象是中国住宅中重要的装饰性要素，而这些要素共同营造出了所谓"中国气氛"。③同时，透过中国式绘画印象还可以看到另一幅图景，即日本"明治初年的市街风景图"。傅玉娟在《木下杢太郎日本文化论研究》中指出："在他（木下杢太郎）对中国的戏剧、绘画、佛像艺术的记录与叙述的背后，隐藏着另一个更为隐蔽的指向，那就是日本。"④实际上，除了透过中国文化对日本文化溯源，木下杢太郎在美学观察与记录上，也呈现出透过中国式美学意象反观日本绘画性美学的倾向。此处的日本绘画

---

① 木下杢太郎、木村庄八：《大同石佛寺》，第8页。
② 木下杢太郎：《"支那"住宅的装饰性要素》，《木下杢太郎全集》第十卷，岩波书店，1981年，第339页。
③ 同上书，第319页。
④ 傅玉娟：《木下杢太郎日本文化论研究》，浙江大学出版社，2014年，第61页。

性美学则主要体现在市街情调的画作中。明治初年这一时间限定为这种市街情调所传达出的日本绘画性美学提供了更为清晰的指向。木下杢太郎对于明治初年的市街情调的品味与其早年的艺术活动有着千丝万缕的关系。

1908年1月，木下杢太郎同北原白秋、吉井勇、长田秀雄、长田干彦、秋庭俊彦、深川天川等七人退出新诗社，在泷田樗阴的介绍下开始在《中央公论》发表诗作。木下杢太郎等人通过在新诗社的关系认识了画家石井柏亭，又在石井柏亭的介绍下结识了画家山本鼎、森田恒友、仓田白羊等《方寸》的同人。退出新诗社的青年和《方寸》的画家共同组织的集会就是"牧羊神会"。①牧羊神会第一次集会选在东京两国桥畔的一家名为"第一大和"的西洋料理店内举行。其后集会地点转至小传马町的一家名为三州屋的西洋料理店，这周围本洋溢着浓厚的"下町风情"，古风的批发商店楼轩相接，不过这家店却留有"第一国立银行时代"的西洋建筑的影子。②

第一国立银行创办于1873年，为五层洋式建筑，坐落于海运河西南角，西临兜町米市场。由海运河向西南方向望去，可以看到耸立的第一国立银行，视野尽头是低矮的日式建筑。③这种下町风物与西洋建筑相辉映的情境在如小林清亲的《海运桥（第一银行雪中）》、三代广重的《东京名胜图册海运桥第一国立银行》等

---

① 木下杢太郎：《"牧羊神会"与〈屋上庭院〉》，《木下杢太郎全集》第十五卷，岩波书店，1982年，第351页。
② 木下杢太郎：《牧羊神会的回想》，《木下杢太郎全集》第十三卷，岩波书店，1982年，第157页。
③ 参见儿玉又七：《改正东京名细记：一名·独案内》，第三图，大桥堂，1889年。

明治初期的浮世绘画作中均有描绘。

这种明治初年的下町情趣和西洋情调共同作用下的美学意识是牧羊神会青年的所追求的异国情趣（exotism）。傅玉娟在《木下杢太郎日本文化论的形成》中论述道："'牧羊神会'的青年艺术家们对于浮世绘的重新审视、重新发现，他们对于江户时代的兴趣，从根本上来说是作为模仿法国印象派绘画艺术与理论的一环而出现的。"① 而木下杢太郎对于下町情调和西洋情调的共同作用下的美学意象的欣赏，更多的是出于对印象派绘画中"对照"（contrast）这一艺术表现形式的认同。

木下杢太郎在《浅草观世音》一文中写道："刺激近世人美的意识的力量，应该是强烈的'contrast'。比起古典的抑或纤细的调和，不是有更宏大的存在吗？……如果'contrast'这一表述不甚恰当的话，那么不妨称之为'新配列'（new combination）。这是裸露的女体同墨衣一并入画于绿荫的趣味。"② 木下杢太郎关于"裸露的女体同墨衣一并入画于绿荫"的描述，来源于印象派画家马奈的作品《草地上的午餐》。

在木下杢太郎所译的穆特著《十九世纪法国绘画史》中，对于画作《草地上的午餐》描述道："暗绿的景中有灰色的池塘。前方坐着两个男子。鼠色的裤子、黑色的上衣、淡红色的领饰、黑色的帽子等装饰与灰绿的谐调极佳。画中还有两个女人。一个穿着衬衣在池中戏水，一个坐在草地上。这些人物并非金色，而是散发着银色的光芒。马奈将这种冰冷的整体效果，用周围的冷色

---

① 傅玉娟：《木下杢太郎日本文化论研究》，第29页。
② 木下杢太郎：《浅草观世音》，《木下杢太郎全集》第七卷，岩波书店，1982年，第44—45页。

调进一步加强。在左前方，裸体少女的青色衣物、黄色的草帽放在草地上。旁边有黄色的篮子、同色的面包、泛黄的果实……这种冰冷的色彩谐调的效果是西班牙式的。"①可以看出，在《十九世纪法国绘画史》中，原作者穆特着重强调了画面整体的色彩谐调，而木下杢太郎却将重点放在女子的裸体与男子的黑衣所构成的强烈对照中，放在构成强烈对照的意象所组成的"新排列"中。对于美学元素相互间的对比与在对比中由"新排列"构成新的艺术整体的关注，贯穿于木下杢太郎对云冈石窟的美学观察与记录始终。

在对云冈石窟所处的地域环境的描绘中，木下杢太郎写道：

> 与这丘陵相对，在遥远的南方，有一座与之平行的丘陵向远处伸展。其间的平地正处云冈河流域，在河的北侧有收割后剩下的高粱株和菜地，形成黄绿色的带子。中间散布着杨树、村落、寺楼和庙宇。在这片土地上，石窟经过两千年的时光流转留下了疼痛的印记，而就在这如梦般美妙的古代文化之光熄灭之时，数百农民在此以其壁为壁、以其柱为柱，衣之食之。这种对照简直浪漫极了，也楚楚可怜到令人心痛。②

在这段描写中，存在两种各自为整体又融于一体的意象。其一是高粱株、菜地、村落等构成的"平民的诗境"，其二是承载着两千年的时光印记、闪烁着古文化灿烂的光芒而又经历时间洗礼

---

① 木下杢太郎：《十九世纪法国绘画史》，《木下杢太郎》第二十卷，岩波书店，1982年，第146页。
② 木下杢太郎、木村庄八：《大同石佛寺》，第20—21页。

的石窟遗构。

"平民的诗境"与时代性

"平民的诗境"这一表述出自木下杢太郎《小林清亲的东京名胜图册》一文。上文中"明治初年的市街风景图"的表述也与《小林清亲的东京名胜图册》中小林清亲所画的明治初年东京市街风景形成了对照。在《小林清亲的东京名胜图册》中，木下杢太郎写道：

> 天阴沉沉的，不见一丝霁色，远景模糊难辨，久久凝视可见桥梁、堤上的一排树，眼前的屋背、招牌、绿油漆的长灯、药铺的屋檐都面朝北顶着积雪，只有药铺的房顶上"木炼瓦""五脏圆"几个字格外醒目，还有那慢慢地挣扎着向前行进的车夫、肩上扛着蛇目伞的来往行人，这难道不恰是一幅两国雪中图吗？①

木下杢太郎在文中所描述的是小林清亲的画作《两国雪中》。②小林清亲（1847—1915）是活跃于明治时代的浮世绘画家，1874年师从查尔斯·卫格曼（Charles Wirgman，1832—1891）学习西洋画，后在河锅晓斋、柴田是真和淡岛椿岳处学习日本画。1876年小林清亲以画作《东京江户桥之真景》和《东京五代桥之一两国真景》出道，同年开始结集出版名为《东京名胜图》的"光线

---

① 木下杢太郎：《小林清亲的东京名胜图册》，《木下杢太郎全集》第八卷，岩波书店，1981年，第144页。

② 小林清亲：《两国雪中》，《小林清亲东京名胜图》，二玄社，2012年，第76页。

画"画集。小林清亲将西洋画的空间表现技法融入浮世绘的创作中，画作注重光与色的调和，并通过对下町风物的捕捉表现平民的生活瞬间。木下杢太郎认为东京的风物情景是"江户绘式的、印象派的绝佳的对境"，而小林清亲的画作通过对这一对境的描绘，展现了"明治十几年前后的社会情绪"，反映了"一代平民追慕惊叹的时代"[1]，在这一点上是国辉、三代广重、芳年、芳虎、国政等人所不及。在对《两国雪中》的描述中，木下杢太郎首先用"远景"、"眼前"、"北面"和屋背上的积雪传达出画中所表现的空间感，然后用模糊难辨的远景、"绿油漆的长灯"和醒目的药店招牌描绘出画面中独特的光线条件下色彩所呈现出的静谧效果。而对在雪地中挣扎着讨生活的车夫和来来往往的撑伞的行人等细节的描绘使得整个画面鲜活起来，真实而富有诗意地记录了下町平民生活的一个瞬间性画面。这就是木下杢太郎的所谓"平民的诗境"，这些诗意的画面共同呈现出"一代平民追慕惊叹的时代"。

《大同石佛寺》中多有此类对"平民的诗境"的刻画。比如：

A. 一匹驴子发出奇怪的叫声绕着圈子。一个男人牵着笼头绳子站在中间，也像机器一样转着圈子。这里的生活，合着缓缓的节拍流淌。[2]

B. 穿着白衣的丰满的女人裹着小脚，爬上了骡子。后面的马夫跟了过来。这幅光景虽然有些乡土气息，却格外地富

---

[1] 木下杢太郎：《小林清亲的东京名胜图册》，《木下杢太郎全集》第八卷，第146页。

[2] 木下杢太郎、木村庄八：《大同石佛寺》，第86—87页。

有绘画性效果，有远离时代之感。①

A所表现的是白天的云冈河流域的景象，通过对当时山西的主要生产工具驴子和牵驴的男子的刻画，与上例暮色中的云冈河形成对照，描绘出一幅云冈乡村生息图。B是作者一行人从东华栈出发前往大同城的一幅画面，画面中有当时山西主要的交通工具骡子和骑骡子的裹小脚的女人。通过对代表性意象的细节性刻画，A、B例描绘了两幅不同地点、不同生活形态的大同风貌图。通过对生活图景的记录反映社会风貌与木下杢太郎用画面描绘"平民的诗境"、反映自由宽阔的时代的主张相一致。木下杢太郎认为这是"时代的要求"，这既是从鉴赏者的视角出发，也是从艺术家的视角出发。

要理解木下杢太郎对"时代的要求"的定义就不得不从"绘画的论争"中寻找切入点。木下杢太郎从鉴赏者的视角出发阐释"时代的要求"的观点可以说是在"绘画的约定"的论争中成型的。1911年6月，木下杢太郎在《画界近事》一文中，对山胁信德的画作进行了批判，木下杢太郎认为"（艺术家）在感怀的同时，应该培养静态的理解力"②，所谓"绘画的约定"就在这种"理解力"的培养中得以实现。对于木下杢太郎的批判，山胁信德向木下杢太郎发起反击，认为"绘画的约定"是"从既成绘画中所得的普遍的美学概念"，是蒙蔽画家直觉的固定框架。③随后木下杢太郎在《答山胁信德君》中从"美"和鉴赏"美"的方法的角

---

① 木下杢太郎、木村庄八：《大同石佛寺》，第10页。
② 木下杢太郎：《画界近事·山胁信德氏作品展览会》，《中央公论》第26年第6号，1911年。
③ 山胁信德：《断片》，《白桦》第2卷第9号，1911年。

度对"绘画的约定"展开进一步的阐释,认为"美"是人心灵的一种状态,而艺术品是引起这种状态的外在媒介。艺术家通过艺术品将这种"美"的状态传达给鉴赏者。艺术家和鉴赏者之间的"约定"越宽泛,那么艺术品和"美"的外延价值就越大。为了让更多的鉴赏者理解(同感),"绘画的约定"就是建立这种联系的方法。①在同刊中武者小路实笃也加入论战,指摘木下杢太郎不承认艺术家的个性,而个性是艺术家不可或缺的。②对此,木下杢太郎将"让更多的鉴赏者理解(同感)"这一点进一步阐释为"人的情感的共通、地方认识的共通",甚至是"时代的精神文明的共通"③,"自我"中应该蕴含着"时代的要求"④。从这场论争中可以看出,木下杢太郎从鉴赏者的视角出发,认为艺术的作用在于艺术家个人的美学表达,而艺术的外延价值则要通过艺术家和鉴赏者之间的理解来实现。这种理解不局限于个体之间,它可以是情感上的共鸣、地域认知上的共鸣,甚至是整个时代的精神文明的共鸣。所谓"时代的要求"就是艺术家和鉴赏者对"约定"的遵守和二者之间共鸣的达成。这就使得木下杢太郎的美学视角兼具了创造者和鉴赏者的两种对立而统一的立场。

中国匠人的创造性与"中国化"

在《大同石佛寺》中不乏木下杢太郎从创造者和鉴赏者对立统一的立场出发对云冈石窟艺术发出赞叹的表述,比如:

---

① 木下杢太郎:《答山胁信德君》,《白桦》第2卷第1号,1911年。
② 武者小路实笃:《自我的艺术》,《白桦》第2卷第11号,1911年。
③ 木下杢太郎:《与无车》,《白桦》第2卷第12号,1911年。
④ 木下杢太郎:《回信两封——再与无车·再与山胁信德君》,《白桦》第3卷第1号,1912年。

像怪物一样丑陋的重修的背后潜藏着尊崇的创造者的空想、热情、趣味和骨骼。就像透过沟渠深处看到的那惨淡的冬日残阳。①

木下杢太郎站在鉴赏者的角度上感知创造者的空想、热情、趣味和骨骼，而所谓的创造者可以被理解为一个多元的主体。在《朝鲜风物记》中，木下杢太郎对于创造者这一概念有过如下论述：

> 制作它的工人是唐工还是新罗的工人呢？时至今日已经无法判定。制作它的是一个人还是许多人呢？成就如此庞大的工程的当然不可能是一个人，那么是专门有一位甚为优秀的技术家指挥监督呢，还是有几位这样的技术家分别受命呢？至今亦不可知。因此这个问题先舍弃不谈，至少那是新罗文化的精华，想象有这样一个人格，他代表了全体制作者，拥有深深的宗教及艺术气质，对人之美、人之生活有博大的理解和同情。仿佛得见这一主体，惊叹尊崇之念顿生。②

可见，木下杢太郎所谓的创造者并不单指产出艺术品的个人，而是指使艺术品得以呈现如此形态的宗教和艺术气质以及对时代的精神文明的理解。③这样一个主体在庞大工程的塑造中必然使其

---

① 木下杢太郎、木村庄八：《大同石佛寺》，第8页。
② 木下杢太郎：《朝鲜风物记》，《木下杢太郎全集》第十卷，第288页。
③ 水野达朗：《木下杢太郎〈朝鲜风物记〉的位置》，《比较文学・文化论集》25，东京大学比较文学・文化研究会，2008年，第58页。

呈现出多元化的艺术形态。这种对多元艺术元素的"新配列"所构成的艺术形态的欣赏的态度又暗合于前文中木下杢太郎将"新配列"视作刺激近代人美学力量的观点。

在古代佛像鉴赏这一问题上，木下杢太郎同样对"新配列"所带来的美学刺激抱有期待。1917年8月8日，木下杢太郎在致和辻哲郎的信中写道：

> 若在古代佛像中除印度的、中国的、日本的印记之外，如许多论者所说，还存在希腊的影响，如果这是事实的话，难道不是一种绝佳的配列吗？
>
> 对印度—希腊—中国—朝鲜—推古—天平这样的时代情感的疑问和憧憬在我胸中翻涌的时候，我因终于发现自己应该做的事而战栗起来。①

木下杢太郎有感于玄奘翻越中亚大沙漠远游印度的经历，而这种对印度、西域的遥远幻想最终化为对佛教艺术的探求的动力，构成了印度—希腊—中国—朝鲜—推古—天平这一图式的双重内涵。其一是追溯佛教艺术的源流；其二是像玄奘所处的时代那样，超越西域、印度等单纯的地理概念，将以佛教美术为中轴的一佛化摄的三千世界作为"文化的故乡"。②

在《大同石佛寺》中，木下杢太郎对云冈佛教艺术的观察视角呈现出两种倾向。一种是对云冈佛像和推古佛像之间的联系的探索，比如：

---

① 木下杢太郎：《故国》，《木下杢太郎全集》第十卷，第36页。
② 木下杢太郎：《满洲通信（第五信）》，《木下杢太郎全集》第九卷，岩波书店，1981年，第312页。

这个姿势基本上与京城李王家博物馆、法隆寺等的如意轮观音相同。举手曲脚为左侧这点与另两处不同，应该是为了与东面的造像相对应。东面的造像连右手手指弯曲的方式都与另两处的一模一样，足见这是它们的原型。①

这是对第二窟前后室隔壁下方东西相对的两尊佛像的记录。西面的佛像垂右腿，左腿弯曲置于右腿上，左手肘置于左膝上，手掌在左肩处打开，右手轻放于左腿肚上。东面佛像与西面相对，右手食指轻抚右脸颊。这两尊造像，尤其是东面造像与李王家博物馆和法隆寺中的如意轮观音像高度相似，木下杢太郎推测云冈的两尊造像应该是其原型。可以看出，木下杢太郎在观察云冈石窟造像的过程中，将云冈造像放在中国—朝鲜—推古的造像艺术的范畴中探寻其中的关联，并试图从这种关联中追溯推古造像的原型。

第二种倾向是对云冈造像与希腊、印度和中亚的佛教艺术的关系的探索。比如：

下方五面六臂的怪神，五副面孔每一面都呈现出特殊的相，惹人眷恋。这些面相着实不是希腊式的，也不是犍陀罗和中国的，应该在笈多和中亚寻求其源头吧。②

这段是对第四窟口两壁上浮雕的描述，可以看出木下杢太郎从云冈造像中发掘希腊、印度、中亚等佛教艺术元素的视角。

---

① 木下杢太郎、木村庄八：《大同石佛寺》，第30页。
② 同上。

这一美学视角与当时的云冈造像艺术溯源的三种观点紧密结合在一起。

第一种观点是伊东忠太的犍陀罗起源说。1902年日本建筑学者伊东忠太赴山西大同实地调查，将当时只在古籍中出现的云冈石窟介绍向世界，并在1902年发表在《建筑杂志》上的《中国旅行谈》和《北清建筑调查报告》中记录了云冈石窟的"发现"始末。从伊东忠太的记录中，同样可以看出对云冈造像与推古造像，云冈石窟艺术与希腊、印度等佛教艺术元素的关系的探索。比如：

> A. 佛像多样貌奇古者，酷似我邦法隆寺金堂内的壁画雕像，其衣纹却酷似鸟佛师的作品，纹样之类与我们所谓推古式即法隆寺式全然符合。①
>
> B. 第五八五图是位于前庭的柱子，用了爱奥尼亚式柱头，这点颇为奇特。第五八六图多少有点科林斯式的意味。柱面佛像的刻法，大概是印度传来的意象。②

A例中伊东忠太的叙述概括性地描述了第二窟佛像与法隆寺佛像的相似性。但是，伊东忠太的叙述与木下杢太郎不同。木下杢太郎在表述云冈造像与法隆寺造像的联系时，是以云冈造像为出发点向外发散性地描述云冈造像与法隆寺造像的关联，反向推定云冈造像是此类造像的原型。而在伊东忠太的叙述中，则是以"我邦"法隆寺造像为中心的归化性陈述，以描述云冈造像与法隆

---

① 伊东忠太：《北清建筑调查报告》，《东京建筑研究（上）》，龙吟社，1943年，第329页。

② 同上书，第332页。

寺造像相比存在的相似性为主。与木下杢太郎直言原型论不同，伊东忠太对云冈造像与法隆寺造像关系的描述是描述性的、隐晦的。而在B例中，在表述云冈造像与希腊、印度、中亚的石窟艺术的关联时，伊东忠太使用了与木下杢太郎相同的叙述方法，即以云冈石窟为出发点探索其美学元素的源头。关于云冈石窟艺术的溯源，伊东忠太在1906年发表的《中国山西云冈的石窟寺》中论证道："（大同云冈的石窟寺）是不夹杂汉式趣味的西域式（即犍陀罗式），泰西的古典趣味比较显著。"① 在去云冈石窟进行实地调查之前，木下杢太郎一直相信伊东忠太的说法。② 之后，木下杢太郎在两个问题上的认识发生了转变。

首先是对犍陀罗起源说的再认识。在这里有必要引入另一种起源说，即松本文三郎的笈多起源说。松本文三郎认为云冈造像完全没有犍陀罗式的典型，而是印度笈多朝雕刻的衍生。在《大同的佛像》一文中，松本文三郎将云冈石窟的造像分为三种。第一种以第六窟为典型，松本文三郎在伊东忠太所谓"雕法盖为印度传来的意象"一点上更进一步，认为"灵岩第六龛的佛像，至少下壁的佛像如果不是直接出自印度技术家之手，就是在印度技术家的指导下由中国最熟练的技工雕刻而成"。③ 第二种佛像是以第一种为模本，可以看作是第一种佛像到第三种佛像的过渡期的作品。而第二种佛像呈现出不同于第一种佛像的面相，其原因大概在于第二种佛像的面相是中国技术家以当时北魏统治者的面相为蓝本雕造而成。也正因为如此，第二种造像的面相独特，不为后来的第三种造像所借鉴。第三种佛像从面相柔和度、身形丰满

---

① 伊东忠太：《支那山西云冈的石窟寺》，《国华》第17编第198号，1906年。
② 木下杢太郎、木村庄八：《大同石佛寺》，第124页。
③ 松本文三郎：《大同的佛像》，《艺文》第9卷第7号，1918年。

度来说介于第一种和第二种之间,是当时技术家理想化的面相。衣纹继承了第二种的特点,但第二种在保存了印度僧衣的基础上又呈现出暧昧不明的不同衣着形态,第三种则彻底去印度化,应该是衍生于当时中国妇人的衣着的形态。第三种外部坠饰繁复,之于佛像本身的艺术表达趋于空洞无物,缺乏超凡脱俗的趣味。在松本文三郎的观点的基础上,木下杢太郎修正了早期对伊东忠太犍陀罗起源论完全赞同的态度,认为确如松本文三郎所说,云冈造像艺术中笈多造像的艺术元素更为丰富,但对松本文三郎所谓"完全不存在犍陀罗典型"这一点提出了异议。比如,在对第二窟天井的浮雕的记录中,木下杢太郎写道:"我在当中发现了唯一的犍陀罗典型面相。这种面相在整个云冈石佛寺中只发现了这一例。"在这段话中,木下杢太郎推翻了之前关于犍陀罗起源论的认知,也向松本文三郎的断言提出异见。松本文三郎提出了从第一种到第三种的造像顺序,然而中国学者叶恭绰于1923年参观云冈石窟时在第七窟中壁发现《太和七年造像碑记》,碑记中写道:"太和七年岁在癸亥八月卅日,邑义信士女等五十四人……造石庙形像九十五区及诸菩萨。"太和七年在古籍中记载的云冈石窟开凿伊始的太安元年的30年之后,所以第七窟乃至与其相似的第六、第八窟并非如松本文三郎所说是云冈石窟开凿之初的作品。从美学角度来说,木下杢太郎认为被松本文三郎划进第二种的第一窟、第二窟无论从构图思想还是造像技巧都远在第一种之上。而第十三、十四、十五、十六、十九窟以中心大佛为重的构图格局更符合《魏书释老志》所载云冈石窟开凿之初"镌建佛像各一,高者七十尺,次六十尺,雕饰奇伟,冠于一世"的描绘。由此可见,木下杢太郎在对云冈石窟的观察中,更倾向于将云冈各窟当作一个艺术整体去把握,比如,在对第二窟的记录中,木下杢太郎写道：

> 本窟的平面图略呈正方形，入口宽十米、纵深二米三零的四层楼阁建在窟前，由前方六根、后方四根圆柱支撑。西侧有宽幅一米的楼梯，楼阁正后方有同样的入口，有一间纵深六米四五的前室。前室与略成正方形的后室之间有一个宽幅一米的隔壁，入口处较前室更窄，只有三米一零。这个隔壁在楼阁第三层的天井处形成穹窿，下方的拱腹部就是前文述及的菩萨像。①

与松本文三郎专注于佛像观察不同，在木下杢太郎的美学视角中，石窟是一个综合的艺术形态，石窟的构造格局以及石窟内部的各种装饰共同构成这一艺术的形之所在，是无形的"美"的"有形"体现。这种"美"在石窟艺术的载体，即材料的质感中也得以体现。比如：

> A. 这种美妙的砂岩的肌理，与千年的风蚀，与难以言喻的本色，还有那雨晴朝暮的阳光，所有这一切如果不放在一个综合的环境中细细品味，实在难以发现其真正的价值。②
> B. 朝夕的柔光照在其表面，灰褐调的蔷薇红的砂岩的底色略显深沉。其中有些地方显出强烈的蔷薇色，有些地方却呈现出碧色和绿色的调子。③

---

① 木下杢太郎、木村庄八：《大同石佛寺》，第38页。
② 同上书，第56页。
③ 同上书，第30页。

这是对第四窟的穹窿和四壁的壁面的描写。第四窟是木下杢太郎所谓"艺术性感激的源泉"。从上述描写中可以看出木下杢太郎将壁面砂岩的质感和色彩，以及色彩在外光的影响下呈现出的复杂变化作为观察和记录的对象。由此可见印象派绘画理论对木下杢太郎在光与色的调和的捕捉和文本表现上的影响。

同样地，窟内的各类纹样装饰也是木下杢太郎记录的对象。比如：

> 东壁面大体有三层，内有坐像的龛与龛之间有塔，填充着小型人物群像，特有的忍冬纹的带状的层界横向延伸着。这些忍冬纹样在云冈多有重复。[①]

通过将云冈石窟的纹样与犍陀罗艺术中的纹样相比较，木下杢太郎发现了可以证明云冈艺术和犍陀罗艺术相关联的依据，丰富了对云冈艺术的美学元素的认知。

其次是对伊东忠太"不夹杂汉式趣味"这一论点的认识。美术史学者大村西崖在《中国美术史雕塑篇》中写道："(大同的北魏雕刻)既非中国风，亦非印度风，然非拓跋族理想之大丈夫相而何为"[②]。大村西崖所说的"中国风"此处应与伊东忠太所谓"汉式"同义，二者在云冈石窟不包含汉式趣味的观点上是一致的。但是与伊东忠太的犍陀罗起源说不同的是，大村西崖将云冈石窟艺术归因于拓跋族理想中的大丈夫相的民族趣味。对于这一点，松本文三郎则认为"云冈的造像不可能是野蛮的北魏人所为"。正

---

① 木下杢太郎、木村庄八：《大同石佛寺》，第61页。
② 大村西崖：《元魏》，《支那美术史雕塑篇》，佛书刊行会图像部，1915年，第182页。

如上文所说，松本文三郎认为印度的造像趣味是云冈石窟造像的源头，第二种造像是在模仿第一种造像的基础上将北魏统治者的面相融入进去，并非拓跋族审美趣味的直接体现。在这个问题上，木下杢太郎认为当时开凿云冈石窟的技术家具体是汉人还是拓跋族人的问题已不可考，应该广义地将之归结为"中国化"的问题。云冈石窟艺术以印度、希腊、中亚的佛教艺术为蓝本，在传入中国伊始到隋唐时代的历史进程中，由中国的匠人为其赋予了新的生命力。而且这一认知在1938年《大同石佛寺》再版时已经发展成为了对云冈艺术独创性的强调。比如：

原版：从构图上的关系来说，云冈的画像直接或间接地参考了犍陀罗的粉本，这是毋庸置疑的。而犍陀罗中的<u>图说</u>，到了云冈完全变成了自由化的、美术性的构图。这对我们来说，是无上的欣喜。①

再版：从构图上的关系来说，云冈的画像直接或间接地参考了犍陀罗的粉本，这是毋庸置疑的。而犍陀罗中<u>专门用于说明的图像</u>，到了云冈完全变成了自由化的、美术性的构图。这对于我们来说，是无上的欣喜。<u>云冈的美术不是印度的模仿，而成了自己的独创性的东西</u>。②

如上所述，木下杢太郎认为云冈的《出家踰城图》已经超越了犍陀罗艺术中仅仅作为说明的图像的作用，而变成了展现云冈艺术美学的自由的、富有美学意味的艺术形式。加划线部分将这

---

① 木下杢太郎、木村庄八：《大同石佛寺》，第54页。
② 木下杢太郎：《重版大同石佛寺》，座右宝刊行会，1938年，第137页。

种超越认定为云冈艺术独创性的美学体现。

　　本文通过对《大同石佛寺》中的图像式记录的分析，抽象出木下杢太郎的大同叙事的若干构图。从这些构图中，可以看到中国叙事中的日本"浮世绘"、近代中国平民生活的诗境以及云冈佛教艺术各种美学元素的"新排列"与具有独创性的"中国化"。这是将云冈石窟放在美学视角下的美学元素的解构和"再发现"，而且是建立在实地观察基础上的对大同的美学意义上的重构。在今后的研究中，应该把木下杢太郎的中国叙事放在同时代佛教美术探究的语境中，进一步探讨《大同石佛寺》在其中的位置以及中国书写在同时代佛教美术探究中的特点和意义。

芥川龙之介与中国京剧[1]

周阅（北京语言大学）

"这出戏是我迄今看过的六十多出中国戏中最有意思的一出。"[2]写下这句话的不是我们想象中的中国退休老人，而是二十世纪二十年代造访中国的一位日本作家——芥川龙之介（1892—1927）。尤其值得一提的是，这六十多出京剧，几乎是在不到一个月的时间之内集中观看的。对于一位初次踏上中国土地而又非戏剧界专门人士的青年作家来说，平均每天超过两出的看戏频度，确实是令人惊异的。那么，究竟是什么缘由使芥川如此热衷于京剧呢？

无论在日本还是在中国，芥川都可谓家喻户晓的著名作家，特别是作为纯文学大奖的"芥川文学奖"的设立，更使他在文学史上芳名永存。直至当今，众多的日本文学新人都是以这一奖项叩开了文学殿堂的大门。因此，对芥川的研究亦可谓硕果累累，其中不乏涉及芥川与中国的成果。这类研究中，大多关注了芥川

---

[1] 本文出自《汉语研究》2017年5月春夏卷，第447—457页。
[2] 芥川龙之介：《北京日记抄》，《中国游记》，秦刚译，中华书局，2007年，第153页。

对中国古典文学的吸收和改写以及芥川的中国之行，但是对于芥川此次中国之行的重要收获之一——观看京剧，研究者所给予的关注尚不足够。恰如日本学者加藤彻在《京剧"政治之国"的演员群像》一书中的感叹："芥川乃京剧通这一事实，意外地不为人知。"[1]值得注意的是，此话出自一本关于京剧的专著，而不是芥川研究的著述。可见，在对芥川的研究中，较为普遍地忽略了他与中国京剧的关系，而这是不应有的缺失。

芥川的中国之行是他人生中唯一的一次海外旅行，他作为《大阪每日新闻》的特派员从1921年3月30日抵达上海到7月10日离开北京，共计三个多月。这期间，患病住院近一个月，南方各地游历一个多月，在北京居住28天。也就是说，全部在华的三个多月中，治病、游历十余个城市和专注于北京一地分别各占约三分之一。可见，对芥川来说，北京的魅力足以媲美甚至是超过了南北各个城市之和。

对于抵达中国的第一站——有"魔都"之称的上海，芥川的印象可谓糟糕："上海被称为是中国首屈一指的'罪恶之都'。……单就我的见闻来说，这里的风纪的确不好。"（《上海游记·罪恶》，第35页）他这样记述对上海的第一印象："……中国的车夫，说其不洁本身就毫不夸张，而且放眼望去，无一不长相古怪。"（《上海游记·第一瞥（上）》，第5页）如果说"不洁"是客观记录，那么认为全员"长相古怪"就不能不说是他的主观感受了。芥川在上海寄给友人的信中甚至说："近来一看到中国人的脸就气不打一处来。"[2]这里的"中国人"显然是指上海人。不少学者据此认为芥

---

[1] 加藤彻：《京剧"政治之国"的演员群像》，中公丛书，中央公论新社，2002年，第123页。

[2] 《芥川龙之介全集》第11卷（书简），岩波书店，1978年，第146页。

川真正置身中国后,发现现实的中国与想象的中国存在巨大落差,滋生于传统汉学修养的对中国的憧憬就此灰飞烟灭。但实际上,这并非芥川对中国的整体印象,到了北京,他的态度就发生了彻底的转变。抵达北京的第三天,芥川就在致日本友人的信中说:"北京不愧为王城之地。若在此地居住两三年亦好!"[①]十天之后又对另一友人重复了同样的话(6月24日芥川致泷井折柴,出处同前)。在日本岩波书店出版的权威版《芥川龙之介全集》中,书简部分共收录芥川在北京期间发出的书信计八封(包括一封信、七张明信片),其中七封都有对北京的亲近赞美之辞或表现出对北京的亲近感。

芥川完成中国游历回到日本不久,在接受《日华公论》的采访时,回顾整个在华行程,依然十分强调北京的魅力:"上海不知为何总是格外地喧闹……可是到了北方,一般会变得很安静,……我在中国从南到北旅行了一圈,最中意的城市莫过于北京了,因此我在北京停留了大约一个月。那里的确是一个住起来十分舒心的地方。"(《新艺术家眼中的中国印象》,第164—165页)同样是中国的大都市,同样是初次造访,芥川的态度竟有如此天壤之别,这当然有诸多因素,但其中一个很重要的因素就是对京剧魅力的发现。芥川在告知友人恒藤恭自己还将继续在北京居住一段时间时说:"戏剧、建筑、绘画、书籍、艺者、饮食,北京的一切我都喜欢!"在芥川列举的事物当中,置于第一位的正是戏剧,而据实际情况来看"戏剧"所指主要就是京剧。

其实芥川在江南期间就看过京剧,但那时他对京剧的了解还只是最表层的浮光掠影,并未真正感受到京剧的艺术魅力。"在上

---

① 《芥川龙之介全集》第11卷(书简),第160页。

海的时候，看戏的机会只有过两三次。我成为速成的戏迷，是去北京之后的事情。"(《上海游记·戏台（上）》，第19页)促使芥川成为"速成的戏迷"，离不开两个人物的影响。其中一位，被芥川盛赞为"戏通中的戏通"："即使是中国的名伶也很多拜先生为父。……身为外国人而在北京称为戏通的，找遍了北京也只有听花散人一人。绝对是前无古人，后无来者。"(《北京日记抄·蝴蝶梦》，第151页)这里被芥川尊称为先生的听花散人，是在北京担任日本在华报纸《顺天时报》编辑的辻听花（1868—1931）。

正是这位辻听花，成为改变芥川对京剧最初印象的重要人物。就在芥川来到中国的前一年，辻听花出版了一本在京剧研究史上值得一提的著作——《中国剧》，这是最早在中国出版的"戏曲通史"①。该书以中文写作，于1920年4月28日出版，此后在不到一个半月的时间内，连续出到了第5版。②芥川曾为此书日文版的出版而奔走宣传："值我离开北京之际，偶闻先生又有以日文著述的《中国戏剧》，遂从先生处求来原稿，经朝鲜回东京后，向二三家书肆推荐，但书肆皆愚而不容我言。然天公愍其愚，该书现已由中国风物研究会出版。在此顺便广而告之。"③(《北京日记抄·蝴蝶梦》，第152页)言辞间充分流露出芥川对辻听花京剧

---

① 参见么书仪在《清末民初日本的中国戏曲爱好者》中关于"进入20世纪之后不久，署名'戏曲史'或者属于广义的'戏曲史'著作"的梳理，《文学遗产》，2005年第5期。

② 分别是：5月5日第2版、5月15日第3版、5月30日第4版、6月5日第5版。

③ 据辻听花在《中国剧》凡例中的自述，该书本拟以中、日、英三种语言同时出版，但最终未能如愿。中文版《中国剧》于1920年由顺天时报社在北京刊出；日文版『"支那"芝居』(《中国戏剧》)于1924年由北京的"支那"风物研究会分上下两册出版；1925年该书经过修订更名为《中国戏曲》，由顺天时报社重新出版。

研究的钦佩。

　　芥川对京剧的深入了解，确实也得益于辻听花的引导。一次，芥川在辻听花的带领下观看《蝴蝶梦》，看到庄妻身着丧服为庄子料理后事、楚公子前来吊丧的场面时，只听身边一声大喝："好！"芥川大为惊诧："发此大声者乃辻听花先生。我当然并非是听不惯这一声'好'，只是我确实还从未曾听到过如先生之'好'这般有特色的叫声。……我吃惊地看着先生，先生指着对面说道：'那里挂着"不准怪声叫好"的牌子。怪声是不准叫的，但像我这样的叫好是可以的。'"（《北京日记抄·蝴蝶梦》，第153页）从辻听花那里，芥川不仅知道了观看京剧该如何叫好，而且了解到大量的京剧知识。比如关于京剧脸谱，"光曹操一个人物的脸谱就有六十几种之多。"（《上海游记·戏台（下）》，第23页）芥川在后来撰写的《中国游记》中，对于当时受西方文化影响的"新剧"不用脸谱曾经表达过不满。毫无疑问，这类观点的形成与他同辻听花的交往有着密切的关系。

　　芥川对于"旧剧"（指京剧和昆曲）和"新剧"（即"文明戏"）的态度完全不同。他在上海观看"新剧"之后写道："……新剧到底新到什么程度呢？在上海的亦舞台上演的《卖身投靠》等，在演员拿着没有点燃的蜡烛出场的时候，观众还是得想象着它已经点燃了。也就是说，旧剧的象征主义依然残留在舞台上。"（此段引文均见《上海游记·戏台（下）》，第24页）从芥川的评述中不难体会到他对于新剧"半新不旧"状态的失望。芥川很敏锐地捕捉到了京剧的"象征主义"，并将其总结为中国传统戏剧的四大特点之一。他在论及中国戏剧舞台极少使用道具时，以演员的"抬足"动作为例进行了分析："如果演员一抬足，那就表明那里有一道区别屋内和屋外的门槛。"他认为这种依靠演员的动作而不是道具来触发观众想象的技艺,"有时甚至可以意外地让人发现那一步之隔的虚拟世界中的美"。显然,芥川对于京剧的这一特色是极为赞赏的。他还进一步具体地评价了筱翠花扮演《梅龙镇》酒栈少女时那经典的亮鞋底动作,称其"令我至今难以忘怀":少女每次跨过门槛,"必定会从黄绿色的裤脚下露出小巧玲珑的鞋底来","若是没有那道虚拟的门槛,也就不会有这般惹人怜爱的动作"。芥川的分析,道出了京剧艺术表现的虚拟性所营造出的特殊的美感。

芥川对京剧虚拟艺术和写意风格的赞赏,与辻听花的观点完全一致。辻听花在《中国剧》中就以《空城计》为例,通过与西方戏剧的对比阐述过中国戏曲的这一特色。他指出,《空城计》中司马懿率军攻城仅以手中一鞭表现,联排二三桌案即为城壁楼阁,旗上绘浪以示河水,摇摆黑旗以显风神……其布景戏具"亦极简陋,与外国演剧迥不相同,是亦可谓中国剧之特色欤!"[1]这也正是后来宗白华所总结的中国戏剧区别于西方艺术的虚实相生的舞台美学:"中国舞台上一般地不设置逼真的布景……留出空虚来让人物充分地表现剧情,剧中人和观众精神交流,深入艺术创作的最深意趣",正所谓"真境逼而神境生""实景清而空景现"。[2]芥川在辻听花的引荐之下频繁出入剧场,边看边听讲解,在这一过程中,也逐渐对京剧不置道具的虚拟写意赞赏有加:

> 中国戏剧原本的舞台道具只有椅子、桌子和幕布。山岳、海洋、宫殿、道路……无论表现什么样的场景,舞台上除了那

---

[1] 辻听花:《中国剧》,《第二戏剧》,顺天时报社,1920年5月30日,第48页。
[2] 宗白华:《中国艺术表现里的虚和实》,《宗白华全集》第3卷,安徽教育出版社,1994年,第388页。

仅有的几样摆设之外，连一棵树景都没有布置。当演员模仿出拉开沉重的门闩的动作时，观众便不得不去想象空间中那个门的存在；而当演员威风凛凛地抡起了手中坠着流苏的鞭子，那么观众就要想象着在演员的胯下，一匹性烈而又不肯前行的紫骝在竭力嘶叫。(《上海游记·戏台（下）》，第22页)

比较芥川与辻听花的记述，可见众多的一致。而且，两人都联系日本的能剧等戏剧形式，指出了中日传统戏剧的相似性以及日本观众理解中国京剧的有利条件。芥川关于"旧戏不必布景"的主张也给著名学者胡适（1891—1962）留下了深刻的印象，胡适在日记中记录了芥川的这一主张并追加道："我也以为然"[1]。

另一位对芥川了解中国京剧产生过重要影响的人物是同样担任《大阪每日新闻》北京特派员的波多野乾一（1890—1963），他先后出版了几部重要的京剧研究专著：《中国剧及其名优》（中文版《京剧二百年历史》）《中国剧大观》《中国剧五百番》等。芥川在北京看戏时"以先生为左（指辻听花——笔者注）、波多野君为右而坐"（《北京日记抄·蝴蝶梦》，第151页）。若是没有这两位"剧通"的左右相伴，芥川对京剧的看法恐怕不会发生彻底的逆转。他在上海的观剧体验是极不愉快的，尤其对京剧特有的锣鼓点难以接受："……倘若不用两手捂住耳朵，是无论如何也坐不住的。"甚至对享受这种喧闹的日本友人村田乌江，开始"怀疑他的精神是否还正常"（《上海游记·戏台（上）》，第21页）。而到了北京之后，同样的京剧，同样是武戏，芥川面对演员"将手中棍棒舞得呼呼生风"或"挥舞着三尺余的大蒲扇"的场景，竟然还为

---

[1] 《胡适日记全编》第2册，安徽教育出版社，2001年，第109页。

自己稍不留意"错过了火焰山下的一场厮杀"而颇感遗憾(《北京日记抄·蝴蝶梦》,第152页)。

另一方面,之所以能够在短短时日之内对京剧的认识发生如此巨大的变化,也与芥川自身的成长经历和知识阅历相关。芥川对京剧并非只是如普通观光客那样走马观花地观看,而是在拥有较为专业的知识储备的前提下去欣赏和审视的。他批评《梅龙镇》使用的道具不符合剧情的时代,便是依据了多达40卷本的《戏考》。《戏考》由王大错编辑,上海中华图书馆1915年开始刊行,历经十年出完,共收录以京剧为中心的戏曲脚本600部。中国作家通读《戏考》者都不多见,而芥川却能够在这套皇皇大著中留意到一折戏的故事年代并发现道具的失误,足见他观剧的用心,并且认真地读过相关的资料。

芥川之所以会阅读《戏考》,一方面源于他自幼年时代积累起来的深厚的汉学修养和丰富的中国传统文化知识,同时也由于他生活于庶民文化繁荣的江户(即现在的东京),从学生时代便对戏曲有着浓厚兴趣。芥川的养父芥川道章学过净琉璃①,爱看歌舞伎。受此影响,芥川从东京第一高等学校到东京帝国大学(东京大学的前身)的学生时代,经常与久米正雄等人一起出入于帝国剧院、有乐座、本乡座等剧场看戏。这种对戏剧的兴趣延伸到中国的京剧,自然也在情理之中。1924年,梅兰芳第二次赴日演出期间曾举办过一次座谈会,芥川也专程参加。

在篇幅不长的《中国游记》中,芥川十分详细地记述了一位已经被历史遗忘了的京剧女优——林黛玉。他对这位早期的京剧

---

① 日本民间曲艺的一种,名称源于室町时代中期表现源氏公子与净琉璃之间爱情故事的《净琉璃姬十二段草子(净琉璃姬物语)》。

女演员表现出了极大的兴趣和赞叹，并以其文学家的妙笔对林黛玉进行了一番渲染和烘托。芥川先是借陪同自己的中国人余洵之口对这位尚未露面的女性做了铺垫：她是余洵点名召唤的妓女，但竟然已是58岁的年龄，这本已足够令人惊异，而更意外的是，"了解最近二十年政局秘密的，除了大总统徐世昌以外，就只有她一个人了"（此段引文均见《上海游记·南国美人》，第38—43页）。余洵特意以芥川的名义填写"局票"召唤林黛玉，要让这位来自日本的名作家"见识见识"，无形中为这个尚未出场的人物增添了一份神秘感。但是林黛玉并没有马上应招而来，她的出场可谓"千呼万唤"。芥川详细地描绘了第一位到来的美女，读者的期待在芥川不厌其烦的细致描绘中日渐强烈，但林黛玉依然没有出现。"饭菜一道一道不断地端上桌子"，"美人也一个一个地纷纷接踵而至"，"这些美人按照局票上填写的客人的名字依次在我们中间落座。可是以我的名义叫的名震一时的林黛玉却迟迟没有露面"。在继续描绘了其他几个女子之后，林黛玉作为压轴人物"终于出现在席上"。——这样的布局和描写，简直堪称小说创作的笔法。在细致描写了林黛玉的体态相貌、衣着饰物之后，芥川总结性地加了一句点睛之笔："这本不该是在繁华的路边的餐馆里所能见到的景象，而是应该只出现于交织着罪恶与奢华的，例如谷崎润一郎氏的小说《天鹅绒之梦》中的世界里。"也就是说，眼前的林黛玉不应该属于凡尘俗世，而应该属于艺术世界。芥川眼中的林黛玉就是一个凝聚着艺术美的形象，因此她可以超越现实的年龄，从言谈举止中显露出当年的"才艺俱佳"，而当她和着乐器开始演唱时，"同声音一起迸发出的力量的确技压群芳"。

加藤彻在《京剧"政治之国"的演员群像》中说："芥川见到

了最晚年的林黛玉,为我们留下了证明她才气与艺术力量的文章,实为益事。"[1]除林黛玉之外,芥川在《中国游记》中还记录了其他许多京剧演员,如盖叫天、筱翠花、韩世昌、绿牡丹(即黄玉麟)、马彩凤,等等。然而,无论是岩波书店权威版的《芥川龙之介全集》还是各文库本的芥川作品,其注释和解说部分几乎无一例外地忽略了芥川有关京剧的这部分文字。这一缺失,实为芥川研究中的一个遗憾。

这里尤其值得注意的是,在为《大阪每日新闻》撰写的纪行当中,芥川如此浓墨重彩地描绘一个已至暮年并且沦为妓女的京剧女优,实际上并不仅仅是为了记录这样一个具体的人物。由于自幼生母疯癫、被过继给他人以及常年病弱,芥川的性格始终带有一种忧郁,这种气质渗透于他的文字当中,往往表现为十分隐晦的文学表达。恰如芥川将自己对日本政府在中国东北扩张势力的极度不满,仅仅具象化地表现为"南满铁路"标题之下突兀而孤立的一句:"匍匐在高粱根上的一只百脚蜈蚣。"(《北京日记抄・杂信一束》,第162页)这类隐喻式的描写,在芥川的《中国游记》中处处可见。他站在永安寺的大殿上,"只感觉紫禁城的黄瓦、天宁寺的宝塔、美国的无线电传送用的电线杆等,都历历然如在触手可及之间"。他"刚要走出天坛外的广场时,忽然听到一声枪响。……"在这种将极不协调的事物并置一处加以描写的方式当中,正透露着芥川的价值判断。同样,在对林黛玉的描写中,残杯冷炙与她的隆重出场、名妓身份与花甲的年龄、应召妓女的卑下地位与对政局秘密的知晓程度等等,都形成了层叠的反差,而多重反差所映衬的正是她的"才艺俱佳"和"技压群芳"。芥川

---

[1] 加藤彻:《京剧"政治之国"的演员群像》,第115页。

是将林黛玉作为一个具象化的表征，来隐喻在话剧等年轻戏剧形式冲击之下的传统京剧。芥川希望在这样一个时局动荡、新旧更迭的中国，京剧能够"永葆青春"。正因如此，他认真地思考过对京剧的改良。

芥川在北京期间曾与胡适有过几次面谈，除了政治等话题之外，他还坦率地提出了对京剧改良的意见。胡适将几次面谈都记录在了日记里，并且在1921年6月27日的日记中，将芥川针对京剧改良提出的四点建议逐条记录下来："（1）背景宜用素色，不可用红绿色缎。（2）地毯也宜用素色。（3）乐工应坐幕中。（4）台上助手应穿素色一律的衣服，不可乱跑。"[①]这说明胡适对芥川的意见十分重视，尽管芥川只是一个年轻的外国作家，而且是初到中国。在芥川遗留下来的藏书中，有两本胡适亲笔题写了"芥川先生"并签名的赠书——胡适翻译的《短篇小说集 第一集》（今藏日本近代文学馆）和《尝试集 附去国集》（今藏山梨县立文学馆）。一般来说，文人只乐于给内心认可的人赠送自己的著作，更何况胡适这样自视甚高的大学者，足见他对芥川的肯定。但是实际上，两人对京剧的看法并不完全一致。

一个有趣的现象是，芥川在《中国游记》中并未记录与胡适关于京剧的谈话内容，而其原因正在于他对胡适的京剧观并不认同。直到晚年创作《侏儒的话》时，芥川才直接写到胡适的京剧观："胡适先生曾对我这样说：'若是除去《四进士》，全部京剧的价值我都想否定。'但是这些京剧至少都是相当富于哲学性的。哲学家胡适先生在这种价值面前，难道不该多少缓和一下他的雷霆

---

① 《胡适日记全编》第2册，第108—109页。

之怒吗？"①在言及胡适对京剧的态度时，芥川使用了一个感性程度很高的词"雷霆之怒"，实际上这并非夸张。众所周知，胡适自1917年1月在《新青年》上发表《文学改良刍议》后，又于1918年10月同刊"戏剧改良专号"上发表了《文学进化观念与戏剧改良》，以文学进化理论正式提出向西洋戏剧学习，改良中国旧戏。而且胡适还亲自实践自己的戏剧改良思想，创作了中国新文学史上第一部现代白话剧《终身大事》。芥川所赞赏的京剧中"虚拟的门槛"和跨门槛的"惹人怜爱的动作"，却被胡适看作是可以免去的"遗形物"（Vestiges or Budiments），甚至将其连同脸谱、台步、武把子等统统比作"男子的乳房，形式虽存，作用已失；本可废去，总没废去"。②而这些要素恰是芥川认为应该保留的，从前文提及的芥川对新旧剧的比较已可一目了然。当时胡适对旧剧的批判可谓猛烈，他写道："这种'遗形物'不扫除干净，中国戏剧演员没有完全革新的希望。""居然竟有人把这些'遗形物'……当作中国戏剧的精华！这真是缺乏文学进化观念的大害了。"所以芥川才称胡适有"雷霆之怒"，并且以不无讽刺意味的反问语气表达了内心的不以为然。

因此，在"京剧改良"的问题上，芥川与胡适的观念是不同的。他所提出的四点改良建议中，三次提到"素色"——背景、地毯、助手的衣服均需素色，剩下的一点是让乐工隐于幕中，由此可以看出芥川式改良的核心是要排除一切对演员演出的干扰因

---

① 芥川龙之介：《观看〈虹霓关〉》，《侏儒的话》，《芥川龙之介全集》第13卷，岩波书店，1996年，第76—77页。

② 胡适：《文学进化观念与戏剧改良》，原载1918年10月15日《新青年》第5卷第4号，此段引文均引自《胡适文存》，《胡适文集》之二，北京大学出版社，1998年，第115—126页。

素,也就是要突出京剧艺术本身的特色与价值。

芥川对胡适的反驳虽然表达含蓄但却立场鲜明。对于胡适想要全盘否定的"京剧的价值",芥川显然是否定的,尤其是京剧的文学价值和哲学价值。在《侏儒的话》中,芥川将梅兰芳表演的《虹霓关》与爱尔兰剧作家、诺贝尔文学奖得主萧伯纳(1856—1950)的著名哲理剧《人与超人》加以对比:"并非男人捕获女人,而是女人捕获男人。——萧伯纳在《人与超人》中将这一事实戏剧化了。然而将此戏剧化未必是始自萧伯纳。我看了梅兰芳的《虹霓关》,才知道在中国已经有关注这一事实的戏剧家了。"①将《虹霓关》同《人与超人》并置比较的做法本身,就已证明芥川眼中的京剧是一种高妙的艺术,而绝非供人消遣的"戏耍",京剧演员亦非"戏子"。

芥川与胡适除了关于京剧内在价值的观念存在龃龉之外,对于外在形式是否需要"西化"也持有不同看法。芥川在上海逗留期间没能对京剧产生好感,实际上也与上海的观剧空间已从传统的茶园式戏院转向现代的西洋式剧场相关。在《上海游记》中,芥川曾记录他去过的一个叫作"天蟾舞台"的剧场:"……在二层和三层围着半圆形的黄铜栏杆,这毋庸说是模仿了眼下流行的西式风格。""舞台两侧分别悬挂着一只很大的时钟(只是其中的一只已经停住了),钟表下面的烟草广告铺陈着花哨的色彩。……而且在这里也有西洋式的脚灯装置。"(《上海游记·戏台(上)》,第20—21页)芥川从这类出现在传统剧场的西洋要素当中感受到了不协调。在《中国游记》中,芥川笔

---

① 芥川龙之介:《观看〈虹霓关〉》,《侏儒的话》,《芥川龙之介全集》第13卷,第76页。

下的北京戏院——同乐茶园则呈现为："走进门口处张贴着红底金字的宣传海报的戏院老式砖瓦建筑的大门……"(《北京日记抄》，第151页）描绘上海剧场和北京戏院时不同的修饰语形成了鲜明的对照，比如同样是剧场里的广告，上海的"烟草广告铺陈着花哨的色彩"，北京的则是"贴着红底金字的宣传海报"。显而易见，色彩花哨的烟草广告与传统京剧格格不入，而"红底金字"同"老式砖瓦"则不仅和谐，还相映成趣。特别是芥川在描述上海新式剧场时使用的形容词"あくどい"是一个极具贬义色彩的词汇，本意指颜色过于浓艳而令人感到不舒服，引申义则是做法过火、性质恶劣。

开篇已述，芥川对上海全无美好印象，或者说极为反感，而这种反感很大程度上就是源于西洋之摩登与商业之繁华对中华传统文明的冲击和吞噬。他初到中国"便觉得要是更早一点来就好了"，其原因便是"中国若是不尽快来，随着时间的流逝，那些古老的东西就被毁掉了。特别是在南方，因为革命继起，很多古建筑几乎被损毁殆尽"（《新艺术家眼中的中国印象》，第166页）。尽管上海拥有汽车、银行，笙歌艳舞、灯红酒绿，但在芥川眼中不过是一个"蛮市"[①]。而北京作为明清两代的首都，不仅拥有帝王宫殿、皇家园林，更有无形的文化遗产——比上海保留了更多传统因素的京剧。

芥川观看京剧的视角有别于一般百姓的消遣娱乐，他是以文学家的艺术眼光在审视和品味。这些中国戏曲故事，日后逐渐成为芥川文学创作的养分，被芥川称为"象征主义"的京剧的虚拟

[①] 《芥川龙之介全集》第11卷，岩波书店，1996年，第161页。

性对芥川文学亦有影响。[①]芥川在北京发现和感受了京剧的魅力，京剧的魅力又进一步触发了他对北京的钟情与眷恋，而这背后，则是芥川对中国古典传统的憧憬以及他自身艺术至上的理念。

[①] 篇幅所限，这一问题将另外撰文论述。

与谢野宽、晶子的"满蒙之旅"

李炜（北京师范大学）

与谢野宽和与谢野晶子夫妇曾于1928年5月来到中国旅行，先后去了大连、金州、熊岳城、营口、辽阳、安东、奉天、四平街、洮南、齐齐哈尔等地。回国之后，与谢野晶子在《横滨贸易新报》上连载了纪行文《满蒙之旅》[①]，后于1930年以夫妻合著的形式出版了单行本《满蒙游记》（大阪屋号书店），此书的前三节由与谢野宽执笔，剩余部分为晶子所著，基本是其在《横滨贸易新报》上登载过的系列纪行文，只是依照旅行地的名称进行了章节分类。纪行文后附有两人基于旅行体验创作的和歌及汉诗，具体包括三部分："满蒙之歌（一）"（宽，241首）、"满蒙之歌（二）"（晶子，224首）、汉诗"满蒙游草"（宽，36篇）。本文将以《满蒙游记》中的纪行文部分为研究对象，在详细探究与谢野夫妇来华原因的基础上，试图还原他们的在华体验，并根据相关文字透析

[①] 共分26回，登载日期为1928年6月17日—1928年12月16日，基本每周登载一回。前11回的题目均为《满蒙之旅》，如《满蒙之旅（一）》《满蒙之旅（十一）》等。从第12回开始，题目中添加了具体的地名，如《去内蒙（满蒙之旅 十二）》《在齐齐哈尔（满蒙之旅 十六）》《奉天的五日（满蒙之旅 二十六）》等。

他们的"日'支'亲善论"。

一、与谢野夫妇的来华原因

> 最近我要随丈夫去满洲和北京。丈夫此次受邀还有一些学术调查工作,而我只需要随意吟诵和歌,是非常值得庆幸的旅行。对于几乎一无所知的"支那"的自然人情,我也想顺便了解一下。不能长期待在"支那",6月中旬之前回国。

上文摘自晶子1928年5月6日在《横滨贸易新报》上发表的短文《座谈》,由此可知,与谢野夫妇此次旅行目的地明确,已计划好要去满洲和北京。文中提到的"受邀",是指受满铁的邀请。自1909年时任总裁中村是公邀请夏目漱石到满洲及朝鲜旅游,请日本著名作家、学者及艺术家到满蒙一带旅行,成为了满铁对日本国内进行宣传的重要战略,大町桂月(1919)、田山花袋(1923)、岛木赤彦(1923)、野口雨情(1926)、正宗得三郎、有岛生马(1927)、志贺直哉、里见淳(1929)、北原白秋(1929)等人都曾先后受邀来华。至于与谢野夫妇被满铁邀请的原因,入江春行(2003)认为:

> 满铁每年都会招待文化人及学者,向他们展示,在日本的努力下,满洲已经成为"王道乐土",并要求他们回到日本后在报纸或杂志上发表纪行文。也许晶子也被看作是可以利用的人,晶子的短歌弟子小日山直登当时任满铁的理事,在

他的提议下，晶子受到招待，与谢野宽也一同随行。①

在此首先需要纠正一点，提议邀请晶子来华的并非满铁理事小日山直登，晶子在《满蒙游记》中明确写道："此次能够实现满蒙旅行，主要靠谷泽先生及大连满铁总社的宇佐美宽尔②先生的厚意。"③她提到的"古泽先生"，指时任哈尔滨满铁公所长的古泽幸吉。晶子在几年前曾与他在东京会面，并与古泽夫人有书信往来（《满》，121）。晶子与小日山直登应该是在大连初次会面④，否则来华之前他们就不会因为"大连一个朋友都没有"而担心。不过，小日山确实是和歌爱好者，1930年与谢野夫妇创刊《冬柏》后，他成为了重要会员。

对于入江春行提出的"晶子为主与谢野宽随行"的说法，笔者基本赞同。与谢野宽是明治时期浪漫主义诗歌的代表人物，曾创办《明星》杂志，但1908年《明星》停刊后，他在创作上陷入了极度低迷的状态。与之相反，晶子表现出了异常旺盛的创作力，如渡边澄子（1998）所说，"若粗略调查明治末期到昭和初期的杂志，就会发现女性杂志及儿童杂志上几乎每期都有与谢野晶子的名字"⑤。截止到1928年来华，晶子已出版了多部著作，从类

---

① 入江春行：《与谢野晶子和她的时代——女性解放与诗人的人生》，新日本出版社，2003年，第160页。

② 宇佐美宽尔（1884—1954），日本铁道官僚，曾任南满洲铁道株式会社理事、华北交通总裁。

③ 与谢野宽、晶子：《满蒙游记》，《铁干·晶子全集26》，勉诚出版，2008年，第121页。后文出自同一著作的引文，将随文标出该著名称首字和引文出处页码，不再另注。

④ "5月12日，小日山满铁理事和夫人来访，赠送了他自著的歌集。"（《满》：27）

⑤ 渡边澄子：《与谢野晶子》，新典社，1998年，第103页。

型上主要分为四类：一是和歌集。仅单独出版的和歌集（不包括合著及选歌集）就已多达18部。二是感想集或社会评论集。1911年晶子出版了第一部感想集《从一隅》，到1928年已出版12部。三是古典名著的翻译。晶子自幼喜爱平安王朝的文学，1912年出版《新译源氏物语》四卷，之后陆续出版了《新译荣华物语》三卷（1914）、《新译紫式部日记、新译和泉式部日记》（1916）、《新译徒然草》（1916）等。四是童话及小说。曾出版《绘本童话》（1908）等童话集、《云之种种》（1912）等小说集。另外，晶子还积极参与各类社会活动，自1905年起成为《万朝报》《读卖新闻》《东京二六新报》等多家报社的和歌评选人，1907年担任闺秀文学会的讲师，1920年起参与文化学院的创立及运营工作。

不仅在日本国内，晶子在中国的影响力也是远远超过了与谢野宽。1918年5月15日的《新青年》上，登载了周作人翻译的《贞操论》，此文是晶子1915年发表于《太阳》杂志上的《贞操比道德更尊贵》，后被收入于评论集《作为人及女人》（1916，天弦堂书房）中。《贞操论》发表之后立刻引起了极大反响，胡适、鲁迅相继在《新青年》上发表《贞操问题》《我之节烈观》等相关文章，特别是在1919年9月的《新青年》上特别设立"讨论"一栏，登载了围绕贞操问题展开论争的五篇文章，占去该期版面三分之一的篇幅[①]。晶子的《贞操论》在日本国内并没有太大的反响，却意外地在中国知识界掀起了一场热闹非凡的论争。进入20年代后，《妇女杂志》《现代妇女》《妇女周报》等刊物纷纷登载晶子的评论文章，如黄幼雄翻译的《女子的经济独立与家庭》、

---

① 分别是《胡适致蓝志先书》《蓝志先答胡适书》《周作人答蓝志先书》《蓝志先答周作人书》《胡适答蓝志先书》。

张娴翻译的《给聪明的男子们》等十余篇晶子的评论文章。后来张娴将此类译文汇总，并收入了周作人和黄幼雄的译文，于1926年在上海开明书店出版《与谢野晶子论文集》。虽然目前无法找到详尽资料论证《与谢野晶子论文集》出版后的反响，但1929年的重新再版，在一定程度上说明了读者的接受程度，许广平在1926年12月12日写给鲁迅的信中，也曾专门拜托他在上海购买《与谢野晶子论文集》。

由上推断，满铁内部人员的建议、晶子在日本文化界的活跃表现、在中国的影响力及知名度等因素，使得晶子的名字出现在了满铁的"邀请名单"上。其丈夫与谢野宽，自1919年起在森鸥外的推荐下成为了庆应大学文学部的教授，作为文化人一同受约来华，也是情理之中的事情。满铁既然出资请人来华旅行，当然也会提出一定的条件，具体内容会根据受邀人的专业有所差异。如对童谣诗人野口雨情，就让他介绍从大连到哈尔滨满铁沿线各地具有浓郁地方特色的民谣和童谣。对里见淳等作家，则要求他们回国后在报纸或杂志上发表旅行记。请日本和歌界的代表人物晶子"随意吟诵和歌"，请庆应大学的教授进行"学术调查"，应该就是满铁根据二人的特点分别提出的具体要求。

1926年5月9日，与谢野夫妇乘坐"亚米利加丸号"到达大连，开始了为期40余天的满蒙之旅。但原本计划的北京之行并未实现，因为刚到大连时接到了朋友的信件，告诉他们"从目前的局势看南军[①]要攻破北京，在京日本人正人心惶惶地要准备避难"（《满》，26）。最终出于安全上的考虑，与谢野夫妇放弃了去北京的计划，否则他们也许会留下一部《满蒙及北京游记》。

---

① 指蒋介石率领的国民军。

二、与谢野夫妇的在华体验

表1 与谢野夫妇在华日程表

时间	地点
5月9日—15日	大连、旅顺
5月16日	南山、金州、熊岳城
5月17日	营口、大石桥、汤岗子
5月18日—19日	千山
5月20日	辽阳
5月21日—22日	安东、五龙背温泉
5月23日—24日	奉天、四平街
5月25日	洮南、昂昂溪、齐齐哈尔
5月26日—30日	哈尔滨
5月30日	吉林、长春
5月31日	公主岭、奉天
6月1日	抚顺
6月2日—6日	奉天
6月7日—11日	大连、旅顺
6月12日	乘"亚米利加丸号"回国

以上是笔者根据《满蒙游记》整理出的与谢野夫妇的在华日程表，总体而言，他们在大连（包括旅顺）滞留的时间最长，前后达十二天，占到了整个旅程的四分之一。在哈尔滨和奉天各滞留五日，其余基本都是日程紧张的"急行旅"。需要注意的是，与谢野夫妇此次来华并非"自由行"，其旅行日程是满铁总社提前做了安排的。如此一来，满铁内的各类下属机构及沿线区域自然

成为了主要的参观对象，故而《满蒙游记》中带有"满铁所属"或"满铁经营"等修饰语的名称频繁出现，如"满铁为'支那人'设置的公学堂""满铁经营的农业试验所""满铁采掘的鞍山铁矿""满铁间接经营的五龙背温泉""满铁附属地""满铁经营的大农业试验场""满铁经营的南满医科大学"等，可以说不厌其烦地凸显了满铁拥有的工业、商业、交通、矿山、教育等方面的势力。而日俄战争留下的旅顺战迹，也俨然成为了当时日本游人的"热门景点"，与谢野夫妇更是先后两次走访了旅顺的战迹，参拜了白玉山的纳骨堂，走遍了二零三高地、东鸡冠山炮台、旅顺港口闭塞船遗迹等地。除此之外，满洲的三大温泉、著名的千山奇景等中国名山美景，也是满铁为受邀人安排的主要参观地。晶子在登千山时就曾写道："大町桂月、田山花袋两位先生都曾登过此山，去年秋天，有岛生马、正宗得三郎两位先生也在真山孝治的带领下登过此山。"（《满》，49—50）

  作为满铁的客人，与谢野夫妇在华期间接触的基本都是日本人，不论是会客、赴宴还是演讲，与谢野夫妇的活动空间多为"日本人的世界"，如各地满铁负责人的宴请、满铁理事主持的"短歌会"、满铁本部俱乐部的演讲会、奉天满铁图书馆内的演讲等。而且每到一处，除了受到满铁负责人的盛情接待外，当地的日本领事馆也会安排宴请，还有机会与驻华军官一起赴宴。比如到达安东之后，日本领事冈田兼一夫妇专门派车迎接，并邀请他们在领事馆参加晚宴。或许是因为习惯了"日本人的世界"，晶子在去内蒙古的途中陷入了极度的不安之中：

    与昨天之前乘坐的火车不同，"支那"全副武装的将校和士兵负责监视，……途中的各个车站都是全副武装的"支那"

士兵和巡警严加守护。乘客中除了我们四人之外，只有一位日本绅士，其余都是"支那"人，其中还有少数满洲男女及蒙古男子。在昨天之前，车站工作人员及守卫兵、巡警全部都是日本人，感觉坐在车上安全踏实，与之相比，我们周围的环境骤变，感觉似乎被扔进了完全不知的他人的世界中，感到了不安与惊奇。白天的火车还算好，如果是夜行车，那会多么的不安呀。(《满》，84）

来到中国旅行，却会因为身边全是中国人而深感"不安与惊奇"。由此看来，与谢野夫妇尽管来到了地理意义上的中国东北及内蒙，却因为习惯于在被日本殖民主义阴影控制的"日本空间"内游走，中国人反而成为了突然闯入她们视野的"他者"。

但另一方面，与谢野夫妇（确切地说是与谢野宽）在华旅行期间又总是试图将古典诗词内的"中国"与现实中国进行对应。这主要是因为与谢野宽自幼阅读汉文书籍，曾在汉学塾学习，并从十岁起热衷于汉诗的创作，可以说较为熟悉诗歌及汉文经典中的"中国"。如在熊岳城内第一次看到中国文学中经常出现的柳絮和杨花时，便引用唐朝吴融的诗歌"不斗秾华不占红，自飞晴野雪濛濛，百花长恨风吹落，唯有杨花独爱风"，感觉自己终于"明白了此诗的有趣之处"（《满》，41）。在游览千山时，与谢野宽在日记中写道："李白登岳的诗中看到的缥缈的仙界雅趣，毋宁说就存在于此千山中"（《满》，55）。在洮南的洮儿河前，想起了唐朝王昌龄从军行里的诗句"前军夜战洮河北，已报生擒吐谷浑"，并且感慨"那些未曾亲眼看到朔北风景的江户时代的日本汉文学者，应该无法理解'支那'文学的真正韵味"（《满》，98）。可见，自幼受中国古典文化熏陶的与谢野宽，身上依然带有大正时期开始流行的"'支那'趣味",[①]并在旅途过程中试图去验证之前通过汉诗文及古典文集构筑而成的想象中的中国。

尽管满铁可以提前制定出与谢野夫妇在华的具体旅程计划,但并不能左右风云突变的政治局势,在整个旅途中,他们多次体验了"计划外"的历史事件。具体而言,在刚到大连的5月9日,日本侵略军就制造了令人发指的济南惨案,这使得中国国内的排日情绪更加高涨,与谢野夫妇在旅行的过程中也数次亲历排日宣传的场面,只要身边有中国人聚集过来就会"感到恐慌"(《满》,42—43)。每次发现有中国人在注视自己都会"内心发毛"(《满》,97、143)。可以说中国的排日运动让身处中国的与谢野夫妇时刻有种危机感。但需要说明的是,中国民众的排日运动高涨固然是事实,但日本国内的夸张报道也是导致与谢野夫妇恐慌情绪的重要因素,正如刘杰(2006)所指出的,"日本视中国的反日民族主义为国民政府推行反日教育与反日政策的结果,过分夸大报道在个别地区发生的反日事件——其实不少是日本军人的谋略行为,致使对华'恐怖感'与憎恶感在日本人中间扩散"[②]。

再比如,当他们到达奉天车站时,发现到处都是身挂日本刀出入的将校,这让与谢野夫妇担心是否会"遭遇因现在奉天的日本军要向'支那'采取某项重大行动而引发第二次济南事变"(《满》,79)。这里所说的"某项重大行动",指关东军试图以"维持满洲的

[①] "'支那'趣味"一词最先出现于1922年,当时日本的重要刊物《中央公论》在第1期设了"'支那'趣味的研究"专栏,其中登载了五篇与"支那"趣味相关的文章,从此以后"'支那'趣味"这个词开始广为流传。现在所使用的"'支那'趣味",主要是指流行于日本大正时代的针对中国的一种异国情趣。

[②] 刘杰、三谷博、杨大庆:《超越国境的历史认识——来自日本学者即海外中国学者的视角》,社会科学文献出版社,2006年,第50页。

治安"为名一举占领东北的不轨行动,根据日本参谋本部《昭和三年"支那事变"出兵史》记载,"村冈司令官于5月19日在旅顺关东军司令部召集部分师团开会,命令他们立即向奉天、锦州出动。"5月23日到达奉天的与谢野夫妇恰好亲眼见证了这一历史性场面。6月4日的凌晨,晶子在酒店听到远处传来奇怪声响,后来才得知那是张作霖乘坐的火车被炸的声音,随后"各种谣言蜚语不断传来,都是日本人不堪入耳的一些内容"(《满》,139)。皇姑屯事件的爆发,让旅途中的与谢野夫妇切身感受到了"日'支'之间沉重或者说不安的气氛"(《满》,148)。总之,在与谢野夫妇来华的1928年,恰逢中国国内战争不断、排日情绪日益高涨、中日战争一触即发的紧张时期,他们在前后四十余天的旅途中亲身体验了风云突变的政治局势,留下的纪行文也因此具有了历史证言的作用。

三、与谢野夫妇的"日'支'亲善"

在《满蒙游记》的序言中,与谢野宽强调中国是与日本交往最为密切的邻国,但日本自明治始倾向于学习欧美,对中国的现状过于无知,即便是关注中国的日本人,也只是从军事视角、经济视角或外交视角进行观察,他认为"实现个人与个人,民族与民族的发自内心的亲善融合,是唯物主义或强权主义之外的问题。不能靠相互的抽象论争来解决,最为关键的是要依靠爱及兴趣实现柔和的情感交流"(《满》,4)。并进而主张日本人要读懂人中国人的内心情感,还要对中国的自然、社会生活、国民情感进行观察及解析。

带着这样的目标来到大连后,与谢野宽一行专门去了"小盗儿市场"、为满铁提供中国劳工的福昌华工株式会社、位于寺儿沟的贫民窟及大连玻璃制造厂。参观完华工株式会社及贫民窟后，与谢野宽感觉中国下层民众只是在持续"动物性的生存"，能够工作、吃饭、睡觉就足够了，不论是华工还是贫民，"无法想象他们拥有任何的精神背景"（《满》，19）。在他亲眼目睹了大连玻璃制造厂中国劳工的工作现场后，又进行了如下的描述：

> 他们的手指犹如机器的指针在移动，既不会四处张望也不会窃窃私语，而是静静地全身心地集中工作。认为这种紧张感不会长久持续的想法，是以文化人为标准的想象。"支那"的劳动者，除了吃饭时间，能够这样辛勤劳动十二个甚至十六个小时。"像牛一样的神经"，并非一律都是轻蔑他们的评语，他们才真正继承并维持了太古祖先强壮的身心。……而我们，被文化末梢毒害深陷神经衰弱与无力，对此深感愧疚，同时不禁对他们萌发敬意。（《满》，22、25）

参观上述地点时，与谢野宽等人并未与中国人有任何交流，却试图通过走马观花似的观察来读懂中国人的"内心情感"，断定中国下层民众只停留在动物般的生存层次，得出了他们缺乏任何精神境界的"学术结论"，并构建了"日本人＝文化人＝无力"、"中国人＝动物＝强壮"的对比图。然而，"强壮"与"无力"只是指代体能的词汇，"强壮"不等于"强大"，"无力"不等于"弱小"，中国人的强壮代表着原始的愚昧，日本人的无力象征着现代的文明。尽管与谢野宽刻意强调"像牛一样的神经"并非只是蔑视中国人的话语，但在字里行间都流露出了他作为"文化人"自上而下审视中国人的优越感与自豪感。而与谢野宽的"学术结论"，与他最初想"用爱和兴趣实现中日之间情感交流"并最终达到"日'支'亲善"的目标之间,充满着不可调和的矛盾,因为在他看来,中国人根本没有"精神背景"。在之后的章节中,再也没有出现如何实现"日'支'亲善"的表述,而是将注意力集中在了"日本人在华的发展"上,强调中国满蒙一带的"广阔土地具有调节日本人口的意义,必须树立相应的国策,将不怕辛劳的三四百万的农民及商人移植到这里"(《满》,32—33)。

对于与谢野宽的上述"日'支'亲善"论,山本藤枝在《打黄金钉的人》[①]中评论道:"对于当时的部分政府官员及军部(主要是关东军)而言,宽所谓的'依靠爱及兴趣实现柔和的情感交流',只不过是文人的胡话。"山本藤枝还认为与谢野夫妇"与政治、军事和外交没有任何关系。确切地说无人让他们了解这些,进而言之,他们只是旅人,也不想了解"。香内信子(1993)进一步提出:"对局势认识的不足,或者说认为只要是'文化交流'就与政治、外交、军事没有关系的想法,有时也是一种伴随着'利益'的自我满足,进而也可以说是一种'逃避'。而且,两人越是认真,越是被封闭在'艺术的'独自领域中,越容易造成相互矛盾的结果,不论本人是否希望而最终被卷入其他的领域(政治、外交、军事)。"[②]但笔者认为,与谢野夫妇既非山本藤枝所说的单纯"旅人",亦非香内信子所说的那样"被卷入"政治或军事领域,而是对现实的中日局势有着积极主动的关注姿态。特别是与谢野晶子,来华之前曾发表《日本无敌》《关于"支那"的知识》《"支那"之事》《"支那"的排外运动》《对"支"问题的预测》等多篇与中国相关的文章,表明了她对中国政治局势及中日关系的

[①] 山本藤枝:《打黄金钉的人》,讲谈社,1985年,第688—689页。
[②] 香内信子:《与谢野晶子——以昭和期为中心》,家庭出版,1993年,第126页。

关心。其中较早的一篇是1924年12月发表的《日本无敌》，其中写道：

> 即便今后"支那"局势愈加动荡混乱，但那是"支那"人的生活地带，不希望有列国的干涉。即便在某些时候要有一些不得已的干涉，如若我国单独动用大兵，首先没有必要，而且其他列国也不会允许。只要我国从根本上对中国没有领土野心，且一直希望日"支"保持亲善，我认为，我国没有理由将"支那"作为假想敌国并拥有大兵。

在上文中，晶子希望能够保持"日'支'亲善"，反对日本对中国采取武力手段。在之后为张娴撰写的《与谢野晶子论文集》序言中，同样强调自己希望"能为日'支'两国人的亲善做出一点贡献"。而在《对"支"问题的预测》等评论文章中，因考虑到领土广阔的中国是日本商品的永久销售地，又从经济利益出发提出日本对华"应该充分利用美国等列国的力量，并发挥领导者的作用。"实际来到中国之后，日本的在华利益成为了晶子的主要关注点。除了对满铁下属机构的赞美与期待外，当她在火车上发现售卖的点心多为日本厂商森永制造时，顿时感到欣喜（《满》，88）。她多次批判"日本人缺少中国人那样的吃苦耐劳及节俭精神"（《满》，96—97），建议日本人应该掌握流利的汉语，不要轻视中国人，否则"日中亲善及日货的普及都会前途渺茫"（《满》，147）。特别是下面的一段文字颇有意味：

> 我一边想象着聚集在餐桌上的人们肯定会在背后煞费苦心出谋划策，一边在内心暗自困惑，如何才能毫不冲突地解

决国人的满蒙经济与俄"支"两国的幸福。不仅是"支那"南部，即便是在东北这样的北部地区，受过教育的"支那"年轻人都意识到了自主权恢复的问题。从帝国主义的角度看，这确实是令人恐怖的事情，但从人道的角度看，必须为"支那"人庆贺。如行政长官张焕相那样的"支那"军阀宠儿，之所以敢于采取那种不法的排外行为，不得不说其背景就是"支那"复兴之时运。我希望此宴席上的武官们都能够洞察时代大趋势做出妥善处理。(《满》，117—118)

当时与谢野夫妇在哈尔滨受约参加了一场午餐会，出席人员包括满铁哈尔滨公所长、在留日本人会长、来自朝鲜的松田国三大佐、当地驻派武官安藤骥三、片桐茂、中野英光等人。在《满蒙游记》中，晶子曾强调自己不仅会从"日本人的立场出发考虑日'支'问题，也会从邻国'支那'人的立场，或者从作为世界人的立场出发进行思考"(《满》，78)。因此，对于中国年轻人意识到的主权恢复问题，晶子站在"世界人"的立场，认为应该为中国人庆贺。但随后晶子又开始批判张焕相"不法的排外行为"，认为近来日本人在华利益受损，就是因为"张焕相利用军权与警察权，禁止使用1918年以来北满市场唯一的信用货币日本金票[①]"(《满》，116)。看来在晶子眼中，是否符合日本利益成为了"合法"与"违法"的标准。换言之，尽管晶子对中国人的主权意识觉醒感到"高兴"，而一旦中国人的行为与日本利益发生冲突，就被界

[①] 日本金票，俗称"老头票"，曾在哈尔滨等地广泛流行，当时哈尔滨"学校的学费，房主的租金，商店的货价，无不视日金为法币"，为了与之对抗，中国各大银行联合发行了"哈大洋"。(详见张新知、王学文：《关于"哈大洋券"发行情况的研究和考证》，《江苏钱币》，2012年第3期)

定为"不法",并马上从"世界人"的立场游离到了"日本人"的立场。

结束满蒙之旅回国后,晶子发表的《爱和人性》《旁观者的语言》《雨窗边》等文章依然从"世界人"的立场出发主张"日'支'亲善",高呼"不能让爱偏向于一小部分,不要局限于一个地区、一个帝国,要跨越人种和国境,将共存共荣的生活置于视野。"主张日本"应该通过积极的援助来实现真正的日'支'亲善,绝不应凭借武力的威胁去统治支那本土或满蒙。"建议"直接向'支那'的知识阶层呼吁,在政治途径之外,寻求两国的国民之间实现内心亲密融合友善的方法。"然而,晶子所主张的"日'支'亲善论",却在"九一八"事变爆发后开始发生变化,她在《东四省的问题》中认为"九一八"事变是'支那'军阀政府多年的排日侮日思想及行为所招致的灾祸,日本陆军忍无可忍"才断然采了自卫性的非常手段"。在《观时局》中鼓吹日本国民应该致力于满蒙土地的开发,力图"实现日'支'满蒙诸国民的共荣"。在《满蒙新国家的建设》中赞美"九一八"事变的主谋人物——关东军参谋石原莞尔"具有聪慧的头脑和果断的执行力。"在《日'支'国民的亲和》中更是对侵略上海的日本陆海军大加赞扬,"超出预想地迅速扫荡了上海附近的'支那'军,让国内外人士大为安心,以寡兵而大胜,作为国民必须感谢"。可见,晶子的"日'支'亲善论"的基本出发点,就是其作为"日本人"的立场,只要日本在华利益受到损害,或者说一旦中日发生武装冲突,她就会丢掉曾经挂在嘴边的"世界人"的立场,她的"日'支'亲善论"也会被"日本独善论"所取代。

综上所述,在满铁的邀请下在华"公费旅行"的事实本身,首先就决定了与谢野夫妇的《满蒙游记》必然附带"宣传任务"

的特点。而在实际的旅行过程中，与谢野夫妇时而身处"日本人的世界"体验日本在华的"殖民成果"，时而亲临充满"'支那'趣味"的"中国空间"并沉浸于浪漫的文学世界，时而又在现实世界中体会到中日之间剑拔弩张的紧张关系。而此次总是穿梭徘徊于纷繁混杂的多重空间下的在华经历，不仅使他们切身体会到了"满铁王国"的殖民势力，增强了对日本在华"发展"的信心，同时也深化了对中日紧张局势的了解，并在《满蒙游记》的字里行间流露出了以"日本优越论"或"日本利益优先论"为前提的"日中亲善论"。总而言之，在外部环境与作者个人观念的综合作用下，《满蒙游记》也超出了纯粹"游记"的范畴，而是带有浓厚的时代特色及政治意义。

日本近代作家的中国游记

——以阿部知二的中国游记为中心[①]

王成（清华大学）

一、中国旅行与北京叙述

对于日本近代作家阿部知二来说，中国旅行的体验具有非常重要的意义。正是中国旅行开启了阿部知二文学的新天地。他一生来过中国六次，包括中日战争期间，有短期旅行，也有长期工作，足迹遍及大半个中国，与中国结下了不解之缘，留下了一批有关中国题材的文学作品。1935年第一次中国旅行归国后，第二年发表的《冬之宿》获"文学界大奖"，成为畅销书，受到读者的欢迎。其后，他接连发表了《燕京》《幸福》《街》《风雪》《北京》等作品，一跃成为文坛的宠儿。对于自己的文学成就，阿部知二解释说："创作《冬之宿》之前的华北旅行是另一个机缘。"[②] 竹松良明也曾指出阿部知二的北京旅行诱发了他对逝

[①] 本文由《旅行与文学——阿部知二的中国旅行与文学叙述》改写而成，原文发表于《日语学习与研究》，2013年10月。

[②] 阿部知二：《自作指南》，《阿部知二全集》第10卷，河出书房新社，1974年，第279页。

去青春的哀叹。①总之，中国旅行是阿部知二文学创作的重要机缘。

如果说横光利一的《上海》是日本近代文学史上有关上海的城市想象与文化记忆的代表作，那么，有关北京的代表作就是阿部知二的《北京》。但是，与《上海》研究相比，有关《北京》的研究明显落后。这与日本近代文学领域重视欧美"现代性"不无关联。因为上海拥有欧美殖民地现代化的历史和城市空间。正如陈平原所指出的那样："国内外学界以上海为视角，探讨中国现代化进程的努力，已经取得了很大成绩。相对来说，作为八百年古都，北京的现代化进程更为艰难，从抵抗、挣扎到追随、突破，其步履蹒跚，更具代表性，也更具有研究价值。"②而日本学者对于阿部知二的中国叙述的研究相对滞后给出的解释是：

> 昭和十三年前后受到好评的小说《北京》，随着战争愈演愈烈，对于年轻人来说，逐渐变得模棱两可，战败以后这一印象也没有消除。的确，那场令人讨厌的日中战争的残酷体验超过了战前所有的思想、文学。在经历过这一切的人眼里，继承昭和十年代的文学（《北京》为其代表之一）这样慢条斯理的话题也许不值得一提。③

从这段文章可以看出，如何重新认识战争期间（1931—1945

---

① 竹松良明：《阿部知二 旅途云淡风轻》，神户新闻出版中心，1993年，第125页。

② 陈平原：《北京记忆与记忆北京》，陈平原、王德威编，《北京：都市想象与文化记忆》，北京大学出版社，2005年，第12页。

③ 水上勋：《阿部知二研究》，双文出版社，1995年，第127页。

年）的文学与如何认识日本对中国的侵略战争是分不开的。这不只是阿部知二研究的个案，而是整个日本近现代文学研究的问题。

实际上，日本学术界的有识之士已经认识到这个问题是绕不过去的。在陈平原提倡"北京学"之前，日本学者已经开始研究日本侵华战争期间的北京，代表性的成果有杉野要吉编的《沦陷下的北京　1937—1945　交流与斗争的中国文学与日本文学》。其中收录的矢崎彰的《阿部知二与旧都北京——关于第一次中国体验和长篇小说〈北京〉》是有关阿部知二《北京》的研究。这篇论文使阿部知二的《北京》研究跳出日本文学的框架，把《北京》置于近代中日关系的交流与斗争的语境中重新解读，具有开拓性的意义。论文指出："有关中国体验的研究，除去以中国体验为题材的几篇小说研究的作品论以外，还刚刚开始。"[①] 从这篇论文中可以看出，矢崎关注的问题是阿部知二的中国体验。

本论文试图在探讨阿部知二的中国旅行动机的基础上，解读其中国游记中的中国体验与中国想象。

二、中国旅行动机新探

有关阿部知二的中国旅行研究还有许多疑点和误读，甚至基本史实还未搞清楚。第一次中国旅行的过程和时间就是其中之一。有关1935年第一次中国旅行的时间，阿部知二研究的权威竹松良明在其著作中也只是模糊地记述："昭和十年夏末，靠编

---

① 矢崎彰：《阿部知二与旧都北京——关于第一次中国体验和长篇小说〈北京〉》，杉野要吉编，《沦陷下的北京　1937—1945　交流与斗争的中国文学与日本文学》，三元社，2000年，第527页。

写乔伊斯注释书获得的稿费,从神户乘船,到北京游览,一直到九月中旬。"①而关注"日本作家如何描述中国"问题的文学史家川西政明在其著作中记述:"阿部知二从1935年夏末到秋初,在北京度过了一个多月的时间。"②两者之间有关阿部知二旅行时间的记载差距较大。因此,需要回到原点,从原始资料中寻找答案,弄清阿部知二旅行的过程和时间。笔者根据阿部知二的书信、日记以及随笔中的记载,对阿部知二的旅行时间和路线进行了考证。

旅行途中,阿部知二从船上寄给姬路市坊主町家里的明信片是大阪商船株式会社印制的,上边绘有"长江丸号"的彩色图画,并且标有"长江丸总吨数2613吨"的字样,明信片清楚地标明"于长江丸",邮戳盖的是"29日门司"。明信片上有"二十八日晚八点半,由于台风临近,轮船停靠小豆岛的池田湾避风"的字样。③另一封从船上写给妻子的信中明确记载:"此刻是31日下午3时,玄海滩风平浪静,黄海海面平静如油。我身体非常好,一直在享受乘船旅行。今天傍晚将会看到山东半岛的海角,明天下午到达塘沽,夜里11点过后,到达北平"。④游记《中国女性一瞥》中,"前年9月1日夜里,我当天下午从塘沽上岸后,乘坐开往北平的列车行驶在黑夜中的河北大平原上"。⑤根据日本旅行协会1935年出版的旅行指南《旅程与费用概算》,我们得知,天津至神

---

① 竹松良明:《阿部知二 旅途云淡风轻》,第124页。
② 川西政明:《我梦幻中的国度》,讲谈社,1996年,第394页。
③ 阿部知二寄给妻子阿部澄子书信。姬路文学馆藏阿部委托资料。
④ 同上。
⑤ 阿部知二:《中国女性一瞥》,《妇人画报》,1937年第10期。引自竹松良明编:《未刊行著作集 阿部知二》,白帝社,1996年,第202页。

户之间是1060海里,乘大阪商船需要5天的时间。由此推算,阿部知二乘坐的大阪商船"长江丸号"于9月1日下午到达天津,所以,出发时间应该是8月28日。日记中明确记载1935年9月14日晚9点到达新京。另外,9月15日写给妻子的信中记载:"明天从大连出发,乘18日的船启航,20日晨抵达门司"①,从这段话判断,阿部知二回国的日期应该是9月20日。

根据以上资料,我们可以推断出阿部知二第一次中国旅行的时间和路线。即:1935年8月28日乘大阪商船从神户出发,8月29日到达门司,8月30、31日经过玄海滩、黄海,9月1日下午到达塘沽,当天晚上,乘火车前往北京。9月13日离开北京,乘火车前往新京,游览了新京、大连、旅顺等地后,9月18日离开大连乘船回国,9月20日从神户登陆。通算起来,阿部知二在中国旅行三个星期,在北京逗留了半个月。在他的游记中也能看到有关旅行时间的叙述。例如,《美丽的北平》中写道:"在北平待了半个月,没有感到丝毫不愉快,我在北平漫无目的地参观游览,把一切都忘掉了。"②

那么,阿部知二前往中国旅行的动机是什么呢?尽管他在《自作指南》中自述前往北京旅行的动机时说:"我去北京有两个原因。一个是漫无目的向往充满魅力的古都北京的风物,一种游子的心情,另一个是来自一种预感的好奇心。作为一个普通市民的常识,我预感到那里将要成为东洋的,不,要成为世界的宏大戏剧的焦点。"③

---

① 阿部知二寄给妻子阿部澄子书信。姬路文学馆藏阿部委托资料。
② 阿部知二:《美丽的北平》,《新潮》,1935年12月,第104页。
③ 《阿部知二全集》第10卷,第282—283页。

在《北京》的后记中，他也表明1935年夏末的中国旅行是心血来潮，受"渴望旅行的心情驱使。从台风肆虐的神户码头上了船。"[1]从他的自述来看，似乎没有明确的动机，但是，中国旅行的动机依然值得研究。

尽管阿部知二没有明言其中国旅行的动机，但是，笔者认为中国旅行是他试图从困境中突围的探索之旅。1930年1月，阿部知二在《新潮》杂志发表小说《日德对抗赛》，当时，在主流文学杂志《新潮》发表作品是登上文坛的标志。也是因为这篇作品，他被文坛看作新兴艺术派作家。但是，适逢无产阶级文学席卷文坛的时期，像他这样的作家并没有太多发表作品的空间。随着无产阶级文学受到镇压，1934年，《行动》杂志提出的知识阶层追求自由主义的"行动主义文学论"成为文坛的热点，然而作为《行动》杂志的同仁，阿部知二以一个知识分子的怀疑态度面对困难的时代，因而精神上和创作上处于彷徨的状态。对于作家来说，旅行不仅是寻找自我的过程，也是艺术探索的途径。

在先行研究中，最早讨论这个问题的是黑田大河的论文《〈北京〉和〈上海〉》。但是，这篇文章没有详细论述，只是停留在推测阶段。他提出的"假说"认为：阿部知二的北京之行是受了横光利一的影响。

> 阿部知二最初的中国之旅为何选择北京没有定论，但是，我想提出一个假说，1935年横光利一整理出版《上海》偶然起到了作用。在满洲事变、上海事变的战火蔓延过程中，他想看一看旧都北京的愿望很强烈。同时，是不是也有一种用

---

[1] 阿部知二：《北京》，第一书房，1938年，第277页。

同先辈作家不一样的视点发现中国的愿望呢？①

这有可能是个重要的原因，但是，缺乏实证依据。笔者认为文化学院的氛围和同事奥野信太郎的影响应该是重要的原因。在小说《北京》的跋文中，阿部知二特意感谢了两个人，一个是奥野信太郎，另一个是宫岛贞亮。

宫岛贞亮是庆应大学文学部教授，东洋史专家，祖父宫岛诚一郎是著名汉学家。宫岛贞亮与奥野信太郎是连襟（夫人是奥野夫人的妹妹）。1934年5月至1936年3月宫岛贞亮在北京留学。经奥野信太郎介绍结识了在北京旅游的阿部知二。阿部知二也正是通过宫岛的介绍才住进遂安伯胡同的黄宅，阿部在北京逗留期间，经常和宫岛一起活动。②

奥野信太郎是阿部知二的同事。从1931年至1940年，阿部知二一直是文化学院的教师。在那里，他认识了与谢野晶子、石井柏亭、奥野信太郎等在文化学院任教的作家和文化人。1921年由西村伊作创建的文化学院，追求自由主义的教育理念。包括芥川龙之介在内大批文学、艺术家都曾在此任教。有趣的是教师队伍中，有一批"中国趣味"者，例如，与谢野晶子、与谢野铁干、石井柏亭、木下杢太郎、芥川龙之介、谷崎润一郎、佐藤春夫、横光利一、小林秀雄、奥野信太郎、饭岛正等日本近代文艺史的代表人物都曾到过中国。他们是"中国趣味"的追求者，也是诠释者。他们创作的中国题材作品也都具有深远的影响。毫无疑问，无论是已经逝去还是同时期在文化学院任教的前辈作家对

---

① 黑田大河：《〈北京〉和〈上海〉》，《阿部知二研究》，2004年4月，第45页。
② 宫岛贞亮：《追忆奥野君》，村松暎编，《缅怀奥野信太郎文集》，文化综合出版，1971年，第311—313页。

阿部知二的文学创作都具有潜移默化的影响。如何超越他们的中国叙述也许就是文坛新秀阿部知二的课题之一。在这样一个氛围中，中国文学研究者奥野信太郎对阿部知二的影响最大。奥野信太郎自幼受到汉学家竹添井井的"汉文直读"（日本人都是通过训读的方式阅读汉文经典）训练，也曾经受到森鸥外的教诲。庆应大学文学部毕业后，经与谢野宽推荐成为文化学院的教师，同时兼任庆应大学预科的汉文讲师。1936年5月至1938年4月，奥野前往北京留学，1944年10月至1946年4月任辅仁大学客座教授。他专攻中国文学，尤其精通中国戏剧。他是阿部知二在文化学院任教时交往密切的同事。阿部知二的游记《北平眼镜》中有一段文字记述了奥野信太郎给他来信的故事："寄信人奥野是庆应大学派往中国从事研究工作的，孩提时代受到森鸥外的汉文直读指导以来，就迷恋上中国和文学。从他时常来自北平的信中，流露出对中国深刻的了解。"[①]小说《北京》的跋文中，阿部知二特意留下了谢辞："感谢奥野信太郎和宫岛贞亮培养了我对中国的兴趣。"[②]从这些文字中，可以看出，阿部知二十分佩服奥野信太郎的中国研究。他对于中国的理解无疑受到奥野的影响。

　　1940年1月，阿部知二为奥野信太郎的《随笔北京》所写的序言中再次提起奥野信太郎对他的启发。

　　　　对我来说，奥野是几年前让我对中国产生兴趣的人。我的那本微不足道的小说《北京》如果没有与奥野的交往也不

[①] 阿部知二：《北平眼镜》，《文艺》，1937年9月，第133页。
[②] 阿部知二：《北京》，第281页。

会产生。可以说，他是我认识中国的老师和恩人。①

由此，可以说奥野信太郎是帮助阿部知二认识中国的启蒙者，第一次中国之行也是受了奥野信太郎的影响和帮助才成行的。

对阿部知二来说，北京之行是第一次出国旅行，也是一次难得的体验，收获很大。他旅行途中给妻子写信时，表达了兴奋之情。"还能够看到长城。总之，（北京旅行）非常有意思，足以吸引我的好奇心。这几年，因为工作而疲劳的大脑将会变得新鲜活跃。为此高兴吧！"②

北京之行是阿部知二一直难忘的体验，他特别看重这段经历。后来，他也时常提起依据这段经历创作的小说《北京》。上海沦陷时期出版的《杂志》1944年12月号有一个特辑叫"文学者印象"，其中刊登的《日本文学者剪影》记录了对访问上海的日本作家的采访。文章中有一段是对阿部知二的采访，内容如下：

> 阿部先生自己认为满意的作品是？
> 可能是《冬之宿》吧。如果有人愿意翻译，我倒希望能够翻译我的另一部叫作《北京》的小说，这是我一年前到北京时以事实为题材而写的，可是，到了今天，中国的情形好像并没有什么变动，所以依旧可以看的。当然，译《冬之宿》更好。③

---

① 阿部知二：《〈北京随笔〉寄语》，奥野信太郎著，《北京随笔》，第一书房，1940年，第3—4页。
② 阿部知二致妻子的信（1935年9月7日），姬路文学馆藏阿部委托资料。
③ 荻崖：《日本文学者剪影》，《杂志》，1944年12月，第99页。

1967年9月,阿部知二在《展望》杂志发表了一篇纪念卢沟桥事变30周年的文章中,他再次提到30年前为了给家里人解释卢沟桥事变,引用了《燕京》中的一段话。

> 卢沟桥事变发生后半个多月,家里的人问起事件的走势如何,我想起依据两年前北京旅行见闻创作的小说《北京》(小说的标题应该是《燕京》——笔者注)中的一段话,作了解释。……每当想到"卢沟桥"到现在三十年的时光沉重的流淌,就会深深地反省自责,我们被卷入时代的洪流中,到底做了什么呢?①

通过这些资料,我们不难看出,北京之行在阿部知二的记忆中留下了深深的烙印。他的人生观、艺术观,也因为这次中国旅行发生了变化。这次旅行也让他开拓出新的文学空间。

三、"有色眼镜"与"东方主义"

结束中国旅行回国后,阿部知二发表的第一篇文章是《中国的眼镜》。这篇游记发表在文化学院校报《文化学院新闻》上。文章记录了旅行期间在燕京大学附属医院配眼镜的体验,间接介绍了燕京大学和协和医科大学,并且不忘强调燕京大学是当地抗日色彩最浓的大学。这篇游记最精彩的部分是因为在北京换了眼镜片,所以旅行中所见的景象让自己有一种眼晕的感觉。他强调带

---

① 阿部知二:《三十年沉重的历史——昭和四十二年夏天——》,《展望》,1967年9月。引自阿部知二:《探求者——动荡的世界与理性的考验》,劲草书房,1970年,第175—176页。

着这副眼镜参观或者看到的人都带着一个奇妙的光环，而回到东京换上日本的镜片后，担心那些奇异的中国印象会消失，不免产生一种失落感。文章巧妙地套用了"有色眼镜"的主题，作者不忘强调："其后，我在华北、东北的所见、所感如果存在认识偏差的话，也许眼镜片的错位负有相当大的责任。"①阿部知二用"有色眼镜"的概念给自己的中国叙述定了调子。其后，他在《读卖新闻》发表的《邻国的文化——来自北平的印象》中，同样强调"我只是作为一个旅行者，这篇文章仅仅是映入我眼中的印象，以及我的感想的记录而已，我只是诚实地报告我的印象。"②他明确表示自己要写的是"关于西洋文化是如何入侵堪称'东洋的故乡'的中国和我们日本的游记式印象。"③他在与周作人的谈话中，讲到西洋文学在中国大行其道，却没有像样的专家；他呼吁日本的文化事业团体支持计划两年后将要停办的北京大学日本文学专业。他说作为一个旅行者看到，从城市风貌到女性着装，中国还保留着"古代的智慧"，保持传统与现代的融合，不像日本那样急于全面"西洋化"和现代化。文章中流出他对于"伪满洲国"建设速度的厌恶和对北京城悠久的历史风貌、悠然舒缓的时间节奏的留恋。从这篇游记可以看出，他对于中国的观察和叙述是基于对日本文化的反思和批判。这种叙述的基调在他的日记体游记《从北平到新京》更加清晰。这篇文章详细记录了离开北平和到达新京时，旅途中的见闻和感想。旧都北平的风光让他留恋，他看到北平图书馆日文书籍较少，希望有人能够捐赠。中秋之夜，离开北

---

① 阿部知二：《中国的眼镜》，《文化学院新闻》，1935年10月，第7页。

② 阿部知二：《邻国的文化——来自北平的印象》，《读卖新闻》，1935年10月26日。

③ 同上。

平，在山海关，看到了太阳旗飘扬的日本军营。在火车上，他看到日本人那紧张而尖刻的脸上似乎写着"速度、秩序、效率"，令他在北京悠闲的空气中滋养的皮肤感到火辣辣的。

《北京杂记》和《美丽的北平》是最具游记特色的两篇文章，其中详细描写了北京旅游期间的见闻。

《北京杂记》发表于1935年11月的 *Serupan* 上。文章分"长城""喇嘛寺、孔子庙""电影、戏剧"三个标题记述了北京旅行体验。对于作家来说，写什么和怎么写，体现出他的创作意识。有关长城的叙述，并没有仔细描述长城的风景和登长城的体验，而是记述了使馆区广场上跑步的意大利军人白色的肌肤，陪同导游K君讲述的"剿匪"经历，南口镇换车时看到的肩背青龙刀的士兵，青龙桥下车时看到的美军水兵带着女人游玩，登上长城时跟随左右警戒的巡警。阿部知二关注的无疑是时代的焦点，列强在中国横行，阻挡异族入侵的长城已经坍塌。游长城归来的途中，进入西直门后，坐在马车上看到的是沿途的残垣断壁。晚上，在前门外娱乐区，看到的却是灯红酒绿。他按捺不住地称赞中国女人漂亮，她们说的话像法语一样美。风景的美和现实的无奈成为文章的主调。在喇嘛寺他看到的是阴森的佛教绘画和造像，从这些画像里他看到了人类对于"残忍"的想象，走出大殿，看到的是一胖一瘦的喇嘛在互相骂街。对孔子庙，阿部知二表现出一种亲切感，"我行了礼。也许是喇嘛庙的反作用，确实是到北平后第一次有了一种清澈的感觉。我不知道孔子的教义，对今天的中国是否有益、是否适合，推行孔教是否能让中国人进步。但是，我感觉那是中国人创造的所有一切当中，最清净的精神"[①]。在文章的结尾

---

① 阿部知二：《北京杂记》，*Serupan*，1935年11月，第45页。

处，他记叙在孔庙门外军营的门上看到了"革命尚未成功，同志仍需努力"的对联。他的视线无疑在捕捉中国的历史文化未来的走向。在"电影、戏剧"一节，记述了在北京看到的中国电影《人之初》、外国电影《亨利八世》、徐碧云的京剧。对于中国戏剧，阿部知二也有独特的体会，他在文中特别提到同伴N君在北京一年半看了六百多出戏，他认为京剧不比歌舞伎逊色，两者应该是东方共同的艺术表现形式。无疑，文章流露出阿部知二对中国戏剧的推崇。

若非北京的魅力让他着迷，他不会接连发表北京游记。《美丽的北平》是发表在文学杂志《新潮》（1935年12月）上的一篇游记。阿部知二以饱满的激情和细腻的笔触描述了北京旅行的体验。文章从神户乘船起航、塘沽登陆一直写到中秋之夜离开北平，按照旅行的时间顺序详细叙述了旅行期间的见闻和感想。文章中，阿部知二描述的北京是：蓝天下绿树与碧水相连；金色的宫殿楼阁屋脊与白色的石阶、红色的宫墙交相辉映；路边槐树下漫步的行人；水果摊上摆出的各种水果；结婚的队伍在鲜红的旗帜指引下行进；白天，向日葵泛着金光，夜晚，美丽的姑娘身上佩戴的白兰花散发幽香。他在北京见到了畅谈民族、大陆的年轻士官和侠客般的青年，认识了谈论苏联的留学生，也看到大街上的贫困人群。在宾馆的平台上，他还见到带着女人跳舞的高官和受将军宠爱的妓女。文章是以过去式回忆的叙述手法展开的，鲜活的记忆跃然纸上。抒情式的叙述引发叙述者的感慨，他认为似乎北京的美丽成为遭受入侵和掠夺的宿命，"那块土地就像美丽的女人被许多人争夺一样，因为美丽，自古以来就受到许多民族的争夺，这就是这块土地的宿命"[①]。这是一篇典型的游记，文章记录了旅行

---

① 阿部知二：《美丽的北平》，《新潮》，1935年12月，第100页。

者的所见所闻，留下了北京之行的记录。但是，书写方式还是经过了艺术构思，看似按时间顺序描述旅游见闻，实际描写的是叙述者记忆中的北平。北平旅游的第一天印象鲜明，登上景山俯瞰北京城，留在旅游者记忆中的印象是那宏伟的古都掩映在绿荫之中，北海公园的蓝天、绿树、碧水，湖上荡舟的青年男女，北海公园与西山的落日余晖映衬出的美景。在阿部知二的笔下，美丽北京的基调是自然之美。打动作者的依然是千年古都的历史风貌，在阅读《一千零一夜》和《马可波罗游记》的想象中，作者看到的是北京的胡同与元大都的历史、喇嘛庙与蒙古人的居住区域、古都中央南部异域风情的使馆区。在他的眼里，北京城混杂着异族入侵与融合的历史空间。在圆明园遗址，他联想到欧洲军队掠夺和放火的历史，而现实中，在去长城的途中，或者在西山宾馆的附近，他看到了卡车上满载演习的日本军人，尽管没有直接叙述，作为一个日本人，阿部知二看到了华北局势的风云变幻，也感觉到日本势力的入侵。文章还记录了他对北京人的印象，描写他和为他导游的年轻姑娘外出时，向他投来异样眼光的不是中国人而是日本人，在王府井照相馆的橱窗前，他还看到一群女学生在看一张美女照片，尽管她丑闻缠身，但是，女生们并未唾弃她。通过这些生活中的细节描写，表现他感觉到中国人那豁达和超然的气质。

文章中流露出对东方文化消失的担忧。他在王府井大街看到汽车在马车和洋车之间，像老虎冲进羊群一样，于是他把汽车叫作"文明之虎"。尽管机械文明代表的西洋文明对东方文明带来冲击，但是，阿部知二看到了中国文化的生命力。他的立场是拥护东方传统文化。就连现代文明标志的卫生理念，都没有动摇他的观点，他认为众人所谓北京"不洁"的卫生状况自己完全可以适应。有关卫生状况的描写，可以与夏目漱石在《满韩漫游》中的叙述相比较。夏目漱石夸张地描写中国城市的脏乱，暗示爱干净的"东京人"文明进步。而在《美丽的北平》中，阿部知二解释说："如果想到那恶臭的烟雾会消失在干燥清爽、通风好的大平原上空时，就不会那么神经质。"[①]文章中强调，后来有人带他去更脏的场所，他也能适应。他认为这里是人类的故乡，充满人类生活的气息。阿部知二的观点无疑与夏目漱石所代表的近代知识分子的中国文明观形成对比，这就是他对先辈作家的超越。

从阿部知二的北京游记中，我们可以看到他陶醉于北京的美景和中国文化的魅力。他留恋东方文化，认为中国是"东洋精神"的故乡，但是，他并没有像大正时期的作家芥川龙之介和谷崎润一郎那样以一种猎奇的眼光观察中国，一味地沉湎于所谓"中国趣味"之中。他反复强调自己是戴着"有色眼镜"观察中国，理性地提醒自己也告诉读者其对中国的叙述并非客观全面。他一方面努力发现东方文明的生命力，但并没有忘记强调由于西方文明的冲击和侵略式的掠夺，使得中国贫民遍地，文明走向衰落的现实。就是说尽管他也讴歌东方文化的魅力，但是，他不是以殖民者的眼光看中国，并未陷于所谓"东方主义"的理念之中。我们甚至可以这样得出结论，阿部之二游记中的"北京叙述"，体现出的反而是一种反"东方主义"的情绪和思想。

[①] 阿部知二：《美丽的北平》，《新潮》，1935年12月，第102页。

阿部知二的北京之旅与文学叙事[1]

王成（清华大学）

一、引子

1937年11月，卢沟桥事变后不久，日本《改造》杂志刊登了林语堂的散文《古都北平》，文章是从比较北京和京都的相似之处开篇的：

> 北平和南京相比拟，正像西京和东京一样。北平和西京都是古代的京都，四周是环绕着一种芬芳和历史性的神秘魔力。那些新都，南京和东京，时间不到的。南京（一九三八年以前）和东京一样，代表了现代化的，代表进步，和工业主义，民族主义的象征；而北平呢，却代表旧中国的灵魂，文化和平静；代表和顺安适的生活，代表了生活的协调，使文化发展到最美丽，是和谐的顶点，同时含蓄着城市生活及乡村生活的协调。[2]

---

[1] 本文由《林语堂与阿部知二的〈北京〉》改写而成，原文发表于《中国现代文学研究丛刊》，2005年8月。

[2] 林语堂：《古都北平》，《改造》，1937年11月。原文题目《双城记》，中译名《迷人的北平》，收录在《语堂随笔》，上海人间书屋，1941年。本文引自姜德明编：《北京乎——现代作家笔下的北京》，生活·读书·新知三联书店，1992年，第507页。

林语堂用优雅的文笔赞美了北京迷人的城市空间、灿烂的文化、热情好客的人。在他眼中北京是世界上最理想的城市。联想到卢沟桥事变，读者就不难理解其文章中流露出的对这座被日寇的铁蹄践踏的城市的惋惜之情。即使日本人，当他想到美丽的京都（引文中译作西京）被外国军队占领面临毁灭时，也会像面对一件稀世珍宝被毁坏时那样充满惋惜之情。从当时的背景来看，林语堂的文章无疑会引起世人对这座被占领城市的关注，激发全世界人民反抗日本法西斯的侵略行径。

这篇文章是由发表在《纽约时报》上的随笔《双城记》翻译成日语的。作为日本一家有影响的综合性杂志，《改造》为什么要刊载林语堂的这篇散文？这篇散文刊登后在日本的读者当中引起了怎样的反响？笔者关注这些问题时，留意到《改造》刊登的这篇文章没有注明译者是谁。这个不太起眼的问题成为研究本课题的一条线索。在搜集和整理资料的过程中，一个日本现代作家的名字逐渐浮出水面，他就是阿部知二：一位具有人道主义情怀的作家。他被称为昭和时代的夏目漱石，以长篇小说《冬之宿》为代表作，是日本现代文学史上的代表作家。他是政治高压、精神禁锢的日本法西斯战争期间少数具有自由主义批判精神的作家。尽管还没有找到资料证明阿部知二就是《古都北平》的译者，但是，从他发表的评论林语堂的文章中可以看出他以知识分子的良知与林语堂产生了共鸣。而且，阿部知二与林语堂相似的是，他写过一系列描写北京的散文和短篇小说，发表过长篇小说《北京》。1938年4月发表的《北京》作为一部描写卢沟桥事变前的北京的文学作品，成为日本近现代文学史上描写北京题材的代表作。通过解读《北京》可以进一步挖掘出林语堂与阿部知二的关联，进而了解那一特殊时期中日文学关系的一个特殊侧面。

二、阿部知二的"北京旅游指南"

1935年9月1日至13日，阿部知二以一个游客的身份在北京逗留了将近两个星期。北京之行，使他暂时摆脱了军国主义高压下日本社会的沉闷气氛，也开阔了眼界。回国后，他在报刊上发表了数篇北京游记，例如《中国的眼镜》(《文化学院新闻》1935年10月25日)、《北京杂记》(《塞彷》1935年11月)、《美丽的北平》(《新潮》1935年12月)等。在这些游记中他强调通过对北京的体验和观察获得了克服近代文明弊病的启示。他在《邻国的文化——来自北平的印象》(《读卖新闻》1935年10月26日)中指出："我要写出有关西洋文化是怎样侵略堪称东洋之故乡的中国和我们日本的旅行见闻。"在北京他感悟了传统与现代的融合，他说自己对中国古代智慧有了新的发现。

北京之行，也使他找到了小说创作的新题材。这一时期，他先后发表了《燕京》(《文艺》1937年1月)、《北平的女人》(《文学界》1937年5月)、《王家的镜子》(《改造》1937年10月增刊)等短篇小说。1938年4月由第一书房出版的长篇小说《北京》是由中篇小说《燕京》改写而成的，小说的长度大约是《燕京》的三倍。面对卢沟桥事变以后日本军队占领北京这一现实，阿部知二通过小说《北京》把他1935年以来的北京情思再一次展示在读者的面前。

小说以主人公大门勇在北京的经历为主线，集中描写了主人公离开北京前几天里发生的故事。主人公大门是东京某私立大学的讲师，他为了研究元、明、清三个朝代"洋教"在中国的传播史，于1935年春天来到北京，在夏天将要结束的时候，他突然决定离开北京回国。小说围绕大门勇的经历展开了叙述，在北京逗留的日子里，他与北京人交流，游览北京的名胜古迹，从各个角度观察审视北京这座城市，北京的魅力令他折服。

大门寄宿在曾经做过日本买办的王世金家里，从近处观察到王家的家庭成员的状况。王世金已经有三个太太，又勾引姨太太孩子的家庭教师杨素清。来自山西受过高等教育的杨素清对大门示爱，没有得到大门的回应，后来当了王世金的情人。在日本侵略者的势力逐渐逼近华北的形势下，王世金张罗把自己家的房子装修成日本料理饭馆，勾结上层社会的亲日派寻找日本靠山。

王家的长子王子明是北京某大学的哲学教师，曾经留学日本和英国。虽然有反日情绪但与大门有共同话题，有时二人就中日关系、中日知识分子的命运展开争论。大门通过与王子明的交流试图理解中国年轻知识分子的苦恼。他知道当日本入侵华北的势头逐渐加强的时候，中国知识分子面临反抗和投降的选择，王子明受过中国传统文化的熏陶也受过西方文化的影响，他身上有颓废的一面，也有知识分子的使命感，国难当头之际，奋起参加了抵抗日本侵略的社会活动。

大门在北京街头偶然遇到了自己教过的学生加茂。这位年轻的"大陆浪人"讲述了他在中国大陆的经历。他做过关东军的翻译，跟随军队在满蒙边境讨伐抗日游击队，还为满铁做过间谍，来北京是为了准备翻译考试。他现在一家通讯社兼职做沼的助手。加茂陪大门游览长城时向大门倾诉了他的"豪情壮志"，从他的身上折射出日本"右翼"青年的狂热思想。大门对这位深受日本军国主义毒害的学生充满了矛盾的心理。加茂因为打伤了拉洋车的老车夫而去向不明，后来大门听说他参加了煽动"华北农村自治"

的活动。

　　沼是大门的旧相识，因为在日本活不下去而来到中国大陆，混迹于北京各种黑暗势力中间以出卖情报为生，打着记者的旗号做的是间谍工作。在寻找加茂的过程中，沼把大门带到了一家高级妓院。大门迷上了傲慢的妓女鸿妹，原本已经买好船票准备离开北京回国的大门，为了鸿妹竟然撕碎了船票。中秋节夜晚大门再一次与鸿妹相会，但是他没有决心留下来，他只是满足于麻醉自己的颓废恋情。

　　迷恋上北京城的大门坚持自己的人道主义立场，同情北京城里的下层市民，与飞扬跋扈的日本人形成鲜明的对比，日本伙伴嘲笑他为"北京村里的圣人"。但是，当他眼看着自己的学生加茂殴打洋车夫而没有制止时，他意识到自己同样是加害者当中的一员，为此他感到深深的自责。

　　以上是长篇小说《北京》的梗概，关于这篇小说的创作意图和方法，阿部知二在他的《自作指南》中做了详细的说明。

　　　　后来到过北京的人说北京并不是你所见到的那座悠闲的城市。所以，我才要描写这座城市。我希望像从字里行间升腾而起的那股香味一样表达出那时的美丽城市的气氛，哪怕只能表达出千分之一。那么在《北京》当中我要寻求什么呢？其一，没有理由。只是想表达我作为一个活生生的人，用我的感官所触觉到的这座城市的空气、色彩、气味、鲜花、物体、声音、人的表情、建筑物等等，没有道理也没有思想。另外，即使闭上眼睛堵上耳朵，也避不开发生在那个地方那个时代的民族冲突的现实。……我不了解所谓"记录文学"这一新的方法，也未必想写什么记录文学。只是希望用旧态依然的文学情怀写一篇小说。①

他还在《北京》的跋中说明了自己的作品特征。

> 这部小说并非时局文章。只是一篇以1935年秋天的北平为场景的感伤旅行纪录，不过是一支幻想曲，仅仅算得上一篇中国观察记。需要进一步说明的是这里所描写的北平是过去的北平。借用西欧诗人的话说大概是"昔日美女"的面影吧！②

这篇小说发表的时候，日本对中国的侵略战争已经全面展开，日本国内进入战时体制，在小说发表前不久的1938年4月1日日本政府颁布的《国家总动员法》规定了严格控制言论的法律。阿部知二在跋文中反复强调《北京》是一部文学作品，希望读者以阅读文学作品的心情去阅读。他指出："以今天的眼光来看小说中关于日中之间的思考有错误之处，甚至有可笑之处。我只是作为一个旅行者把自己心中感受到的一切原原本本地描写出来，不敢说描写了中国。我只想写出我印象中的中国。"③从中我们可以看出阿部知二有意识地躲避政府的舆论"审查"。尽管他强调是按照1935年当时的心情描写了北京旅行时的印象，但是，读者很容易把《北京》放在卢沟桥事变后的背景中去阅读。

20世纪上半叶，随着近代报刊出版媒体的发达，发生在中日

---

① 《阿部知二全集》第10卷，第282—283页。
② 阿部知二:《北京》，第279—280页。
③ 同上书，第280—281页。

之间的一次又一次战争与冲突，像"义和团事件"、"日俄战争后日本对满洲的占领"、"九一八事变"，等等，通过媒体在日本读者当中迅速传播。大正时代旅游业的兴起，前往中国旅游的日本人大量增加，北京也成为日本人关注的古都，有关北京的游记和旅游指南大量增加。值得提及的著名游记有：德富苏峰的《中国游记》、中野江汉的《北京繁昌记》、芥川龙之介的《中国游记》、服部宇之吉的《北京笼城日记》、奥野信太郎的《随笔北京》，等等。直接为游客编写的旅游指南有：协川寿泉编的《北京名所案内》、上野大忠编的《天津、北京案内》、丸山昏迷编的《北京》、村上知行编的《北京、名胜与风俗》、石桥丑雄编的《北京游览案内》，等等。卢沟桥事变以后，北京尤其成为世界注目的地方。日本媒体连日报道日军在中国的战况，像《中央公论》和《改造》这样有影响的杂志经常以"专辑"或"特辑"的形式发表随军记者的报道，多角度地刊登讨论战争与和平的文章。随着战地报道的增加，有关北京的见闻或随笔文章也受到日本读者的关注。卢沟桥事变后发表在《中央公论》和《改造》上的文章就有：村松梢风的《北京城杂记》、尾崎士郎的《悲风千里》、原胜的《北京笼城手记》、山本实彦的《北平、通州、青岛》、中野江汉的《北平以北》、林芙美子的《北"支那"的记忆》、桥川时雄的《北京文化的再建设》，等等。这些文章大都是介绍北京的城市见闻，中心思想大都是，日本人应该怎样看待北京？如何看待中国？如何看待中国人？但是，对于这些有关北京的报道和见闻中没有描绘出来的北京的"风貌"，阿部知二通过小说的形式把他对北京的热爱，以及他感受到的北京真正的"风貌"，呈现在关注北京的读者面前。在读者需要了解北京的背景下，在需要北京的叙述立体化的时候，小说《北京》带给读者的影响是不可低估的。可以说《北京》是一篇游记小说,读者可通过小说的叙述形象地再现《旅游指南》所不能叙述的感受,也可以通过叙述者的引导神游北京。更重要的是《北京》提供了阿部知二对中国和中国人的观察和分析的角度,他试图通过文学作品警示日本人应该反省对中国的盲目认识。

三、北京的城市空间

在阿部知二描写北京的一系列作品中,从篇名中就可以看出作者有意识地把"北京""燕京""北平"这三个地名区别使用。在《北京》这篇小说当中,也用了"北平"和"北京"两种名称。这意味着什么呢?

北京这座古老的城市从战国时代起被称为燕京,辽代以后多次被定为首都。辽代的首都在938年从上京迁至幽州(今北京)。从此以后,辽、金、元、明、清五个封建王朝定都此地。辽代称南京,金代称中都,元代称大都,到了明代开始称北平,1403年明朝由南京迁都北平,改北平为北京,清朝也称北京。1912年4月中华民国临时政府把北京定为首都,1927年4月中华民国政府把首都定为南京,1928年6月改北京为北平。卢沟桥事变日本军队占领北平后,扶植成立的傀儡政府伪中华民国临时政府把北平改为北京。从北京地名的变迁史上可以清楚地看到民族的变迁、王朝的更替、征服与被征服的历史。阿部知二巧妙地分析了北京变迁的历史与民族兴衰史,小说中对于北京地名的选择隐喻了他对北京的历史观察。

《北京》的开头是从描写主人公大门勇寄宿的"东城某胡同的王宅"开始的。以大门为视点人物,描写了王宅空间结构,以王宅为据点叙述了大门在北京的观光旅行过程中发生的故事。整个作品空间的设定基于作者自身的经历，即他在北京寄宿的地方。阿部知二从北平回国后，在所发表的一系列散文随笔当中，经常提到这个地方。例如在《美丽的北平》中，真实地描写自己寄宿的宅院，"W氏的宅邸位于遂安伯胡同，相邻无量大人胡同。胡同来自于蒙古语，据说是小巷的意思。"①从他写给夫人的信中也能证实他曾经在"北平东城遂安伯胡同九号 黄宅"②住过。阿部知二在北京时，东四一带是日本侨民集中的地区。卢沟桥事变后，从东单牌楼到东市口一带被日军指定为日本人经营日本料理、咖啡馆之类饮食行业的区域。小说中尽管描写的是"事变"以前的故事，但是，它通过王世金计划把大门勇住过的房间装修成日本料理店这一情节预告了即将发生的变化。

小说中对于王宅的描写显然来自阿部知二住过的"黄宅"。

> 院子中央是一间豪华的客厅，正对着宽敞的院子的大门，再往里边是第二、第三、第四夫人——第一夫人已经去世——的住房，掩蔽在树木之中。四周的厢房是亲戚、下人、儿子王子明的住房，总共住着将近五十口人。在院子的角上有几间洋房，曾经是王世金给心爱的小妾住的，最近住过一位日军的中校。大门住到了那里，服侍过那位中校而且懂一点日语的伙计也留了下来，所以大门觉得住着很方便。③

---

① 阿部知二:《美丽的北平》,《新潮》,1935年12月,第101页。
② 姬路文学馆编:《阿部知二文库目录——阿部知二遗族寄赠托管资料》,1995年3月,第141页。
③ 《阿部知二全集》第2卷,河出书房新社,1974年,第283—284页。

从这段文章中读者能够体会到买办商人王世金的奢侈，妻妾成群而且住着宽敞的房屋。这座住宅是一处北京传统建筑四合院，可是，在大院的角上盖上了洋房。也许这样的设定可以显示传统和现代的融合，这样的建筑格局象征性地表现出半封建半殖民地时代的买办性格。北京本身就可被看作一巨大的四合院，从金代以后经历元、明、清三个王朝八百年间作为帝王的都城营造而成的一座巨大的四合院。立体地看，北京如果把正阳门看作"垂花门"的话，紫禁城不就是正房吗？而紫禁城本身就是一个巨大的四合院。这个巨大的四合院自从鸦片战争以来，尤其是八国联军入侵中国后，其中的一角东交民巷成了西洋列强的租借地，领事馆、银行、兵营拔地而起。洋房林立的东交民巷与王宅的那"洋房数间"有空间意象的相似之处，王家的空间似乎就像压缩后的北京城，小说中对于王家的空间构思暗含有作者对于北京空间的想象。

按照小说的空间描写，我们可以整理出主人公大门的活动路线。

1. 王宅—哈达门大街—国际旅行社分店—东交民巷—王府井—东安市场—王宅（第二章）

2. 王宅—杨素清的宿舍—西直门—万牲园（动植物园）—西太后别墅遗址—上义师范教堂—西洋传教士墓地—北京西郊—平则门—王府井—北京饭店（第四章）

3. 王宅—正阳门车站—西直门—清华大学—青龙桥车站—八达岭长城—西直门—市内的俄罗斯饭馆—日本咖啡馆—正阳门—前门外的妓院（第七章）

4. 王宅—哈达门附近加茂的公寓—哈达门—城外的贫民窟—前门外的低级妓院—剧场—前门外的高级妓院（第九、十章）

5. 王宅—国际旅行社分店—东交民巷—故宫宝物殿（武英殿、文华殿）—北海—W教授家—王府井—前门外小班—东交民巷—王宅（第十一章）

这些活动路线也可被称为大门的旅游路线。可以推测小说的章节就是沿着阿部知二在北京时的旅游路线构思出来的，小说中城市空间成为主要描写对象，作品中的人物活动与空间密切结合，像串珠的丝线一样把小说的情节编织在一起。

小说的空间描写带有明显的隐喻或象征意义。阿部知二基于自己在北京逗留时的亲身经历，不仅描写了北京空间的方方面面，而且也描写了出生活在这个城市里的各个阶层所演出的人生悲喜剧。从对主要人物——如妻妾成群的买办王世金、住在"内宅"里与父亲的生活态度截然不同的王子明——的居住空间描写中，可以看出王家就是这座城市的缩影。其次，紫禁城、北海、万寿山、万里长城等具有历史和文化价值的名胜古迹构成了小说的空间性主角。那些北京的符号性空间自然会给读者带来无限遐思。外国使馆、军营、商社集中的东交民巷成为半殖民地中国的象征。通过对外国人和上流社会聚集的宾馆、饭店、娱乐场所的描写，表现了围绕中国权益，来自世界各地的黑势力在北京展开的争夺。另外，从作品对低级妓女生活的空间以及洋车夫居住的贫民窟的描写，可以看出作者把视线投向了生活在社会底层的贫苦民众，体现了阿部知二的中国印象的姿态。从作品涉及这样的空间可以看出，阿部知二试图展示他不同于与夏目漱石等明治以来对中国民众抱以鄙视态度的日本知识分子，但是，他的作品仍处于浅层次的描写上，并没有深刻挖掘出日本知识分子对于中国民众歧视的精神结构。

四、《北京》的人物原型

在对阿部知二的研究中,《北京》作为一部文学作品,其出场人物是否都有原型成为值得关注的课题,但是,笔者还未看到详细考证人物原型的论文。一般认为主人公大门可以看作阿部知二的分身,但是缺少实证。根据《阿部知二年谱》[①]我们知道,1935年32岁的阿部知二任文化学院的教师,同时,兼任明治大学文艺专业讲师。在日本侵略者的铁蹄一步一步逼近北京的时候(1935年),大门来到了美丽的古都北京。在北京期间,他被自己的同胞嘲笑为"北京村的圣人","被居住在北京的日本人排除在社交圈外,几乎一个人独来独往"。[②]在北京遇到的日本人"包括官僚、军人、商人、留学生全都是开口谈政治闭口谈女人"。[③]而大门总是主动远离这样的话题。

加茂这个日本青年被描写成大门的学生,可以看出作者是把他当作大门形象的补充。通过阿部知二留下的文字我们可以推断这个人物的原型来自阿部知二在北京期间的翻译。阿部知二从北京写给妻子的信中提到照顾自己的青年叫"片山"。[④]《北京杂记》中用人名的第一个字母记叙了这个人物,"K君像一个爱国志士,曾经在满洲做翻译,跟随军队讨伐土匪,自称现在北京学习。皮

[①] 姬路文学馆编:《抒情与行动——昭和作家 阿部知二》,1993年9月,第90—93页。
[②] 阿部知二:《北京》,第287页。
[③] 同上。
[④] 姬路文学馆编:《阿部知二文库目录——阿部知二遗族寄赠托管资料》,第141页。

肤黝黑，身材精悍，穿着一身中式服装"。①笔者在阿部知二北京期间拍摄的照片中找到了他们一起游览长城时的照片，片山的形象与游记和小说中描写的人物基本一致。

小说中的加茂被描写成一个年轻的大陆浪人，对于自己在中国所做的一切，口口声声说"为了东洋，为了祖国"②，并且决意"把自己的生命献给祖国和东洋的数亿民众"③。他经常提到的拯救中国民众的逻辑是，走进民众，"激发民众的生命力"或者"首先使用武力制服然后实行彻底的仁政"。④就是这个号称为了中国的民众甘愿牺牲的加茂面对真正的日本浪人的挑衅却闻风丧胆，面对无力抵抗的老洋车夫却横加暴力。这样的青年是当时日本军国主义教育培养出的典型人物。面对这个狂热而鲁莽的青年，主人公大门感到忧虑，但又不知道如何应对。

与主人公大门勇形成对照的另一个主要人物是王子明。这个人物是否有原型，是学者争论的焦点。日本阿部知二研究学者得出的结论是：王子明这个人虚构性很强，没有原型存在。例如，阿部知二研究的权威水上勋在他的《〈北京〉论》当中指出："王子明没有模特，是一个虚构性很强的人物。"⑤另一位日本文学研究者矢崎彰在他的论文《阿部知二与旧都北京——关于第一次中国体验和长篇小说〈北京〉》中也强调："其他的登场人物大多是以实际人物为模特创作的，而王子明这个人物没有明确的模特。"⑥

---

① 阿部知二：《北京杂记》，《塞彷》，1935年11月，第44页。
② 阿部知二：《北京》，第318页。
③ 同上书，第319页。
④ 同上书，第320页。
⑤ 水上勋：《阿部知二研究》，第135页。
⑥ 杉野要吉编：《沦陷下的北京 1937—1945 交流与斗争的中国文学与日本文学》，第523页。

笔者对此结论表示怀疑,既然加茂、鸿妹、杨素清等人物的原型都是阿部知二在北京遇到的人物,像王子明这样的知识分子也应该有原型存在。从阿部知二的北京游记和有关中国评论的文章当中也许能够发现寻找这个人物的原型的线索。《北京杂记》记述了周作人的长子周丰一到阿部知二的住处拜访的事实。"回到住处,周作人的公子已经等候在那里。因为他在北京大学研究日本文学,所以我和他谈起了久违了的文学话题。他谈到自己不仅研究现代文学,还想研究俳句。他是一位温文尔雅的青年绅士,令人觉得也许他比我们日本人更了解俳句的沉稳与含蓄。"[①]周丰一出生于1912年5月16日,当时23岁,在北京大学上学。如果把这段文字与大门和王子明的对话联系起来看,第五章中所写的"假如日本从德川时代起就和清朝自由往来的话,如今两国的关系将会怎样呢?""假如芭蕉、马琴和近松自由来北京或者江南旅行的话,那会创作出怎样的文学呢?"会不会是阿部知二与周丰一之间谈过的话题呢?

按照水上勋的观点,王子明应该是小说中反照日本知识分子的"镜像人物"。[②]也就是说,阿部知二试图将王子明这个人物当作日本知识分子大门的对手,当大门展开中国论或者中日关系论的时候,从中国知识分子的角度对其进行纠正或者批判。也就是说,大门勇和王子明分别是作为日中年轻知识分子的象征性人物被构思出来的。那么,王子明必须具备代表中国年轻知识分子的资格,从这个层面来看,把周丰一看作人物原型有些不够分量。那么到底这个人的原型是谁呢?

---

① 阿部知二:《北京杂记》,《塞彷》,1935年11月,第44页。
② 水上勋:《阿部知二研究》,第135页。

笔者认为王子明的人物原型来自林语堂。小说把王子明描写成一个曾经留学英国和日本，既懂英语又懂日语，了解东西方文化的年轻知识分子。林语堂并没有留学日本的经历，1923年他从美国、德国留学回国后，在北京大学做英国文学和语言学的教授，直到1926年。1924年参加鲁迅和周作人主持的同仁杂志《语丝》，算是周作人的学弟。1927年10月移居上海，做了国立中央研究院外语编辑主任，这期间他在《中央副刊》（1927年5月28日，第65号）发表过英语文章《漫话北京》。1935年9月其英文著作《吾国与吾民》受到因《大地》获得诺贝尔文学奖的美国女作家赛珍珠的称赞，在美国出版后，立即成为畅销书。卢沟桥事变后他开始关注日本形势，写过比较中国人与日本人的文章《中国人与日本人》，这篇文章收录在《讽颂集》（1940）中。林语堂在其中试图通过文化比较的叙述激励中国人增强必胜的信心。因此，在阿部知二看来，林语堂足以成为中国年轻知识分子的代表，读一读他对林语堂的评论就可以看出，阿部知二一直在关注林语堂的著作和言论。他在随笔《林语堂的"支那"》这篇文章里明确提到他和林语堂的邂逅。

> 去年正月，有人告诉我他的美国朋友说这是一本有趣的书，于是，我就从此人手里借来读了他的美国朋友拥有的《吾国与吾民》，不久卢沟桥事变爆发了，终于，林语堂成为论述中国时的一个重要的名字。所谓的知识分子大都说他的书有趣而且开卷有益。①

---

① 阿部知二：《林语堂的"支那"》，《东京日日新闻》，1938年9月20日，第5版。

从这段文字中我们可以断定阿部知二认真地研读过林语堂的文章，他和林语堂的精神邂逅可以说开始于《吾国与吾民》这本书。而另外一篇随笔《中国及中国人论的三个坐标》中论述的观点与小说《北京》的主题基本一致。阿部知二提出认识中国的"基本坐标"有必要充分研究林语堂的中国记述。他指出："那位林语堂的《吾国与吾民》《生活的艺术》等论述，作为树立中国学基准的大胆尝试应被推崇，他所提出的几个'中国标准'不管你赞成或者反对，都应被充分地研究。"①这篇文章中有关中国的论述在小说中变成了人物之间对话的内容，小说中有关中国的论述参考了林语堂的著作。例如，"林语堂所说的没有'理想'的民族是中国人（他提到了日本人和德国人），将之当作有崇高理想的民族"②这个观点来源于林语堂的《生活的艺术》。小说《北京》的第八章有大段论述是围绕理想（Vision）展开的中日比较。小说中王子明认为日本人有理想，立足于现实，而中国人缺少理想，行动不切合实际。

阿部知二是在北京之旅之后开始关注林语堂的。从现有的资料看阿部知二没有见过林语堂，他是通过林语堂的著作了解林语堂的。卢沟桥事变后，已经移居美国的林语堂在《时代》周刊上发表了《日本征服不了中国》（1937年8月29日）预言中国不可战胜，抗日战争将会催生新中国的诞生。同年11月《改造》增刊同时刊登了阿部知二的《王家的镜子》和林语堂的《古都北平》。在《古都北平》的译文后面附有一段译者的补注："这篇文章是林语堂最近发表在《纽约时报》上的一篇随笔。眼下林先生好像离开

---

① 阿部知二，《中国及中国人论的三个坐标》，《塞彷》，1938年4月，第9页。
② 同上。

上海住在纽约。"[①]从中可以看出译者和编者关注林语堂的动向是为了告诉读者林语堂的声音是来自美国,从一个侧面让读者了解中国人对卢沟桥事变的看法。林语堂文章中流露出的丧失故乡的惋惜之情,到底打动了多少日本读者,不得而知,不过,至少在阿部知二的《北京》当中我们可以读出"东洋的故乡"会因为这场战争而丧失的感慨。尽管文章没有署译者的名字,我们可以推测这篇文章的译者应该是阿部知二。从此以后,阿部知二的《北京》中王子明的观点与林语堂的观点有许多相似之处,虽然小说的叙述与林语堂的叙述有一些出入,但是可以断定阿部知二在小说中穿插了林语堂的观点。也就是说,《北京》这篇小说当中有关中国形势的分析借用了林语堂的观点。

以林语堂的言论为范本的叙述在作品中随处可见。我们可以对照林语堂的言论来分析阿部知二赋予王子明的言论。小说中第四章有一大段描写大门和王子明在北京饭店楼顶的沙龙里围绕中国的同化能力展开的争论。针对大门提出历史上的中国能够把外来的民族的文化同化,至今仍然具备这种同化能力,王子明却持反对意见,他指出:

> 即使中国人具备那样的同化能力我们也不值得骄傲。的确,这种力量在历史上也许曾经多次发挥了作用,但是,我们不希望那样的历史重演。因为每当吸纳各种事物,就会从内部腐烂。就像沙漠那样——在此使我想起了鲁迅的话——最好是完全干涸。其后,一切新的事物就会恢复生机。现在

[①]《改造》,1937年11月,第192页。

我说不清楚这种状况怎样才能实现。①

从这样的言论中可以感受到王子明所代表的中国年轻知识分子希望丢掉沉重的历史包袱重新改造国家的苦恼和愿望。同时，王子明也表明抵抗外来侵略是中国知识分子的宿命。但是，他也对中国文化未能同化的日本表示关切。

  古代中国连犹太人都同化过——但是，邻国的日本却始终没有染上我们的色彩。如此两个极端的民族——你所说的消化能力无比的我们和我所看到的顽强无比的你们比邻而居，这样的宿命比马克思主义更有意思。②

从中国文化的同化力量到两个民族如何相处，争论越来越现实，王子明看到了日本民族的顽强，但是，借用尼采的名言"——想要做朋友的话，就先向他挑战"③表明对待侵略只有抵抗。大门从王子明身上发现了中国知识分子"温文尔雅"的背后具有顽强不屈的意志。一直徘徊在"亲日还是抗日"之间的王子明看到日本的侵略势力越来越猖狂的现实后，积极参加了抗日运动。

对照林语堂的《吾国与吾民》来阅读阿部知二描写的王子明的言论可以清楚地看出观点是一致的。也就是说讨论中国人的同化力的情节是根据《吾国与吾民》的第一章"中国人"构思的。例如，中国人"连犹太人都同化了"这样的例子在林语堂的文章

---

① 阿部知二：《北京》，第305—306页。
② 同上书，第306页。
③ 同上书，第308页。

中是这样写的:

> 犹太人不吃猪肉的习惯已经成了历史记忆了,能够把今天居住在河南的犹太人彻头彻尾地中国化全靠中国的家族制度。①

另外,作品当中描写的"大学教授和学生的抵抗运动"(第五章)在《吾国与吾民》的第一章当中就有相关的叙述。阿部知二试图从历史的角度论证中国知识分子进行抵抗运动的必然性。他自称从林语堂的著作里找到了"当今中国抗日的渊源",于是,在其"林语堂论"当中强调了林语堂的中国抵抗论。当然,他是站在日本人的立场来警告日本舆论不可忽视林语堂的抗日言论,为日本蛮横侵略中国感到担忧。1938年9月他在《东京日日新闻》上发表文章提醒日本人要重视林语堂的抗日宣传。

> 难道林语堂在向全世界介绍中国是一只不咬人的狗吗?并非如此。我们不能那么不慌不忙。当面对日本的时候,突然,他会把中国作为咬人的狗的那一面转向后面。——要想了解这一面可以读一读他的《中国出版与言论史》(一九三六、上海)。比起《吾国与吾民》《生活的发现》,我更想介绍这本书,但是受字数的限制已经没有余地了。这本书写了另外两本书里没有写到的中国。这本书既是"中国知识分子史"也是"中国反抗思想史",毫无疑问,这是一本了解今天抗日中国的渊源的书。结论就是抗击日本,在这本书里,他放出了

---

① 林语堂:《吾国与吾民》,新居格译,丰文书院,1938年,第52页。引文由笔者翻译。

咬人的狗。①

阿部知二特别留意的那本《中国出版与言论史》是林语堂1936年发表的一本英文著作，名字叫 *A History of the Press and Public Opinion in China*，此书由美国芝加哥大学出版社出版，上海别发洋行发行。1938年前后，阿部知二更加关注中国，他试图找到解释中日关系的原理，所以，对于林语堂的著作进行了认真的阅读。其用意在于警告日本人应该了解中国的历史，提醒日本人中国是不可战胜的。这样看来，他把林语堂的言论贯穿到代表中国知识分子的王子明这个形象中去也就不难理解了。

---

① 阿部知二：《林语堂的"支那"》，《东京日日新闻》，1938年9月20日，第5版。

第二编

近代日本汉学家的中国纪行

明治汉学家的中国游记[1]

张明杰（浙江工商大学）

明治时期（1868—1912），日本有一些汉学家来到中国，四处漫游，事后用汉文记录下其所见所闻。竹添进一郎、冈千仞、山本宪、冈田穆（《沪吴日记》）、小栗栖香顶（《北京纪事》《北京记游》）、股野琢（《苇杭游记》）、井上陈政（《游华日记》）、永井久一郎（《观光私记》）等即其中的代表。尤其是前三者分别撰写的《栈云峡雨日记》《观光纪游》和《燕山楚水纪游》为当时汉学界所称颂，被誉为明治时代三大汉文体中国游记。无论形式还是内容，这三部游记都很有代表性。因此，这里主要涉及这三者。

日本通常所说的汉学，是对中国儒学或传统学问的总称，汉学家则指修治汉学或汉学造诣较深的人。在日本近代所谓国民国家的创成期，汉学家扮演了不同寻常的角色，发挥了极其重要的作用。因此，他们的中国游记尤其值得重视和研究。通过上述三大游记，我们既可以了解映现在作者眼里的晚清中国及中国人形象，同时还能看出当时日本知识阶层的对华态度和认识，从一个

---

[1] 本文曾刊载于《读书》2009年第8期。

侧面窥知近代日本人的中国观及其演变。

　　三部游记中，竹添的《栈云峡雨日记》最早，出版于1879年，是作者1876年5月至8月间历京、冀、豫、陕，翻越秦岭栈道，入川渝，后经三峡顺江抵沪的记录。他是近代最早深入川陕地区游历的日本人，其游记也成了近代日本人有关该地区最早的见闻录。若抛开明治之初一些军政人员的调查复命书，那么竹添的这部书称得上近代日本人最早的真正意义上的中国游记。

　　竹添进一郎（1842—1917），字光鸿或渐卿，号井井，世人多以竹添井井称之，历任天津领事、朝鲜常驻公使等职。辞官后一度于东京大学讲授汉学，以《左氏会笺》《毛诗会笺》《论语会笺》等研究著作而闻名。他游历川陕纯属公务之便，即1875年末随森有礼驻华公使入北京，数月后因外务省人员简编而失去职位，于是决定实现入蜀的宿愿。正如其游记开篇所交待的："余从森公使航清国，驻北京公馆者数月。每闻客自蜀中来，谈其山水风土，神飞魂驰，不能自禁。遂请于公使，与津田君亮以（明治）九年五月二日治装启行。"①

　　冈千仞游华，时间为1884年5月至1885年4月，前后长达三百余日。归国后第二年，自行刊印了《观光纪游》。冈千仞（1833—1914），字天爵，号鹿门，一生坎坷。作为佐幕的东北仙台藩藩士，在维新前夜，因始终倡勤王大义，而被藩主下狱，险些丧命。明治维新后，虽几经迁职，但终未得重用。后绝念仕途，潜心办塾，以授业著述或漫游各地为生，号称弟子三千。其人志向高远，性情豪放，平生尤好谈时事，与黄遵宪、王韬等交往颇深。一生著作等身，据目前确认到的冈千仞著述（含未刊）就多

---

①　竹添进一郎：《栈云峡雨日记》卷之上，中沟熊象出版，1879年，第1页。

达近五十种，二百九十八册。①

冈千仞赴华游历与王韬1879年东渡日本有关，在日期间两人过从甚密，结下忘年之交。首先受王韬之邀，另外，加上冈千仞当时不为朝政重用，又自动辞官下野，心情有些郁闷。再者则是出于汉学家的自负，欲与中国士人探讨东亚振兴之策。正如其在游记中所言："己以疏狂，为当路所外，常思一游中土，见一有心之人，反复讨论，以求中土为西人所凌轹之故。"②

山本宪游华是在1897年9月至12月，前后七十日，是三人中出游时间最晚、滞留时间最短者。《燕山楚水纪游》刊于1898年，因属个人限定出版的"非卖品"，印数极少，故成为坊间难以入手的稀世珍本。

山本宪（1852—1928），字长弼，号梅崖，别号梅清处主人。曾办报、设塾，倡导自由主义，为自由党四处奔走。还曾参与大井宪太郎等人密谋的朝鲜颠覆运动，并为此落狱。终生讲经世之道，主张拓地殖民，发展海外贸易，属激进的民族主义者。其赴华动机一是因其家世代"尊奉圣道"，故多年来一直"欲一游曲阜，谒圣庙，考圣人遗迹，观祭器，以征旧仪"③。二是出于时务之考虑，即鉴于明治维新后日本人交好欧美，而疏远中国，加之当时欧美人于中国日渐猖獗的现实，主张"为邦人者，宜游彼土，广交名士，提携同仇，以讲御侮之方"④。简单地讲，就是观光兼了解探知中国国情，为东亚其实是为日本寻求更大的出路。可见，冈千仞与山本宪的访华动机或目的比较近似。

---

① 冈千仞著作主要收藏于东京都立中央图书馆和东京大学综合图书馆等处。
② 冈千仞：《观光纪游》卷四，石鼓亭藏版，1886年，第12页。
③ 山本宪：《燕山楚水纪游》卷一，梅清处藏版，1898年，第1页。
④ 同上。

从游历地区来看，竹添主要是川陕和长江中下游地区。冈千仞则是以上海为根据地，足迹遍及苏杭、京津、港粤等，从南到北几乎涉足大半个中国。山本的活动范围正如书名所示，主要是北京、上海及长江中上游部分地区。

竹添的游记主要记录沿途山川地理、史迹、物产、风土人情等，同时论及政治、经济、宗教等问题。但整个游记文人色彩很浓，文字以三峡等自然景观的描述见长。作者所到之处，吟诗作文，考订古迹，抒胸中之感慨，发思古之幽情。朴学大师俞樾曾给予高度评价，称"山水则究其脉络，风俗则言其得失，政治则考其本末，物产则察其盈虚，此虽生长于斯者，犹难言之"[①]。游记采用日记加汉诗的形式，诗文并茂，生动感人。从游记中可以看出，虽然作者深受陆游《入蜀记》和范成大《吴船录》之影响，但并不落俗套，而是以自己敏锐的触觉和丰富的古典知识，观察捕捉所到之处的山川景物、风俗民情等，并用生花妙笔记录下来。游记中既有实录又有感发，是一部高水平的纪实性和艺术创作性游记。从作品内容之丰富、描写之生动以及诗文之优美等方面来看，与前述陆、范之大作相比，亦毫不逊色。这里举一个描写实例，由此可略知其文字之优美。"绕出山后，则水之阔者复蹙，是为黄牛峡，一名西陵峡。两岸层嶂复岭，屏矗埔围。若路穷不可行，才一转，忽复通舟，所谓假十二峰者。争耸于霄汉，奇峭清丽，不让于真者。舟疾如箭，山逆舟而来，愈来愈妙，有秀润者，有刻削者，有卓拔诡异者，有静深萧远者。盖兄行巫峡，而奴视瞿塘，恨不得一一名状之，徒目送心赏，使奇峦秀峰终于无闻。

---

① 俞樾：《栈云峡雨日记序》，竹添进一郎，《栈云峡雨日记》卷之上。

非山灵负我，我负山灵也。"① 难怪李鸿章在为其所作的序文中称："其文含咀道味，瑰辞奥义，间见迭出；其诗思骞韵远，摆脱尘垢，不履近人之藩。"②

冈千仞的《观光纪游》由《航沪日记》《苏杭日记》《沪上日记》《燕京日记》《沪上再记》和《粤南日记》等十卷组成，长达近十万字，不仅为三大游记之冠，而且在整个近代日本人所著汉文体中国游记中也是最长的一部。

该游记虽冠以"观光"之名，但着眼点并不在山水名胜，实际上更像是一部考察记，一部晚清社会活生生的考察报告。书中虽不乏对各地历史沿革、地理物产、风土人情等的精彩描述，但给人的印象却相对淡薄。书中分量较重，且给人印象最深的是有关人物会见及其议论的记述。冈千仞此游，面会过的中日人士众多，仅游记中记载的有名姓可考者就多达百余人，其中包括李鸿章、盛宣怀、王韬、龚易图、俞樾、李鸿裔、文廷式、李慈铭、袁昶、邓承修、徐琪、沈曾植、张裕钊、张焕纶等官绅名流。冈千仞与他们往来笔谈，纵横议论，留下了一幕幕两国士人思想交锋的场景。这在整个近代中日文化交流史上都是少有的。其议论部分，内容丰富，涉及包括经史学术、科举制度等在内的政治外交、军事海防、社会风习、经济贸易等诸多领域，而且其中常见冈千仞激烈的批判言辞。这一点与竹添的《栈云峡雨日记》成鲜明对照。这些议论内容对我们了解当时两国士人的精神境界以及知识阶层的思想状况大有帮助。从书中涉及的人员之多、谈论的内容之深、所含信息量之大等方面来看，在同时代甚至其后的日

---

① 竹添进一郎：《栈云峡雨日记》卷之下，中沟熊象出版，1879年，第18页。
② 李鸿章：《栈云峡雨日记序》，竹添进一郎，《栈云峡雨日记》卷之上。

本人中国游记中，难觅出其右者。

冈千仞始终以严厉的目光审视当时中国的方方面面，对晚清社会的种种弊端痛加抨击。他把中国社会与经济落后的原因归结为"烟毒"和"经毒"，认为"目下中土非一扫烟毒与六经毒则不可为也"。① 同时批判官绅及知识阶层守旧自封，不达外情，敦促士人学习欧美，讲格致实学，用心外事，变法自强。他一再强调日本之所以"享今日之小康，实由大开欧学，事无大小，斟酌彼制，以一洗千年之陋弊也。"② 他两度面会李鸿章，初次见面时，李以为面前这位和服装束的东洋儒生大概是"古貌古心"的遗臣，见他"不悦说"古一字后，便话锋一转："足下已不悦古一字，然则知时务乎？"冈即刻对答："小人私以为，不知时则不可与谈学，又不可与论时事。"③ 由此明显看出冈当时那种"与时俱进"的思想和姿态。他对李鸿章寄予很高的期待，第二次会面时慷慨进言："方今中外，皆属望相公。切望乘是机，建大策，运大势，转祸为福，变危为安。"④ 随后在写给李鸿章幕僚朱舜江的信中，又阐述了他一贯的自治自强说："中土无人不口自强。盖自强之本在自治。圣人说自治之本，曰格致，曰正诚。仆游中土，未见一人讲格致之学，又未见一人持正诚之教。盖或有之，仆未见其人也。其忽自治如斯，欲求自强之功，茫乎不可得也。中堂公若问仆退有何说，请以是言复之。"⑤

遗憾的是，对于冈千仞的批评或建议，当时除张焕纶等上海

---

① 冈千仞：《观光纪游》卷四，第2页。
② 同上书卷六，第13页。
③ 同上书卷五，第6页。
④ 同上书卷六，第15页。
⑤ 同上。

书院士子们诚心以对之外,大多士人并不以为然,甚至斥为谬误,反映了当时中日知识界存在的温度差是很大的。平心而论,他的这些批评或主张在当时是很对症的,也不乏积极意义。不过,书中也有个别有悖于情理的批评,尤其是当涉及朝鲜、琉球及中国台湾等问题时,有时作者故意避重就轻,甚或流露出狭隘的民族主义观点,这也是他的主张未能得到应有回响的原因之一。

在冈千仞游华的前几年,中日关系史上接连发生过日本侵犯台湾、吞并琉球及朝鲜壬午兵变等重大事件。游华期间又恰值中法战争爆发,同时还遇朝鲜甲申事变,对中日两国来说都是多事之秋,而日本国内又正值所谓"脱亚论"出笼之时。[1] 因此,笔者认为这部游记正是了解和把握"脱亚论"出笼前后日本人对华观的绝佳材料。透过冈千仞于此游记中流露出的思想和观点,甚至不难理解近代日本急于脱亚入欧的思路或动机。

总之,这本书不仅再现了19世纪80年代的中国社会风貌,而且也昭示出当时力图摆脱中国文化圈的日本士人的焦躁心理以及日本此后的发展趋向。

《观光纪游》出版后,在我国也产生过一定反响,近代启蒙思想家宋恕、蔡元培以及鲁迅、周作人等都曾提及过此书,或引用过其中的内容,并给予不同程度的评价和首肯。限于篇幅,这里仅举一例。蔡元培在日记(1899年)中曾记述:"阅日本国鹿门《观光纪游》,言中国当变科举,激西学,又持中国唇齿之义甚坚,皆不可易。时以烟毒、六经毒并言,其实谓八股毒耳。八股之毒,殆逾鸦片;若考据词章诸障,拔之较易,不在此例也。十年前见

---

[1] 福泽谕吉的"脱亚"与"入欧"思想虽早有萌芽,但比较有代表性的脱亚理论则集中表现在其于1884年10月和1885年3月发表的《东洋之波澜》与《脱亚论》两著述中。

此书，曾痛诋之，其时正入考据障中所忌耳。"①

山本宪游华是在甲午战争后不久，中国近代史上的重大事件——戊戌变法的前夜。其见闻录《燕山楚水纪游》可以说是戊戌变法前夕中国社会的纪实报告，字里行间凝聚着作者对中国现实的不满和焦虑。在北京，山本除了游长城之外，还参观了白云观、雍和宫、贡院与孔庙、古观象台、文天祥祠及琉璃厂等，并与卓子②、荣善、周笠芝、陶彬、蒋式理等官学界人士论学谈时事。但他对北京整体印象不佳，对衰败的城邑园池、颓废的人心风俗，尤其是清王朝的施政感到极度的失落。"予留北京十数日，所观城郭邑里、园池寺观，莫物不壮大，而莫物不坏败。其壮大可以徵明以前之盛，其坏败可以验清以后之衰也。奚翅城郭寺观之败坏而已，人心亦败坏焉，风俗亦败坏焉，制度亦败坏焉，将举国败坏焉。是皆康熙、乾隆之政策能中其机宜者欤？"③不仅是北京，而且在游历了苏杭之后，对因洪秀全之乱而惨遭破坏的江南名城，尤其是荒废不堪的孔庙圣迹，同样流露出疑惑和不满。"呜呼！清人不敬孔教，一至于此矣。奚翅清人，孔子之教不行于汉土也久矣。……世人往往目汉土以儒教国。汉土非儒教国也，虽谓夫子生地，夫子之教未行，何得称儒教国耶？夫子之教善行者，宇内独有我邦而已。"④对山本来说，这大概是此游中心灵上受到的最大冲击。其实也并非他一人，当时游华的日本汉学家几乎都不同程度地受到过这种刺激，且不少人发出同样的感慨。

---

① 《蔡元培文集》卷十三·日记（上），锦绣出版事业股份有限公司，1995年，第167页。引用时稍做更正。
② 指福建出身的刑部主事卓芝南。
③ 山本宪：《燕山楚水纪游》卷一，第26页。
④ 同上书卷二，第7—8页。

不过，游记中最值得关注的还是作者与梁启超、汪康年、罗振玉、叶瀚、张謇等维新改革派人士的交往及会谈记录。这对我们了解戊戌变法前夜中国思想界的动向意义重大。

大家知道，甲午之战，不仅使东亚地区长期以来一直存续的国际秩序（华夷或朝贡体制）土崩瓦解，而且意味着19世纪后半期以来中国倡导并实施的洋务运动的挫折和失败。中国负于日本的悲惨现实对当时中国知识阶层的冲击比鸦片战争还要大。因此，在国家存亡关头，觉醒的知识分子开始行动起来，寻求救国之策。于是全国各地各种学会或者报刊等相继诞生，一场声势浩大的旨在启蒙与改革的运动迅速兴起。在强学会及《强学报》之后，梁启超与汪康年等于上海创办了《时务报》，并聘请日本人古城贞吉，译介日文资料或消息。同时，罗振玉、蒋黼等创设农学会和《农学报》，还聘藤田丰八助阵。叶瀚等又设立蒙学会并发行《蒙学报》。上海成了倡导维新变法运动的重要舞台。就是在这样的背景下，山本于上海结识了这些维新运动的旗手，并通过交游，了解到他们的思想，洞察了运动的大势。他对汪康年描述道："汪子有德望，徵辟不就，以清节自居。近日起时务报，论时事，该切痛到，为诸报魁。"与张謇论学并谈时弊时，山本强调"盖尝谓欲革一国弊制，宜从下为之，不宜委诸有司也。有司之专擅，不可独咎有司，亦在野君子袖手旁观之咎也。"可以说，这从一个侧面反映了当时日本士人"匹夫有责"的精神境界。在与蒙学会主干叶瀚的长谈中，就中国当务之急的兴国方策，山本披露了其一贯主张，认为"贵国设各种学会，为尤切时情，此固宜要急者。然学问宜有所主。乃以孔教为心骨，以西学为冠冕，庶几少误欤！"[①]。

---

① 山本宪：《燕山楚水纪游》卷二，分别是第30、37—38、39—40页。

尽管山本对当时已奄奄一息的老大国极度失望，但与罗振玉、梁启超、汪康年、叶瀚、张謇等人的访谈却十分有意义。由此可知当时中日知识阶层在看待传统文化及兴国等问题上的思想异同。

总的来说，明治时期的汉学家虽自幼接受以儒学为主的汉学教育，长于汉诗文，但他们在赴华之前，并没有接触过实际的中国，这样在他们的头脑里就无形中形成了一个虚幻的中国形象。而且这种中国形象是以孔孟学说为基础建立起来的。当他们踏上中国的国土，触及现实的中国时，自然就会受到强烈的刺激，从而对他们以前一直视为"圣人之国"的国度产生失望。也就是说，他们心目中的"文化中国"和亲眼目睹的"现实中国"之间自然会有极大的反差，这种反差投射在他们身上，就表现出一种貌似分裂的中国观。加之日本明治维新后，所谓西方文明史观的影响，使得他们在看待中国时有一种居高临下的姿态，而且动辄使用所谓"文明尺度"来衡量一切，把落后的中国完全定性为"固陋之国"。因此，他们的游记中也不同程度地带有歧视或嘲讽中国及中国人的话语。一些著者甚至宣称孔教已不行于中土，只有日本才是真正儒教或唐宋文化的继承者。其后，由此又衍生出"日本的天职""亚洲盟主"之类的论调。这就与整个近代日本推行的大陆扩张政策的理论基础不谋而合。日本已有学者从新闻媒体的角度考察明治前期对华蔑视观问题，在笔者看来，冈千仞及山本宪的游记正是见闻录领域中考察或佐证这一问题的绝好材料。[①]

最后，笔者想借用三位作者在各自游记中所作的象征性描述（比喻），来总括他们对晚清帝国的认识，亦即中国观。

[①] 关于日本学者从新闻媒体角度考察明治前期日本对华蔑视观问题，可参见芝原拓自《对外观与民族主义》，《日本近代思想大系12 对外观》（加藤周一等编，岩波书店，1988年）所收。

"譬之患寒疾者为庸医所误,荏苒弥日,色瘁而行槁。然其中犹未至衰赢,药之得宜,霍然而起矣。"①

"譬犹笃疾人,非温补宽剂所能治,断然大承气汤之症也。"②

"譬诸疾笃,非寻常汤药所以能救,独有手术一法耳。"③

---

① 竹添进一郎:《栈云峡雨日记自序》,《栈云峡雨日记》卷之上。
② 冈千仞:《观光纪游》卷六,第13页。
③ 山本宪:《燕山楚水纪游》卷一,第29页。

清末中日实业界的汉诗文交流

——以永井禾原的《观光私记》为主[①]

张明杰（浙江工商大学）

1910年于南京举办的南洋劝业会可谓中国最早的博览会。当时日本特意组建了实业观光团前来访问考察。关于此次实业观光团的访华，现存主要文献除该团组织编写的《赴清实业团志》之外，还有永井禾原用汉文撰写的私人记录——《观光私记》。本文即以后者为主，兼及作者的汉诗集《来青阁集》，考察此实业观光团的访华活动，尤其是汉诗文方面的交流情形，从而揭示诗文交流在清末中日民间外交上的作用。

一、实业观光团的访华背景及成员

日俄战争后，日本加速了对华渗透与扩张的步伐，尤其是

[①] 本文为作者于浙江工商大学与日本二松学舍大学联合举办的"东亚汉文学研究——回顾与展望"国际学术研讨会（2012年10月）上所宣讲的文稿。

强化了对中国东北地区的侵蚀和经营。其行径不仅遭到中国政府和人民的反对，而且在国际社会上也引起了强烈不满和抵制。在1905年召开的朴茨茅斯媾和会议上，日本外相小村寿太郎亲身体验了四面楚歌的境况。加之，当时美国加利福尼亚州刮起的排斥日本移民之风，以及围绕争夺中国市场而导致的日美关系恶化等，让小村及日本政府痛感获得国际舆论支持的必要性和迫切性。① 在政府外交处于窘迫状态之际，日本政府不得不抛出"民间外交"这一招。

为呼应政府的这一策略，以东京商务总会（日本称"商业会议所"）为主的实业界组织开始酝酿并实施邀请美国实业界人士组团访日的计划。后经多方协调和努力，正式向美国实业界发出了邀请。于是，美国太平洋沿岸实业代表团一行54人，于1908年10月抵达日本，进行了为期20余天的考察访问。基于礼尚往来之必然回报，以商界巨头涩泽荣一为团长的日本实业代表团一行51人，于翌年9月至11月对美国进行了公事访问。② 日美两国如此大规模的民间实业团互访，此前尚无先例。通过访问和交流，双方增进了了解，加深了感情，同时确认了一些共同关心的问题，无疑取得了一定成果。但由于双方在目的与利益上不尽相同，故互访多停留在形式上，并未获得多少实质性的成效。而双方的关心依然绕不开中国这个巨大的市场。尤其是美国实业界，把中国看作是

---

① 小村寿太郎自朴茨茅斯媾和会议归来后，即于政府官邸召见涩泽荣一、中野武营等东京商务总会高层干部，希望商界人士能协助政府从事对外尤其是对美民间外交活动。参见涩泽青渊纪念财团龙门社编：《涩泽荣一传记资料》第35卷，龙门社，1961年，第151页。

② 关于日美实业团互访，参见木村昌人：《日美民间经济外交1905—1911》《庆应通信》，1988年，第45—154页；松村正义：《新版　国际交流史——近现代日本的广报文化外交与民间交流》，地人馆，2002年，第185—191页。

东方或亚洲贸易的中心地，期待着进一步扩大中国市场。在日美两国实业团互访的1908—1909年，作为旧金山实业界代表的罗伯特·多拉尔（Robert Dollar）就曾两次访问上海等地，传达了美国实业界欲与中国同行密切交往的愿望和信息，回国后又为邀请中国实业团访美而积极活动。及时捕捉到这一动向的日本实业界人士或许受此刺激，决定赶在美国实业团访华之前，率先组团赴华。显而易见，这是基于与美国同行业的竞争意识而采取的先下手为强之策略，目的在于扩大和增强在中国市场上的影响力。当然，这也是日本政府所期待的。

在政府部门的后援下，经涩泽荣一和中野武营等斡旋，以日本邮船会社社长近藤廉平为团长的"赴清实业团"（以下简称"实业团"）一行12人于1910年5月5日举行了正式"结团"仪式。其成员为大阪商务总会会长土居通夫、横滨商务总会会长大谷嘉兵卫、川崎造船所社长松方幸次郎、东京商务总会副会长大桥新太郎、神户商务总会会长浇川辨三、名古屋商务总会副会长铃木捻兵卫、横滨商务总会特别会员永井久一郎、三井物产会社理事福井菊三郎、日清汽船会社董事白岩龙平、京都商务总会会员岛津源藏、东京商务总会秘书长白石重太郎，另有日本邮船会社西乡午次郎、川村景敏二人作为团长随员同行。从人员来看，可谓囊括了日本东西两地实业界的头头脑脑。其中，土居通夫和大谷嘉兵卫两人还曾是日本访美实业团之成员。不知是有意安排还是巧合，该团"结团"仪式选在广岛马关市的春帆楼举行。这里正好是十五年前李鸿章与日本代表签署《马关条约》之地。

实业团一行，经朝鲜进入中国东北边境，历访沈阳、大连、天津、北京等地后，南下汉口、武昌，至南京参观劝业会。之后，又访镇江、上海、苏州、杭州等，最后从上海归国，历时近两个月。此次实业团访华,可看作是清末时期日、美、中三国实业界开展互访活动中的一环,是近代较早的由政府背后运作、实业界出面实施的民间经济外交活动。实业团于中国各地所受到的欢迎及款待,可谓史无前例。①

二、永井禾原其人

永井禾原(1852—1913),名匡温或温,字伯良或耐甫,通称久一郎,禾原为其雅号,另有别号来青山人。尾张鸣尾(现名古屋市)人,为明治时期较为活跃的汉学家、诗人。少时,师从汉学家鹫津毅堂,后随其转赴江户,并曾寄宿当时的汉学最高殿堂昌平黉,从江户诗坛大家森春涛、大沼枕山等学诗。同时又在福泽谕吉开办的庆应义塾修习洋(西洋)学,堪称和、汉、洋学兼备的俊才。明治维新后,留学美国,归来后任职于文部省、内务省等官厅,官至会计局长。其间,娶恩师鹫津之次女为妻,其长子壮吉,即后来大名鼎鼎的作家永井荷风。1897年,禾原辞去官职,欣然接受日本邮船会社上海支店长一职。寓沪三年,与官商名流、文人墨客等相往来,诗酒争逐,文名技艺大进。② 后转任横滨支店长,一直工作到1911年。其间,又多次游历中国和美国,为明治时代稀有的官商经验俱丰的国际化人才。有《西游诗稿》

---

① 有关"赴清实业团"访华,有中村义《关于赴清实业团》(《社会科学讨究》第43卷2号)和野泽丰《辛亥革命与产业问题——1910年南洋劝业会与日、美两实业团的中国访问》(《人文学报》No.154)等论著,可供参考。
② 可参见永井禾原《淞水骊歌 附别集》(东京来青阁刊本,1900年8月)、《西游诗稿》(申江印书公会排印本,1898年春)、《西游诗续稿》(上海刊本,1900年春)等诗集。其中除禾原本人的诗作之外,还有李宝嘉、文廷式、董康、汪康年、洪述祖、姚文藻等沪上名流的唱和诗篇。

《西游诗续稿》《西游诗再续稿》《雪炎百日吟稿》等诗集，以及诗稿总集《来青阁集》十卷传世。若述及日本明治汉诗文坛史，永井禾原当占有一席之地。但遗憾的是，当今大多日本人，只知有永井荷风，不知有永井禾原。这也难怪，因为在日本，论文名，或者说是知名度，永井禾原远不及其子荷风。

同时代的汉诗人、曾任帝室博物馆馆长的股野琢曾这样概括禾原一生。"进为良吏退为商，半世才名梦一场。昭代喧传风雅报，观光健笔录遗芳。"① 这首诗可谓是禾原一生的真实写照，同时也是对其晚年所撰《观光私记》的高度评价。

三、《观光私记》文本内容及汉诗

《观光私记》刊行于明治四十三年（1910）9月，即禾原自中国回日的两个月后。与禾原交往甚密的同门诗友永坂周题写书名。文本采用竖排铅印，每页10行，每行22字。文体则为日记体，汉文书写，夹杂着汉诗。这种记述体属日本传统游记范畴，也是幕末明治初期以来汉文体海外见闻录的一大定式。前有冈田穆《沪吴日记》、竹添井井《栈云峡雨日记并诗草》、小栗栖香顶《北京纪事》《北京纪游》、冈千仞《观光纪游》、山本梅崖《燕山楚水纪游》、井上陈政《清国周游记》、股野琢《苇杭游记》等名篇。管见所及，禾原的这部作品应属明治时期较有影响的汉文体游记中的最后一部。

文本记述从明治四十三年（1910）5月3日禾原离开东京开始，一直到同年7月3日返回东京的住宅为止。最后附带记录实业团成

---

① 股野琢：《永井禾原追悼祭书感》，《邀月楼存稿》卷三，私家刊本，1919年。

员回国后的一些交际应酬。就文本内容而言，主要是实业团所到之处的参观和交流等情况，同时还有一些作者本人的观感以及私人活动等。以禾原为主的实业团成员在参观途次或酒席宴会上的即兴赋诗以及诗文唱和等，成为此次访问交流中的一大亮点。

  文本开篇有禾原的一首留别诗，真实地道出了作者出发时的心境。"迎宾话别醉何嫌，万里行吟掀皓髯。老境未忘周览好，十年重渡壮心添。沈阳烟树新诗料，楚甸晴波旧镜奁。最爱江南佳丽地，秦淮画舫定留淹。"① 在汽船即将离开马关驶往釜山之际，禾原口占一诗："禹域箕邦如比邻，旧知山色绿应新。轻帆斜剪马关水，欲问观光第一津。"经由并顺访朝鲜釜山、京城、平壤等地时，又得十一首诗，其中有跟近藤团长的唱和，也有应酬时的赠答，但多为应时之作，情调轻快。

  自5月12日进入中国东北边境后，文本记述除实业团的活动之外，还有禾原对当地形胜实况等的观察和议论。其中安奉（安东至奉天）铁道等的介绍和论评尤为详细。从中可知日俄战争后，日本正加快对中国东北地区的开发和经营。落足中国土地后，禾原所咏的第一首诗是当地官僚赋诗相赠后的次韵之作："飙轮旋转自登高，起伏峰峦入眼豪。山驿春归知未远，梨花如雪扑吟袍。"接着，在往草河口途中，又得一首："北地春光慰客魂，坡仙佳句到今存。深青淡白难描得，杨柳梨花处处村。"像这样的即景诗作，文本中尚有不少。除禾原及近藤团长之外，实业团成员中，还有雅号为鹿山的铃木捻兵卫也善吟诗，他们于旅途赋诗唱酬，互遣旅怀。

  5月14日中午，实业团至桥头驿，禾原与前来迎接并供午餐

---

① 永井久一郎：《观光私记》，私家刊本，1910年，第1页。

的本溪知县两度赋诗唱酬。其次韵诗云："来此桥头驿,清和景物幽。仰瞻福金岭,坐渡细河流。美酒易成醉,瑶章难可酬。忽逢如旧识,临别约东游。"又云："一笑相逢古蓟东,钦君才笔有神通。山迎山送车窗里,欲续唱酬皮陆风。"前者巧用"福金"与"细河"两地名,对仗工稳,显示了作者非凡的文字功底。对初次见面的异国人士来说,这种诗句唱和,在交际和沟通上所起的作用,可以说远远胜于其他交流手段。虽属初次相见,却已发展到"忽逢如旧识,临别约东游"之程度。

当天傍晚,到达沈阳,当地众多官商和媒体界人士前来迎接。5月15日拜访锡良总督,并瞻观宫殿,宫内宝库所藏古铜器、书画、珠宝瓷器等,令观者大饱眼福。中午,日本总领事招宴,锡良、熊希龄等中国官商40余人及当地日本官商60余人到场。晚间,锡良又于总督公署宴请团员及大仓喜八郎等。大仓喜八郎是大仓财阀的创始人,他在甲午与日俄两大战争中大发横财,当时正致力于中国东北的资源开发。文本中大仓喜八郎的出现,恰好折射出历史的一幕。由此也不难窥知日本官方的精心策划和安排。

该晚,禾原特赋诗一首,呈赠锡良总督："休道天涯知己稀,观光万里赋如归。阛阓自古陪都盛,缔构于今禁阙巍。三省苍生钦硕德,东瀛远客仰余晖。千秋人物得亲接,最喜斯行愿不违。"民政使张元奇则次其韵作答,且于次日将自著《兰台集》《洞庭集》和《辽东集》赠送给禾原。5月16日,在张元奇、熊希龄以及东三省报界代表汪洋等人士的招宴上,禾原又即席赋诗,熊希龄、姚绍崇等和之。后汪洋以诗相赠,禾原即叠其前韵答之。一场公式宴请,几乎变成了文人墨客式的诗吟会。异国人士间的距离感也在这融洽的诗文唱和中消失殆尽。

接下来的几日,是到抚顺、大连、旅顺、营口等地参观。所到之处,中日两国官商争相接待。尤其是日本国策机构满铁,对实业团一行更是殷勤备至。出于宣传等目的,满铁曾不惜成本,邀请一些知名人士到东三省观光游览,作家夏目漱石即其中之一。对满铁来说,这次实业团来访,更是对外宣传的好时机。总裁中村是公等亲自迎接,并派卧铺专列和接待员予以护送。连日的参观、酒宴等,使禾原亲身感触的是在这片中国土地上愈来愈盛的日本势力。

23日清晨,实业团抵达天津。中午,直隶总督陈夔龙设宴招待。禾原席间赋诗赠呈,曰:"远来海外此陪欢,未识人间一笑难。邻谊同文千载古,和平今日万邦安。清谈便觉襟怀阔,殷意偏欣礼数宽。当世英豪头尚黑,相看如雪是心肝。"陈总督随即次韵书于扇头相赠。而且在座的提学使傅增湘亦有诗相和。晚上,当地官商于海关道蔡绍基私宅宴请实业团一行,禾原见其"家屋宏壮,庭园多栽花木,且养奇禽",于是席间赋诗赠东道主:"红蘅碧杜满园栽,初夏风光入快哉。花有娇姿还解语,鸟多慧性便呼杯。清歌忽起灯高照,远客时来宴盛开。地主情深何以答,愧吾饱德醉忘回。"傅增湘及盐运使张镇芳即次韵相答。由此,禾原与傅增湘喜结文字缘,后两人又再度赋诗唱和。在实业团访华期间,此类宴请比比皆是,禾原与中国官商的诗文唱酬也是接连不断。

5月25日,禾原在一宴席上还巧遇旧友——财政监理官刘葱石,以及天津报界名流方若(号药雨),彼此以诗相酬。禾原的次韵诗曰:"人间经浩劫,重作北燕游。已有千秋笔,岂无当世谋。笙歌欣再会,意气自相投。记否东台饮,回头岁月悠。"见方若又有追忆游岚山诗,于是禾原再度次其韵赋诗并兼呈刘葱石:"新栽杨柳已青青,来倚李公祠下亭。歌里玉堂春色好,樽前话旧与君听。"久别重逢的喜悦心情与笙歌中话旧的欢乐气氛溢于诗句。

5月26日至6月3日,实业团一行在北京滞留活动。其间,拜会王公大臣、军政显要及各界名流,外出游览或接受宴请等,活动频繁,殆无虚日。即便如此,禾原仍忙里偷闲,多次到琉璃厂购书猎画,以满足其文人趣味。在京期间,他得以与前任驻日公使李盛铎及其女婿何震彝相会,又多次与旧友董康会面,还被邀至其家,观其"古书充栋"的书斋,并获赠钱谦益题序的《列朝诗集》(王渔洋遗藏)、《百家诗话总龟后集》、《敦煌石室遗书》等珍贵书籍。在外务部迎宾馆宴席上,禾原赋诗呈赠尚书那桐及诸大员,曰:"酩醴雪白沁衣香,银烛摇摇照夜廊。为客何妨千日醉,登楼消受十分凉。两心不隔同文国,万里相追一苇航。满座名流多旧识,言欢促膝引杯长。"外务部左参议曾述棨次韵相和。宾主间的融洽气氛仅从最后两句诗即可想象。在大清、交通两银行及北京商务总会的招宴上,酒后陆宗舆向禾原出示旧作《登黄鹤楼诗》,禾原即次韵酬之:"雨中新树夏初天,京洛风光胜往年。和气满堂皆耆宿,醉题四壁总云烟。诸公门有三千履,远客囊无十万钱。紫笋朱樱清味足,高谈彻夜酒樽前。"离别北京时,禾原曾不无遗憾地写道:"余来北京三回,此次淹留虽日最久,公事匆忙,应酬频繁,如毓朗公、喀喇沁王则虽有文字之旧交,未得亲聆其教为憾。"由此可知,禾原于异国他乡以文会友,友朋何其多!

6月4日,实业团在众人相送下,乘邮传部特备的专车离京南下。途中,禾原有《渡易水》《过邯郸驿》《渡黄河》《火车发驻马店》等即兴诗作。6月6日午后,抵汉口。禾原对沿路景象观察颇详:"昨出北京,经直隶、河南,到湖北。随车南下,则觉地味加丰,农民增富。其家,在河南皆茅舍土墙,及入湖北,瓦屋白壁,有大异其趣者。到汉口江岸驿,大江东流,眼界忽阔。"汉口日商尤多,正金银行、日清汽船、三菱公司、三井洋行、大仓洋行、日隆洋行等皆为其中的大户。抵汉口第二天,即参观日商经营的东亚面粉公司,又乘船至汉阳铁厂巡览。在铁厂总办特设的宴席上,禾原赋诗述感怀:"两度前游秋已迟,十年重到夏初时。汀前寒柳昔伤别,湖面碧荷今促诗。出水便看新叶长,无花亦听暗香吹。琴台仍有知音在,欢饮何须问子期。"在汉口停留三日,照例是接受宴请、参观游览等。文本中,禾原对汉口之形胜、大冶铁矿之矿藏及开发等记述尤详,说明其极具商务远瞻意识。

6月11日,实业团抵南京。南洋大臣两江总督张人骏设宴招待,布政使樊增祥、提学使李瑞清等官员及商绅列席。禾原即席赋诗赠呈:"接人襟度信宽哉,今日佳筵叨一陪。劝业有方开赛会,兴文此地育贤才。弦歌如雨庭前起,花草成丛座上栽。烂漫主情难答得,趋风千里泛槎来。"樊布政使走笔以答。樊增祥,号樊山,诗文闻名遐迩,尤其为当时的日本文人所敬仰。禾原当然不会陌生,称其"著有《樊山集》,夙负文名"。能在"夙负文名"的樊布政使及诸位显要官商面前,披露诗作,展现诗才,足以说明禾原在汉诗文创作方面的胆识和能力。席间,张总督还特地约请禾原"明日题字寄赠,以为纪念"。借用禾原本人的记述"是夕,情意融洽,主宾尽欢而散。"

其后数日,禾原以参观南洋劝业会或游览名胜为主,并频繁接受两国官商的招宴。6月14日上午,禾原特地去拜访老友陈衡恪,其父陈三立亦出迎,并惠赠《文廷式遗著》《云起轩词钞》等。陈衡恪曾于日本留学多年，禾原通过旧识易顺鼎之介绍，与其相识。文廷式为禾原旧友，十年前禾原寓居上海时，与文氏交往密切，禾原的诗集里不仅有两人的唱和诗，而且有出自文氏之手的序文和诸多评语。① 1900年初，文廷式东渡日本，也曾受到禾原的多方关照。② 不过，禾原此次访华，已距文氏辞世六年，于此得到故人的遗著，想必也是莫大的安慰。

当天下午，禾原又出席实业家张謇主事的江苏咨议局和江南高中两等商业学堂专为实业团举办的宴会。张謇数年前曾东渡日本观摩大阪博览会，是积极倡导发展教育、振兴实业的务实派人物。③ 遗憾的是，张謇本人因事未能到场，其欢迎辞由他人代读。因宴席设在凤凰台畔胡家花园，当天又恰值风雨，席上，禾原即景赋诗："往事茫茫二水流，佳招冒雨共登楼。凤凰去后台还废，太白来边我亦游。宾主东南箭金美，园林日夕石泉幽。百年长计

---

① 可参见永井禾原《西游诗续稿》卷一、卷二。如："洪荫之大令招饮为余洗尘，文艺阁学士、志仲鲁观察、小田切领事、姚赋秋明府来会。红袖侑酒，清歌助兴，座间赋呈：雨余新水涨申江，万里重来估客艭。妆阁今番寻约到，诗坛我辈望风降。恼人国色花千朵，得意春风燕几双。佳夜无多须尽醉，鲥鱼上市酒盈缸。文艺阁曰：为君浮一大白。"其后有文廷式的次韵诗。此略。卷一，第14页。标点为笔者添加。

② 详见文廷式《东游日记》。如2月18日："永井禾原君招饮'像雪轩'楼，同集者森槐（大来）南、本田幸之助、田边为三郎、永坂周二，暨永井君之弟三桥，又白岩、岩永，共九人，作诗数章，情韵交美。"同月20日："永井禾原来谈。"（汪叔子《文廷式集》下册，中华书局，1993年，第1162—1163页）。又见前引永井禾原《西游诗续稿》卷二，第38页："庚子二月，文艺阁学士东游入京，次日见过敝庐，邀饮香雪轩，酒间赋呈。"后录有两人的诗作，此略。

③ 张謇1903年以观摩在大阪举办的日本第五次国内劝业博览会之名义，东渡日本参观考察。此为其生涯中唯一的一次出国考察，事后记下考察记录《癸卯东游日记》。

诸公在，何用独先天下忧。"在座者数人亦以诗和之。① 在南京期间，又顺访镇江，观慈寿塔，并即兴赋《登金山寺浮图诗》："庄严七宝涌中霄，万丈浮图自六朝。我亦登高穷绝顶，谁能问法暂停桡。无边佛域三千界，入眼扬州廿四桥。历劫依然灵迹在，大江东去水迢迢。"在秦淮画舫，箫鼓盈船，灯火如昼，名花供奉，觥筹交错的夜晚，禾原兴致极高，赋诗曰："二千年后忆英雄，王气销沉与梦同。淡粉轻烟人不见，临春结绮迹还空。柳深一曲青溪上，歌起六朝明月中。风雅于今犹未歇，满船灯火影摇红。"前述禾原离开东京时的留别诗"最爱江南佳丽地，秦淮画舫定留淹"，至此则得到兑现或验证。

6月16日晚，抵上海。两国官商来迎者冠盖如云。翌日，禾原即前往位于静安寺路斜桥的盛宣怀家拜访。禾原曾与盛宣怀过往甚密，为多年老友。② 又至洋务局会见时为海关道的旧识蔡乃煌。下午，与专从苏州来访的挚友姚文藻会面，并于次日上午，携铃木鹿山回访。姚出示所携数幅古画请品评，令禾原感觉"眼福无限"。鹿山拿出纸扇，乞题字，姚即席赋诗题赠。6月19日，盛宣怀特地设家宴，宴请实业团一行。

6月21日至24日，实业团一行赴苏州和杭州参观游览。江苏巡抚程德全设午宴招待。禾原即席赋诗，程巡抚亦赋两首七绝相赠。苏杭名胜美景、画舫情调等，更催发了禾原的诗兴。短

---

① 白石重太郎编辑并发行《赴清实业团志》（博文馆，1914年，非卖品）第140页亦记述："下午5时，江苏咨议局及江南高中两等商业学堂联合欢迎会。席上，代读张謇氏欢迎祝辞。张因在旅途未及与会。团员永井氏与主办方诸氏有诗之应酬。"

② 盛宣怀1908年秋赴日考察兼治病时，也曾多次会晤永井禾原。可参见盛宣怀《愚斋东游日记》（附录于《愚斋存稿》卷末）。

短几日，竟得诗十余首。还获赠寒山寺枫桥夜泊诗新旧两碑拓本。

6月26日，送别部分团员回国，接待王一亭等沪上名士来访。夜晚，出席王一亭等名士的招待宴，禾原即席赋五言诗呈赠主人。宴毕，又受邀至大舞台看戏。6月28日下午，随近藤团长等乘船离沪。文本中有禾原对上海的感怀："十四年前，余始来上海，留寓三年。回国后，来游者两回，已经五年。此次淹留仅十日，然通观大势，则贸易日进，商业年盛，租界致扩大，人家顿增加。电车开通，自动车奔驰，沪宁铁路及沪杭铁路亦全告成，行旅之便实为大。又余初来之日，试算邦人留沪者，未逾一千，今已十倍矣。实出意料之外也。"这段文字不仅代表了禾原的汉文书写特征，而且也从一个侧面体现了其对当时上海乃至中国的一种较为客观的认识。

以上是《观光私记》文本中记述的实业团的主要活动，尤其是作者禾原的在华行踪及诗文创作与交流情况等。内容以正式访问、实业交流为主，兼及个人情趣等，可谓丰富多彩。无论从近代中日关系史、经济或文化交流史，还是汉字传播史等领域来看，《观光私记》都是一个值得重视的文本。尤其可从中了解汉诗文在清末中日实业界交流过程中的媒介作用。

四、对禾原汉诗的评价乃至日本近代汉诗文的再认识

禾原年少时，即崭露诗文头角，只是入仕途后，因公务繁忙等，一时无暇顾及。辞官后，诗兴大发，尤其是寓居沪上，与中国本土士人频繁交往后，诗文技能日臻成熟，收获亦颇丰。回国

后，或自创诗吟社，或出入于名流诗会，成为诗坛活跃分子。晚年他在自订诗稿《来青阁集》自序中记述："少时课余学诗，所作日多，然概不足存也。明治戊辰，年甫十七，奔走国事，寻入东京，专修泰西学，竟负笈美国。归后，一官二十年。此间足迹遍内外，多事殆废吟咏。丁酉挂冠管邮船公司事，驻上海三阅年。一旦回国，又屡出游海外，诗渐富，已付印者有之。点检旧稿，共计二千余首。半生心血未忍尽捐，兹加删酌，汰其大半，汇曰《来青阁集》。"[1] 由此可知，禾原诗作之丰。对其诗作，姚文藻曾这样评价："禾原侍郎诗取径盛唐，措词沉雄，寓意深稳，而又加之以激宕之气、悱恻之情，迥乎尚矣。"[2] 文廷式也间作批语，谓之"兼有晚唐北宋之懿者"，[3] 或"得渔洋神理"，似"晚唐人诗"等。[4] 李宝嘉则有"清词丽句，奔赴毫端"等评语。[5] 日本学者入谷仙介认为禾原的汉诗："在森春涛的熏陶下，继承了清朝中期感伤、洗练的诗风，一直影响到荷风文学。"[6] 但就《观光私记》中的诗作来看，总体上给人以清新明快之感。

禾原此次随实业团访华，共得汉诗76首。除十余首出自出发时的本国和朝鲜境内之外，其余皆于中国所得。其汉诗大体可分为以下几种类型：

---

[1] 永井禾原：《来青阁集》卷首自序，私家版，1913年排印。
[2] 姚文藻：《西游诗稿序》，永井禾原，《西游诗稿》。
[3] 文廷式：《西游诗续稿序》，永井禾原，《西游诗续稿》卷一，第1页。
[4] 同上书卷一，第42、47页。
[5] 同上书，第39页。
[6] 入谷仙介：《来青阁集 解题》，《诗集 日本汉诗》第十九卷，汲古书院，1988年，第13页。

表1　禾原访华所作汉诗分类

种类	数量（首）
留别	1
唱和	42
即景	29
风流	4

可见，出于交流目的的唱和诗占了多半。其中，呈赠提学使傅增湘、那桐中堂及诸大员、汉阳铁厂李总办、两江总督张人骏、布政使樊增祥、湖广总督端澂、书画家王一亭等诗篇，以及与方若、陆宗舆等名流的酬和诗篇，均值得称颂。禾原本人似乎对这些诗作颇为满意，后经删改，几乎如数录于《来青阁集》。

大凡国际间正式交往，总离不开宴会酒席，酒席上，宾主双方又总会相继致辞，或表欢迎或陈答谢，几成定规。但是，禾原在这种僵化的正式交往模式下，还能通过借助于笔墨的诗文唱和，增进彼此间的思想或感情交流。这种情形正是同为汉字文化圈的不同国家或地区官民交往史上的一大特征。近代中国，尤其是清末时期，诗文交流可谓士大夫之间交往的重要手段。禾原虽身为异国人士，但却能很快融入士大夫的交际圈，并与之进行同步式的思想和感情交流，正是缘于汉诗文的作用。在加深理解，增进友情方面，这种私人间的诗酬应和往往胜于正式交际。

在以"脱亚入欧"为时尚的近代日本，强大的西学潮流将汉学逐渐挤出主流圈，儒学教养及汉诗文技能等也随之处于弱势地位。但作为一种底（暗）流，汉诗文仍作用于社会的方方面面。从永井禾原的《观光私记》，我们也不难看出以诗文为媒介的交流与沟通即使在实业领域也曾起到过积极作用。这也为我们重新认识近代日本汉诗文提供了一个很好的实例。

清末中日书画交流

——以明治初期日本书画家的汉文游记为主[①]

张明杰（浙江工商大学）

就近代中日民间文化交流而言，书画家是一个特别醒目的群体，尤其是在交通不便的近代早期，两国均有不少能书善画人士漂洋过海，于异国他乡从事游历和书画交流等活动，为增进彼此了解、促进文化交流起到了极为重要的作用。中国方面，如王克三、徐雨亭、冯镜如、金邠、陈曼寿、陈逸舟、陈子逸、蒋子宾、罗清、王寅、卫铸生、胡璋、朱印然等，先后奔赴长崎等地，通过多种形式开展交流活动，对传播汉诗、书画等贡献颇大，而且对日本文人画（或称南画）也产生过一定影响。在日本他们多被称为"来舶清人画家"。日本方面则有安田老山、长井云坪、天野方壶、石川吴山、田结庄千里、长田云堂、小西皆云、冈田穆、庄田胆斋、佐濑得所、衣笠豪谷、续木君樵、村田香谷、内海吉堂、吉嗣拜山、巨势小石、盐川文鹏、秋山纯、圆山大迂、小山

[①] 本文是作者于浙江工商大学东亚研究院主办的"异域之眼——日本人的汉文游记研究"学术研讨会（2013年3月）上所做的主题讲演讲稿。

松溪、前田默凤、村濑蓝水等。管见所及，迄今为止，有关近代早期赴日中国书画家的研究比较活跃，成果显著，尤其是鹤田武良、陈捷、王宝平等诸位在此领域均有出色研究。相对而言，有关明治早期游华日本书画家的研究，虽然出现过几篇专论，近几年也有些进展，但总体上仍显得薄弱或沉寂。当然，相关资料的阙如或不足是导致这一现状的主要原因之一。但是，实际上相关文献资料并非完全没有，而是尚未得到充分发掘和利用。本文拟通过几种汉文游记，包括迄今鲜为人知的手稿日记，初步考察明治初期（截至明治十年）赴华书画家的游华活动，尤其是两国人士的书画交流，同时也意在抛砖引玉，即期盼藉此唤起学界对游华书画家这一特殊群体的重视，促进并深化该领域的研究。

一、田结庄千里的《游屐痕》

田结庄千里（1815—1896）既是书画家，又是阳明学者，同时还是兰学家，尤其精通枪炮技术，晚年又以实业家闻名。也许正是由于这样的多重身份，使其画家之名被淹没。其实，千里是近代黎明期就曾出国游华的南画家，诗、书、画皆精，日本现今仍藏有其不少书画作品。早在明治二年，即1869年，中日两国尚未建交通好之前，千里随美国人韦氏航渡上海，自6月27日抵沪，至10月8日归国，于上海、汉口、武昌等地游历百余天。《游屐痕》（又名《"支那"纪行》）即此次游华记录。

在上海期间，千里或外出游览，或观书赏画，或会客访友，笔谈交流，度过了极为充实的日日夜夜。最令其忙碌的是求书画者接连不断，对此虽应接不暇，但他仍尽力挥毫相赠。

千里于沪上结交的文墨之士有吴虹玉、程春山、凌苏生、汤星垣、陈芷泉、何霭庭、张楚葵、谢鹏飞、张世准等。其中与画家凌苏生交往尤契，两人或屈膝笔谈，或互赠画作，或诗文唱和，短期内结下深厚友谊。如7月20日日记记载：

> 凌苏生赠所自写芦雁横披。凌氏先得吾心之所同然者也，赋之申谢。画雁描神边寿民，先生岂识是前身。申江客里悲秋夜，萍水相逢同臭人。

对此，凌氏则步其韵和之：

> 君是凡民我寿民，扬州明月认前身。破瓢盛墨恣挥洒，八怪于今有替人。①

曾名列扬州八怪之一的边寿民，尤以没骨法之芦雁图见长，千里将善画芦雁的凌苏生比作边寿民。对此，凌氏则把千里看作是扬州八怪周边之沈凤（字凡民，号补萝）。从以上简短的诗文酬和，则不难看出，尽管两人音声语言各异，但凭借共同的汉字和视觉图画，交流是多么默契！

谢鹏飞和张世准均以书法见长。千里与二人交往，获益颇多。谢鹏飞将"逆笔法"密授于千里，使其大为感动。日记中记载：

> 此笔法近来中国人亦少知之，即知之而不能手授，亦空语耳。今承先生垂问，请略言之：逆笔必须从一点起，谢氏

---

① 田结庄千里遗著：《游屐痕》卷一。

即运肘指示，用法一一口授，颇有会心。①

在沪期间，两人过从甚密，有时"终日谈话无小息"。谢氏还亲自携来墨刻《邓完白篆书对联》《郑板桥行书》等供千里观摩，后又邀其到家里，拿出王羲之《心经墨本》、颜鲁公《古柏行墨帖》等法书供鉴赏，并再次手把手传授逆笔法。"谢氏在后，握吾腕运之，笔逸而墨点于襟。"②临别之际，谢鹏飞还以《古柏行墨帖》、《鹤亭草书字帖》、明版《朱子文集》等相赠。对千里来说，过去虽从恩师金子雪操处闻知有逆笔之法，但日本从未有传习者。没想到此次于异国他乡，竟能得以传授，着实令其感慨万千。他在致谢鹏飞的书简中记曰：

> 夫笔法之传，在一千年前，空海受之于汉鲍明，由是永字八法、十二点法，至今相传。而逆笔法实为我邦未传之法矣。先师雪操翁讲之，而未得其传也。今余传其法，而翁不在，每忆之，不觉凄然悲叹者久矣。③

《寒松阁谈艺琐录》录有张世准小传。

> 张叔平世准，湖南永绥厅人，道光癸卯举人，官刑部主事。任京师久，与山阴周少白齐名，善墨梅，纵横槎枒，干湿互用，圈花点椒，别具一格。山水枯劲中饶淹润，近文五

---

① 田结庄千里遗著：《游屐痕》卷二。
② 同上。
③ 同上。

峰、释渐江、查二瞻、吴墨井诸家。时人有谓为真苗疆山水者,实谬评也。①

显然,该传略只反映了张世准作为画家的一面,而忽略其书法专长。当时千里所接触的张世准正是一个富于收藏而又精于笔法的书法高手。

张世准当时以兵备道身份赴广东,途经上海小住。千里有幸与其会面,并得以握笔长谈。通过笔谈,千里对其印象颇佳,认为张世准"才气凌人"。临别,张世准还以书幅相赠,使千里有得海外知遇之感。所赠书法挂幅,有诗有文,有画作有对联,多达四十余轴。千里特在游记篇末记下部分挂幅题名,以示对这位海外知己的感谢之意。

总体而言,田结庄千里这次来华游历,所受欢迎之程度,以及书画交流之情形,颇类似当时赴长崎的清末文墨之士。只是,由于信息不足,加上缺乏中日书画家人脉关系,千里无缘与主流画家会面交流,这也是1869年这一历史时刻来华日本书画家难以避免的情形。

二、冈田穆的《沪吴日记》

长崎的冈田穆(1821—1903)号篁所,以儒医闻名,同时还擅长汉诗、书画,与赴日的清末文人画家王克三、徐雨亭、周彬

---

① 张鸣珂:《寒松阁谈艺琐谈》,《艺林悼友录 寒松阁谈艺琐录 鸳湖求旧录续录》,凤凰出版社,2010年,第82页。

如、钱少虎、金邠、陈逸舟、蒋子宾等交往颇深。[①]他于1872年春，在苏州籍贸易商汤韵梅和长崎书画商松浦永寿的陪同下，赴上海、苏州等地游历，并逐日记录下所见所闻，在时隔18年后，即1890年以《沪吴日记》之名付梓。日记除记述沪苏及周边地区的自然与人文景观之外，还记录下了作者寻览书画古董、拜会文墨之士等活动及其印象，为我们了解1870年代初上海、苏州的社会文化风貌，尤其是书画界现状提供了宝贵资料。蒋子宾在《墨林今话续编》中，特为冈田穆立传，以示显彰。

> 冈田筥所，名穆，字清风，精医理，兼工诗字。今年春，同旧友汤韵梅来游吴门，访余草堂，袖中出近作相示，皆轻妙可诵。吾乡士大夫喜与之交，其归也，多赋诗以送之。[②]

《墨林今话》及续编共收录木下逸云、日高铁斋、鹤立上人、小曾根荣、成濑石痴、守山湘帆、松浦永寿、五岳上人、冈田筥所等十位日本书画家及其传略。而冈田得以收录其中，则缘于其与蒋子宾交好及来华游历。

抵沪后第二天，即2月16日，冈田拜会日本驻沪领事馆，从嗜好中国书画的神代馆员处得知沪上书画名家之信息。

> 神代氏号渭川，出上洋人书画见示。即记其姓号，曰王冶梅（花卉）、陈荣（山水）、朱梦庐（花卉）、吴子书（花

---

① 冈田穆:《沪吴日记》卷下，记曰"乍浦人王克三、徐雨亭（二人善书画）、周彬如（学士）三人曾避乱来长崎，流寓五六年，各得润笔一千元而归。其他钱子琴、蒋子宾，皆余亲交也。去年金嘉穗亦来游。"

② 同治壬申年春镌《墨林今话续编》，扫叶山房督造书籍。

卉)、任栢年(花卉)、胡公寿(山水)、张子祥(花卉)、谢烈声(山水)、马复铄(书法)、吴鞠潭(书法)、陈元升(山水)、雨香(人物)、顶谨庄(书法)、潘韵卿(书法)。

以上数名，现在上洋，以书画名者。①

2月17日，冈田拜访寓沪的安田老山，日记记载：

> 午后，访安田老山于新北门外同茂客栈。老山，美浓人，往年夫妻偕来崎，学画于铁翁禅师。岁之戊辰，航海游唐山，别后杳无消息。今日余访之，则夫妻倒履出迎，相共叹奇遇，置酒话旧，颇尽欢。老山天资澹宕，善画，性好山水，游历江南诸胜。……老山寓沪已三五年，稍解唐话，常与胡公寿、任栢年缔交，以书画供旅资。其妻红枫亦画兰竹。

老山又向冈田介绍了沪上有名的书画家：

> 老山曰：上海现今书画有名者，朱梦庐、杨柳谷、杨佩甫、赵嘉生、邓铁仙、胡公寿、任栢年、张子祥、陆静涛、王道、管琴舫、王冶梅，以上十二名，俱住上海，以书画为业者。②

对于初来乍到的冈田来说，多亏熟悉当地画坛的安田老山相助，使其在短期内不仅了解了沪上书画界现状，而且得以拜会

---

① 冈田穆：《沪吴日记》，脩竹吾庐版，卷上。
② 同上。

胡公寿等书画名家。这与三年前来沪访问的田结庄千里成鲜明对照。

关于安田老山及其赴华时间等，现有的文献资料记载多有出入，但从"岁之戊辰，航海游唐山"以及"寓沪已三五年"的记述来看，安田老山来上海当于明治元年，即1868年前后。可以说，在普遍缺乏实证资料的前提下，实地拜会过老山的冈田穆的上述记录更值得信赖。在幕末明治初期游华的日本书画家中，安田老山是来华时间较早，寓沪时间较长，且与胡公寿、任伯年等主流画家有密切交往的一位。

2月25日的日记记载：

> 遂访张子祥（居在石路茶叶会馆）。子祥名熊，年七十，童颜鹤发，美髯方颐，卖画为业。扁曰卖画书屋。自云耳不甚聪，眼乃明。余曰：先生矍铄，望之如五六十岁人。适见机上堆红袋，袋上各记人姓名。余问：红袋是何所用？子祥曰：侄儿为我寿之招帖也。余曰：门下多子，为先生贺之。祥曰：长子死，只有一孙，今十八岁，稍解读书。余曰：遗这读书种子，则长子之死何足憾乎？委之天命可也。祥莞尔。翁善画有名，尤工花卉，为余画一蕊秋海棠，秋光可掬。家收藏甚富，王翚竹林图小品、王梦楼对联、孙树峰草书、刘石庵书卷，及古刻墨帖数品。
>
> 是日永寿携茶具，自煎国茶供翁。翁鼓舌品之。
>
> 永寿把壁间长笛一弄，翁乃和之，笛声清亮欲穿云。余问是何曲，曰落梅花。曰高年吹笛，恐损玉齿。翁云未损一齿。①

---

① 冈田穆：《沪吴日记》，脩竹吾庐版，卷上。

人们所熟知的"沪上三熊",即任熊、朱熊和张熊,同为浙江籍画家,任熊以人物画见长,朱熊和张熊则以花卉画著称。三熊中属张熊寓沪时间最长,有"沪上寓公之冠"之称,而且富收藏,精鉴赏,对海派的发展影响深远,堪称海派绘画的开山元老。张熊生于1803年,当时虚岁70,不过,从精神面貌等来看,冈田认为其"望之如五六十岁人"。当天陪同拜访的书画商松浦永寿拿起壁间长笛,没想到年近古稀的张熊竟和之吹奏起来。一曲"落梅花",清澈响亮,欲穿云霄。对诗书画皆精的文人画家张熊来说,这笛子只不过是余技而已,却给远道而来的异国人士留下了难以忘怀的印象。张熊还特意为冈田挥毫,画了一幅《秋海棠》,对此,冈田的评价为"秋光可掬"。以上恐是目前所知日本书画人士拜会张熊的最早、最精彩的记述。

拜会张熊数日后的2月30日,冈田又在老山夫妻的引导下,拜访陆静涛,未遇,继而去访胡公寿。

归路独访安田老山,适永岛淇东来会。共伴老山,访文墨诸人,其妻红枫亦随。先访画家陆静涛,不遇,有弟子出迎,少憩喫茶。书房扁曰拜石山房,陈列奇石数盆。又观墨井道人拟巨然小幅,笔情远韵,高出寻常。又何绍基一联云:凤篁类长笛,流水当鸣琴。书法古淡,酷似板桥。次访胡公寿。公寿年四十许,有画名。余书曰:久慕高明,今来接光仪,何幸过之。

(公寿)篁所先生到上海,何时回长崎?弟之笔墨殊不佳,可笑也。闻先生医道高明,敝地药料甚好,带些去否?

(篁所)上海药材甚好,弟不日内将游苏杭间,再归上海,从教带归数种耳。

公寿为余作乔柯竹石小品，落笔不凡，画则可也。人皆曰公寿书画为上海巨擘，余则谓公寿是寻常画工耳。答余数语，似与其容貌相类者，一言以为知，一言以为不知者，非耶。

公寿斋头观颜鲁公争坐位古刻，公寿曰以银二百五十两得之。①

书画名声显赫的胡公寿同样为冈田即席挥毫，画了一幅小品"乔柯竹石图"，冈田勉强给予"落笔不凡，画则可也"的评价。或许因个人性好不同，或由于胡公寿外在名声与所见形象有反差，冈田认为世间公认的沪上书画巨擘胡公寿只不过是一位"寻常画工"而已。

无独有偶，频繁来往于上海的乐善堂主岸田吟香也有类似看法。1880年3月9日《朝野新闻》揭载的岸田吟香发自上海的个人书简称：

上海乃至俗之地，向无文学之士。……然书画家为贪润笔，犹丝茶富商无不云集上海者，遂渐次形成由各省携笔砚来集吴淞江之景况。张子祥、杨伯润等书画家昼夜紧握笔管，实比流行染坊工匠还忙。在日本评价很高的胡公寿于中国并非特别有声誉，只不过一普通画家而已。原来，日本人着实瞎眼，耳闻当真，见一二人携公寿画归而炫耀，遂以胡氏为第一等，其实远在张子祥下数等。第二等为杨伯润，第三等才是胡公寿，其余以胡铁梅为主，朱梦庐辈数人皆在伯仲间，

---

① 冈田穆：《沪吴日记》，脩竹吾庐版，卷上。

王冶梅可为下等。①

岸田吟香对自由经济冲击下完全商品化的上海书画界流露出失望之情，尤其对在日本评价较高的胡公寿给予酷评，对张熊却加以肯定。而冈田穆早在1872年通过对两人的访谈，即对张熊表现出善意，对胡公寿做出"寻常画工"之结论。不知是巧合还是有什么影响关系，总之，在对胡公寿和张熊的评价上，二人的观点不谋而合。不过，岸田吟香对海派书画家之评价问题比较复杂，有待进一步考察。

冈田后又至苏州，除游览诸名胜之外，还拜访收藏家及文人墨客，并接受宴请。其中最大的收获莫过于观赏古书画和名人字迹了。在长崎时，冈田就从苏州人金邠处得知，顾骏叔家收藏极富，号称吴下第一。抵苏州后，遂有幸至顾氏府邸观赏诸多法书名画，还在何子贞弟子李嘉福（号笙渔）处，饱览了不少书画藏品。冈田于苏州先后观赏过的书画有：董其昌《后园记草书》、倪元璐《水墨山水》、文嘉《万山叠翠图》、傅山《五律诗幅》、沈石田《山水》《小品》、杨文聪《山水》、文徵明《草书》、陈眉公《山水》、石涛《山水》、黄道周《行书》、沈括《竹雀》等，这些多是冈田所言之"神品"。另外，他还观看了明清名家金笺百余件。

冈田游华的1872年初，中日两国虽签订了《中日修好条规》，但尚未换文生效，人员交往还处在稀少阶段。冈田在短期内能够拜会张熊、胡公寿、顾骏叔、李嘉福等诸多书画大家或收藏家，与其所熟知的中日文墨交际圈或者说关系网有很大关系。此前到过长崎的中国贸易商或文人墨客，特别是所谓"来舶清人画家"是这个圈

---

① 《岸田吟香自上海致瓮江先生书简》，《朝野新闻》，1880年3月9日。

子的中方代表，如蒋子宾、钱子琴、汤韵梅、陈子逸等。在长崎与这些中国人士多有来往者，尤其是书画家、古董商或于上海经商、游学者，则成了这个圈子的日方主要人物，如佐野瑞岩、松浦永寿、岸田吟香、安田老山等，他们起到了连接日本（长崎）和中国（上海）的桥梁作用。随着两国人员往来增加，这个圈子或网络也逐渐扩大，其后，大仓雨村、池岛村泉、冯耕三、王寅、胡铁梅等均成为其中的活跃分子。当然，回国后的冈田穆也是该圈中的重要一员，接下来述及的衣笠豪谷游华就得到过冈田穆的多方帮助。

冈田穆之前，其他来沪日本人留下的日记中虽偶现中国书画家之名，但鲜有造访主流画家并与之交流的记载。从这一点来看，《沪吴日记》堪称日本人拜访沪上主流画家的最初文献，对了解早期海派画家及其活动大有裨益。

三、衣笠豪谷的《乘楂日记》

1.《乘楂日记》版本

《乘楂日记》稿本似自家装订，封面朱签题名"乘楂日记"及卷次，共六卷六册，均无页码标注。现藏于日本东洋文库。

第一册32页（正文前有"乘楂日记经历地方总目"2页，正文29页，另有1余页）、第二册36页、第三册37页、第四册36页（其中1页为他人跋）、第五册41页、第六册31页。毛笔书写，字体不一，非一人誊写，又时有修改之处。每半页10行，每行18至20字不等。页上方有小标题，中缝标月份，文中有朱笔（偶有墨笔）句读标点。册内偶夹小纸片，系补充文字或事后征引文献时所添。正文卷次页标注"备中 衣笠豪谷著"。

2.衣笠豪谷其人及航渡背景

衣笠豪谷（1850—1897），备中（今冈山县）仓敷人，旧姓大桥，名缙侯，别号白乐村农、天柱山人，先后师从石川晃山、大沼枕山、佐竹永海、中西耕石等修汉诗、书画，绘画尤受中西耕石影响。后渡海游华的吉嗣拜山、巨势小石等均出自中西耕石门下。[①]

根据衣笠本人于《乘槎日记》开篇之交代，其"思乘槎之游久矣"，然而由于日本实行海禁，加之自身年少，未能遂其志。后日本开国维新，与海外通商，其多年愿望才得以付诸行动。衣笠豪谷1873年冬起身，经数月辗转到达长崎，不料遭遇"佐贺之乱"和"征台之役"，长崎港为之骚然。衣笠认为与其在硝烟弹雨中苟且偷生，不如"一苇航海"，于是决定航渡上海。临行前，其所赋留别长崎友人诗曰：

> 流寓方三岁，汗漫又两吴。
> 画禅追辋叟，经术慕邹儒。
> 金紫非我愿，丹青足自娱。
> 素心今日了，喜不负桑弧。[②]

由此可以推知，衣笠豪谷立志赴华游历，主要是因为其自幼受汉学教育，又主修文人书画，对中国及其文化抱有憧憬之心，另与南画大家中西耕石的感化也不无关系。

[①] 关于衣笠豪谷及其书画作品，可参考《豪谷画庵遗墨集》，鲁山堂藏梓，大正乙卯孟夏刻。

[②] 衣笠豪谷遗稿：《乘槎日记》卷一。

3.游历时间和地区

以下是按时间顺序排列的游历或滞留地区。

1874年5月—6月　长崎——上海
　　　　　　　　上海——苏州——嘉兴——杭州——松江
　　　　　　　　华亭——上海
　　6月—7月　　上海
　　8月　　　　上海——镇江——金陵——扬州——
　　　　　　　　汉口——武昌——汉阳——汉口——上海
　　9月—1875年5月　上海
1875年6月—7月　上海——烟台——天津——北京
　　　　　　　　天津——烟台——上海
　　8月　　　　上海——汉口——岳州——汉口——
　　　　　　　　九江——上海
　　8月—9月　　上海——宁波——上海
　　10月—11月　上海——嘉兴——杭州——湖州——
　　　　　　　　苏州——上海
　　11月下旬　　上海——长崎

4.主要活动

在前后长达一年半时间里,衣笠以上海为据点,四处漫游,足迹遍及京津、苏杭、宁波、镇江、南京、汉口等地以及江南部分乡镇。其活动更是多种多样,除结交文墨之士,观赏书画之外,还曾与大原里贤、曾根俊虎等来华军官交好,参与侦探,协助日本政府劝业寮官员从事桑蚕、苗木及鸡鸭人工孵卵技术的调查和引进等。限于本文题目,这里主要对衣笠豪谷与海派书画家的交游关系以及观赏、收购字画活动略作考述。

衣笠在上海结交的书画名家首推王寅（冶梅）、胡公寿和张子祥。其中就交往密切程度而言，又以王寅为最。以下是涉及衣笠拜访王寅等事项的日记摘抄。

表1 衣笠拜访王寅等事项日记摘抄

日期	（拜访）事项
（1874）5月11日	村泉及王寅至。寅号冶梅，金陵人，善花卉人物。初粤贼陷金陵，寅亦拒战，面被重创，事平后弃官逃沪，以卖丹青云。
同上	归路访王寅。
5月12日	午后与村泉过其寓，归路亦访王冶梅寓。
6月21日	（同蒋叶笙）因俱访王冶梅。
7月3日	午后，王冶梅至，小晤。赠画荃一把，其所自写也。
7月28日	夜访王冶梅，不遇。
8月26日	午后访王冶梅，席上有官员一名，金陵人，……
9月6日	自石路经丹桂戏园前，度三第阁桥，访王寅闲晤。
11月7日	朝访王冶梅，论六法。
11月11日	午时，王寅至。
（1875）1月19日	午后天阴。王冶梅、薛仲花（宁波人）、徐敏斋、吴文静等至，茶谈。
1月29日	快晴。访王冶梅，坐上有客。
1月30日	朝，访王冶梅。
2月12日	三点访王寅，不逢。
2月14日	又访王寅。
3月16日	归路，访王冶梅，不在。
3月18日	夜归，……叩王寅门，已关矣。
3月22日	三点又访王冶梅，共访胡铁梅。
4月2日	五点入市，登文运街新新酒楼。投票招王冶梅，冶梅速至。
4月17日	归路访王寅，小晤而归。
5月8日	又访王冶梅，小语（晤）。
5月21日	访肇南不遇，访王冶梅亦不逢。
8月10日	下午访王冶梅。
9月27日	下午王冶梅及岛村久、池岛村泉等至。

王寅是衣笠豪谷抵沪后最先见到的中国画家，也是其在华期间过往最密的海派画人。仅从上表中即可确认两人会面多达19次，另有多次造访未遇。日记中对王寅的介绍简而赅：

  寅号冶梅，金陵人，善花卉人物。初粤贼陷金陵，寅亦拒战，面被重创，事平后弃官逃沪，以卖丹青云。

日记记载极为简洁，两人会晤时所谈具体内容也少有涉及，不过，从其中提及的"论六法"亦可推知，两人交往时，谈书论画可能是主要话题。谢赫总结的六法乃中国画论之经典，也是日本南画家所崇尚的基本法则。在当时的环境下，两国同行能面对面谈论六法，切磋技艺，实属难得。两人的交往可谓近代早期两国画家真正互相交流的实例。

提起早期海派画家，总少不了张熊和胡公寿。衣笠在沪也与此二人多有交往。张熊是衣笠抵沪后主动拜访的第一位中国画家。在初识王寅的第二天，即5月12日，衣笠就同寓沪同胞市川百山一起拜会张熊。

  同百山访张子祥。子祥，嘉兴秀水人，容貌温雅，美须髯，龄过古稀。画长草卉，其着笔施彩，幽艳如少壮者所描焉。

其后的8月28日：

  访张子祥于石路茶叶会馆。

9月6日：

下午，陈子逸至。……访张子祥。前日所嘱画册已写成，因带去。

10月5日：

茶顷，子逸、子敦等至，共傍圆明路戏场后，过头摆渡天津路，访张子祥。坐中有客数名，小话返寓。

衣笠来访的1874年，"容貌温雅、美须髯"的张熊已年满71岁，但其绘画纵放秀逸，设色艳丽而不俗，正如衣笠所评"着笔施彩，幽艳如少壮者所描焉"。这是对张熊画作极为中肯的评价。

其后，衣笠多次登门拜访，并求其书画，以为观摩。

比张熊年少20岁的胡公寿在沪上画坛名声尤为显赫。日记中记载衣笠曾十次登门造访，其中多次得以晤谈。

表2　衣笠拜访胡公寿事项日记摘抄

日期	（拜访）事项
（1874）5月15日	午后访村泉，共入新北门，访蒋叶笙。去访胡公寿，笔话。公寿云，日前自华亭。盖华亭公寿桑梓地也。
5月17日	午后，同神代、平野、大仓三氏访胡公寿，小谈。
6月20日	午后，与平野祐之、渡部紫岩等访胡公寿。适有过客，舆轿俟门。余等虑费其周旋，期他日而去。
8月28日	去访胡公寿家。家人周伯延曰：公寿晨早出到北城。余即托绫料一页于伯延，且嘱曰：日后可来取，请你为我烦胡翁大笔。
9月3日	际晚，瑞岩至，示胡公寿画数帧。
9月6日	又叩胡公寿。公寿在家，匆匆迎接，移晷辞去。

续表

日期	（拜访）事项
9月12日	朝来，自黄埔滩，过新太平街，入大东门，访胡公寿。公寿犹在卧房，侍婢为周旋送迎。匆匆辞去。
（1875）2月5日	南至西姚家衖，访胡公寿，叙久别，且嘱挥毫，小晤而去。
2月6日	由四牌坊街，访胡公寿，小晤。观横云砚，颇佳。
3月14日	托手柬于冯鋆转致胡公寿。
6月14日	午后到美华书馆。四点同柳樊圃（石崎次郎太）访胡公寿，不遇。闻到华亭未回。
10月11日	午后进城访胡公寿。

在众多以鬻画为生的海上书画家中，胡公寿属于较早博得声誉、获得成功的画家。衣笠造访时所目睹的"舆轿俟门"场面，如实地道出胡公寿于沪上画坛的名声和地位。加之，日本人士尤其是书画家慕名求教或争相求画，使胡公寿画名远在其他画家之上。明治元年（1868）前后航渡上海的安田老山就曾拜其为师。前述冈田穆访安田夫妇于同茂客栈，并在安田的引荐下得以拜会胡公寿。1877年后，吉嗣拜山、长尾无墨等画家相继来沪，与胡公寿订交。拜山的游华诗集《骨笔题咏》曾收录胡公寿为其作的《骨笔之图》和《骨笔歌》。长尾无墨后于日本编印《张子祥 胡公寿两先生画谱》。

从《乘槎日记》来看，衣笠与胡公寿交往颇深。衣笠登门拜访，如同去街坊邻居家串门，两人或笔谈交流，或挥毫作画，近似朋友之间的平等交往。

通过王寅等人的引荐，衣笠还结识了胡铁梅兄弟。1875年3月22日的日记记载：

三点又访王冶梅，共访胡铁梅。铁梅安徽新安人，与其弟二梅寓二马路古香室。兄弟皆能画山水花鸟。座上一少年，凭机画仕女小叶，问名，曰陶咏裳，又有一人，曰陶文六，即咏裳胞兄也。竟与王胡陶三子到一壶春吃茶。

　　胡铁梅（1848—1899），即胡璋，安徽桐城人，诗书画皆善，绘画以山水、人物、花鸟见长，铁梅之名如同王冶梅，因画梅而得之。1878年后，赴日本漫游，并娶日妇为妻，后客死于神户。清末"苏报案"中之《苏报》即由胡氏创办。其书画作品不少藏于日本，在日时的作画落款多为"中华胡铁梅"。当时胡铁梅在沪上画坛已有一席之地，与其弟胡二梅以"古香室"扇笺店为据点，从事书画创作和经营活动，同时还授徒习画。后以仕女画而闻名的陶炳吉①，当时尚为翩翩少年，就是在胡氏兄弟的指导下，刻苦习画的。

　　除王寅、张熊、胡公寿、胡铁梅之外，衣笠在沪交往的书画（包括篆刻）家还有梁清（闰斋）②、王道（鉏圆）③、赵遂禾（嘉生）④、徐徵（敏斋）等，另外，还与陈子逸⑤、冯銎（耕

----

① 陶咏裳，名炳吉，以字行，江宁人。专画仕女，姿容秀丽，意态孤冷，独异于时。并工楷书，喜临《十三行帖》。（《墨林今话》卷三）
② 《乘楂日记》1874年5月13日："午后，梁闰斋来访。闰斋能铁笔，现寓望平街陞记笺扇店云。"6月21日："因俱访王冶梅。去访梁闰斋，不在。"6月26日："梁闰斋至，笔语。"6月30日："午后，同梁闰斋往六宜寓。"7月3日："少顷，梁闰斋亦至，曰所嘱印章刻告成。一时闲话而去。"
③ 《乘楂日记》1875年2月4日："余与瑞岩，沿新开河入新北门，访王鉏圆于安仁桥滨，不在。鉏圆，名道，号海鸥。"2月5日："与瑞岩、时重两子，访王鉏圆。鉏圆在家，谈话一时。鉏圆能书。"2月12日："午后，访王道，闲晤。"
④ 《乘楂日记》1875年4月17日："同耕三访赵嘉生。嘉生善刻及书画，镇江丹徒人。今往本地英租界五福街云。"
⑤ 陈子逸，即曾渡长崎的"来舶清人画家"陈逸舟之长子。擅长诗文，亦能书画，有长崎航渡经历。

三)①、蒋叶笙（子敦）、钟肇南（瑞麟）②、任宗昉（钧溪）等诸多名士交往甚密。

在沪期间，衣笠还专程到一粟庵，拜访虚谷禅师，遗憾的是禅师回扬州未归，未能谋面。③冈田穆日记中也有与钱子琴同访一粟庵和尚的简略记载，但具体情况不详。二十世纪一二十年代，随着明清书画大量流入日本，石涛、八大山人、虚谷等人的作品在日本书画界受到热捧。但从以上日记来看，早在1870年代前期，日本书画家就已开始关注虚谷这位释家画师了。

衣笠游华期间，有幸观赏到众多名人字画，同时还目睹了日本古董商或好古之士收购、鉴赏中国书画文物等活动。当时如佐野瑞岩、池岛村泉、松浦永寿、野口三次郎、安田莺谿等多位日本书画家和古董商，频繁来到上海等地，收购字画古董带回日本。衣笠不仅见证了这一事实，而且还亲自参加过他们的收购之旅。

表3　衣笠观赏或收购书画古玩等日记摘抄

日期	事项（观赏或收购书画古玩等）
（1874）5月8日	行观市街，偶逢村泉于途，俱到其寓。示近购高凤翰牡丹画幅。
5月16日	午后，村泉又寄书，招饮余及瑞岩诸子。酒间观金士臣山水帖八帧，上有题画御制。
5月17日	村泉示近购昌化石印（即鸡血石）、金鱼镇纸，工质共佳，盖珍玩也。

---

① 冯鋆，字耕三，在上海经营笔墨店，与来沪的日本人多有交往。曾于衣笠归国之前的1875年后半，赴日传习毛笔制作技术。
② 钟肇南，名瑞麟，与冈田篁所相识，时居"大有号"。此前在长崎两年，与半田同船回沪。
③ 《乘槎日记》1875年3月26日："转赴一粟庵，访虚谷禅师。闻师客岁回锡扬州，竟不果见。"

续表

日期	事项（观赏或收购书画古玩等）
5月20日	十点辞寓，到三松号。以此日余与佐野瑞岩、续木六宜、安田莺谿、蒋叶笙等赴苏杭地方也。逢那须、野口二子于三松号，云昨从扬州归，为说其梗概。
7月3日	瑞岩来示胡公寿画片六帧，太妙。
7月25日	在板垣四郎寓所，见"壁上挂王铎书幅、陈原舒小堂幅及沈宗敬画山水、一泉源梅花画幅，笔彩争辉，难评叔伯，共奇珍也。"
7月28日	抵三松号。瑞（岩）、莺（谿）二子皆在，供午食，且示奚铁生山水、子治竹石，及钟星楂墨竹等二十六页，不胜羡赏。
7月31日	夜，与瑞（岩）莺（谿）二子及蒋叶笙等赴江南地方也。
8月3日	晨起，贩古玩书画者麇至，喋喋求售，颇烦。午后，与三子出游市街……
8月4日	此日，三子又出购古玩，府尹差人护卫，以防滋事。
8月8日	此日市上观葛徵奇画山水四帧，李因女史花草图数页，及查士标云山画卷，共有佳致，瑞岩购去。
8月10日	（午后至仙女庙镇）村人导（到）观土豪某姓家，观所藏书画器具。
9月10日	佐野瑞岩归国。
10月5日	二点抵三松号。……遇野口生，缕缕话别后之情。
10月17日	抵三松号。野口生不在，余在楼下小晤。
12月5日	佐野瑞岩到沪，即日来访。
（1875）1月2日	午后到田代屋，贺新禧。瑞岩示在扬州所购之书画器玩数品。笪侍御册页、倪元璐之小幅等最为佳。
1月10日	夜访佐野瑞岩，不在。野口生有事还由扬州，相见，谈话半刻。先是访儿岛子于开通洋行，示书画金石古玩册页，中有倪元璐书幅、清湘老人山水、改七芗仿古画册、王铎扇头书，及水晶花瓶等，皆灿灿可赏。

续表

日期	事项（观赏或收购书画古玩等）
1月16日	此日野口生归由维扬，行李太富。且示所得物，有翡翠水注、白玉小瓶、青铜嵌金银花瓶、红珊瑚笔架等，皆足清赏。
4月5日	夜饭毕，到三松号。……邂逅后藤竹轩。竹轩，大阪府人。坐上示新购清初方士庶（雍正中人）画山水手卷，墨气森润，笔法简易，太有高尚之致。
4月23日	夜，野口生至，云日前还由维扬，途径宜兴太湖等处云。
5月14日	午后同钱子琴、淇东等到大南门外李家，看书画幅。
8月12日	到田代屋。古玩商三次郎者，展观其所购书画数十幅，其中堪赏观者什有一二。
10月1日	（宁波行）四点搭山西轮船，偶见池岛生，其亦回上海也。
10月3日	过田代屋与村泉生一晤。

从上表可知，当时葛徵奇、倪元璐、女史李因、王铎等明末清初书画家以及高凤翰、奚冈、笪重光、查士标、改琦、石涛、方士庶等清代书画家的作品已成为这些书画商的囊中之物。

进入1870年代后，开始有古董商或好古之士奔赴上海，并巡游江南各地，收购字画等文物，带回日本贩卖，获利颇丰。但在日本，这一事实直到1880年2月才真正广为人知。传播源是当时广受关注的媒体《朝野新闻》，消息则来自岸田吟香的书简和报道。如其中之一：

> 每年自日本来上海者，古董商人实多，其中著名者，有长崎佐野瑞岩、野口三次郎等二三人。据说，一年支付给中国的古董款去年凡十八万金。大抵一人所携资金多则二三万，

少则三四千。①

不过，岸田书简传达的只是赴华书画商的大致收购规模，并未言及这些古董商具体做了些什么，尤其是收购品的具体名称。而衣笠豪谷的日记对此有详细记述，为我们了解来华古董商的具体活动，尤其是考察近代早期中国文物流失日本提供了线索。

四、结语

田结庄千里来中国之前，岸田吟香、高桥由一等游华人士的日记，虽出现过海派书画家的名字，但尚未确认到有互相交流的实例。通过以上简略考察得知，1869年来沪的田结庄千里已有同凌苏生、谢鹏飞、张世准等书画人士亲密交往的经历，成为近代中日书画交流的先驱。1870年代前期，又有冈田穆、衣笠豪谷渡海来华，在游览名胜、访书赏画的同时，积极开展交流活动，尤其是衣笠豪谷与张熊、胡公寿、王寅等海派画家交往甚密，在近代中日书画交流史上留下了鲜明的足迹。

进入1870年代后期，随着东本愿寺上海别院（1876年）、三井洋行上海支店（1877年）以及岸田吟香乐善堂（1878年）等机构的开设，日本人，尤其是书画家航渡上海者开始有明显增加。截至1890年代，赴沪书画家举其著名者，就有内海吉堂、吉嗣拜山、巨势小石、盐川文鹏、圆山大迂、小山松溪、村濑蓝水、前田默凤、日下部鸣鹤、田口米舫、秋山纯、河井荃庐、长尾雨山、桑名铁城等。从这一意义上来说，本文述及的田结庄千里、冈田

---

① 《岸田翁书牍（续）》，《朝野新闻》，1880年2月3日。

穆和衣笠豪谷，堪称近代中日书画交流史上的先驱性人物。他们的汉文日记，尤其是其中与中国书画家的交往记录，对研究早期海派书画家及其对外交流活动具有重要意义。

与衣笠豪谷多有交往的笔墨商冯耕三在衣笠离沪前夕，赴横滨传授笔墨制造工艺。书画家王寅、胡铁梅等亦于1877年后陆续奔赴日本，开展诗书画等文化交流。作为文化使者，他们在近代中日文化交流史上同样占有一席之地。赴日之前，这些文化使者在上海究竟做些什么，状况如何，与日本又有何关系，衣笠等人的汉文日记对解明这些情况无疑有重要参考价值。另外，近代早期频繁出入上海的日本古董商的活动亦可由此得到验证。

日本明治维新后，长期以来占主导地位的南宗派绘画（亦称南画或文人画），虽一时呈繁荣之势，但由于缺乏独创性，以及徒有虚名的平庸之作泛滥，遂逐渐陷入衰落之境。南画被讥讽为"佛掌薯蓣山水"，南画家也多被视为不求变革的庸俗之辈，为世人所诟病。加上当时"欧美一边倒"的风潮，以及费诺罗萨等人的南画否定论调，世间对南画及南画家的非难甚嚣尘上。不妨说，在近代日本艺术领域，没有比南画及南画家更加遭人非议的了。但事实如何呢？拨开历史迷雾，重新审视和评价南画家及其作品，是摆在我们面前的一大课题。而其中如本文涉及的近代早期游华书画家更是一个不容忽视的群体。

竹添进一郎及其《栈云峡雨日记并诗草》[1]

张明杰（浙江工商大学）

日本明治时代（1868—1912）有三部最为著名的汉文体中国游记，即竹添进一郎（号井井）的《栈云峡雨日记并诗草》（1879）、冈千仞（号鹿门）的《观光纪游》（1886）和山本宪（号梅崖）的《燕山楚水纪游》（1899）。从时间来看，竹添的游记最早，出版于1879年，实际则是作者于1876年5月至8月间深入到汉中蜀地并沿江而下的游历记录。后两者的出游时间分别是1884年和1897年。标志着近代中日两国正式建交的《中日修好条规》及《通商章程》，签订于1871年，两年后的1873年正式换文生效，此后两国人士的往来和交流才逐渐频繁起来。可以说，竹添是近代中日建交后最先深入到我国西部腹地川陕地区游历的日本人，其撰写的《栈云峡雨日记并诗草》也是日本人留下的最早有关此地区的见闻录。从这一点来讲，这部游记可谓中日近代交流史上具有开拓意义的珍贵文献。

---

[1] 本文是作者为《栈云峡雨日记 苇杭游记》（竹添进一郎、股野琢著，张明杰整理，中华书局，2007年）所作的导读文。此次收录稍作修改。

竹添进一郎（1842—1917），字光鸿、渐卿，号井井或井井居士，故世人多以竹添井井称之。晚年亦号独抱楼，进一郎为其通称。生于肥后（今熊本县）天草上村。其父光强是儒医，曾师从江户后期著名儒学家广濑淡窗，为其门下十八才子之一。进一郎自幼聪颖过人，有神童之称，但身体羸弱。父母期其日后大成，严加教导，并亲授经书和作诗作文。据说进一郎四岁诵《孝经》，五岁学《论语》，七岁读《资治通鉴》，在乡里颇负才名。十六岁时至熊本城，入儒学名家之一的木下犀潭门下学习。木下一门人才辈出，竹添进一郎与井上毅（后成为文部大臣）、冈松瓮谷等即其佼佼者。1865年，竹添被荐举为藩校时习馆（1754年设立）"居寮生"，后又被提拔为训导，作为儒学者由一介平民而进入藩士之列。当时日本正处于明治维新前夜，社会动荡不安，政局不稳，各藩竞相购置兵器和舰船。熊本藩购入的大舰"万里丸号"在航海中不幸撞破船底，而日本又无修理之船坞，于是以漂流名义，竹添被秘密派往上海，负责修船。因为这是受藩命而偷偷潜入上海，故此次上海之行几乎鲜为人知。但是在中日两国尚未建交之前，这是继1862年高杉晋作等人乘"千岁丸号"航渡上海之后的又一次进入中国大陆之举。对竹添来说无疑是一次难得的异国体验。在上海看到洋人昂首阔步，而中国人却反被奴役的情景后，其身心所受到的冲击和震撼，想必不亚于高杉晋作等志士。

在萨摩、长州诸藩讨伐幕府前后，竹添又肩负藩命，奔走于京都、江户及东北仙台间，传递信息。后为了探知海外情报，特赴长崎学习英语及"洋学"，但不久又被召回任藩校训导。废藩置县后，一度靠开私塾授徒维持生计。后来在胜海舟的劝说下，于1874年上京，翌年进入政府修史局，后又转入法制局。同年末，适逢政府任命森有礼为驻华公使，在赴任前不久，竹添被正式接

竹添进一郎及其《栈云峡雨日记并诗草》

纳为随员一同前往。据说这是由胜海舟、井上毅及伊藤博文等人的斡旋而实现的。因为森有礼虽曾游学西欧，有丰富的西洋知识，但对中国事务却形同外行，于是汉学功底好，又能文善诗的竹添便被选中以辅佐之。森有礼是明治初年颇有影响的学术团体明六社的发起人，他与西村茂树、福泽谕吉、西周等人在政治、经济、宗教等领域极力宣扬西方启蒙思想，是彻头彻尾的所谓欧化主义者，同时又是虔诚的基督教徒。而竹添自幼诵读经书，深受儒家思想影响。据说，在赴任的船上，两人就孔子与耶稣、儒教与基督教以及东西方文明等问题，展开激烈论战，互不相让，直到舟抵芝罘。虽然争论结束后，两人又重归于好，但后来两人的关系却令人感到有些微妙。森公使在任期间，竹添入蜀游历，其成果《栈云峡雨日记并诗草》收录了包括伊藤博文、胜海舟等在内的中日两国40余人的序跋、评语等，但唯独不见森有礼的名字。

竹添随森公使由芝罘陆路北上，于1876年1月初抵达北京。但任地及工作尚未完全适应下来，便由于外务机构人员简编，而失去工作。于是竹添趁此机会，特请长假，以实现去内陆川陕地区旅行的愿望。关于此次去川陕地区旅行的动机和出发时间，竹添在游记开篇曾坦言："余从森公使航清国，驻北京公馆者数月，每闻客自蜀中来，谈其山水风土，神飞魂驰，不能自禁。遂请于公使，与津田君亮以九年五月二日治装启行，即清历光绪二年四月九日也。"[①] 同行者除使馆同僚津田静一（后以创立九州学院和赴台拓殖而著称）外，还有一名北京人侯志信，作随从和向导。竹添装扮成蒙古行脚僧，一行三人从北京出发，经涿州、正定、顺德、邯郸、彰德府、新乡等地至洛阳，然后经函谷关入陕，横断

---

① 竹添进一郎：《栈云峡雨日记》卷之上，第1页。

险阻秦蜀栈道进入四川，后顺流下长江，过三峡，8月21日抵上海。用竹添自己的话讲，"是行为日百十有一日，为程九千余里。大抵车取二，轿取三，舟则略与二者相抵"①。

关于此次长途旅行的见闻录《栈云峡雨日记并诗草》，竹添简单地概括道："其记之也，北则详于雍豫，西南则详于梁蜀。若夫武昌以下，我邦人士足迹或有及焉者，其山川风俗皆能述之，不复须烦言也。"②这部凝聚着竹添几多辛劳和非凡才学的游记，1879年刻印刊行后，一时使其名声大震。

竹添结束此次旅行后，又恰值陆军大佐福原和胜一行为收集中国情报而赴大陆，在接到加入其中的指令后，继续留在上海。在福原的劝说下，他还特地回国将妻子接来，做好了在大陆长期工作的思想准备。但不料第二年（1877年）日本国内爆发反抗明治新政府的"西南之役"，福原奉命回国参战，后负伤而死。其组织失去头目后，竹添在上海滞留了一段时间，后回国入大藏省国际局工作。

在上海期间，竹添曾携家眷游历苏杭，并亲自到诂经精舍访俞樾，因当时俞已回苏州，他又赶往苏州春在堂，和心慕已久的朴学大师会面笔谈。此后，两人书信往还，结下了深厚的友谊。俞樾在其《春在堂随笔》《春在堂杂文续编》等著作中都曾谈及两人的交往。另外，在其选定的东国文士诗集《东瀛诗选》中，特地收入竹添的四十余首诗作，并在作者简介中谈及："井井在东国即慕余名，及来中华访余于西湖第一楼，不值，遂至吴中春在堂，修相见之礼，出所著《栈云峡雨记》，索序。盖其自我京师首

---

① 竹添进一郎：《栈云峡雨日记》卷之下（中），第2页。
② 同上书，第27页。

涂,由直隶、河南、陕西,而至四川,又由蜀东下道楚,以达于吴。记其所经历也。于山水脉络、风俗得失、物产盈虚,言之历历。余甚奇之,为制序于其简端。嗣后遂频通音问,又承以所刻《栈云峡雨诗草》见赠,则苏杭游览之诗,亦附焉。蜀中山水本奇,其诗足以副之。余兹选《东瀛诗》,因列为一家。井井全集固未之见,然此一集中已美不胜收矣。"[1] 诗集中收录的竹添《呈俞曲园太史》曰:

> 霁月光风满讲帷,熏陶自恨及门迟。
> 汉唐以下无经学,许郑之间有友师。
> 金印终输经国业,尘心不系钓鱼丝。
> 玉堂若使神仙老,辜负湖山晴雨奇。

俞樾则次其韵赠曰:

> 东瀛仙客驻幨帷,游览都忘归计迟。
> 万里云山俱入画,一门风雅自相师。
> 青衫旧恨关时局,黄绢新词斗邑丝。
> 自愧迂疏章句士,感君欣赏奈无奇。[2]

后来,俞樾在给东本愿寺上海别院僧北方心泉的信中还多次提及竹添,并托心泉代转致竹添的书札。如1882年11月22日的信

---

[1] 佐野正巳编,俞樾著:《东瀛诗选》,汲古书院,1981年,第481页。
[2] 同上书,第486页。

中："又承寄下竹添君书，亦收到。兹有复书，乞为邮达。"① 同月28日："二十二日，……并托寄竹添君书，未知照入否？前承寄下之书籍及竹添君所寄硫磺，收到无误。"② 另外，在赠北方心泉的诗中，有"更烦问讯竹添子，何日吴门再过从"之句，表达了俞樾对挚友竹添的问候和期待。③

在大藏省供职期间，竹添还常应外务卿大久保利通之约请，论述中日关系及对华政策等问题，深受大久保器重。当时，中国北方遭遇旱灾，大部分地区闹饥荒，饿殍遍野，情景凄惨。以涩泽荣一、益田孝等为首的有识之士，在日本募集救灾款项（米麦6000余担等）。1878年5月，竹添奉大久保之命，只身携带救灾款赴华，并亲自与李鸿章交涉赈灾方法等，给李鸿章留下好感。李在为其《栈云峡雨日记并诗草》所写的序言中开篇即提到这一点。"光绪三年，畿辅、山西、河南饥，其明年日本井井居士竹添进一，实来饩饥甿以粟。余既感其意而谢之。"④ 竹添在中国前后滞留五个月后回国，但回来后没想到颇器重自己的大久保外务卿却横死于刺客之手。

中日建交后不久，接连发生了日本出兵台湾和强迫琉球终止向清政府朝贡等一系列损害中国利益、伤害中国人感情的事件，中日关系趋于紧张化。1879年3、4月间，日本又公然向琉球王下达废藩置县的通告，强行将琉球改为冲绳县。为此，清政府总理衙门及驻日公使何如璋等向日本提出强烈抗议和严正交涉，中国

---

① 李庆编注：《东瀛遗墨——近代中日文化交流稀见史料辑注》，上海人民出版社，1999年，第85页。
② 同上书，第86页。
③ 同上书，第95页。
④ 李鸿章：《栈云峡雨日记序》，竹添进一郎，《栈云峡雨日记》卷之上。

竹添进一郎及其《栈云峡雨日记并诗草》

国内对日感情也进一步恶化。就在此时,竹添作为大藏权少书记官,随宍户玑公使再次赴华,负责通商事宜和琉球问题交涉。王韬在东渡日本的前两日,曾于上海的有马洋行见到竹添,后竹添还专门为其饯行,并亲自与驻沪领事品川忠道一起将王韬送至船上。《扶桑游记》开篇(即光绪五年闰三月初七日日记)记载:"自吴门归,摒挡行李作东瀛之游。偕钱昕伯至有马洋行,见日本文士竹添渐卿。渐卿名光鸿,字进一,自号井井居士,肥后人。曾至京师,游西蜀,溯大江而南,著《栈云峡雨日记》及诗钞,传诵一时,所交多海内名流。笔谈良久,甚相契合,约明日为杯酒之会。俞君荫甫谓井井重意气,喜交游,洵不诬也。"[①]第二天,王韬偕钱昕伯应邀赴宴。紧接着初九日记有:"品川忠道招饮,暮偕渐卿、昕伯同往。……是夕,渐卿饮酒甚豪,颇有醉意。品川领事馈余洋酒四瓶,偕译官吴硕送余至船。渐卿虽稍醉,亦掉臂踊跃而前。余东游实以此为发轫。"[②]由此可知,竹添与王韬似乎是一见如故,情投意合。

1880年5月(一说为7月),竹添被任命为驻天津领事,后又兼任芝罘和牛庄领事,多次直接与李鸿章进行琉球问题谈判。由于日方在琉球问题上的强硬姿态,竹添与李鸿章虽几经谈判,但终未达成协议。

1882年夏,汉城发生士兵叛乱,闵氏家族被袭,日本使馆遭火攻,军事教官堀本礼造等遇害。后在闵妃等人的请求下,清政府派兵镇压,拘捕了叛乱首谋大院君,并将其移送至保定。这便

[①] 王韬:《扶桑游记》,陈尚凡、任光亮校点,《漫游随录·扶桑游记》,湖南人民出版社,1982年,第177页。

[②] 同上书,第178—179页。

是历史上所说的"壬午军乱"。日本以此为契机,加紧了对朝鲜和中国的外交攻势。在此背景下,于清政府尤其是北洋要人中有一定人际关系的竹添被任命为朝鲜常驻公使,并于1883年1月走马上任。[①]

对于一个学者气质的外交官来说,其个人能力姑且不谈,仅就当时笼罩在东亚上空的险恶气氛来说,他的命运就和这种紧张的国际局势紧紧地连在了一起。"壬午军乱"之后,借助清政府势力而恢复元气的闵妃派(保守派)与得到日本后援意欲国内改革的金玉君等开化派之间的矛盾日趋激化,随时有爆发的危险。出于削弱和驱逐在朝鲜的中国势力之目的,竹添参与了金玉君、朴泳孝等开化党人发动的政变(即甲申事变),并率领日本士兵占领王宫。后清政府及时派兵救援,政变失败,竹添仓皇逃往仁川。回国后,竹添即遭免职。不过,其用汉文撰写的记述此次甲申事变的《纪韩京之变》一文(收录于《独抱楼诗文稿》),却一直被日本学界称为明治时期的汉文名篇之一。

离职后的竹添于东京郊县神奈川西南部的海滨城市小田原构屋隐居,读书养病,并建读书楼,名曰"独抱楼",真正过起了读书著述的文人生活。

1893年,应学友同时又是文部大臣井上毅之请,担任东京帝国大学教授,但两年后又因病辞退。此后再无出仕,全心致力于学术研究,相继完成《左氏会笺》《毛诗会笺》和《论语会笺》三部巨著。鉴于其卓越的学术成就,1914年被授予文学博士,并获得学士院奖。1917年病逝,终年76岁。据说竹添晚年于小田原隐

---

① 伊藤博文遗稿《沧浪阁残笔》(八洲书房,1938年)中收录有《竹添公使事件始末》一文,文后附注释"竹添进一郎氏继花房公使之后被任命为朝鲜常驻公使是明治十五年(1882年)11月。"

竹添进一郎及其《栈云峡雨日记并诗草》

居后,曾四度组阁的政治元老伊藤博文常上门造访,与其回忆往事,谈诗论文。①

从以上经历(现有的关于竹添的生平资料在时间上多有出入)来看,竹添既是一名外交官,同时又是一位出色的学者和诗人。可以说,无论是在近代中日关系史上,还是在近代中日文化交流史上,竹添都是一位不容忽视的人物。

1879年由奎文堂刻印刊行的《栈云峡雨日记并诗草》,在中日两国,尤其是知识阶层都有一定影响,这从本书所附的四十余位中日人士的题跋、评语中即可察知。另外,"一九八一年中国新闻代表团访日时,日本文部大臣还将其作为礼物赠送给代表团"。②

前面提到,竹添是近代最早深入到巴蜀地区游历的日本人,因此,对他来说,日本尚无这方面的游记资料可供参考。不过,作为汉诗文方面有较深造诣的汉学家,竹添在举此艰难之行前,曾熟读过陆游的《入蜀记》和范成大的《吴船录》,并深受二者影响,这从其在游记中多次对此二者的引用或言及中,便可察知。但竹添并未完全踏袭二者的形式,而是以自己敏锐的触觉和丰富的古典知识,观察捕捉所到之处的山川景物、风土人情等,并用生花妙笔将其记录下来。这一纪行既有日记又有诗作,有实录有感发,诗文并茂,生动感人,是一部有较高的纪实性和艺术创作价值的游记。从其内容之丰富、描写之生动以及诗文之优美等方面来看,竹添的这部游记与前两者相比,可以说毫不逊色。

对竹添来说,尽管其心目中(观念上)的文化中国和亲眼目

---

① 参见松崎鹤雄:《柔父随笔》,座右宝刊行会,1943年,第191—192页。
② 钟叔河:《曾经沧海 放眼全球——王韬海外之游与其思想的发展》,王韬,《漫游随录·扶桑游记》,第24页。

睹的现实中国之间有极大反差，但单从游记本身看，他并未像日后来中国游历的不少日本人那样，对现实中国持蔑视态度。其对清末腐败吏治及鸦片、厘金等社会之敝的批判或讽刺，基本上也是善意的，尤其是在沟洫治水、食盐专卖、税制等方面提出的具有建设性的改革建议，是应该加以肯定的。竹添在游记自序中的所言，基本上体现了其对当时的中国及中国人的认识。"余足迹殆遍于禹域，与其国人交亦众矣。君子则忠信好学，小人则力竞于利，皆能茹淡苦孜，百折不挠，有不可侮者。但举业囿之于上，苛敛困之于下，以致萎荣不振。譬之患寒疾者为庸医所误，荏苒弥日，色瘁而形槁，然其中犹未至衰羸，药之得宜，确然而起矣。"①

最后，想就原书版本等做一介绍。

《栈云峡雨日记并诗草》初版刻印本分上、中、下三卷，上中两卷为日记（又称日记上下卷），题签为《栈云峡雨日记》及卷次，下卷是诗草，题签为《栈云峡雨诗草》。竖排，本文每半页10行，每行20字。上有评语栏，大小约占整体的四分之一，评语字数不一。版心有"奎文堂藏"四字。

上卷卷首有三条实美、伊藤博文的题辞和李鸿章、俞樾、钟文烝的序文，中卷卷尾有川田瓮江、重野安绎、土井有恪、藤野海南、高心夔、杨岘、强汝洵、李鸿裔、吴大廷、齐学裘、薛福成、曾纪泽的题识。下卷诗草收录巴蜀之行时的诗作154首（内有高心夔的酬和诗1首），另作为附录还收入北京赴任时的诗6首（题为"乘槎稿"），后来滞留上海时的诗作9首（题为"沪上游草"），以及游历苏杭时的诗作23首（题作"杭苏游草"，内有俞樾

---

① 竹添进一郎：《自序》，《栈云峡雨日记》卷之上。

的酬和诗1首）。卷尾有大槻盘溪、杨岘、吴大廷、雪门、刘瑞芬、李鸿裔、高心夔（与徐庆铨并识）的题识。通卷页上有三岛毅、重野安绎、大槻盘溪、小野湖山、藤野海南、川田瓮江、木下梅里、俞樾、李鸿裔、高心夔、方德骥、蔡尔康、万世清、钱徵等三十余位中日名士的评语。顺便提一下，宋恕也曾为这本书写过跋文，而且是对日记和诗草分别做的，限于篇幅，这里从略。[1]但笔者目前所看到的版本中尚未发现有收录者。

底页印有"明治十一年十一月三十日 版权免许、同十二年三月 出版、著述人 熊本县士族 竹添进一郎（左下地址 此处略）、出版人 熊本县士族 中沟熊象（左下地址 此处略）、颁行书肆 丸屋善七、太田勘右卫门、星野松藏（右上有地址，此处略）"。另外，据入谷仙介先生的解题可知，汲古书院（日本著名的学术著作出版社）所藏本的底页，出版人为东京府平民野口爱，颁行书肆为丸屋善七等二十余家书店（其中东京店八家，大阪和京都店各两家，另外还有甲府、名古屋、丰桥、广岛、冈山、长崎、高崎、岐阜、仙台等店）。[2]由此可知，此书销路颇好，深受读者欢迎。现在在日本的古书肆，若出三四万日元，便不难买到1879年的刻印本。这也从一个侧面说明，此书销量之大。目前我国有几家图书馆尚保存着这部书的初版刻印本。[3] 1893年，日本又有铅印版《栈云峡雨日记并诗草》问世，后作为附录收录于竹添的《独抱楼

---

[1] 参见胡珠生编：《宋恕集》上下册，中华书局，1993年，第313—315页、第845—846页。

[2] 富士川英郎等编：《诗集 日本汉诗》第十八卷，汲古书院刊，1988年，第7页。

[3] 见王宝平主编：《中国馆藏日人汉文书目》，杭州大学出版社，1997年，第478页。

诗文稿》(竹添井井著，平野彦次郎校，吉川弘文堂，1912年)中。

在日本，《栈云峡雨日记并诗草》大概是汉文体中国游记中最广为人知的一部。除收录于《诗集 日本汉诗》和《幕末明治中国见闻录集成》的汉文初版之外，尚有日文翻译本和详细的译注本。① 其日记部分，早在1944年就有米内山庸夫（其本人也曾于1910年游历过滇蜀，并著有《云南四川踏查记》）的日文翻译，因与陆游的《入蜀记》和范成大的《吴船录》合为一册，故书名为《入蜀记》(大阪屋书店出版)。2000年又有东洋文库出版的岩城秀夫译注的《栈云峡雨日记——明治汉诗人的四川之旅》，这是一部用现代日语翻译的，并附加了非常详细的注释的辛苦之作，为此游记的传播与普及发挥了重要作用。

---

① 《栈云峡雨日记并诗草》汉文初版分别收录于《诗集 日本汉诗》第十八卷（富士川英郎等编，汲古书院，1988年）和《幕末明治中国见闻录集成》第十九卷（游摩尼书房，1997年）。

访古游记之经典

——桑原骘藏及其《考史游记》[1]

张明杰（浙江工商大学）

谈起二十世纪初的国际汉学，不能不提到日本的京都学派，而谈起京都学派，又不能不提到桑原骘藏这个名字。作为日本近代东洋史学的创始人之一，桑原骘藏及其中国学研究已成为国际汉学领域不容忽视的一部分。

若对桑原的学术生涯及业绩加以全盘考察和梳理，不妨将其概括为两大学术成就和一项特殊成果。所谓两大学术成就，一是以《中等东洋史》为代表的历史教科书的编纂，二是以《蒲寿庚的事迹》为代表的东洋史研究。另一项特殊成果，则是与前两大学术成就密切相关的学术活动，即桑原于中国留学期间所做的数次访古考察及其成果《考史游记》。这是其学术生涯中唯一的一项实践性学术成果，对其一生的学术活动影响颇大。这部游记详细

---

[1] 本文是笔者为拙译《考史游记》（桑原骘藏著，张明杰译，中华书局，2007年）所写的译者序。此次刊载时，做了部分修改。

记述了作者所探访的山东、河南、陕西、内蒙古等地的一些重要史迹，包括古建筑、陵墓、碑碣等，录下了所经之地的山川景物、风土物产及政治、经济、交通、文化等社会状况，而且配有大量的珍贵图片，是一部学术文献价值极高的访古考史游记，一直被日本学界视为游记中的典范上乘之作。

《考史游记》由《长安之旅》《山东河南游记》《东蒙古纪行》三个长篇游记和《观耕台》《寄自南京》两篇短文构成，另附有二百七十一张图片和四十二幅插图。[1]该书在作者去世后由以森鹿三为主的弟子精心整理，1942年于弘文堂书房出版。出版后深受好评，很快告罄绝版，1968年修订后收入《桑原骘藏全集》(第五卷)。2001年岩波书店又改版刊出了文库本，但也早已销售一空。其受欢迎之程度可见一斑。

桑原到中国留学，是在1907年4月，由文部省选派，用今天的话来说，属高级进修生或访问学者。据桑原的高足砺波护介绍，当初桑原被文部省选定去欧洲留学，且已接受了体检，但后来听从青山胤通医学博士的劝告，放弃欧洲，而改为中国。[2]主要原因在于其体质虚弱，恐难以适应长途颠簸的欧洲之行。不过，从他赴中国后所做的几次长途旅行来看，其胆识和勇气不能不令人赞叹。

桑原于中国留学的两年期间，有过四次大的旅行。第一次为洛阳、长安方面的旅行，是桑原抵北京后最早的一次长途之旅。

---

[1] 桑原骘藏《观耕台》一文，最初刊载于日本人于北京创办的杂志《燕尘》第4卷第2期（1911年2月）和京都大学《艺文》杂志第2卷第2期（1911年2月）。书信体《寄自南京》一文刊载于《燕尘》第2卷第5期（1909年4月）。

[2] 参见砺波护为桑原骘藏《考史游记》所做的《解说》。桑原骘藏：《考史游记》，岩波文库，岩波书店，2001年，第555页。

1907年9月3日出发，10月28日返回。途径彰德府、黄河、洛阳、陕州、潼关、咸阳、乾州等，再经郑州返回北京。除北京至清化镇和郑州至北京段乘火车外，其余行程基本上是利用马车或者骑马、徒步。按桑原本人的记述，全程为五十六天，行程五千五百里，除去火车里程，近三千里。①同行者为早于桑原抵北京留学的宇野哲人。事后，桑原将此次考察之行撰写成旅行报告，邮寄给文部省，后由文部省转给《历史地理》杂志，由该杂志于1908年3月开始分期连载，题名为《雍豫二州旅行日记》，②亦即《考史游记》中的《长安之旅》。

第二次为山东、河南之旅。时间是1908年4月22日至6月4日，前后四十四天，行程约三千五百里。主要路线为北京—保定—献州—景州—德州—济南—泰安—曲阜—济宁—曹县—开封，后从郑州经彰德府、保定返回北京。除中国随从之外，这次是桑原的单独之旅。旅行结束后，桑原呈交给文部省的报告，就是后来连载于《历史地理》杂志上的《山东河南地方游历报告》，③即《考史游记》中的《山东河南游记》。

第三次是内蒙古东部之行。出发时间为1908年7月16日，即刚从山东、河南旅行归来不久，返回时间是8月28日，大致为一个半月。主要路线为北京—古北口—承德—平泉—黑城—赤峰—巴林石桥—波罗和屯—巴林王府—经棚—应昌城址—多伦诺尔，后从张家口经宣化、怀来、八达岭返回北京。同行者是时任北京

---

① 桑原骘藏：《长安之旅》，《考史游记》，弘文堂书房，1942年，第107页。
② 桑原骘藏《雍豫二州旅行日记》分别刊载于《历史地理》杂志第11卷第3、5期和第12卷第1、2、4、6期。
③ 桑原骘藏《山东河南地方游历报告》，分别刊载于《历史地理》杂志第15卷第1、2、4、6期和第16卷第2、3、5、6期。

实习馆教习的矢野仁一，去路另有日华洋行的三岛海云等同行。后来连载于《历史地理》杂志的《东蒙古旅行报告》，[①]则是这次旅行后呈交给文部省的旅行报告，即《考史游记》中的《东蒙古纪行》。

第四次为归国途次的江南之行。时间大致在1909年2、3月之交至4月中旬。《考史游记》主编者森鹿三据借阅的桑原日记推测，桑原作者离开北京前往上海大概是在1909年2月与3月之交，4月14日由上海回国，18日抵京都。[②]由此看来，至少有一个多月时间可供桑原巡游江南。但遗憾的是，桑原好像没有撰写江南游记，我们只能从其发表于北京的日文杂志《燕尘》上的短信《寄自南京》以及回国后所做的讲演中，略知其曾去南京、杭州、绍兴、镇江等地游览，具体情况不得而知。辛亥革命前夕，具体地说是1909年冬春之交的上海、南京、杭州等江南诸城，在这位少壮敏锐的东洋史学家的眼里，究竟是一种什么样子，只能靠我们去想象了。这一点不免令人遗憾。

当然，除了以上四次大的旅行之外，桑原还曾于北京及其远近郊做过一些小的考察旅行或出游，其游记中记载的观耕台、房山金陵以及宇野哲人《中国文明记》中所言及的回子营等，即是其足迹所至之处。[③]

从以上介绍可知，桑原所探访的城市和地区均是我国历史上

[①] 桑原骘藏《东蒙古旅行报告》，分别刊载于《历史地理》杂志第17卷第1、2、4期和第18卷第2至6期。

[②] 参见森鹿三为桑原骘藏《考史游记》所做的《后记》。桑原骘藏：《考史游记》，弘文堂书房，1942年，第310页。

[③] 曾与桑原骘藏同行游历西安的宇野哲人著有《中国文明记》（大同馆书店，1912年初版），书中的游记部分除《长安纪行》《山东纪行》《长沙纪行》等之外，还有北京及其近郊名胜，南京、镇江、苏杭等江南名城的游历记录。

的重要城区，是中华文明的主要演绎场所。选择这些地区旅行考察，足以说明桑原作为史学家的高超识见和眼力，同时也赋予这部游记以更高的起点。

桑原在大学读的是汉学科，上研究生时专业是东洋史，毕业后又一直从事东洋史方面的教学和研究，且在学界享有一定声誉。但真正踏上中国的土地，这还是第一次。因此，这次中国留学经历对他来说，非同寻常。尽管身体素质欠佳，而且旅途又有诸多不便，甚至有一定危险，但他毅然决定去各地旅行考察，并以顽强的毅力，完成多次艰苦的长途跋涉。在山东曲阜考察时，作者写道："是日自早六点至晚七点，除大约两小时的午休以外，前后十一个小时均徒步历观复圣庙、至圣庙、孔林、少昊陵、颜林及元圣庙。县里特派的引导官及护卫兵等，均疲惫不堪落在后面，我戏言般地写下'非不敢力，足不进也'几个字给他们看，结果大家禁不住苦笑起来。"① 其旅行之辛苦及毅力之坚强，由此可见一斑。据说桑原除了在中国的几次旅行之外，几乎一生都没有进行过什么长途旅行。可以说，他于中国从事访古考察，主要是出于学术目的，即一方面想获得直观性体验，另一方面则期望取得实证性材料。从游记中我们也不难看出其对学术的执著与笃爱态度。同时还应该指出的是，他对中国的史籍多抱有不信任态度，这就更加坚定了他要做实地调查验证的决心。换言之，对中国史籍的怀疑和批判态度，也是促使他考察史迹的不可否认的动机之一。

为了使旅行进展顺利并有更大的收获，桑原总是在出发前，

---

① 桑原骘藏：《山东河南游记》，《考史游记》，弘文堂书房，1942年，第165页。

做周密的准备。从选定旅行路线，调查旅途里程，到查找古迹、文物，借阅并抄写有关的地志、考古录及前人的游记等，均精心以对，一丝不苟，似乎连一碑一坟也不轻易放过。如旅途中经常参考的《西安府志》《陕西通志》《山东通志》等均是通过服部宇之吉（时任京师大学堂总教习）借来并抄录的。尽管东蒙古之行是猝然决定的，准备时间十分仓促，但桑原仍在短期内借阅并抄录了《承德府志》《口北三厅志》以及甘伯乐、基德斯敦的《蒙古旅行报告》等重要文献。可见桑原在出发前调查准备之周到、详密。我们在阅读这本游记时，也会情不自禁地为作者对中国史地及其沿革的熟知程度而感到吃惊。当然这和桑原平时的博学多识分不开，不过，如果没有事前周到的准备和充分的预备知识，这恐怕是很难做到的。据笔者粗略统计，这本游记中引用的中国文献多达一百三十余部，仅通志、地志类也不下二三十部。其中引用次数较多的，有《读史方舆纪要》《鸿雪因缘图记》《御批通鉴》《承德府志》《西安府志》《河南通志》《金石萃编》《益州于役志》《辙环杂录》《山东考古录》《畿府通志》《山东通志》《陕西通志》《蒙古游牧记》等。

  桑原的治学方法及特点中，最显著的一点，就是以近代的科学方法对材料进行严密的考证、分析和综合，然后得出明快的结论。同时注重利用西方的资料来研究中国，在研究中又特别重视中国与外国及周边诸民族的关系。因此，这本《考史游记》也明显地反映出他的这一治学特点或风格。譬如，在考察史迹、陵墓、碑刻等时，尤其关心宗教及少数民族方面的史料或史实。宗教方面，对涉及佛教、基督教、伊斯兰教等的史迹、遗址、文物等，特别留心，并对发现之材料，表现出极高的热情，"大秦景教流行中国碑"即其中一例。

桑原在西安寻访到此碑后，即进行翔实的调查和考证，对景教，即聂斯脱利教的创立、东渐及景教碑的出土由来等详加论证，认为大秦景教碑的出土地点应在长安崇圣寺（即金圣寺），理由是"今崇圣寺为原唐代长安义宁坊大秦寺所在地，武宗会昌六年大秦寺废后，崇圣寺迁移至此地，故景教碑于崇圣寺内发现之"①。这一长安金圣寺出土说，与伯希和、石田干之助、洪业、徐光启等人一致，至今仍是学界较有说服力的观点。其后，桑原又于西关外目睹众人搬运一大龟趺的场面，当时心存疑惑，回住处后方知，一洋人欲高价收买景教碑运往伦敦，陕西巡抚得知后，即命人移至碑林，以绝其觊觎。随后桑原还亲自去碑林验之。在离开西安时，又于敷水镇附近目睹一特大马车陷入泥泞中，据说是为一洋人从西安往郑州运送碑石。后从宇野哲人的来信中得知，这一洋人即丹麦记者荷乐模，因陕西巡抚出面制止，使其阴谋未逞，最后荷乐模获准复制一个同样大小的碑模运往伦敦。桑原离开西安时所见之陷入泥泞中的马车，运送的正是这方仿造的景教碑碑模。可以说桑原是亲眼目睹景教碑险些蒙难，并将其过程详细记载于日记的外国学者。从此，他与景教碑结下了不解之缘。首先他把当时制作的该碑的拓片，通过《历史地理》杂志公之于众。接着于1910年在《艺文》创刊号上发表《西安府的大秦景教流行中国碑》，1923年又在纪念景教碑复制模型抵达京都大学的史学研究会上，做了题为《大秦景教流行中国碑》的讲演。后来收录于《桑原骘藏全集》第一卷的《关于大秦景教流行中国碑》一文，即由此讲演稿加工而成。

受明治维新以后日本学界"去中国化"风潮的影响，汉民

---

① 桑原骘藏：《长安之旅》，《考史游记》，弘文堂书房，1942年，第46页。

族与周边不同民族的交往也一直是桑原关注的焦点之一，这一点仅从其下决心赴东蒙古地区旅行一事即可得到佐证。他对蒙古族的历史文化及社会生活状态等表现出的异常关心，在其纪行中可以明显看出。另外，对于和蕃公主、蕃酋石像、苏禄国王墓、蒙古字碑、居庸关过街塔六体文字等，桑原也倾注了极大的热情。

桑原的几次考察旅行均收获颇丰，其中于保定的官厕中发现遭弃置的经幢石（后引起当地政府重视，集资修建碑亭，复其六幢亭旧观），于灵岩寺找到日本遣元僧邵元所书息庵禅师碑，于开封费尽周折寻访到宴台国书碑，于东蒙古地区对大名城、上都、应昌城址及临潢府的考察等，都是一些有代表性的重大收获。在旅行中，桑原还制作了许多贵重的碑刻拓本，拍摄了大量的照片，留下一大批珍贵的直观材料，尤其在时隔百余年的今天来看，弥足珍贵。京都大学人文科学研究所收藏的石刻拓本资料中，有上万件画像砖石和汉代至元代的文字拓本，其中的三千余件属于桑原骘藏和内藤湖南的旧藏，而桑原的拓本大多为中国旅行时所获。

正如书名所示，《考史游记》重点在"史"上。游记始终以"史"为轴心展开，访古考史既表明了其宗旨和内容，又道出了其价值所在。桑原于书中不仅详录了各地的主要古迹、文物等所在位置、形状大小及内容，而且对所探访的名城、陵墓、碑碣以及途径的大川、寺庙等，多详述其沿革由来，让人知其今古之变。如开封、长安、大名城、上都、帝陵、黄河、白马寺等，其历史沿革一目了然。对一些诸如宗教或民族历史文化等问题，则多从研究史的角度进行考察，以利于人们从学术史上对其加以把握。譬如说，佛教及伊斯兰教的传来、开封犹太教、大秦景教碑、女真文字等,通过桑原基于学术史的考察和记述,甚至均可独立成为一篇研究史论。另外,对"史"的侧重,还体现在桑原对历史人物的评价上。这也是我们了解作者史学思想和中国观的重要方面。比如,桑原对秦始皇和董仲舒的评价就很有代表性。关于秦始皇,桑原写道:"始皇为稀世豪杰,中国四千年的史乘,始皇之前无始皇,始皇之后亦无始皇。但由于昏聩者不察,乱放恶言,耳食之徒随之附和,终使千古豪杰,枉与桀纣为伍。说什么焚古经,说什么坑儒生,举世责其暴,但这是当时所需之政策,始皇以前已实行,并得到倡导。说什么求仙药,说什么崇坟墓,举世笑其愚,但这是当时流行之社会风习,并不限于始皇如此。他所实施的郡县制度、中央集权,此后为历代所循奉,直至今日。纵然有圣人出现,也一定会改变吗?我平生对始皇抱有好感,寄予同情,于笔于口皆已公开过几分。如今亲自来到骊山下,吊其陵墓,不知始皇遗灵果然能知否?"①而对于董仲舒,桑原则指出:"其实董仲舒不过是一介纯粹的儒学者,并没有政治家的才干。"②

在考"史"的同时,桑原还不忘对当时社会状态,尤其是经济、文化等状况进行描述。比如,以农耕与畜牧为代表的蒙古地区的开发、喇嘛的日常生活及信仰、蒙盐的开发与贩运、蒙古地区罂粟的栽培、山东曹县一带的治安、各地的日本教习等记述,对了解清末社会现状不无参考价值。尤其是有关内蒙古地区,因同时代资料比较匮乏,《东蒙古纪行》不失为弥补这一不足的重要文献。如早在1906年末,清政府就已颁布和实施鸦片禁烟章程,

---

① 桑原骘藏:《长安之旅》,《考史游记》,弘文堂书房,1942年,第90页。
② 同上书,第41页。

而桑原途经经棚时却看到有罂粟的广泛种植，这也从一个侧面暴露出清末社会的混乱现实。

另外，应该指出的是，桑原于中国留学和旅行时，恰值日俄战后不久。从时代背景来看，正是日本民族主义思潮和国家主义思想急剧膨胀的时期。从这本游记中，也多多少少能嗅到一些时代的气息。我们在肯定作者对学术的执着态度和这本书的学术价值的同时，还应看到其个人情怀以及时代的烙印等。

作为参考，在此介绍一下桑原的生平及学术。

桑原骘藏（1870—1931），生于福井县敦贺市的一个从事造纸业的家庭，三兄弟中，排行第二。自幼身体羸弱，但学习成绩一直很优秀。在家乡读完小学后，只身前往京都，入府立中学，后经第三高等学校，于1893年考入东京帝国大学汉学科。同学中有大町桂月、笹川临风、田冈岭云等。据说桑原中学时代就曾抱有要成为"世界历史学家"的志向。大学毕业后，又继续深造，师事自欧美留学归来的坪井九马三及林泰辅、那珂通世等，攻读东洋史。在即将毕业的1898年春，编写出版了《中等东洋史》教科书，使其名声传遍日本列岛。研究生毕业后，就任第三高等学校教授，一年后转任东京高等师范学校教授，此后，一直在该校工作了近十年。东京高等师范学校简称"高师"，即后来的东京教育大学和如今的筑波大学的前身，是一所重点培养教员的高等教育机构，其毕业生活跃于日本各地的大中学校。清末学堂聘请的日本教习中，有不少也出自该校。

1900年初，文廷式东渡日本时，由内藤湖南引荐，专程去那珂通世家拜访，并于席间见到桑原骘藏和白鸟库吉。当时文廷式与代表日本东洋史学界最高峰的数名学者的交流以及围绕"景教碑"激烈争论的情况,在文廷式的《东游日记》中有记载。①

1901年5月,桑原当选为当时在史学界最有影响的史学会评议员。1903年10月结婚,翌年5月,长子武夫出生。1907年4月前往中国,开始为期两年的官费留学和研究。

留学期满后,于1909年4月就任刚成立不久的京都帝大文科大学教授,担任东洋史第二讲座主持者。第一讲座主持者为内藤湖南和富冈谦藏,因此,桑原和内藤几乎成了京大东洋史的代名词,而且直到今天,人们一谈起京大的东洋史学科,自然也会提及二人。其后,桑原一直在京大工作到退休,先后担任京大研究专刊《艺文》编辑委员、史学研究会机关杂志《史林》评议员等学术职务。1910年被授予文学博士学位。1923年,因出版《宋末提举市舶西域人蒲寿庚的事迹》(本文简称《蒲寿庚的事迹》)而荣获日本学士院奖。1929年8月,于京大夏季讲习会做关于《中国古代法律》的系列讲演后,突然咯血,其后一直卧病在家,直至1931年5月去世。

桑原一生治学严谨,生前只出版过两部著作,即上述的《蒲寿庚的事迹》和论文集《东洋史说苑》。②死后由其弟子整理编辑,相继刊出《东西交通史论丛》(1933)、《东洋文明史论丛》(1934)、《中国法制史论丛》(1935)等著作。1968年岩波书店出版了五卷本《桑原骘藏全集》(另有附录一卷)。

前面曾提到,桑原一生主要有两大学术成就,即历史教科书的编纂和东洋史研究。桑原编写出版的东洋史方面的教科书、教

---

① 文廷式:《东游日记》,见汪叔子编《文廷式集》(中华书局1993年版)下册。当时文廷式与那珂通世、桑原骘藏等人的交流情况见该书第1170—1171页。

② 《东洋史说苑》已出中译本,钱婉约、王广生译,中华书局2005年版。

学资料或地图等有七部之多，其中最有影响的首推读研究生期间编写的《中等东洋史》上下卷（大日本图书株式会社、1898年3月和5月）。这部在题材和内容上均有创新的教科书，在日本近代东洋史学科的确立和发展过程中起到了重要作用。该书在总论的基础上把全史分为四期，即上古期：汉族增势时代；中古期：汉族盛势时代；近古期：蒙古族最盛时代；近世期：欧人东渐时代（至中日甲午战争前夕）。它打破了以往只记述中国朝代兴亡的编写体例，在叙述中国自身兴亡和发展的同时，注重中国与周边国家及民族的交流，把中国史放在整个亚洲史乃至世界史的框架下加以综合把握和梳理。桑原在编写过程中，除依据中国的史籍，尤其是像《读史方舆纪要》《西域图志》《蒙古游牧记》《满洲源流考》等舆地、方志资料外，还参考了大量欧美人的著述，使此书在题材和内容的深度、广度上，与以往的此类教材有诸多不同。正如王国维在该书的中译本序言中所讲，"桑原君之此书，于中国及塞外之事，多据中国正史，其印度及中央亚细亚之事，多采自西书。虽间有一二歧误，然简而赅，博而要。以视集合无系统之事实者，其高下得失，识者自能辨之"①。梁启超亦曾给予本书很高评价，认为："现行东洋史之最良者，推《中等东洋史》……颇能包罗诸家之所长，专为中学校教科用，条理颇整。……繁简得宜，论断有识。"②

《中等东洋史》付梓后的第二年（1899年）末，即出版了由王国维作序的中译本，题名为《东洋史要》，由罗振玉题签，樊炳清

---

① 王国维：《东洋史要序》，《东洋史要》，桑原鹭藏原著，樊炳清译，上海东文学社，1899年。

② 梁启超：《东籍月旦》，《饮冰室文集》，天行出版社，1974年，第348页。

翻译，上海东文学社印行。译本出版后，国内学界竞相翻刻。后来又有两种译本问世，即1904年上海文明书局版《中等东洋史教科书》（周同愈译）和1908年上海商务印书馆版《订正东洋史要》（金为译）。另外，1904年由泰东同文局出版的《东亚史课本》，则是根据桑原的另一本《初等东洋史》翻译的。仅从以上多种译本及翻刻本在中国的流布，则不难想象桑原教科书对清末中国学界，尤其是历史教学所带来的影响。

可以说，桑原的这本《东洋史要》是近代较早从日本译介过来的历史教材。尽管在此之前，已有那珂通世的《中国通史》（东文学社1899年6月版）和河野通之等编的《最近中国史》（振东学社1898年版）被介绍到中国，但两书原本均为汉文编著，只不过是稍做处理后移植过来而已。桑原的《东洋史要》在被当时的学堂广泛采用的同时，还直接影响到我国学者的自编历史教材。后来，由陈应年编写并于当时的中学推广使用的《中国历史教科书》，就是据桑原本改编而成的国产教材。因此，可以说桑原及其东洋史教科书不仅对日本近代东洋史学的创立和发展做出了巨大贡献，而且还对中国近代历史学教育的确立和普及产生了一定影响。

桑原的第二大学术成就则在于对东洋史的具体的课题研究上，主要包括中国文化史论、东西交通史论和中国法制史论三个方面。其研究成果主要体现在生前出版的《东洋史说苑》和《蒲寿庚的事迹》两书，以及死后出版的三大论丛等著述上。

关于中国文化史论，桑原发表的论著、文章大概最多，主要集中在《东洋史说苑》和《东洋文明史论丛》两个集子里，后收入《桑原骘藏全集》第一、二卷。较有代表性的有：《秦始皇帝》（1913）、《中国人发辫的历史》（1913）、《东洋人的发明》（1914）、

《中国人的文弱和保守》(1916)、《中国人食人肉的习俗》(1919)、《关于大秦景教流行中国碑》(1923)、《历史上所见之南北中国》(1925)等。这些论著在当时及以后都产生过一定影响。如《历史上所见之南北中国》一文,作者详细论述了历史上中国南北社会与文化的差异,指出中国社会经济的发展,经历了先北后南的历史过程,但南方的开发与发展后来居上,各方面均超越北方。作者认为"过去一千六百年间,北方野蛮夷狄的入侵和南方优秀汉族人的移住这两个事实,是解释南北盛衰原因的最重要的因素。"[①]最后作者得出结论:"由上古至中古,由中古至近代,随着时代推移,南方在各方面均凌驾于北方之上。爱护种族之心较旺盛、知识文化较为进步、经济状态较为良好且户籍人口亦较众多的南方,对将来的中国而言,无疑将比北方占有更为重要的位置。"[②] 当然,桑原的见解在中国并非鲜见,类似的观点早已有之,但其丰富的资料和详实的考证以及明快简捷的论述,在当时及其后确实博得了不少赞誉。

但是,桑原在研究中国文化史方面,有时似乎是特意挖掘中国文化中的负面成分,大书特书,总不免给人以别有企图之感,尽管其高足弟子极力为此辩护。[③] 如上面提到的《中国人食人肉的习俗》以及1923年8月连载于《大阪每日新闻》上的《中国的宦官》等文,作者搜罗丰富的历史文献,旁征博引,东西比照,极

---

① 《桑原骘藏全集》第二卷,岩波书店,1968年,第26页。
② 同上书,第27页。
③ 宫崎市定的《桑原史学的立场》(《桑原骘藏全集》别册《月报》,第3—4页)和贝冢茂树在桑原全集中的《解说》(《桑原骘藏全集》第1卷,第680—681页)等文,均不同程度地认为桑原并非只是找出中国的阴暗面,而是"正因为其热爱中国""为了更好地了解中国人",才写下这类著作的。

力证明中国文化史上的非人道的残酷行为。当然，不能否认桑原是以严肃的学术态度从事这些研究的，从历史上看，被研究的事例本身也是不争的事实，但关键是其意图及文章本身所造成的社会影响。其在前一文的结尾部分指出："为了更好地了解中国人，有必要从表里两面来观察他们。通过经传诗文，来了解中国人的长处美点固然需要，但同时也应该了解其相反的方面。对中国人来说，食人肉习俗的存在并非光彩之事，但这确然的事实，到底是无法掩盖的。"① 由此便不难看出，桑原的真正意图并非仅仅在于让日本人"更好地了解中国人"，而是想修正日本人过去一向尊崇中国文化的传统中国观，以致后来在日本发动侵华战争前夕或战争期间，一些不怀好意的人，屡屡搬出桑原的这些论点，来证明所谓中国人的"野蛮"和"残酷"，企图以此来掩盖其发动侵略战争的不义。不管桑原本人的主观愿望如何，这种事实已成为不可改变的历史，尤其值得我们深思。

东西交通史论是桑原一生重要的研究课题，他为此孜孜不息，并在此领域取得了巨大成就。其成果除单行本以外，主要集中于《东西交通史论丛》，在全集中则是第三和第五卷。主要著作有：《明清时期在中国的耶稣教士》（1900）、《关于大宛国的贵山城》（1915）、《再论大宛国的贵山城》（1916）、《张骞的远征》（1916）、《波斯湾的东洋贸易港》（1916）、《隋唐时代来往于中国的西域人》（1916）、《蒲寿庚的事迹》（1923）等。桑原与白鸟库吉、藤田丰八之间的关于大宛国首都贵山城的论争，成了日本东洋史学界的一桩美谈，他们严肃认真的学术批评与平等争论的治学态度，给当时及其后的史学界同人及学子以很大影响。

---

① 《桑原骘藏全集》第一卷，岩波书店，1968年，第458页。

在桑原硕果累累的东西交通史研究方面,最受人瞩目的还是《蒲寿庚的事迹》一书。如果说《张骞的远征》是其年轻时研究陆路交通取得的一大研究成果,那么《蒲寿庚的事迹》则是其中年以后海路交通研究之集大成者。这部研究中世纪中西关系史,尤其是中国与阿拉伯国家海上交通史的力作,涉猎广泛,资料翔实,论证有力,成为中外关系研究史上的一部不朽的名著。早在1929年,该书即被译成中文,而且有两个不同译本。一是由陈裕菁译,上海中华书局1929年出版发行,题名为《蒲寿庚考》(南京中国史学会丛书之一),二是由冯攸译,1930年初上海商务印书馆出版发行,题名为《唐宋元时代中西通商史》(中外交通史料名著丛书之一),后改名为《中国阿拉伯海上交通史》,于1934年改版发行。台湾商务印书馆1967年又再版了冯氏译本。另外,该书的英译本也于1928年由东洋文库刊出。可以说,其影响之广、评价之高在中外关系史研究领域中,都是不多见的。

中国法制史研究是桑原起步较晚的一个领域,但也是他晚年最下功夫的一项研究。这方面的成果集中体现在《东洋法制史论丛》一书,后收入全集第三卷,主要有《中国的孝道》(1928)、《唐明律之比较》(1928)和《中国古代的法律》(1929)等文。《中国的孝道》是一篇由十八章组成的长篇大论,作者引经据典,东西对照,盛赞儒家的孝道,并从法律角度极力强调其在中国社会生活中的作用,认为"孝道是中国的生命,也是其国粹。……抛开孝道,国家和社会都难于存续。"[①]作者的意图似乎在于让人们充分认识到中国儒教文化的真正价值,重视"以儒教中的孝道为

---

① 《桑原骘藏全集》第三卷,岩波书店,1968年,第62页。

基础的道德教育"和"以儒教的服从与秩序为目的的政治哲学"。①但是这种把孝道作为东洋道德精华而加以强调本身,说明作者对作为孝道本家的中国的理解,还是有一定局限性的。

---

① 《桑原骘藏全集》第三卷,第73页。

青木正儿的中国之行与中国研究[①]

周阅(北京语言大学)

1922年,一个外表清瘦的日本青年初次踏上了中国的土地,在风景如画的江南游历一番之后,撰写了《江南春》《竹头木屑》等纪行散文以及有关中国文学的学术论文。三年后,他作为日本文部省在外研究员留学中国,先踏访华北,又再下江南。第一次的中国之行,他拜访了王国维,第二次在清华园再访王国维,并在北京大学举办的招待宴会上见到了胡适等人,还与周作人、吴虞相识,并经常与这些学界名士切磋交流。他是最早关注中国"五四"新文学,最早介绍胡适、陈独秀、鲁迅等中国学者的日本新锐,此后,这位在中国徜徉水乡,穿行胡同的日本学者,相继出版了《中国文艺论数》(1927)、《中国近世戏曲史》(1930)、《中国文学概说》(1935)、《元人杂剧序说》(1937)、《元人杂剧》(译注,1957)等一系列中国研究论著,确立了自己不可撼动的学术地位。他就是日本著名的中国学家、日本学士院会员(院士)青木正儿(1887—1964)。

[①] 本文出自《汉学研究》第十四集,学苑出版社,2012年8月。

这两次中国游历，对于人生与事业都由"而立"渐至"不惑"的青木来说，意义十分重大。实际上，"青木游学时间很长，其大部分时间在外地度过"。①他的学术成就与游学经历密不可分。而青木的老师狩野直喜（1868—1947），也是一位在游历中成就了学术体系的先驱者。狩野1900年就作为日本文部省的留学生留学北京，在遭遇义和团围困两个多月后无奈回国，但翌年又再赴上海，逗留江南近三年。他与提倡"中体西用"、推进中国教育改革的张之洞有过亲交，并与罗振玉、王国维多有往来。1908年京都大学设立文学科后，狩野即提倡研究中国戏曲并开始亲自讲授。另一方面，狩野还亲炙西欧汉学，曾于1910年和1911年分别赴中国华北和欧洲，追访被斯坦因、伯希和攫取的敦煌文献。"他也接受了英国文化和法国文化的教养。早在大学时代，他就十分留意西洋的Sinology。他对欧洲人文科学的爱好是广泛的，……接受了欧洲的实证主义思想。"这些经历使狩野拥有不同于日本旧派汉学家的学术思想，"开拓了对中国文化的新的研究和新的领域，体现了从'汉学'向'中国学'的过渡"，开创了"近代日本中国学实证主义学派中最重要的一个学术组成部分"——"狩野体系"。②

青木就学于京都大学，是狩野的嫡传弟子。日本发展近代教育以来，京都大学与东京大学有着不同的学术理路。东大在日本是最先开展中国哲学研究的高等学府，其研究方向与内涵，主要被一些"经受过欧洲近代思想文化的熏陶，其内心又与本国的国家体制与皇国的利益黏着在一起"的"官学体制学者"所控制，

---

① 中村乔：《序言》，青木正儿，《中华名物考（外一种）》，范建明译，中华书局，2005年，第7页。中村乔为青木正儿第四子。

② 此部分引文均见严绍璗：《日本中国学史稿》，学苑出版社，2009年，第254、255—256、262页。

这就"使东京大学形成了日本中国学的'官学大本山'"。与此相对,"一批追求纯真学术的学者,便在远离东京的京都,逐渐发展起了以实证论为中心的对中国文化的学术研究"。[①]京大建校晚于东大20年[②],不像东大那样自建校伊始便处于日本高等教育改革的最前沿。京大与清朝学部之间的关系比东大密切得多[③],京大教授与中国学者之间的往来与合作也更为频繁,辛亥革命后罗振玉、王国维避祸京都实非偶然,而王国维的曲学巨制《宋元戏曲考》正是在京都期间完成的。同时,恰恰是罗、王二人的东瀛亡命,又使狩野、青木等京大学者有更多机会直接接触中国古籍辨伪的考据之法和文物求证的二重证据法。因此,清朝的学术风气在京大有更为深远的影响,特别是追求"实事求是""无证不信"的乾嘉考据学。这是京大实证主义传统的重要源头之一。当然,东大也追求实证主义,但东大是在全盘效仿西方教育体制的框架中建成的,建校时半数以上的教员都来自西方,其实证主义的主要源头是德国的兰克学派。即使在对中国文化的研究领域,依然大量援引西方理论,造成了研究方法与研究对象之间的某种错位。另一方面,由于德国历史学家兰克(Leopold von Ranke,1795—1886)是普鲁士霸权主义和俾斯麦铁血政策的支持者,所以他对国家、政治权利的崇拜由其得意弟子、被高薪聘为东大主任教授的里斯博士(Ludwing Riess,1861—1928)带入东大,进一步强

---

① 相关内容参见严绍璗:《日本近代中国学中的实证论与经院派学者》,《岱宗学刊》,1997年,第46—47页。
② 东京大学创立于1877年,由东京开成学校和东京医学校合并组建而成,于1886年改名为东京帝国大学;京都大学创立于1897年。
③ 京大建校时使用了清政府在甲午战争失败后的部分赔款,这也使得京大自建校伊始便与中国有了某种割不断的关系。

化了东大的官学特色。而京大在建校之时就明确地以在关西打造不同于东大的高等学府为目的。

实际上，青木对于两大名校之间的这种差异早有清醒的认识，他曾明确指出："东京的学者，于其研究的态度，多有未纯的地方。他们对孔教犹尊崇偶像，是好生可笑。……我们同志并不曾怀抱孔教的迷信，我们都爱学术的真理！"[①]青木对一些日本学者以国家意识形态为出发点，将皇权、国家观念注入中国儒学的做法提出批评，力主立足原典，以实证的方法阐明中国古代学术的真相，此即后来青木的后学吉川幸次郎（1904—1980）所总结的"把中国作为中国来理解"。

一

青木的中国之行，首先便是践行其实证主义的学术理想，他本人亦因此拥有了跨语际（translingual）的文学研究经验，从而进一步在研究中了形成了跨文化比较的意识和方法。青木的学术活动和研究著述也因此具有鲜明的与异域学者交流互动的特色。

青木交往的中国学者中，以曲界名流为最多。如元曲研究方面，与赵景深、卢冀野、傅芸子、傅惜华诸先生的交往；在中日学术成果的译介方面，与王古鲁、汪馥泉、郭虚中、梁绳祎等先

[①] 青木正儿：《吴虞底儒教破坏论》，《"支那"学》二卷三号（此文为青木正儿于1922年1月27日致吴虞的信，同年2月4日《北大日刊》曾全文刊载）。吴虞对青木此文极为重视，美信印书局于1933年出版《吴虞文续录》时，吴虞特意将此文以"代序"形式收入。见青木正儿：《吴虞集》，四川人民出版社，1985年，第482页。

生的交往；在戏曲表演方面，与梅兰芳、韩世昌[①]等演艺家的交往。[②]其实，青木在大学毕业的翌年就结识了当时正流亡日本的王国维并向他求教，在1922和1925年两度访华期间，青木又多次与王国维当面切磋，后来还多次向胡适提供过在日本搜集到的中国文学史资料。在日本传统的汉学时代，这样的实地体验和学术交流是不可想象的。"江户时代的汉学家，没有任何人在中国进行过实地考察，更没有任何人体验过中国文化的生活特点。他们对中国的一切知识，全部是从书本上得到的，这是一种'物化'了的中国观。"[③]当然，青木东西汇通的学术经历和研究路径，亦是受惠于明治维新之后日本开放的国策。新一代学人在境外的学术活动几乎都是在文部省的支持下完成的，这为他们从观念的、想象的"中国"走入现场的、真实的中国提供了有利而必要的条件。

青木撰写学术巨著《中国近世戏曲史》恰同他与中国学界的交流有直接的关联。在该书自序中，青木曾溯及自己最初的创作动机："本书之作，出于欲继述王忠悫（国维）先生名著《宋元戏曲史》之志。""……大正十四年（1925）春，余负笈于北京之初，……谒（王国维）先生于清华园，先生问余曰：'此次游学，欲专攻何物欤？'对曰：'欲观戏剧，宋元之戏曲史，虽有先生名著，明以后尚无人着手，晚生愿致微力于此。'先生冷然曰：'明以后无足取，元曲为活文学，明清之曲，死文学也。'"青木并不

[①] 韩世昌（1897—1977），北昆的代表人物，曾师从吴梅、赵子敬等，1928年赴日本东京、京都、大阪等地巡演，1957年担任北方昆曲剧院院长。

[②] 参见张小钢：《青木正儿博士和中国——关于新发现的胡适、周作人等人的信》，《吉林大学社会科学学报》，1994年，第86—91页。

[③] 严绍璗：《日本中国学史》第一卷，江西人民出版社，1991年，第280页。

以为然:"明清之曲为先生所唾弃,然谈戏曲者,岂可缺之哉!况今歌场中,元曲既灭,明清之曲尚行,则元曲为死剧,而明清之曲为活剧也。先生既饱珍羞,著《宋元戏曲史》,余尝其余沥,以编《明清戏曲史》,固分所宜然也。"①《中国近世戏曲史》自问世伊始,即成为公认的中国明清戏曲通史研究的经典。中国著名戏曲研究家傅谨称此书"是全面研究中国明清戏剧的第一部力作,中国人自己著的明清戏剧史,要到几十年之后才出现,其体例也大体参照了青木正儿的架构"②。

二

中国之行还对青木重视田野调查的治学特色产生了很大的影响。在中国,青木实地观看了大量戏剧,包括有过直接交往的梅兰芳和韩世昌的演出。这并非来华之后偶然的兴之所至,而是计划当中的游学目的,他曾明言自己此行要"乘机观戏剧之实演,欲以之资机上空想之论据"。③青木在中国戏曲研究中对舞台演出及戏剧生态的重视,与他游学中国的经历,是互为因果、相互促进的。青木"从小受爱好中国文化的父亲的影响",在"胡琴、月琴和琵琶的音乐声,还有西皮或二黄的曲调"中成长。④因此,早在大学毕业论文《元曲研究》中,青木就特别关注到与戏曲密不

---

① 青木正儿:《原序》,《中国近世戏曲史》,王古鲁译著,作家出版社,1958年,第1页。
② 傅谨:《中国对于日本的意义》,《人民政协报》,2011年8月29日。
③ 同注①,第2页。
④ 内藤湖南、青木正儿:《两个日本汉学家的中国纪行》,王青译,光明日报出版社,1999年,第114页。

可分的音乐，设专章进行了讨论——其第七章为"燕乐二十八调考"，而且在展开分析时还借鉴了德国的音乐理论。[①]这已经预示出日后其中国戏曲研究兼顾文学性与演剧性的路向。青木的治曲方法较之他曾多次请教的王国维，已有了极大的开拓。陈平原在总结中国戏曲研究的方法时曾说："戏剧不同于诗文小说，其兼及文学与艺术的特性，使得研究者必须有更为开阔的视野。王国维所开启的以治经治子治史的方法'治曲'，对于20世纪的中国学界来说，既是巨大的福音，也留下了不小的遗憾。因为，从此以后，戏剧的'文学性'研究一枝独秀。至于谈论中国戏曲的音乐性或舞台性，不是没有名家，只是相对来说落寞多了。"[②]可以说，青木的中国戏曲研究关注到了戏曲不可或缺的音乐和舞台，其视野已远远超出文本的范围，走在了"落寞"的国人前面。

《中国近世戏曲史》不但较为系统地梳理了明清两代戏曲的发展轨迹和历史面貌，而且在评价明清戏曲作家和作品之外，还综合、全面地描述和总结了从优伶到科班、从演出到剧场等与戏曲相关的诸多方面，是兼顾了文本、声韵、乐曲和舞台的研究。在该书序言中谈及王国维时，青木说自己"大欲向先生有所就教，然先生仅爱读曲，不爱观剧，于音律更无所顾"。[③]这里流露出的对王国维含蓄的批评，在以谦恭为特点的日本学者当中实属罕见。由此可见，青木对于曲本之外的戏曲音乐与表演极为重视，他对王国维重视文本而忽略戏曲综合性价值的学术倾向是持否定态度的。

---

① 青木正儿：《燕乐二十八调考》，《"支那"文艺论薮》，《青木正儿全集》，春秋社，1970年，第84页。

② 陈平原：《中国戏剧研究的三种路向》，《中山大学学报》社会科学版，2010年，第2页。

③ 青木正儿：《原序》，《中国近世戏曲史》，第11页。

青木对中国戏曲的这种学术态度,在一定程度上是受到了一位非学界人士的影响,即一直客居并终老于北京的《顺天时报》的记者辻听花。①尽管他对辻听花片面欣赏花部而疏离昆曲的取向存异,但他在1925年"以戏剧研究为主题赴北京游学时,放下一切首先迫切地想要拜访听花先生,向他请教"。在辻听花带有社会学、民俗学性质的调查研究的比照之下,青木将自己这类学院派研究者称为"我等案头看戏者"。②此间所透露的,正是青木对于戏曲研究应从书斋走入剧场的认识,而他也充分利用了在华的机会,以切实的足迹履行着这一志向。当他从辻听花那里得知,中国南曲一派的高腔发源于保定附近的高阳,而且当时还有演出的剧团,"不禁心如潮涌兴奋异常",于是追寻,但"去了保定,结果却获知最近连这里也不演了",因而抱憾而归。后来,韩世昌赴日演出昆曲时,青木听说韩乃是高腔出身,就在京大"'支那'学会"(中国学会)的午餐宴席上请韩演唱一曲高腔,但韩答曰"不好听"而拒绝了。青木在日后撰文忆及此事时,无奈地感慨道:"那虽然不好听,也是我们戏曲史家重要的资料。"这里,青木所言"资料"显然是指诉诸音声的演唱。可见,青木是致力于全方位的中国戏曲研究,而不仅仅是"戏曲文学"的研究。

青木在江南游历期间,为追访昆曲演出"唯一的剧团昆曲传习所",反复往来于苏州、上海等地,最后终于在上海"名叫徐园的一个小公园的亭子里"得偿夙愿。尽管那里听者寥落,光景惨淡,但青木"在居留中差不多每天都兴致勃勃地前往那里"。他

---

① 参见周阅:《辻听花的中国戏曲研究》,《中国文化研究》(秋之卷),2010年,第202—212页。

② 此两处引文均见青木正儿:《听花语不足》,中国戏剧研究会《新中国》第二号,大空社,1956年,第40页。

说:"这段经历为日后我编《"支那"近世戏曲史》(即《中国近世戏曲史》——笔者注)提供了实例,也给自己带来了愉悦身心的美好享受。"①毋庸置疑,《中国近世戏曲史》的撰著,离不开在北京、上海剧院中的现场观剧体验。

在实证观念与实地经验的双重作用下,青木的学术,特别是他的中国戏曲研究,始终贯穿着求实求真的思想。例如,在《中国近世戏曲史》中,青木在篇章的划分上,敢于切断中国朝代的完整性,将戏剧分期区别于社会分期,完全遵循戏曲自身的发展特点。其第一篇"南戏北剧之由来"是为与王国维的《宋元戏曲史》相衔接而设,其后的正论中,第二篇"南戏复兴期"是"自元中叶至明正德",第三篇"昆曲昌盛期"是"自明嘉德至清乾隆",第四篇"花部勃兴期"是"自乾隆末至清末",甚至在同一章里对花雅二部的论述也分别采用了不同的分期。②相较之下,东京大学盐谷温(1878—1962)的《元曲概说》则按照"唐、宋、金、元"的历史脉络展开,③完全以中国的朝代更迭为基准,没有摆脱梁启超所批评的"二十四姓之家谱"④的思维定式。青木在对中国戏曲的"史"的研究中,不仅摆脱了作为王朝更迭之附庸的

---

① 此部分引文均引自青木正儿《有关辻听花先生的回忆》,见青木正儿:《琴棋书画》,王晓平主编,卢燕平译注,中华书局,2008年,第197页。

② 第十三章的第一节"雅部之戏曲"是"自嘉庆至清末",而第二节"花部之戏曲"是"自乾隆至于清末"。

③ 《元曲概说》各章内容依次为:第一章"歌曲之沿革";第二章"唐之歌舞戏";第三章"宋之杂剧";第四章"金之院本";第五章"元曲之勃兴";第六章"元曲之作家";第七章"北曲之体制";第八章"南北曲之比较";第九章"元曲选之解题"。

④ 梁启超在《中国之旧史》中批评中国史家之"四弊":"二十四史非史也,二十四姓之家谱而已。"见《饮冰室合集》第一册《(九)新史学》,中华书局,1989年,第3页。

思维方式,同时也摆脱了作为文学史之附庸的思维方式,按照真实的样态描画出了作为独立艺术门类的"戏曲史"。另外,在翻译元曲时,青木的路径和目标也不同于盐谷——盐谷主要以注释为手段,以解说为目的;而青木则在译注的同时"指疏漏""正典故""辨讹误",力求保持和传达"中国之馨香"。[①]这都充分显示了青木的实证立场和考据功底。

三

另一方面,青木的中国之行,也为其学术研究积累了第一手的文献资料,促进了他自称为"正业"的中国文学的研究。他晚年在《朝日新闻》的专栏文章中明确表示:"我的爱好,是从北京等地收集带插图的汉籍。"[②]而文献资料收藏的多寡,直接关系到学者的学术成就。这对研究者个人来说是如此,对一个国家的学界整体来说亦是如此,日本在20世纪前后中国戏曲研究的辉煌业绩与当代中国戏曲研究水平的整体下滑即是明证。[③]

青木在中国观剧时,刻意保留和收集了大量的入场券、戏单及演出海报,还将报纸上的戏剧广告剪贴留存。回国后,他亲手整理,订制成厚厚两本《戏单》和《前台梁尘录》,保存至今。这些资料,同样成为青木研究中国戏曲和演出生态的重要实证材料。

---

① 参见王晓平:《青木正儿译注的〈元人杂剧〉》,《日本中国学述闻》,中华书局,2008年,第254—260页。
② 青木正儿:《我珍爱的藏书》,《朝日新闻》1953年10月19日,见青木正儿:《琴棋书画》,第219页。
③ 参见傅谨:《中国对于日本的意义》,《人民政协报》,2011年8月29日。

作为戏曲小说这类"俗文学"的研究者,青木对中国历史风俗的关心由来已久。因此,游历江南时,他便对当地民俗格外留意,客居北京期间,更是经常穿梭于街市、胡同,以顽童般的好奇去摆弄弹弓,品尝糖葫芦,又以学者式的执着展开考证和研究。他说:

> 我在北京逗留期间,见到了一种叫作"弹弓子"的玩具,颇为惊讶。晋代的美貌文人潘岳年轻时,挟弹出现在洛阳郊外,妇女们就往他的车里扔水果,等到返城时车里已扔满了水果。这种古典性的"弹",虽说是一种粗糙的玩具,但是居然还遗存了下来,这真是令人高兴的事。我买了一个"弹弓子",像小孩子似的高兴地把泥丸往树上弹。再有,寒山、拾得拿的没有柄的异样竹帚,现在民家依然用来打扫庭院。我想,古代的文化现在还活在民间,如果留心观察,也许会有有趣的意外发现,总之,先得请人绘制一套风俗图。①

正是在这种学术与娱乐兼具的游历当中,青木"发觉北京还保留着古老的风俗,但是它也在被洋化而逐渐失去"。人文学者的学术敏感使青木意识到,如果"今天不把它记录下来,不久就会湮灭",于是他"想编成一本图谱"。青木详细划分出岁时、礼俗、居处、服饰、器用、市井、游乐、伎艺(此为后来补充)八类,利用大学提供的经费,在北京物色画工依照分类绘制图谱。直到回国之后,他仍拜托友人三易画工,历时两年才终于完成。这就

---

① 青木正儿:《自序》,《中华名物考(外一种)》,范建明译,中华书局,2005年,第4—5页。

是如今收藏在日本东北大学图书馆（青木转职京大之前执教于此）的《北京风俗图谱》八帙原稿。在摄影技术尚未普及的年代，历史长河中许多稍纵即逝的文化景观由是得以留存。让青木遗憾的是，由于时间和经费等诸种客观条件的限制，找来的画工技艺差强人意。而且回国之后在专业研究、教职迁移等诸多"干扰"之下，图谱的正式出版终至搁浅，直到1964年7月和11月，才由平凡社分1、2两册刊出。①就在同年12月2日，青木在立命馆大学讲完《文心雕龙》离开教室时，突然昏倒辞世。《北京风俗图谱》保留下来很多新鲜而珍贵的东西："雍和宫的打鬼、妙峰山的刷报子、冰河上的拖床冰嬉、二闸河灯等。那时的北京风俗，离今天已很久远，而当时各形各色的发型、鞋帽乃至于各种商店的幌子，都搜罗到一册小书里，给研究清末民国初年民俗的专家、研究民国戏曲小说的学者，乃至从事旅游开发的人们，提供诸多方便。"②在专为出版图谱所撰写的序言中，青木展望道："古旧的东西正日益改变，对于今日之人民共和国，此图谱的存在意义岂不是愈来愈大吗？"③

除图谱外，青木在华期间及之后，还陆续以中国游历的所见、所闻、所感为内容，撰写了大量札记和随笔，这些文字也都成为其中国研究的重要资料。

---

① 《北京风俗图谱》两册编号为《东洋文库》23和30，共收彩图2幅、黑白图117幅，并文字300余页。

② 王晓平：《久远的老北京情结》，《中华读书报》第18版（国际文化），2007年。

③ 青木正儿：《北京风俗图谱1·原编者的序》，内田道夫解说，平凡社，1964年，第6页。

四

　　青木的中国之行还进一步坚定了他提倡"汉文直读"的决心。

　　在日本最早的近代高等学府东京大学，涉及中国文化的各个科系，在阅读中国典籍时都延续了传统的"汉文训读"法。这是早期的日本汉学家借助汉字之便而采取的一种特殊阅读方式，他们不像西方汉学家那样依据汉语发音来直接阅读中文原著，而是只在中文的各汉字词汇后边用日本假名标注出日语特有的动词词尾及助词等，然后按照日语的语法顺序和发音规则来阅读。"汉文训读"虽然对文言作品具有阅读理解的效用，但并不具备跨语际交流，特别是口头交流的功能。这实际上是中日文化发展史上的巨大落差所造成的后遗症（汉籍最初传入日本时日本尚无文字），在貌似便捷的背后却埋下了巨大的隐患，它使日本人放弃了把中国文学作为外来文学进行文本翻译的努力，由于不阅读真正意义的原文以及译文，便逐渐地误将这些中国典籍看作是其自身文化的组成部分，进而在学术研究中丧失了旁观者的客观立场。[①]

　　而出身京都大学的青木，于1920年就在其参与主创的《"支那"学》上发表"汉文直读论"，旗帜鲜明地倡议摒弃东大所坚持的训读汉籍方式，提出按照汉语真实的读音和语法进行阅读，堪称方法论的创新。此种学术主张，亦承传于他的老师狩野。狩野精通几门外语，据说英国人和法国人在电话中听到他讲的英语、

[①] 孙歌、陈燕谷、李逸津：《国外中国古典戏曲研究》，江苏教育出版社，2010年，第315—318页。

法语，竟以为是自己的同胞。[①]青木早在高中刚毕业时，有一次偶然听到邻居的孩子对着课本读汉语，不禁感叹："学习汉语不像这样首先会读，要侈谈什么已经理解了，那是谎话。"[②]他的这一想法得到了恩师狩野的大力支持。在读大学期间，狩野特意从神户请来了中国人徐东泰为学生们开设汉语课程。1921年1月，青木又在《"支那"学》上发表"本邦'支那'学革新的第一步"，再次强调废除训读法的重要性，并将其上升到推进日本中国学发展的高度，主张应当把汉语作为一门外语，从发音开始系统地学习。他认为只有像中国人一样用汉语阅读中文原典，才能正确地理解真正的中国文化。对中国的实地踏访，使这一主张由纸上谈兵转化为亲身实践，并且由此得到了进一步的强化。

"汉文直读"追求尽最大可能去接近原义、理解原典，是具有浓厚近代色彩的实证主义方法论，在研究作为"俗文学"的戏曲时其意义尤为重大。中国戏曲大多采用民间口语，在文言文阅读中有一定适用性的训读法在面对戏曲宾白和唱词等新的研究材料时，已经弊端尽现。训读与直读之争，表面上是中国文本阅读方式的不同，实则折射出学术思想近代性程度的差异。

五

两度来华游历之后，青木的兴趣更加广泛，研究领域和研究方法也都有了进一步的拓展。他的儿子中村乔将其一生的学问归

[①] 参见夏康达、王晓平：《二十世纪国外中国文学研究》，天津人民出版社，2000年，第15页。

[②] 青木正儿：《竹窗梦》，《琴棋书画》，第186页。

纳为三个领域："一是关于俗文学方面的；二是关于绘画艺术方面的；三是关于风俗、名物学方面的。"①

如果说，1925—1926年青木二度来华的目的是研究中国戏曲，那么初次来华则是为了研究南画。他与画友成立"考槃社"，同画家们进行直接的交流。青木问世最早的著作实为论述清代文人画家金农的《金冬心之艺术》(1920)。而对绘画的爱好又在他后来旅居北京时，成为促使他制作《北京风俗图谱》的重要原因之一。而且，正是出于对图画的关注，青木在研读典籍的过程中，对"征引古图以考证古代风俗器物的方法深为心折"，认为"研究中华也应该借鉴和学习这种方法"。②其名物学大著《中华名物考》即对此法有所践行，加入了不少动植物的插图。如，为了说明王维"遍插茱萸少一人"和李白"舞鬟摆落茱萸房"诗句中的茱萸并非日本人一向以为的"グミ"，青木就在书中就附上了茱萸的图片。

青木从学生时代就感到，"为了加深对所攻专业中国文学的理解，有必要知道中华的风俗"③，同时，"要想对风俗有正确的理解就有必要知道事物的名和义。而且青木想把中国文化介绍到日本，为此也有必要正确传达事物的名义"④。于是自20世纪40年代起，青木在原有的文学研究之外，开始构筑自成体系的"名物学"研究。在60岁退休离开京大之前的一年，青木想要开辟一些特殊而新颖的领域作为最后的讲义，他的尝试就是"名物学绪论"。此后，他先后转聘于九州大学、山口大学和立命馆大学，一直坚持

---

① 青木正儿：《中华名物考（外一种）》，第8页。
② 同上书，第3—4页。
③ 同上书，第3页。
④ 同上书，第8—11页。

讲授这门课程，最终结集成为该领域的集大成之作《中华名物考》。该书收集了青木自1943年至1958年间发表的有关名物的论考，题材从草木之称到节物之名，非常广泛。

早年的中国之行为青木的名物学研究奠定了扎实的基础。其著述中的花雕、幌子、酒觥饭匙、馄饨切面、荔枝香橙等等，都与他亲炙的中国日常生活场景相关，同时也与袁枚的《随园食单》、元曲《货郎旦》的"一碗饭二匙难并"、苏轼的"喜见新橙透甲香"等中国文学相联。当年青木经朝鲜、东北赴北京的途中，在山海关附近看到有人在卖一种东西，装在既不像小笼又不像小壶的容器里，于是好奇地买了一个，到北京打开一看，才知道是小黄瓜做的腌菜。22年后，临近退休的青木，由此着手写成了一篇《腌菜谱》，从北京的榨菜、上海的"四川萝卜"、庐山的笋干、保定的酱菜到腐乳、皮蛋，逐一描述并与日本的同类腌制品进行比较，展开考证。青木虽然外表清癯，但善饮好食，游历期间对各地饮食格外留意。他自称"我的名物学研究付诸行动的原因却是战时的粮食问题"，物质匮乏的现实使他"不得不在过去富庶的饮食生活的追忆中聊求安慰"。① 但与一般美食家不同的是，青木在享用美食的同时从未中断其学者的思考。爱好与学问的结合成就了《华国风味》《中华饮酒诗选》《中华茶书》等著述，其名物学研究带有极强的近代考证学色彩。名物学的源头在中国，上可溯至汉代训诂学，青木在《名物学序说》中，分四章梳理了这门学问的发展历史：作为训诂学的名物学——名物学的独立——名物学的展开——作为考证学的名物学，进而得出结论："名物学发

---

① 青木正儿：《中华名物考（外一种）》，第5页。

端于名物之训诂，以名物之考证为其终极目的。"①

青木在不同领域的学问是相互促进的，其游记杂感当中渗透着严谨考据，穿插着古诗戏词，他的中国文化研究则具有多面性、综合性的特点，而他广泛的兴趣与戏曲研究中对舞台演出及戏剧生态的重视也互为表里，如：戏曲的舞台布景、勾面着装与绘画艺术内在相通；中国的看戏风俗与吃茶文化紧密相联；戏曲道具及唱词用典又涉及名物之学。青木在译介中国文学和研究中国文化时，选题往往别具一格，如他为日本弘文堂旨在介绍中国文化的《丽泽丛书》选书时，鼓励后学翻译了《考槃余事》《秘传花镜》等，前者是明代概论文房清供之书，出现了大量中国古代器物，后者是清初的种植之书，兼及禽兽鱼虫的饲养，因此有大量动植物出现，对书中名物进行查典考证遂成为青木名物学的具体发端。"青木学问的正业是中国文学的研究，风俗研究是为了支撑其中国文学研究的副业。但是，副业的风俗研究，特别是饮食方面和名物的研究是青木晚年最为悠然自适的工作。"②

从青木的个人生涯来看，游历经验为其人生历程与学术道路增添了一份闲适与潇洒，也催生了许多触类旁通的巧思和智慧。这对于我们今天的青少年书本教育以及成年之后的案头学术和书斋研究，具有启示性意义。从更广泛的学术层面来看，青木的游历也显示了学术研究中跨文化对话和跨语境互动的意义。20世纪50年代，苏联出版大百科全书，在第21册关于中国的部分介绍了中国戏曲研究的中文书籍，其中就有青木《中国近世戏曲史》的中译本，③足见其影响早已超出东亚。实际上，对某一学科的研究，

---

① 青木正儿：《中华名物考（外一种）》，第10页。
② 同上书，第11页。
③ 青木正儿：《中国近世戏曲史》，第11页。

原本就应当吸纳国际上对该学科的研究成果,同时使之成为该学科学术史表述的组成部分。青木的中国文化研究,在材料与文献上,在知识与方法上,在问题意识上,都促进了中国学者及时关注和吸取国际学术界的相关成果。

第三编

近代日本游记的中国印象

驶向中国的"千岁丸号"

阎瑜(日本御茶水女子大学)

1853年的"黑船来航"及次年签订的《日美亲善条约》正式结束了日本长达两个多世纪的锁国状态,幕府逐渐把对外贸易作为富国强兵的基础,开始派遣使团、商人出访西洋及中国。在资本主义西方大举入侵东亚的情势下,感同身受的日本人力图从中国那里获得世变信息及应对世变的经验教训,因此日本自江户幕府末期以来就十分关注鸦片战争后的中国状况,19世纪60年代以来4次遣使上海,均留下了大量调查材料。

1862年日本幕府首次派出官方贸易商船"千岁丸号"前往中国上海。这是自1854年实施开国政策以来,历经8年之久幕府第一次向中国派遣官船。在锁国时期的长崎,从中国来的商船贸易非常盛行。但是,日本人禁止渡航至中国。除了自己漂流过海,去中国正式参观访问是时隔两个世纪之后的事情。

乘坐"千岁丸号"的日本官员、武士、商人等51人考察了上海这座远东较早步入近代大都会的城市,了解了西方列强入侵中国的情形,调查了正在上海周边激烈展开的太平天国军与清军交战的状况,并将这些情况用纪行文的方式记录了下来。主要纪行文如下所示：

> 高杉晋作：《游清五录》①
> 峰洁：《航海日记》《清国上海见闻录》②
> 松田屋伴吉：《唐国航海日记》③
> 纳富介次郎：《上海杂记》④
> 日比野辉宽：《赘肬录》《没鼻笔语》⑤
> 名仓予何人：《海外日录》《"支那"见闻录》⑥

这些记录从外国观察者的视角，展现出晚清中国各个层面的景象，真实地再现了当年的中国，是研究19世纪中叶上海的社会状况、西方列强侵华情况、太平天国军与清政府交战情况，以及日本人中国观变迁的重要史料。

1862年5月27日，"千岁丸号"从长崎出发，历时8天，于6月3日到达上海，在上海逗留至7月31日。

幕府此次中国之行是想促成贸易。自宽永以前的朱印船⑦贸易

---

① 收录于《东行先生遗文》（民友社，1916年5月），第72—123页。
② 收录于《幕末明治中国见闻录集成 第11卷》（游摩尼书房，1997年），第11—35页。
③ 同上书，第37—86页。
④ 收录于《幕末明治中国见闻录集成 第1卷》（游摩尼书房，1997年），第7—45页。
⑤ 同上书，第47—177页。
⑥ 收录于《幕末明治中国见闻录集成 第11卷》（游摩尼书房，1997年），第87—217页。
⑦ 日本从近世初期到锁国时期运行的贸易船只。持有幕府执政者致东南亚各国首领的红章证件，从事海外贸易。外形主要为中国船和西洋船的折中式的大型帆船。

以来，日本的官吏依然不通商法，因此英国人和荷兰人欲介入其中。日本官吏只是观望商法形式，做他日之谋。

"千岁丸号"是幕府为了前往中国，用洋银3万4千枚购买的停泊在长崎港的"阿米斯蒂斯号（Armistice）"英国商船，船长24间[①]，横宽为4间4尺，深有2间5尺。此船购入后，命名为"千岁丸号"。船长是英商亨利·理查德逊（Henry Richardson），他由"阿米斯蒂斯"号的船长变为"千岁丸号"的船长，主要从事上海与长崎间的贸易。

乘船成员是以官吏为首的遣清使节团，官吏共9人，分别是会计根立助七郎（陪同为会津藩的林三郎、肥前藩的纳富介次郎）、调查官沼间平六郎（陪同为深川长右为门、松本卯兵卫）、会计总管金子兵吉（陪同为日比野掬次、伊藤军八）、监察锅田三郎右卫门（陪同为木村传之助、滨松藩的名仓予何人）、状役中村良平、普通监察盐泽彦次郎（陪同为肥前藩的中牟田仓之助）、普通监察犬冢荣三郎（陪同为高杉晋作）、编制外官员中山右门太（陪同为山崎卯兵卫、樱木源藏）、审判官森寅之助。还有记录员松田兵次郎、炊事员五代才助（才藏）、医师尾本公洞、中文翻译周恒十郎、蔡善太郎，荷兰翻译岩濑弥四郎，药品鉴别渡边与八郎，商人永井屋喜代助、松田屋伴吉、铁屋利助。除此以外，还有船内伙食日雇工6人（嘉市、吉藏、嘉吉、清助、善吉、兵助）和水夫4人。乘员中，除了日本人以外，还有荷兰商人、英国船长及其妻子等，共69人。[②]

[①] 长度单位，1间约为1.82米。

[②] 这是参照松田屋伴吉的《唐国航海日记》算出的人数（《幕末明治中国见闻录集成 第11卷》，第48—50页）。

其中，《游清五录》的作者高杉晋作（1839—1867）为长州藩士（俸禄150石的下级武士），号东行。24岁时，于1862年1月2日奉藩主之命前往中国，第二天随幕府官吏出发，4月29日从长崎启航，5月6日进入上海。7月5日从上海返航，14日回到长崎。这期间的亲笔记录草稿，分为西游谈话、航海日记、上海滞留录、续航海日记、长崎滞留录、航海日记、内情探索录、外情探索录几个部分。

《唐国渡海日记》的作者长崎商人松田屋伴吉（1831—1880）在著述中，详记了此行的商事活动，从在日本办货、货品在长崎装船，到与清方在上海交易，均逐日记述，并具体列目记载从长崎运往上海的日本商品，以及从上海购回长崎的中国商品，提供了当年日中双边贸易的翔实资料。

随团医师尾本公同的从仆峰源藏，又名峰洁（生卒年月不详），为大村藩士、兰学家，熟悉天文学和测量学，所撰《航海日录》《清国上海见闻录》图文并茂，记述此行。

下面主要参照高杉晋作的《游清五录》、峰洁的《航海日记》、《清国上海见闻录》和松田屋伴吉的《唐国航海日记》的内容，来鸟瞰一下"千岁丸号"乘员留下的珍贵记录。

一、九死一生到达上海

1862年4月29日，官吏以及随从人员都上了船。4月29日清晨4点左右，"千岁丸号"从长崎港起锚了。最初两天还算顺利，但是从5月1日下午4点左右开始，狂风暴雨交加，"大浪拍打过来，落在甲板上，发出像砸下大石头一般的巨响。全船的人没有不晕船的。凌晨2点左右，船剧烈晃动，犹如山崩，除了放在房间里的随身携带的物品以外，有的货物凌乱不堪，失去了原样。陶瓷器自不用说，甲板上的炉条、炭炉等均严重受损。日本人没有一个人能上到甲板上的。这是古今罕见的大风，大家都觉得没救了，对生还感到绝望，逐渐悲伤起来"①。可见乘员们在途中历尽了千辛万苦，九死一生，实属不易。

5月6日，"千岁丸号"到达了吴淞江上距离上海5里的地方。"唐国渔舟非常多，数也数不尽，看起来是世界上最热闹的地方。"②到达上海港时，更是令乘员大开眼界，惊异万分。"这是'支那'最繁华的港口。欧洲诸国的商船、军舰数千艘在此停泊，形成了一片桅杆森林，似乎要掩埋掉这个港口。岸上则是各国商馆，白色墙壁高有千尺，好似城墙。其浩大庄严用语言难以描述尽致。……听说在上海，外国船只停泊时，经常是三四百艘，此外还有军舰十余艘。"③

二、上海的卫生情况

到达上海后，乘员们首先注意到河中流水很浑浊。他们听英国人说，数千艘停泊于此的船只和中国人都喝着这样的浊水。日本人刚到这里尚未适应此地的气候，此外，还要朝夕喝这样的浊水，于是，上岸十余天后，打杂人员传次郎、兵助和硕太郎先后得病不治而死，而且，同行者中很多人都生了病。峰洁在《清国上海见闻录》中记录道："城里挖有井，但是听说城里只有三四口井。因此人们都汲取江水供日常使用。然而江水相当混浊，根本

---

① 《幕末明治中国见闻录集成 第11卷》，第5页。
② 同上书，第54页。
③ 《东行先生遗文》，第75—76页。

不能直接饮用。"

此外，他们感受最深的是满街的臭气和污秽。高杉晋作在《游清五录·上海滞留日录》中写道："在街市逛的时候，当地人尾随我而来。他们臭气熏人，热浪也蒸人。我感到非常不适。"还写道："酒店茶肆与我国的大同小异。只是有很大的臭气，令人难以忍受。"峰洁在《清国上海见闻录》中记录道："上海粪便满地，泥土可以淹没脚，臭气刺鼻，其污秽情形不可言状。我严肃地询问当地人后得知，以前不是这样的，自从夷人来这儿住以后，随着上海的昌盛，道路就变得脏了起来。这是因为当地人只顾眼前利益，忙着打日工，不重农业，粪便不是用来肥田，那就自然成了路边的秽物。"

三、对上海的全面调查

乘员们对上海的地理位置、历史沿革、城市布局、人口分布、教育制度、百姓的生活情况、军队的兵力与武器装备以及清政府与太平军交战情况等都进行了详细全面的调查。

例如，峰洁在《船中日记》中写道："江府高绳（高轮）沿马路所建的那个城镇，一边是河，有数千艘唐国船聚集连在一起。其中还有人住在船上。另一边是住宅，有各种食物。或者说挑着食物卖的人最多。食物都是油炸的，很粗糙，但是看起来还能吃。……朝西走一两条街就是繁华的市中心了。顺便看了看各处的商店。多数是固定不变的，有的兼作商店。商店或者隔着一家，或者左右都有四五家。这家旁边有一家鱼店。有很多像我国带盐的带鱼那样的鱼，有鲫鱼，还有少量的虾。接下来是饭馆。饭馆隔四五家是肯定有的，从其前面过时臭味熏天。还有布店、茶店。

最后终于绕到上海城的南门下，就从那儿进了城。城里也是街市。与城外比起来，连自家生产的商品都很漂亮。"

还有，纪行文中对米价也有详细的记录。例如松田屋伴吉在《唐国航海日记》中写道："上海米价为九个铜板一百斤左右。这是因为当时有长毛贼①，所以价格很高，和平时期为四个铜板左右。"

关于米价，峰洁在《清国上海见闻录》中留下了以下记录和笔录。

上海因为有四万难民集中于此，米价天天飞涨（一百斤米要九贯文，相当于日本的二十七贯文），此外什么东西都是高价，穷人吃不起大米或猪牛肉等。今天来我船做日工的恰似饿鬼，都是皮包骨头，没有一个胖的。这样的状况下，不久饿死的人应该会有很多。

申江上，每天都有难民逃来，现在江面上已经没有缝隙，全是住人的小船。

洁问道：现在江上的人都是什么地方的人？

铨②答道：都是江苏难民。

洁问道：大概有多少人？

铨答道：很难说，约有十万余人。

洁问道：这十万人，所食的米盐都是在上海市场上买的吗？

答道：是的。

说道：物价每天都在飞涨。

说道：一石米的价格平常是三四千钱，现在则成了九千

---

① 指太平天国军。
② 指马铨。

钱了。

洁问道：钱用完了怎么办？

答道：不知道该怎么办。

洁问道：官府有什么办法吗？

答道：官府很难办。

我认为仁者有勇。如果仁者看到这十万人危在旦夕，肯定会愤怒并发奋相救的。现在没有一个人怜悯这些，英法等虽然帮助清国，但也只是图利而非真正出于仁义之心。因此他们看到这些难民时不是相救，而是有时对其进行凌辱而毫无哀怜之情，令人不禁叹息。

问道：所见满江难民约不下十万，不出数日食物就将被全部吃完，那怎么办呢？

麟[①]答道：此间海口甚便，有牛庄籼、西洋商载米，又有江北仙女庙产籼米甚多，商人陆续筹办，可无欠米之忧。

洁说道：幸好有这些渠道，我就稍稍放心了。

麟问道：听说贵国米相当好，为何不卖到这儿呢？

答道：这是大禁。若一开此门，奸商争相把米外贩，则国内米价飞涨，小户贫民会饿死的。

从以上峰洁的记录中不但可以了解到当时上海生活供应的艰难，还可以了解到当时日本幕府禁止大米贸易的情况。

还有，乘员们对浴室情况也很关心。例如，高杉晋作在《游清五录》中通过笔录得知："有堂浴，每月二十四文。民营的堂浴有四十五处，官营的堂浴有九十处。"

---

① 指顾麟。

商人松田屋伴吉在《唐国航海日记》中，除记录"千岁丸号"运往中国货品的名称、重量、价目之外，还将各类水果、蔬菜、净化江水用的明矾的价格与日本市价进行比较。而且，对于使节团从者传次郎病死于上海，运送遗体的船租费、墓地费、埋葬费，以及从上海采购货物的名称及其出上海港税额，清国通用铜钱与日本"宽永通宝"的兑换比价，日本金银币在上海兑换比价，返回长崎时自上海购入的诸货品的数量及出售价目、各种人工费等等，都做了详细的记录。

此外，还有对逃亡文人的生活及藏书情况、民间祭祖活动、戏院和青楼的详细描写，这对了解当时社会各个层面提供了参考。

四、中日民间的友情

"千岁丸号"虽然只在上海停留了将近两个月的时间，但是，中日志士却建立了深厚的友谊。例如，高杉晋作临行前，去拜访了陈汝钦，道了别，并进行了笔谈。关于他谈论自己宿愿的部分，因为有很多内容不能写出，所以没有记录。记录下来的有下面这样一段文字。

> 我回故乡之后，要把此记题在墙上，朝夕闲暇时诵读，由此应发忧愤之气。在海外能逢知己，简直如同做梦。
>
> 以前承蒙雅命，不敢不运笔。笔砚生疏，您所看到的诗也不正，您能原谅我就不错了，怎敢再担当您过奖。
>
> 我是个磊落书生，不敢带来日本戏玩之物。现呈上一个古砚，这是我经常使用的，石头虽然已经比以前疏松了，但这毕竟是日本所产，赠送给您仅想报答知己之恩。把我作为

阁下您的知己，已是人生一大快事，怎敢再次受此厚恩。更何况这砚台是您常用之物。这件物品真的是非常珍贵，若赐送与我怕是没有送对人，然而推却的话，有蹈不恭之嫌。我谨拜谢，立即收下。

此外，高杉晋作还作诗《留别陈汝钦》以抒情怀。

> 临敌磨练（学习）武与文，
> 他年应有建功勋。
> 孤生千里归乡后，
> 每遇患难又思君。

可见两人友情之深。虽然国籍不同，国情不同，但是志士们忧国忧民之心是相通的。高杉在与异国精英畅谈志向得以认同后，或许就更加坚定了归国后主张变革的决心。

五、对半殖民地上海的同情与反省

高杉晋作看到当时上海城外城内都是外国人的商船，甚是繁华，但是中国人的住所不但简陋，而且其不洁程度难以形容。不少人一年到头都住在船上，而富人都是在外国商馆工作的人。他感叹道："'支那'人全是在外国人手下干活。英国人、法国人在街市上行走时，清人都要往一旁让路。实际上，与其说上海是'支那'属地，不如说是英法属地。"[1]

---

[1]《东行先生遗文》，第79页。

峰洁则叹息说:"如今上海的形势是内受长毛贼威胁,外受洋人制约,只能在城里挣扎几下而手脚不能动弹。县城前停了数千艘商船,极其繁盛,但是缴纳的航运税金自己不能收取,全部被法国和英国两国收走了。……而且由于守城士兵不够,交给英法两国来守城门。……学校成了英国人的军营,圣像到处乱放,没了踪影,形势实在可悲,令人不禁叹气。"[1]

目睹上海衰败的状况,峰洁与高杉晋作等有志青年进行了深深的反省。

高杉晋作感慨地写道:"分析为何会如此衰微,最终还是因为他们不知道御敌于国门之外的方法。其证据是,他们不能制造凌驾万里波涛的军舰和制敌于数十里之外的大炮;他们国家的志士所著海国图志等已经绝版,只提倡固陋偏颇之说,因循守旧,苟且懒惰,空度岁月;他们只想着天下太平,没有改变方针政策去制造军舰大炮来防御敌国,所以才落到如此衰败之境地。因此,我们日本已有重蹈覆辙之迹象,应该迅速像蒸汽船那样的(以下文字原稿缺)。"虽然下文缺失,但是我们可以领略到他的忧国之心。他通过亲自观察上海的情况和搜集有关北京等地的传闻后得出结论:"我们日本国若不迅速实行攘夷之策,最终必将重蹈'支那'之覆辙。"[2]以此次上海之行为转折点,高杉晋作的国家危机意识开始觉醒,从上海回国后,终日考虑的是日本如何抗御西洋人的入侵,以避免重蹈中国之覆辙,从而走上"攘夷倒幕"之路。

峰洁看到上海街市上污秽满地,臭气熏天,感慨道:"大凡恶疾流行,腐败所产生的气体是首害。因此听说上海每年天气炎热

---

[1] 《幕末明治中国见闻录集成 第11卷》,第30页。
[2] 《东行先生遗文》,第85页。

时，必定有大病流行，死的人相当多。此等事可谓是路上的区区小事，但是关系到人命，因此治国之人须要留心才是。"①

峰洁向难民了解到大米供应和购买难的情况后，结合日本地理交通情况写道："米谷关系到人命，国家没有比这再重要的事了。现在上海因为有港口之便，人命尚可保全。如果像我们日本这样的山中之国，海路不通，而陆运又不方便，必须有特别储备。假使国内不乱，四邻或有不期之祸发生的话，必有流民聚集过来，一两年的储备没几天就会用尽。四面之祸耗费其国力，不知是否能够相继灭敌。治国者为了治乱，必须要储备米谷。"②

峰洁在上海的阵营，看到士兵们敝衣、垢面、光脚、露头、无刀，都像乞丐，没有看到一个勇士。于是他口放狂言："这样的话，我一人可敌五人。如果给我一万骑兵，我可以率兵纵横清国。"③另一方面，则反映出他已认识到富国强兵的重要性。

此外，峰洁在观察云集于上海的各国情况后总结道："五大洲中大国虽多，但是大抵目前没有争相富强的远大计策，甚至还有只是做一天和尚撞一天钟而不思进取的。而俄罗斯不争眼前利益，高瞻远瞩，这正是各国惧怕其的原因。"④这就更坚定了他要支持富国强兵政策的信念。

此外，高杉晋作、峰洁等志士都意识到中国科举制度的害处。例如，高杉晋作认为：若不研究航海、炮术、器械等技术，则不能治天下，不能齐一家，最终就会落到"虽然嘴上说着圣人之言，

---

① 《幕末明治中国见闻录集成 第11卷》，第21页。
② 同上书，第32页。
③ 同上书，第30页。
④ 同上书，第33页。

实际上已经成为夷狄奴仆之身"[1]这一悲惨的地步。峰洁认为因为中国重文试而不重武艺,导致现在流于文弱,最终到了恐惧蛮夷的境地,这是"万邦之鉴"。[2]

日本幕府派"千岁丸号"到上海的主要目的就是以此为契机开展日中贸易。此后,日中两国开始了近代日中贸易,从明治初年起步入了正轨。"千岁丸号"之行可以说完成了这一重要使命。除此以外,乘员中的有志青年走出国门,眼界大开,同时看到历来被日本作为师长而崇仰的文明大国中国由于西方列强的侵占而变得千疮百孔、不堪一击,受到了强烈的震撼,因此国家危机意识剧增,归国后,在日本"攘夷卫国""开国倒幕"等变革运动中发挥了重要作用。同时,这也是近代日本对中国认识转变的开端,明治政府建立以后,日本对中国的蔑视变本加厉,1885年福泽谕吉甚至还提出了"脱亚入欧"这一极具煽动性的口号。自此以后,日本则开始了全面或者说是盲目地西化,并逐渐膨胀了向外扩张的野心。

---

[1] 《东行先生遗文》,第112—113页。
[2] 《幕末明治中国见闻录集成 第11卷》,第28页。

中法战争时期一汉学家的中国观

——冈千仞游华及其见闻

张明杰（浙江工商大学）

十九世纪七八十年代，围绕越南领属问题，法国与中国发生冲突，后升级为侵华性质的中法战争。由于清政府屈膝求和，战争以中国的"不败而败"而告终，使被迫门户开放后的中国又一次蒙辱。对于这次战争，东邻日本表现出一种异乎寻常的关注姿态，除其在华机构加紧收集相关情报之外，还从国内先后派遣一些记者或官员赴华，考察并报道战况及中国国情。《邮便报知新闻》记者尾崎行雄、自由党成员小室信介等即其中之代表。前者将报道速送回国内刊载，后者亦将见闻及时辑录为《第一游清记》出版。① 据尾崎行雄的游记记载，仅在其赴华的同一艘船上，就有上述的小室信介、递信局的渡边丰、《朝日新闻》的长野一枝、

---

① 尾崎行雄的游华报道曾以《游清记略》等题名连载于当年的《邮便报知新闻》(1884年)，后以《游清记》为题收录于《尾崎行雄全集》第二卷（清藤幸七郎编，平凡社，1926年）。

《北清日报》的森常太等人一同前往。① 由此可知当时赴华观战的日本人之多。

另外，当时担任内阁顾问的黑田清隆以养病为由，提出辞官和外游，结果只有海外游历得到许可，且附有天皇之谕：去中国，将中法交战之见闻逐一上奏。黑田于1884年3月航渡香港，后经广东、澳门、西贡、新加坡、福州、台湾等地至上海，接着北上天津、北京、张家口，折回上海后又溯长江至汉口、宜昌等地，同年9月返回日本。其将长达半年游历并探知的情报上奏政府，还将见闻资料辑录为《漫游见闻录》（两册）出版。

不过，当时还有一位并非为了观战，而是出于漫游目的而来，并将其见闻记录下来的在野文人。他便是汉学家冈千仞（1833—1914）。他于1884年6月来华，以上海为据点，南达港粤，北涉京津，历时三百余日，后将其所见所闻撰写成《观光纪游》十卷，自行刊印。与上述特为观战而来的尾崎行雄等人相比，冈千仞不仅游历时间最长，而且更重要的是他广泛地接触中国官民，尤其是知识阶层，与他们当面交流，纵横议论，较为全面而深入地了解了当时中国士人的思想及认识。本文拟根据该游记及同时代的书信、笔谈等文献，考察冈千仞的游华动机及在华见闻，进而探讨当时日本汉学家的中国认识。

一、冈千仞的生平及业绩

冈千仞，字天爵，号鹿门，生于东北仙台藩，早年就读于藩校养贤堂，习四书五经，后游学江户，入幕府直辖的昌平黉学问

---

① 参见《尾崎行雄全集》第二卷，第512页。

所，师事安积艮斋等修经史。昌平黉为当时日本汉学的最高学府，培养了众多知名学者和政治家。鹿门于昌平黉前后长达九年，并曾任书生寮舍长，同窗中有重野安绎、中村正直、南摩羽峰、松本奎堂和松林饭山等，其与尊王攘夷的志士松本和松林二人交往尤契，后来三人曾于大阪开设私塾"双松冈"（塾名取自三人之姓），培养学子。在幕藩体制行将解体的幕末，日本诸藩有拥护幕府的佐幕派和主张尊王攘夷的讨幕派之分，前者以会津藩、仙台藩等为主，后者以萨摩藩和长州藩为代表。鹿门虽身为佐幕派仙台藩的藩士，但却始终倡勤王大义，尤其是在以仙台藩为主的东北诸藩结成"奥羽越列藩同盟"以抗拒王师时，毅然挺身而出，加以劝阻和反对，结果被藩主下狱，险些丧命。明治初年，改名为千仞，字振衣，而且他还给收于自己门下的兄长台辅的儿子起名为濯，字万里。这显然由来于左思"振衣千仞冈，濯足万里流"之诗句。

明治维新后，冈千仞曾担任东京府立中学教官，任职于文部省、修史局等机关，但均时间不长，因机构调整而失去职位。1878年初，受聘于东京府书籍馆，翌年担任该馆干事（实际相当于馆长），但一年后因书籍馆归属文部省，他借此机会以眼疾为由辞职，其实这与其对藩阀政治不满大有关系。其后他绝念仕途，潜心办塾，著述授业或漫游各地，以一在野文人之身终其一生。他先后于故乡仙台和东京开办过麟经堂、绥猷堂、鹿门书院等私塾，号称弟子三千，片山潜、尾崎红叶、馆森鸿、吴秀三等即其知名弟子。

冈千仞志向高远，性情豪放，为人耿直，平生尤好论时事。学问以经史为主，文章以唐宋八大家为宗，其文明显胜于其诗。对此，黄遵宪在致其信函中曾有中肯评价："仆来大国，阅人多矣。然于文最爱吾子，……于诗最爱龟谷省轩。虽不敢谓天下公论，然私意如此，不能随他人为转移也。"① 王韬在《扶桑游记》中亦曾记述："日国人才，聚于东京，所见多不凡之士，而鹿门尤其佼佼者。"② 另外，冈千仞还对世界舆地、历史颇感兴趣，长于修史编志。一生著述等身，主要有《尊攘纪事》《藏名山房杂著》《砚癖斋诗钞》《涉史偶笔》《仙台史料》《藏名山房文初集》等，另有《法兰西志》《美利坚志》《纳尔逊传》等与人合编或加以润色的译作。据笔者调查，现在仅收藏于东京都立中央图书馆"特别征购文库"中的冈千仞著述（含未刊）就有近50种，298册。

冈千仞与福泽谕吉、伊藤博文等算是同时代的人，若不是愤慨于当时的藩阀政治，自动辞官下野，或许更加名声显赫。他回顾自身，在王政复古的年代，虽身为朝敌仙台藩藩士，却始终倡勤王大义，为国奔走，并因此下狱，甚至险些丧命。尽管如此，维新后，只见昔日学友，不分前后，均飞黄腾达，竟自显荣。而自己好不容易得到一官半职，却均短命而终。虽胸怀报国之志、经国之策，但却无用武之地。这种不平或无奈，冈千仞曾向王韬以及驻日使馆人员透露过，而且后年游华时，针对李鸿章悯其才学的提问也曾直言以对："维新事业成于西南藩士。小人东北人，故当路诸人外小人，小人亦不屑依附当路人。"③ 即使仕途无望，也绝不屈从权势，其倔强性格和刚烈形象溢于言表。

---

① 黄遵宪:《黄遵宪致冈千仞函》，陈铮编,《黄遵宪全集》上，中华书局，2005年，第316页。
② 王韬:《漫游随录·扶桑游记》，第201页。
③ 冈千仞:《观光纪游》，私家版，卷六，1886年，第15页。

二、与清末文人的交往及游华动机

从藩校养贤堂到江户昌平黉，其间冈千仞接受的均是以中国经史为主的汉学教育。他所了解的始终不过是文献上的中国而已，此时他与现实中国尚未发生直接关系或接触。不过，1877年末中国驻日使馆的开设及其后王韬的日本之游，给冈千仞创造了直接与中国文人交往的契机。冈千仞自中国驻日使馆正式开展工作的1878年初始，即与何如璋（子峨）、张斯桂（鲁生）、黄遵宪（公度）、沈文荧（梅史）等使馆人员有密切交往，常出入使馆或于它处把酒论诗，切磋文艺[①]。后与黎庶昌（莼斋）、杨守敬（惺吾）、姚文栋（子梁）等亦结下了深厚友谊。中国驻日使馆起初在东京芝增上寺作为临时住处，后移至永田町二丁目。这里离冈千仞位于芝爱宕下四丁目的私宅不远，这给他与使馆人员的交游带来了"地利"之便。除使馆人员外，他还与王治本（桼园）、王仁乾（惕斋）等赴日民间人士以及1879年访日的报业人士王韬也有很深的交情。冈千仞的一首五言诗表达了他们之间的这种情谊。

> 公度与梅史，紫诠亦狂客。
> 海外得三士，相见莫相逆。[②]

当然，冈千仞与其他大多数明治时期的汉学家一样，虽长于汉诗、汉文，但毫无听说能力，交流完全借助于笔墨。正如其自

[①] 可参见实藤惠秀、郑子瑜合编：《黄遵宪与日本友人笔谈遗稿》，早稻田大学东洋文学研究会出版，1968年。

[②] 冈千仞：《鸿雪一斑》，《藏名山房杂著》，草私史亭版，1881年，卷二。

身所坦言:"余不解中语,叙寻常寒喧,皆待毛颖子"(《观光》凡例)。除通过笔谈,交流思想,切磋技艺之外,当时他们之间还流行着真正文人式的交往方式,即互赠著述或诗作,并征求对方的序跋或评语等。冈千仞的大多著作中均有驻日使馆人员及其他清末文人的序跋、评语及题字。如其《藏名山房文集》,除卷首有署名"岭南黄遵宪"的序文和黎庶昌的题辞之外,各卷文中尚有许多出自黄遵宪与王韬等人之手的评语和圈点。同时,黄遵宪的《日本杂事诗》和王韬的《扶桑游记》也分别载有冈千仞的跋文。可以说,与使馆人员,尤其是与访日的王韬的交游,在一定程度上促成了冈千仞赴华游历。这里有必要回顾一下王韬的访日及其与冈千仞的交往。

王韬名扬东瀛,主要源于其编写的《普法战纪》。该书单行本1873年于香港出版,出版后的当年就传入日本,成为继《海国图志》之后的又一部倍受瞩目的汉文书籍,为当时知识界,尤其是维新志士们了解世界大势提供了重要信息。[①] 邀请王韬访日主要出于训点《普法战纪》之目的,邀请发起人以报知新闻社的栗本锄云和汉学家重野安绎(成斋)为主,通过曾于香港拜访过王韬的寺田望南发出邀请。冈千仞与龟谷行等人也予以协助。此事,冈千仞在游记中亦曾提及,"望南归自欧洲,见紫诠于香港。紫诠东游,实由望南谋,成斋、锄云以下招致之也"(《观光》卷七)。冈千仞对《普法战纪》尤为赞赏,他曾托经香港赴欧洲视察的佐和东野向王韬致意。"近读香港王紫诠《普法战纪》,服其虑之深而其思之远。东野航过香港,见紫诠质以余言。紫诠游欧洲,谙海

[①] 1878年陆军文库翻刻本出版,1887年又有山田荣造的校勘本问世。

外事情，必知所以变而通之。"① 可见冈千仞早已通过《普法战纪》，对素无面识的王韬抱有敬慕之情。

1879年5月1日，王韬由长崎登陆，随后北上，于东京及各地游历近四个月，并将所见所闻撰写成《扶桑游记》一书，于翌年刊出。细检《扶桑游记》，则可发现除发起人栗本锄云外，出现最多的就是冈千仞的名字。王韬在自序中写到："抵江都之首日，即大会于长酡亭上，集者廿二人。翌日，我国星使宴余于旗亭，招成斋先生以下诸同人相见言欢。由此壶觞之会，文字之饮，殆无虚日。余之行也，饯别于中村楼，会者六十余人。承诸君子之款待周旋，可谓至矣。中间偕作晁山之游，遍探山中诸名胜。"② 以上王韬言及的滞日时的主要活动，每次都有冈千仞的身影。甚至中间有一段时间，冈千仞与王韬或一同出游，或造访寓所，近乎形影不离。

短时期内两人之所以能如此深交，除双方均擅长诗文之外，尚有几个共同点可以考虑。一是两人都学贯东西，重经世致用，而且尤对历史和五洲大势感兴趣。如前所述，王韬的《普法战纪》曾得到冈千仞赞许，并给其以感动和鼓励。冈千仞本身也曾与人合作编译并出版了《美利坚志》和《法兰西志》。换言之，两人在治"史"方面有着共通的话题，较之常人更容易深谈和交流。二是两人的性格比较接近。尤其是在为人耿直，性情豪放，不拘小节等方面，颇为相似。王韬向以"性情旷逸"著称，他也曾评价冈千仞"性豪爽高亢，以友朋、文字为性命"。③ 三是两人都有近

---

① 冈千仞：《送佐和少警视奉使于欧洲序》，《藏名山房文初集》，卷二，冈百世，1920年，第21页。
② 王韬：《漫游随录·扶桑游记》，第172页。
③ 同上书，第201页。

于怀才不遇、仕途不畅的境遇。曾被李鸿章目为"名士"与"狂士"的王韬，其坎坷人生当不必赘言，就冈千仞来说，仅从上述简介中也不难窥知其怀才不遇的身世。以上这些共同点，也无形中缩短了两人的距离，增强了相互间的亲近感，以致两人于短期内便结成莫逆之交。

王韬归国后，两人仍书信往来不绝。后来冈千仞赴北海道远游，于归途函馆接到由东京转来的王韬寄自香港的赠书《蘅华馆诗抄》。看到自己的名字屡屡出现于王韬的诗集中，身在旅途的冈千仞可谓喜出望外。他旋即给王韬写了一封长信，并于末尾表达了欲游中土的素志。"人生百岁，忽焉半百，逝者如斯，他年追悔不可复及。弟将以来岁秋冬间，航中土，穷域外之壮观。弟策此事，非一朝夕。唯病目不愈，故因循至今日。顾北海此游，侵炎槁，凌风涛，蹈霜雪，冒险峻，而眼疾不加剧，此谚所谓不医常得中医者，甚无足忧。弟已决是志，不知先生果不鄙弃弟，绍介名公巨卿，徘徊盛都大邑，使弟得达是志否？"①

对此，王韬不久亦复函作答。"来书云：秋冬之间，征车西迈，拟北探燕台，南穷粤峤，抒怀旧之蓄念，发思古之幽情，极黄河泰山之观，而与名公巨卿相接，庶足为豪耳。阁下之志，于是为不凡矣。弟蠖屈天南，岩栖谷饮，与当世大僚，久相隔绝；又生平不喜竿牍，以此人事并绝，日惟闭户读书，慨慕黄虞而已。"②

当然，后几句话并非王韬不愿尽引荐介绍之劳，或出于实情，惟恐令其失望而已，同时也不妨理解为谦辞。对千仞的来游，王韬从心里还是很欢迎的。这从其1883年正月致冈千仞的信中可得

---

① 郑海麟辑录：《王韬遗墨》，《近代中国》，第九辑，1999年，第143页。此信日期署"1879年"。

② 《王韬遗墨》，第140页。此信日期署"光绪六年（1880）五月十日"。

到佐证。"阁下欲来中土，北历燕台，南穷粤峤，何不及弟未死时歌来游之什乎？"①总之，冈千仞早有游中国之志，后与王韬的交往，终促其下定决心。

另外，对于促其游华的因素，尚有两点值得考虑。其一是辞官后的境遇。前面亦多少有所提及，王韬来访的1879年，正值冈千仞担任东京府书籍馆干事期间，是其工作与生活较充实或富足的时期。但好景不长，第二年书籍馆归属文部省，他也随之辞职。其后，再无定职，而是于家塾教授汉学，或漫游各地，以文墨为生计，生活处于不安定状态。在这种不得志的境遇下，筹划中土之游，也是不难理解的。

其二则是出于其作为汉学家的自负。日本明治初期，在所谓"文明开化"的风潮下，儒学及佛教思想等受到排斥，西欧近代学术及思想被源源不断地介绍进来。即使在这样的时期，冈千仞亦始终不失作为一名汉学家的自负。他一方面与人合作编译美、法史志，另一方面又在自办的私塾里于传统经史的基础上，导入《格物入门》《万国公法》等新书，培养能适合新时代要求的人才。通过这些方式，实践躬行，为社会尽力。另外，由于鸦片战争后中国一步步沦为半殖民地国家，中日关系也逐渐发生了逆转，日本国内对华强硬论日趋强盛，整个日本正处于所谓"脱亚入欧"的前夜。可以说，在当时所谓"今论事者，发言辄曰欧美"（《观光》自序）的形势下，为了向世人证明汉学者并非那种不谙宇内大势的迂腐儒生，同时也是为了了解中国国情，探索中日关系及东亚地区的发展方向，冈千仞多年来一直策划着要"一游中土"。正如其在游记中所言："己以疏狂，为当路所外，常思一游中土，

---

① 《王韬遗墨》，第140页。此信日期署"光绪九年（1883）正月廿又七日"。

见一有心之人,反复讨论,以求中土为西人所凌轹之故"(《观光》卷四)。

三、游华及其见闻录

冈千仞的游华夙愿终于在1884年得以实现,时年52岁。也许是巧合,这与王韬东游扶桑时年龄相仿。此行自5月29日离开东京算起,直至翌年4月18日返回,历时315日,"所经殆八九千里"。全程由其侄冈濯陪同,另外,出发时巧遇驻日使馆的杨守敬期满归国,得以同船。他本拟先航香港会王韬,但得知王韬已"移居沪上",于是直接抵沪(6月6日)。

在上海,冈千仞受到乐善堂主岸田吟香及驻沪日本领事馆人员的热情接待,同时也得到王韬、张焕纶等沪上名士的礼遇。在他们的关照下,冈千仞于上海结识了不少中外人士,而且通过浏览市街,参观租界等,短期内便对这座"东洋第一"的都市有了大致了解。

冈千仞登陆上海后不久,《申报》就以"文士来游"为题,报道了其来华之事。在详述其生平后,报道最后称:"前日至沪。行箧中有书数百卷、诸友荐引笔札数十函。此固日本名流中之佼佼者也。想所至之处,必当倒屣争迎矣。"[1] 这篇报道长达四百余字。作为一名海外民间游客,能享受到《申报》如此厚爱,恐不多见。同年年底该报还以"日事客谈"为题,登载了他与沪上名士畅谈时事的长文。[2]

---

[1] 《申报》光绪十年五月二十二日(1884年6月15日)。
[2] 同上书,光绪十年十一月初二日(1884年12月18日)。

6月20日，冈千仞离沪赴苏州、杭州，游览江浙名胜，并于当地拜会了俞樾、李梅生等名流。进而于余姚访朱舜水后裔，还在同船归国的旅日华侨王惕斋的邀请下，至慈溪的王氏家族做家庭访问。此后，冈千仞还欲往福州见何如璋，但因中法马尾之战，不得已于8月下旬返回上海。在上海逗留月余后，又乘"武昌号"客轮北上，经芝罘，10月6日抵天津。在此，他幸会朱舜水后裔、时为李鸿章幕僚的朱舜江，由其引荐，多次面会道台盛宣怀，并经盛氏斡旋，得以进见直隶总督李鸿章。随后入北京，游览长城等帝都名胜，与御史邓承修、翰林编修徐琪、文士李慈铭、同文馆教习丁韪良等笔谈交流。后绕道保定，专程造访莲池书院，拜会山主张裕钊。又经天津，再次会李鸿章后，返回上海。归沪后，得知中日两国于朝鲜半岛发生冲突，日本驻韩公使竹添进一郎由仁川仓皇逃回日本。

冈千仞于沪度过1885年元旦后，本欲溯长江，览江岸诸胜，后采纳王韬"闽粤暖地，宜冬游者"的建议，决定先赴港粤，尔后再游长江。他1月8日离沪，经香港入广东，不料于当地染上时疫，静养多日仍不见好转，遂取消长江之游，径往香港，接受英国医生诊治。疗养近两个月后，4月10日乘英国客轮离港归国。

冈千仞此游，从南到北除欣赏和游览众多名胜之外，主要活动就是会客访友，交流思想。其间他面会过的中日人士难计其数，仅游记中记载的有名姓可考者就多达百余人，其中中方除以上提到的王韬、李鸿章、盛宣怀、俞樾、李鸿裔、李慈铭、邓承修、徐琪、张裕钊、张焕纶之外，还有龚易图、文廷式、沈曾植、袁昶等官绅名流。冈千仞与他们往来笔谈，或论学或谈时事，既广开了闻见，又加深了认识。另外，游历中获赠书143种，加上自购的书籍，总数达271种，1829卷，为实现其"重修鹿门精舍，拥万卷"的宿愿前进了一大步。不过,此游更大的收获则是记述并撰写了见闻录《观光纪游》。此书问世后,使其文名享誉文坛。

《观光纪游》是一部格调高雅的汉文体游记,由《航沪日记》、《苏杭日记》《燕京日记》和《粤南日记》等十卷组成,长达近十万字,管见所及,是近代日本人所著汉文体中国游记中最长的一部。该游记虽冠以"观光"之名,但着眼点并不在山水名胜上,实际上更像是一部考察记,一部晚清社会活生生的考察报告。书中虽不乏对各地历史沿革、地理物产、风土人情等的精彩描写,但给人的印象却显得相对淡薄。书中分量较重,且给人印象最深的是有关人物会见及其议论的记述。尤其是议论部分,内容丰富,涉及包括经史学术、科举制度等在内的政治外交、军事海防、社会风习、经济贸易等诸多领域,而且其中常见冈千仞激烈的批判言辞。这一点与竹添进一郎的《栈云峡雨日记并诗草》成鲜明对照。

四、冈千仞的中国认识

冈千仞游华的十九世纪八十年代初中期,中国所处的客观环境异常严峻。鸦片战争后的巨额赔款、太平天国运动导致的严重破坏和长期萧条、中法战争危机、沙俄对东北领土的蚕食、国内频发的自然灾害等,使国家濒于危难状态。尤其是中法战争爆发后中方节节败退,国家已到了生死存亡关头。那么,当时的中国社会和中国士人是怎样一种情形呢?作为一名关注中国和东亚局势的海外游客,冈千仞的观察不能不说有一定的代表性。

冈千仞游华期间,始终以严厉的目光来审视中国的方方面面,对晚清社会的种种弊端痛加抨击。他把中国社会与经济落后的原因归结为"烟毒"和"经毒",认为"目下中土非一扫烟毒与六经毒则不可为也"(《观光》卷四)。

在上海,他一方面为都市的繁华而惊叹,另一方面又为鸦片的横行而深感震惊。尤其当得知沪上"名流第一"的王韬也沉溺于烟毒后,难以掩饰心中的疑惑与失望。冈千仞抵沪后,即随岸田吟香去拜会多年未见的王韬。第二天向来访的倪鸿询问"上海名流",对方列举了胡公寿等七八人后,补充说"而王君紫诠为第一流"。此次能与沪上名流第一的老友王韬重逢,冈千仞觉得不虚此行。在他为此而深感高兴时,无意中从岸田吟香口中得知,前日"紫诠数说头痛,如不胜坐者,恐瘾毒。"日后当张焕纶、葛士濬等上海书院士子来访时,冈千仞谈到"闻紫诠亦近吃洋烟",葛士濬当即对答:"洋烟盛行,或由愤世之士借烟排一切无聊,非特误庸愚小民,聪明士人亦往往婴其毒"(均为《观光》卷一)。

他于市街散步时,亦常看到标有"洋烟"二字的楼房。他还走进其中一家烟馆,并对其内部光景作了生动描述:"室央设转丸场,丸斗大,观者簇拥。左右为烟室,床上陈烟具,管长尺余,两人对卧,盆点小玻灯,拈烟膏管孔,且燎且嘘。其昏然如眠,陶然如醉,恍然如死,皆入佳境者"(《观光》卷一)。后在慈溪王氏家族的一次宴席上,冈千仞看到宴席散后,客人一般均另入一室,两人对卧吸食鸦片,于是就"痛驳烟毒缩人命,耗国力,苟有人心者所不忍为。"当时在场的秀才王砚云则有些不快地反击:"洋烟行于中土,一般为俗,虽圣人再生,不可复救。"冈千仞心想,"此虽非由衷之言,亦可以知其成弊害,一至此极。"并引述魏源的话说:"耗中土之精英,岁千万计。此漏不塞,虽万物为金,阴阳为炭,不能供尾闾之壑。"最后不解地追问"中土不猛省于此,何也?"(均为《观光》卷三)

可以说,当时中国上下鸦片流行之广、毒害之深,完全出乎这位东瀛儒士的意料，而且更让他感到疑惑的是中国士人对此表现出的那种麻木不仁的态度。

在北京，冈千仞曾与科举出仕的翰林学士徐琪、朱容生等把笔畅谈，并对他们那"笔翰如流，顷刻间累十数纸"的气度深表折服。然而，他对八股取士的科举之制却抱有强烈的批判态度，指斥"科举为误天下之本"。在仙林寺僧院住宿时，他与日本僧侣无适谈起科举考试，最后感叹道："耗有用精神于无用八股，黄口入学，白首无成"（《观光》卷三）。他一再主张中国目下"绝大急务在一变国是，废科举，改革文武制度，洗刷千年陋习，振起天下之元气矣"（《观光》卷七）。对此，盛宣怀曾深表同感，认为"中土二百余年，以八股取文士而韬略不精，以弓石取武士而攻战无用。相沿成习，人才难出，以所用非其所习也。"①

同时，冈千仞还批判官绅及知识阶层守旧自封，不达外情，敦促士人讲格致实学，用心外事，变法自强。他对那些即使在中法战事紧迫，国家处于危难关头，仍不能为国献一计策的迂腐儒生，深感失望。当俞樾的高足王梦薇来访时，冈千仞问其中法交战之事，王以"通观《二十四史》，其与夷狄战，尤为无策"做答之后，并趁机对日本模仿欧美之举提出非议："圣人之道，自有致富强之法。贵国不求于此，而求于彼，殆下乔木而入幽谷者。"对此，冈千仞在称其"直据其所见，不少修饰，极为快人"的同时，又不禁发出感慨："呜呼！陆有轮车，海有轮船，网设电线，联络全世界之声息，宇内之变，至此而极矣。而犹墨守六经，不知富强为何事。一旦法虏滋扰，茫然不知所措手，皆为此论所误者"（均

---

① 王尔敏、吴伦霓霞合编：《盛宣怀与冈千仞、冈濯笔谈》，《清季外交因应函电资料》，香港中文大学中国文化研究所，1993年，第507页。

为《观光》卷三）。他甚至对李慈铭询问日本沿革一事，耿耿于怀，认为"我邦学者无不涉中土沿革，而中土学士蒙然我邦沿革。譬犹用兵，我瞭敌情，敌蒙我情，非中土之得者"（《观光》卷五）。在论及中法战争时，他亦曾一针见血地指出"中人病在不得外情。"

在冈千仞游华期间所交往的中国士人中，张焕纶、葛士濬、姚文楠等沪上书院士子是很特殊的群体。他们主动向冈千仞请教，甚至对其毫无忌惮的指责和批判也能洗耳恭听，给冈千仞留下较好印象。① 冈千仞曾指出"此游见士人亦多，语及外事，茫如雾中。唯经甫慨然用心时事，真难得之士"（《观光》卷四）。但即使对这位用心时事的张焕纶（字经甫），冈千仞也认为"中人论事，多不得外情，不独经甫"（卷四）。他在造访莲池书院时，告诫前来请教的年轻学子，"方今宇内大势一变，不可一日忽外事"，读书做学问要"有为于当世"，不要像张佩纶大学士那样"滔滔万言，而炮声一发，狼狈失措，弃兵而遁"（《观光》卷六）。

在游历江浙一带时，冈千仞接到中法马尾之战的通报后，急促返回上海。当通过洋馆林立的上海租界，目睹自来水及电灯等西洋文明的利器后，他不禁流露出羡慕之情，同时又对中国人的固步自封深感惋惜："是游自上海至宁波，往复四五千里，一资舟楫，不劳寸步，天下岂多有此陆海形胜之地乎？唯中人不讲富强之实政、格致之实学，居今世而行古道，骛虚文而忽实理，其为彼所轻侮，抑有故也"（卷三）。在北京他向来访的翰林学士直言相谏："方今所急，不在于万卷经史，而在于究格致之学，讲富强之实"（卷五）。在与李鸿章第二次会面的当日，他还写信给朱舜

---

① 冈千仞游华期间，曾将与沪上书院士子的笔谈录寄给《邮便报知新闻》，由该报分三期连载，见易莉惠《日本汉学家冈千仞与晚清上海书院士子的笔谈》（《档案与史料》，2002年第6期）。

江说:"中土无人不口自强,盖自强之本在自治。圣人说自治之本,曰格致,曰正诚。仆游中土,未见一人讲格致之学,又未见一人持正诚之教。盖或有之,仆未见其人也。其忽自治如斯,欲求自强之功,茫乎不可得也"(《观光》卷六)。

冈千仞在华期间,尤其关心中法战争的局势,屡屡与中国士人议论或探讨战局,同时留心收集各方情报,及时了解和掌握战况。他曾批评《沪报》和《申报》"议论无一定旨义",尤其是其关于台湾、福州海战的报道"道听途说,讹谬极多"。在广东他还设法求见两广总督张之洞和彭雪琴元帅,但因两者督战公务繁忙,未能如愿。他甚至对张之洞的《书目答问》一书提出疑问,"答问揭炮说、操炮法、炮表、水师操练、行军测绘、防海新论等诸书,为兵书之不可不见者。此皆译书,无用于科举者。香涛急于武备,故揭此等书目,用心当世者。唯格物入门、地理全志、瀛环志略、万国公法等书,当方今急于洋务之时,不可不一日讲之。而香涛不一言道及,未为知时务也"(卷七)。

他在天津会李鸿章时,李见他身着和服,以为是一个"古貌古心"的迂腐儒生,言语中不免带有"谐谑"。冈千仞遂解释:"敝邦列官途,不得不欧服。小人处士,故袭故服。邦俗故如斯,古一字,小人所不悦说。"李接着问:"足下已不悦古一字,然则知时务乎?"冈千仞当机回答:"小人敢谓知时务乎?唯时中圣人之道,孟子称夫子为圣之时者。小人私以为不知时,则不可与谈学,又不可与论时事"(卷五)。结果连这位中堂大人也只好"默然"。当时,冈千仞对李鸿章寄予很高的期望。在第二次被约见时,他直言不讳地讲:"方今中外,皆属望相公,切望乘是机,建大策,运大势,转祸为福,变危为安。"对此李鸿章则回应:"我邦攘夷论盛兴,亦犹贵国廿年前。老夫意以为非经五年,则不可有为。老夫叨蒙大用,任大责重,欲请问自便,而不可得。切羡足下绝念当世,漫游域外,以遣其壮志"(卷六)。可见两人所思所想之差异。当时由于清政府软弱无力,国事混乱,加上不少军政要人苟且偷安,致使法国侵略军有机可乘,中方连连失利,特别是马尾海战,中方损失惨重。这些事实无形中也让冈千仞感到自己的对华论切实有力。尤其是他得知曾于日本有过多年交往的老友、时任福建船政大臣的何如璋竟临阵而逃的消息后,更是感到震惊,认为其已不值一论。另外,具有讽刺意味的是,正是被他寄予厚望的李鸿章日后与法国公使巴德诺在天津签订了丧权辱国的《中法会订越南条约》,时间正是他回国后不久的1885年6月9日。

平心而论,冈千仞上述对华批评或建议在当时是很对症的,具有一定的现实意义。盛宣怀及上海书院士子们对此也给予一定评价。不过,由于其游华的前几年,中日关系史上接连发生过日本侵犯台湾、吞并琉球及朝鲜壬午兵变等重大事件。游华期间又正值中法战争爆发,同时遭遇朝鲜甲申事变,而日本国内又正值所谓"脱亚论"出笼之时,中日关系处于紧张状态。[①]加上冈千仞自身受西方史观之影响,不时显露出居高临下的傲慢姿态,尤其是当涉及朝鲜、台湾及琉球等问题时,有时故意避重就轻,甚或流露出狭隘的民族主义观点,致使其游华期间的言论并未得到更为广泛的回应。

但《观光纪游》出版后,于我国也产生过一定反响,近代启蒙思想家宋恕、蔡元培以及鲁迅、周作人等都曾提及过此书,或引用过其中的内容,并给予不同程度的评价和首肯。限于篇幅,

---

[①] 福泽谕吉的"脱亚"与"入欧"思想虽早有萌芽,但比较有代表性的脱亚理论则集中表现在其于1884年10月和1885年3月发表的《东洋之波澜》与《脱亚论》两著作中。

这里只举蔡元培一例。蔡元培在日记中曾记述:"阅日本国鹿门《观光纪游》,言中国当变科举,激西学,又持中国唇齿之义甚坚,皆不可易。时以烟毒、六经毒并言,其实谓八股毒耳。八股之毒,殆逾鸦片;若考据词章诸障,拔之较易,不在此例也。十年前见此书,曾痛诋之,其时正入考据障中所忌耳"。①

总体来讲,与同时代的尾崎行雄、小室信介等人走马观花似的见闻相比,冈千仞的观察记录更为全面和真实。其《观光纪游》对于我们了解清末社会,尤其是中法战争之际中国官民与知识阶层的思想状况以及日本人的中国观等,可谓不可多得的珍贵资料。

---

① 《蔡元培文集》卷十三·日记(上),第167页。引用时稍作更正。

日本僧侣的上海体验：以1873年小栗栖香顶日记为中心

陈继东（日本青山大学）

江户幕府的锁国政策与清朝的海禁，致使十八世纪中叶以降，中日佛教的交流几乎断绝。[①]日本宽正五年（1793），临济宗相国寺僧大典显常（1719—1801）与天台宗白云寺僧慈周共同撰写了"日本传来佛书逸于彼者寄赠大清国请纳之名蓝以为龟鉴状"（《北禅诗草》第四卷，1807），提交给京都官府，以期得到批准。大典等人从明末和乾隆时代刊刻的大藏经目录中得知，现存日本的佛典中，有许多在中国业已散失，所以发愿收集了一百种，要重新寄往中国，让中国的大刹收藏利用。可是这一计划却遭到了坚持锁国政策的京都奉行（官府）的拒绝。六年后，即宽政十一年（1799）刊行的《清俗纪闻》，是长崎幕府官僚编纂的调查报告，所涉及的是来自福建、浙江、江苏等地的商人有关三地的风土、生活习惯的报告，其中也记录了此三地的佛教状况。反言之，要

[①] 中日僧人的相互往来至1730年代而止。见木宫泰彦：《日华文化交流史》，富山房，1955年，第701、762页。

了解中国佛教的现状，只能向前来长崎的中国商人咨询，而商人们所讲述的毕竟是间接的、有限的信息。

上述两例具体显示了中日佛教交流完全断绝的尴尬状态。这一状况一直持续到了日本幕府的崩溃和明治政府的成立。1873年7月，在中日修好条约正式生效数月之后，净土真宗东本愿寺僧小栗栖香顶（1831—1905）就好像等待已久一样，匆匆来到了上海，不久便前往北京，开始了他一年之久的驻留生活。可以说百余年来，日本僧人终于能够亲眼目睹中国社会与中国佛教的现状，直接与中国僧人进行笔谈交流，不仅如此，直接引发了来华传播日本佛教的创举，从而成为改变中日佛教关系历史状态的历史事件。

尽管上海是小栗栖中国之行的中转之地，前后停留也不过数周，但其现存的日记和书信中，记述了众多见闻和观感，以及与中国僧人的笔谈，甚至还有令人意外地与在上海活动的日本外交官、军人的交谈记录。这些内容大多不为人所知，对于了解当时上海的社会状况、佛教的现状，颇有参考的价值。与此同时，在小栗栖的上海观察和思考的背后所透露出的明治经验（日本的近代化经验），也是一个不容忽视的历史课题。不仅如此，对于同一对象或现状，将同时代的中国人的认识与小栗栖的观察进行比较，从中发现两者的不同视角与意图，无疑又是一个饶有意味的问题。

一、历史逆转的契机

如果对照近代和前近代中日佛教的交涉，的确其性质有了很大的变化，日本僧由来华巡礼求法的朝圣姿态，一变而为建寺传教，两者之间的历史位相发生了逆转。不过，日本主动去接近中国这一姿态一直未变。古来中国僧人前赴日本，建寺院做住持，大多是受日方相邀而来的。在奈良建戒坛授戒规的鉴真和尚，以及在长崎向旅日华人讲法、住持万福寺的隐元和尚，都是受日本僧界的盛情相邀而来。历史上，我们很难寻找到一位自发地前赴日本，意欲弘传"中国佛教"的中国僧人。适成对照的是，来华的日本僧大多是为求法巡礼，或由国家派遣，或自发前来的。

小栗栖香顶在中国留学和传教，是他所属教团的旨意和他自身努力的结果。净土真宗为何在这一时期要与中国佛教界进行接触，要在中国传播"日本佛教"（真宗）？当时日本因文明开化而自负，对于其周围的"未开""半开"的各国显示了优越感，同时，对于在欧美列强的攻势面前日益虚弱的邻国深感不安，既想与西方列强共同瓜分近邻，又欲与近邻协同抑制西方的扩张，特别是深受汉学熏陶、自觉到自己的精神性支柱有赖于中国文化的一部分当政者、学者和宗教家，则更多地倾向于主动接近中国。净土真宗特别是东本愿寺派（大谷派），迅速将这一想法付诸行动。[1]

毫无疑问，小栗栖是近代中日佛教交涉史上的关键人物，但以往的研究大多集中在他赴华留学的动机和历史背景的分析，以及对1876年8月开始的上海传教的考察。[2]相形之下，对于1873年的上

---

[1] 佐藤三郎：《近代日中交涉史的研究》，吉川弘文馆，1984年，第221—222页。

[2] 围绕小栗栖来华的历史背景，木场明志与北西弘之间有过争论，前者认为小栗栖的中国之行不仅仅是个人的行为，背后有教团和国家海外扩张政策的支持。后者则主张其动机是文明开化浪潮下的"万国交际"，否定有为国策贡献的企图。参看小岛胜、木场明志（《亚洲的开教与教育》，法藏馆，1992年），北西弘（《明治初期东本愿寺的中国开教》，《佛教大学综合研究纪要》创刊号，1994年），以及木场明志的反论，见木场明志《近代日本佛教的亚洲传道》，《日本佛教》2，法藏馆，1995年）。其后，中西直树以及川边雄大的研究补强了木场的立场。见中西直树（《明治期、真宗大谷派的海外扩张及背景——北海道开拓、欧洲视察、亚洲布教》，《龙谷大学论集》481号，2013年），川边雄大（《东本愿寺中国布教研究》，研文出版，2013年）。

海、北京之行的资料发掘以及中国认识的具体考察，则显然不足。

二、现存资料

小栗栖上海、北京见闻的资料，主要见之于《八洲日历》第三十一号、《八洲北京书状》第一号至第二号，以及《北京纪游》和《北京纪事》。《北京纪游》曾由鱼返善雄整理发表，更名为《同治末年留燕日记》[①]，其中第一节至第九节，以及第一百一十七节至一百二十三节，记述了在上海的活动。《北京纪事》已由笔者整理刊出[②]，其中第一号至第五号对上海的见闻略有描述。两书相较，前者几乎涵盖了后者，而更为详细。两书的不同还在于前者为汉文体（即文言文），后者为口语体（即白话文）。

相较而言，《八洲日历》和《八洲北京书状》则是最为详细而真实的记录。前者是日记体，每天的所见所闻，或详或略，皆有记载。而后者则是寄给家弟的书信，不仅详述了在上海的活动，更为重要的是直抒胸臆，坦陈所感，是反映心声的直接资料。因为《北京纪事》先由小栗栖用文言文写成，再经北京僧改写成白话文，所以不仅许多真实的想法不便表述，而且此书整体的写法也富有策略性，以便中国僧人理解他的中国之行。《北京纪游》则是20世纪初小栗栖委托其弟子根据以往的资料整理出来的，行文上多有删减润色，不完全是历史原貌。因此，《八洲日历》和《八洲北京书状》则是把握小栗栖在上海活动的更为直接、最可信赖的资料。

---

① 鱼返善雄：《同治末年留燕日记》，《东京女子大学论集》第8卷第1、2号，东京女子大学学会，1957年1月—1958年2月。

② 小栗栖香顶：《北京纪事　北京纪游》，陈继东、陈力卫编，中华书局，2008年。

三、赴华准备

根据《八洲日历》第三十号，小栗栖来华的决定是在1873年的五月，此后便开始着手远行的准备。在经费上除了得到了本宗老法主严如的支持，同时还在亲戚、本宗寺僧以及相识的官员中筹集。而随身用品、礼物以及书籍等，也逐渐备齐。不过，对小栗栖来说，还有至为重要的是给中国相关人物的介绍信，以便能得到照应。除此之外，还需要准备出国所需要的护照以及各种必备的证明。

由于中日之间的外交关系刚刚建立，对于出国赴华的日本人，外务省有相应的规定。七月一日，小栗栖在去长崎县官厅取得护照的同时，也被告知相关的出国须知。这是由日本驻上海领事馆的领事品川忠道和总领事井田让共同签署的。其大意为与清国签订了条约之后，赴华日本人必须要遵守相关的规定，保持文明开化国度人的权利和尊严。内中说明：

> 除了居家谨慎，在来往行道上要谦让，作为开化人民的风范，每个人应加注意。特别是，当地是外国，而且各国人杂居，所以要行为端正，不可受到外国人的轻侮。因此，我国法律，自不待说，对此次公示的居留地规定，每条都务必遵守，不致违背开化人身份，要常常留意在心。①

公告中还提到与佣人、邻居相处应注意的事项，若违反相关

---

① 《八洲日历》第三十号。

的规定则会导致罚款。小栗栖抄写了具体规定,不知何故丢失了一枚,仅仅记录了以下三条规定。即女子和男子都不可露出腕胫之丑态,女性不可男装,女性不可有陪酒女那样的举止等。这里可以看出,明治政府对于出国行旅的日本人,不仅要求他们遵守国内外相关法律和条约规则,更重要的是要具有文明开化人的自觉,要保持个人和国家的尊严。不过,这一规定本身表明日本是开化之国,以文明人(开化人)的姿态和视线去对待和审视中国,无疑助长了赴华日本人的优越意识。

困扰小栗栖的还有要找到能在中国进行接应安排的人物。小栗栖赴华的目标,主要是前去北京,观察中国佛教的状况,并欲与北京高僧商谈共同防御基督教在东亚扩张的对策。可是,在上海、北京并没有相识的人可以帮助他实现这一目标。经多方努力,终于得到了长崎圣福寺僧人的帮助,介绍了一位名为林云逵的广东文人。[1]小栗栖如获至宝,随即给林云逵提笔致信,从中可窥见小栗栖赴华动机。全信如下:

佛子释香顶谨呈书

　　大清林云逵先生足下,顶将以七月七日解缆大清,单身万里,不胜想象也。曰:大清人容我否?其或有偷儿,则何策避之?栗栗疑惧。幸得凭善应老师,闻先生之大名,自思得先生之书游大清,则到处得容焉,是所望于先生也。方今西洋诸教,波及我邦,邦僧不能拒之。大清亦容西教否?大清僧亦不拒之否?顶欲见其景况焉。明末利玛窦之入支那,

---

[1] 林云逵(1828—1911),广东商人,擅长书法。1863年至1883年为设于长崎的"广东会所"主管。参见徐庆兴:《阪谷朗庐的学问及其新思想的转化》,《东西学术研究纪要》45,关西大学,2012年,第13页。

云栖、天童竭力拒之，方今之僧亦然否？谚曰：千闻不如一见。顶大欲目睹之也，欲目睹之，非北京则不可也。北京政府，国容日本僧否？北京僧亦不拒日本僧否？伏乞先生之一书，为顶先容焉。本邦方今有七宗之行焉，不知大清之佛法区别几宗否？或曰：有南北二禅而已。顶考之，前藏后藏，古昔有真言密乘焉。照诸现流地理志，彼宗未亡也明矣。加之天台、华严之教，法相、涅槃之家，盛于隋唐之际，名僧巨德，相嗣辈出，其流风遗受未坠地也必矣。岂独南北二禅之存乎？其余五台、四明之胜，昙鸾、善导之迹，顶得目击之，何幸如之。伏乞先生之余力，不惜其一笔，使顶遂大清游览之志焉。香顶再拜。

明治六年七月五日
大清云逵林先生足下[①]

从中可知，此封书信的目的是请求林云逵为小栗栖赴华写介绍信，以便得到接应之人。而赴华目的乃在于前往北京，观察佛教界的状况，并寻求抵制西方基督教扩张的方法。其中也透露了中国佛教在日本的认知情况，即中国只剩下南北二禅（以慧能为六祖的南宗、以神秀为代表的北宗），而在唐宋繁荣的各大宗派已经消失。不过，小栗栖对此传闻难以置信，意欲亲赴其地，考察证实。数日后，两人相见，但小栗栖没有记述详情。事实上，小栗栖到了中国后，始终没有得到接应他的中国人，全凭自己四处奔走，以书信和笔谈的方式寻求能够接纳自己的寺庙。同年8月18日，终于找到北京城内的龙泉寺，以极大的热诚说服了该寺

---

① 《八洲日历》第三十一号。

的副主持本然，将他收留在附近的清慈庵，自此开始了北京近一年的生活。

四、中国内的西洋——租界

七月十九日傍晚，小栗栖乘坐的"Golden Age（黄金时代）号"美国轮船在上海港靠岸，随后下船前往事先联系好的日本旅店"木棉屋"。上海给他的最初印象是浑浊的江水和繁忙的港口。

> 午前九点，进入浊水，乃是扬子江流入大海的江水。……六点，至上海，至木棉屋前。我想浊水应超过邦里（日本一里，约四公里）百里，上海蒸汽船之多非神户、横滨之比。异人馆（洋馆）之雄壮，乃生来未见。我感到横滨应为小上海。①

这一印象，在后来的观察中得到不断强化，如"西洋馆之美，天主教之雄壮非本邦异人馆之比"。他在日记里也写道，天主堂尤为盛大，不似本邦之小，西洋馆高大雄壮华丽，远非横滨所及。上海外观的"西方化"，在他眼中，显然要比东京和横滨超前的多。

其后的上海游览，他开始关心这一城市的人口规模、街景以及新城老城的区别。这使得他对上海的印象变得复杂，不仅充满了兴奋好奇，而且开始转向冷静的批判：

> 此土人员（人口）之多与东京稍似。据说北京有百万人，

---

① 《八洲北京书状》第一号。

天津有九十万人，而此地城内十万，城外十万，实际上不下二十万人。自上海沿江两里内外，人家相接。人力车中有独轮车，车轮两边坐人，从车后推走，不如本朝（日本）人力车之美。马车有一匹马的，两匹马的，还有四匹马的，美不胜收。中国人身着白长衫，手执白尘尾驾驭。其他还有与天上舆（日本豪华抬轿）相似的，中国富商乘之。①

对于交通工具的关心，可能是旅行者特有的嗜好。不过，他的日记和书信中很少有自己加以利用的记述。这一点，与后来在北京常常雇车的记述形成对比。在北京时，他甚至掌握了讨价还价的技巧。比如，雇车时，不可先招呼叫车，而是待车夫主动来问，再做决定。这样便于讨价还价。值得注意的是他始终用比较的眼光看待上海。上海租界内的瓦斯灯引起了他的好奇与赞叹：

瓦斯灯照明。夜街不用蜡烛。瓦斯是石炭之气，石炭蒸发，其气注入铁罐中，再将之从接在埋在地下的铁桶的管子中输出，转动开关点火，火便煌煌燃起。……据说东京去年也从上海求购这种机器。②

可以说，瓦斯灯在当时的东亚是最为先进的照明，东京和横滨尚未普及，而在上海的租界，随处设置，让江边通夜辉煌。

小栗栖还细心地观察了租界内道路的状况。他发现租界内的道路，除了有瓦斯街灯之外，而且整洁平坦，没有灰尘。对其原

---

① 《八洲北京书状》第一号。
② 同上。

因，他做了饶有兴味的调查：

  修路第一将之弄平，第二铺上瓦片，第四（三）用群马牵引铁器，在其上碾压，瓦片破碎后变成道路。
  用马车在道路上洒水，马车上载着一大方形容器，里面装满水，其下方设有小管子，又装有一个横放的器械，水从此器械中喷出，犹如龙门瀑布。随着马的行进，向道路洒水，好似细雨。我们东京尚未见之。①

道路修筑以及维持清洁的技术，让小栗栖大为好奇，也令他为自己的新发现而兴奋。不过，更为深深吸引小栗栖的，则是上海的西洋花园。这一新生事物，与东方的庭园似乎大相径庭。最大的不同，恐怕在于除了花卉、绿树、草地之外，更重要的是休闲交际的公共场所：

  西洋馆之美，天主教之雄壮非本邦异人馆之比。而花苑（花园）尤为美丽。其地约有二丁四方（四边为两百米左右），隔江而开，外设铁栅栏，又栽上杉树、柳树，园中种植四季花卉，中央铺植青草地，四处乱插佳卉名花。设置一小洋堂，在里面演奏音乐，傍晚在此纳凉。日本人进入没有妨碍，而中国人一个也不得入内。对中国人甚为厌弃，盖因（中国人）不知廉耻之故。我每夜来此游玩。②

---

① 《八洲北京书状》第一号。
② 同上。

中国人不得入内及其原因，无疑让小栗栖深感意外和欣慰。意外的是西方人公然对中国人显示了歧视态度，而稍感慰藉的是日本人不在其列，在西方人的眼中不把日本人与中国人同伍。所以，他每晚来此消遣休闲，乐此不疲。

上海的饮水和蔬菜的状况，因是日常生活所必不可少的元素，小栗栖也作为一个重要问题来看待：

> 本地极热，加之住在二马路木棉屋楼上，如在火炉中。又江水之色浊如褐色，不可饮用。幸好，可以买水，投入沸腾散，以此消暑。此地蔬菜，珍奇味美，加之乃是开港之地，所以从天竺（印度）、安南（越南）等地，陆续将美味蔬菜运来销售。我只打发一日三餐，无暇去搜寻珍味。①

从中可知当时上海的蔬菜有很多是从越南、印度输入的，而且多是小栗栖未曾见过的品种。饮水则要另买，至于水中投入沸腾散，其详情不得而知，或是制作汽水的一种方法。据1876年刊行的葛云煦《沪游杂记》，夏季将水和气灌入机器中，制作荷兰水、柠檬水，可解散暑气，恐怕即属于此类。至于饮水，《沪游杂记》"城中食水"条说，城内河渠之水腥臭，饮者易生疾病，"初至之人，尤觉不服"，井水也不甘美。还说上海官府也曾试图解决饮水问题："沪中官商会议仿西洋法，设机器铁管引江水灌注城内四隅，以济民食，后以费巨不果。"②

饶有趣味的是，上述令小栗栖新奇的事物，在《沪游杂记》

---

① 《八洲北京书状》第一号。
② 葛云煦：《沪游杂记》，广陵书社，1976年初版，2003年影印，第184页。

里都有记述。除了租界、瓦斯灯、洒水车之外，还记有垃圾车，"马车上驾大木柜随行，夫役数名，每日两次扫除街道"。[1]当然，上海的新奇事物远远超出了小栗栖的记述，成为上海日常的一部分。尤为值得关注的是，租界区内所实行的"租界例禁"，即禁止诸种行为的管理条例。《沪游杂记》记有20条，其内容如下：

> 一禁止马车过桥驰骤。一禁东洋车小车在马路随意停走。一禁马车、东洋车夜不点灯。一禁小车轮响。一禁路上倾积垃圾。一禁道旁小便。一禁肩舆挑抬沿路叫喝。一禁施放花爆。一禁不报捕房在门外砌路开沟及拆造临街房屋。一禁私卖酒与西人饮用。一禁春分后霜降前卖野味。一禁卖臭坏鱼肉。一禁卖野食者在洋行门首击梆高叫。一禁肩挑倒掛鸡鸭。一禁吃讲茶。一禁沿途攀折树枝。一禁九点钟后挑粪担。一禁乞丐。一禁夜间行人行迹可疑及携挟包裹物件手无照灯。一禁赌博酗酒斗殴。[2]

正是这一不宽容中国习俗的处罚严厉的条规，保证了租界内的清洁和秩序。但是，这是为在上海的西洋人社会而创出的所谓"文明空间"，中国传统社会的老城上海则与之无缘。

五、中国人的世界——老城上海

如果说外城租界的上海是中国内的西洋的话，那么老城的上海

---

[1] 葛云煦：《沪游杂记》，第96—98页。
[2] 同上书，第48—49页。

才是中国社会的真实现状。在老城,小栗栖看到了另外一个上海:

> 此日入城内,城墙以炼火石作之,传说为吴孙坚之城。城门狭窄,人家稠密,犹如蜂房一般。在一店休憩,上茶,端出炒过的西瓜子,又在铜器装满开水,将手巾浸入其中取出,让洗脸揩背。没有见一位女子出来。中国人对大小便,不知廉耻之事,是外国人笑话之处。街市上往往看到粪团,厕所并非家家都有。一处厕所,众家所有。其大小约有一间四方,上面横放一块板,众人蹲在其上解大便,一栽倒便会坠入粪狱。小便的气味弥漫道路。盖房东没有便所,人人在饭桌下置一便器,犹如本邦重箱,重重上盖,堵住其秽臭。但是,到了解手时,其臭气就会向外溢出。据说城内臭气炽然,乃是因此之故。真乃圣人之国悲哀之弊端。①

不洁与秽臭,令小栗栖用圣贤之国的悲哀来表达自己的不解和不满。围绕这一生活习惯和卫生状态的问题,在北京,他与从湖南进京赶考的文人展开了激烈争论。小栗栖将在马路上出恭和卫生上的恶习,斥为中国人不知廉耻的行为,而日本人则守孔子之教,没有这样的脏事。因此,圣人之道在日本而不在中国。为此,湖南举子承认京都风俗大坏,确为不净,但是外省则甚为清洁。因为北京不要粪肥,故不设厕所,而南方砖墙高屋,茅房清洁,积粪肥田。从而批评小栗栖的看法是一偏之见,特别是南方各省不同北方,甚至说"若没有皇上在此,连鬼也没有来的"。②

---

① 《八洲北京书状》第一号。
② 小栗栖香顶:《北京纪事 北京纪游》,第40—41页。

小栗栖的尖刻挑剔无疑刺激了湖南举子的自尊心。后来，小栗栖在北京撰写的《中国开宗前景》一文中也强调，在中国传播真宗的时候，要将孔子教作为重要辅助，用孔子圣人之教，来改变中国人裸身、吐痰、人前用手挖鼻、大道出恭、便后不洗手、不洗澡等恶习。对这些恶习，小栗栖斥之为"野蛮"。在其眼中，生活习惯和卫生状态是文明与野蛮、开化与愚昧相区别的重要指标。

小栗栖的这一反应，和明治日本的文明开化的内涵有密切关联。教育和卫生（包括医疗体制），是实行所谓文明开化的重要领域。尽管日本古来对于个人卫生和公共卫生就很注意和敏感，但是新成立的明治政府则通过法律条规，禁止不良习惯。1872年，东京公布了公共卫生条例，其第49条明确规定，市中往来行人，若在公设便所之外的场所小便，将施以鞭罪或拘留。同年，横滨市内便新增了33个公共厕所。这些规定也在新的教育制度内进行普及。[1]相形之下，当时的清政府并没有相关的法规。在明治时期的来华游记中，晚清社会的卫生状态似乎是必不可少的题目，大都显示了与小栗栖相同的态度。这背后所诉说的是"文明"与"野蛮"的区别和距离。

六、上海的中西女性

女性，是小栗栖上海观察的一个重要内容。上海女性的容貌、衣饰和婚嫁等，都强烈吸引着这位年过四十的僧人。在他的记述

---

[1] 山崎正董：《肥后医育史》补遗，1929年，第118页。荒井保男：《日本近代医学的黎明——横滨医疗起源》，中央公论新社，2011年。竹原万雄：《明治初期的卫生政策构筑》，《日本医史学杂志》第55卷49号，第509—520页。

中，有的是自己的观察，有的是道听途说：

> "支那"妇女之结发，都不一样。有的从后面耸立，好似禅宗的帽子一般，有的是下垂的辫发，又有的从后面张开，像知了展开的羽翼一般。佩戴的耳环，多是用玉制作的，也有金银的。在街市上奔走的女子是下贱者，富商家女子则足不出门。成婚后，不再与（别的）男人接触，终年在楼上，使唤一下女，饮食方便也都在楼上。所以在上海看不到往来的美妇。呜呼，男外女内之弊已经到了极端。更有甚者，女子生后到了三岁，给其脚穿鞋，制其皮肉，不令其脚肥笨。所以，中等人家以上的女子，好似没长脚指。中等以下的人家也模仿之，其脚看上去好似碾槌一般。扬州尤为甚。中国人颇赏玩之，故有扬州的脚、苏州的头之说法。据说苏州妇人好美发，装饰亦丰富。可见束缚到了极点。①

在小栗栖的眼中，上海中国女性的发型，新奇多样，耳饰也多用玉和金银。不过，让他沮丧的是，在街面上只有身份低贱的女子往来奔走，却看不到富家闺秀。他甚至抱怨富家女子婚嫁后，便不再与别的男子接触，将男外女内的风习斥为一种弊害。尤其是对女子幼年缠足，表示不满。总之，在他看来，上海女性深受家庭的束缚，没有自由。

与此相反，对上海的西洋妇女，小栗栖则投以无限羡慕的眼光。在他的描述中，西洋女性富贵优雅，自主自由，与中国女性形成了鲜明对照：

---

① 《八洲北京书状》第一号。

> 此日在花园散步，见洋人夫妇有同乘马车的，有同坐辇舆的，有携手的，有母子相携的，有朋友相语的。洋妇之美非中国女人所及。闻洋妇居家或将发垂后，或结发髻，第二天要出游时，便将十根、二十根头发用叉卷起来，一束一束系好，至第二天发束解开，而发卷缩成螺旋形状。再在其上戴上华蔓，用薄纱遮面，以白纱为衣，白纙为裳。其大五六尺，可以蔽身。身着其衣，宛如神仙。我暗思，其衣裳所费当时莫大数额，耳环有金有银，有红玉，咽喉下（衣服上）还佩戴牡丹别针，用金子制作的，其中还插入金刚珠，其高价的据说要五千金，可切断金铁。夜行时，瓦斯灯映照路旁。盖欧洲人并非皆然，贫妇犹如中国女人。大抵来上海的是欧洲豪商，他们与万国之垄断（相交涉），忍受（辛苦），致获巨富，以毕生之力建豪宅，募美妇，而不考虑子孙后代。①

不仅如此，小栗栖还将眼光投向了与良家妇女相反的另一个世界，即上海的娼妇：

> 娼妇颇多。下品（差的）是一美元。日本人买这样的娼妇。小脚妇人不向外国人提供。大抵一美元以上的是常品（中等的），而上等的颇为高价。开化之极则是西洋娼妇。现在法兰西租界有之，一夜要二十五美元，据说洞房之美、饮食衾褥之华丽、情态之穷极，皆非各国所及。传说中国的上等人去此地游之，日本人素为贫吝，不得靠近西洋娼妇，然

---

① 《八洲北京书状》第一号。

而，小野组头领曾连赴两夜。①

其中将西洋娼妇视为开化之极，颇有时代的特征。在追求和追随西洋文明的明治时代，西方娼妇的存在，对小栗栖而言或许是一个超出其想象的现象，并将之视为一种开化的体验。

《沪游杂记》卷二"青楼二十六则"，解释了青楼行业中的二十六种术语，从中也可看出这一时期的上海风俗行业的状况。如对"先生小姐"的说明，"女唱书称先生，妓女称小姐，做花鼓戏者也称先生"。而"咸水妹老举"一条则指出，接待洋人的为咸水妹，应酬华人的为老举，而且"簪珥衣饰皆有分别"。但是，《沪游杂记》没有记述洋人娼妇之事。

七、上海的日本人

随着中日外交关系的建立，在上海的日本人也开始增多。不仅有领事馆和外交官，还有商人、游客以及来华侦探的军人。小栗栖在与他们的交游中，不仅分享了他们对中国的认识，而且对于日本佛教在中国传教的可能性，也得到了重要启示，构成了其上海体验的重要部分。

这里仅仅举出小栗栖与上海总领事井田让和军人池上四郎的交游。在到达上海后，他很快就与上海领事馆的官员接触：

将通行证明和往北京的申请交给总领事井田让以及领事

---

① 《八洲北京书状》第一号。

品川忠道。①此日星期天，是休息日。北游之事便委托了二位。井田是美浓大垣藩士，据说北征立了战功，足可谈论。现今日本人在上海有五十余人。日本大使馆借用美国公馆，木棉屋客店邻近公馆，品川英辅在此寓居。居客开店之处在二马路，相去二里许。②

和品川的交往主要是事务性的，而与井田则高谈阔论，从中得到了许多启示。井田曾为大垣藩士（现岐阜县），后在明治新政府建立中，屡树战功，而且直接参与过废佛毁释的行动，明治四年（1871）升至陆军少将，于1872年9月转任上海领事，翌年升为总领事。小栗栖记录了与井田的交谈：

> 问井田。井田先前为大藏省大丞，颇足谈论。……又说日本人禁穿中国服，中国把日本看作自己的属国一样，所以不准穿中国服。又出示西洋饮食器具，足以令人惊诧。井田说，中国守孔老之道，不耻陋巷（不以贫穷为耻），顽固至极。西洋以十分之二用于衣服饮食上的享受，八分则用于商业，而不顾虑其子孙。其子孙二十岁以上，各以其术（本领）谋利，以此而出人才。③

小栗栖正是从井田那儿得知不可穿着中国服，而其中缘由却是中国把日本视为属国，以示区别。中日修好条规的第十一条，

---

① 参见东亚同文会编《对"支"回顾录》，初版于1936年，此据原书房1968复刻本，载有井田让、池上四郎、品川忠道传记。
② 《八洲北京书状》第一号。
③ 同上。

明确规定"不准改换衣冠、入籍考试，致滋冒混"。但是，其中理由毫无论及。而中国与西方列强签署的条约中也没有相关规定。从井田的反应来看，此一规定显示了大清对日本的蔑视。实际上，小栗栖在北京为越冬，制作棉袄，似乎并没有完全遵守这一条规：

> 又曰，中国僧人不及日本僧，其理由在于中国没有统辖僧侣的官署，将其兴亡盛衰置之度外而不加顾虑。僧人仅仅剃发入寺，为得糊口，而不求学其他。所以，佛法不及日本。
> 又说北行之事，要照会道台。而道台现今不在，待其归来后得其印章。在此期间，游览上海，但不可阅读书籍，应看看活灵活现的土地人情。中国到了现今，儒者等还乐于诗文而不知人事，贫穷状态皆因儒者之故，愚陋之极。方今，西洋传教士（教僧）孜孜传教（布法），所以中国过半归于其教等等。此人颇有胆略。①

这位曾捣毁佛寺的军人，也关注到了中日佛教的不同。井田认为中国没有统括宗教的政府机构，放任佛教自生自灭，而僧人为糊口，不学无术，无法企及日本。在中日佛教的对比下，井田意外发现了日本佛教的优越性。明治政府建立之初，就设置了神祇省，尊神道，统辖各种宗教，致使废佛毁释政策的实行。但又很快修正政策，以大教院统辖各宗教，令各宗教在奉行敬神爱国、奉戴天皇的前提下，实行自我管理，奉仕国家。这是日本佛教走向近代化的重要步骤，而此时的中国，的确如井田所指出的那样，

---

① 《八洲北京书状》第一号。

将传统佛教排除在国家近代化之外，尚未创制出具有近代性质的宗教典章制度。

不仅如此，井田还指出中国文人墨守孔子之教，不以贫穷为耻，耽于没有实际功效的诗文之中，固陋顽固，儒者才是导致中国贫穷的元凶。相反西方人重商业开拓，鼓励个人努力，这是其人才辈出的动力。而西洋传教士也勤奋传教，将来中国大半人口将皈依基督教。井田的中国认识，无疑开阔了小栗栖的思路和视野，在他后来的日记和书信中，频繁出现固陋、顽固这类词汇，用于批判中国的现状。

在上海短暂的停留期间，小栗栖意外地结识了池上四郎（1840—1877）这位军人。据《对"支"回顾录》下卷"列传"中的"池上四郎君"记述，池上是西乡隆盛的心腹，1871年被任命为近卫陆军少佐，翌年追随西乡征韩论，被派遣到中国东北营口，侦查满洲的地理、风俗、政治、军备和财政状况。1873年4月至7月，同行的军人和外交官先后归国，而池上决意留下，到过杭州等地，本打算北上进京，后未果，于8月返回日本。1877年，在西南战争中，与西乡一起剖腹自尽。小栗栖经由同样是来中国侦探情况的一位叫黑冈勇之萨州人（鹿儿岛）的介绍与之相识的：

> 楼上有萨州藩士池上，便与之交谈。（池上）说，北京现在颇热，自己打算秋凉了再去，君（小栗栖）先去。又说先前有去杭州，见所谓的西子湖，日本里大约三里多，红莲之华美，绝清绝言。设有屈曲桥，其间建有亭子，文人画士荡舟弦歌。又说，在杭州遇见文叔，看上去很贫困。他说八月要归国，请向圣福转达。又说耶稣僧（传教士）尽力布教，不只顾一个方面。第一，到城内开商店，卖经书。第二，学

语言。学通语言为止，尽心尽力，令中国人皆为感动。第三，前往乡下，乡下人四方聚集，围观西洋人，其利用此机会，命随从的中国教僧，先讲说如何见人说法，然后重生死之事，懂得依赖劝进之事。必人人授之以经书。其中有一人皈依，便说，公淳朴之质，此外再给公二三册。其人则会深信，以为自己成为东道之主。方今，变中国发辫，着中国服，穿中国鞋，与中国人不异。有开设寺院（教堂）的，多为商店。布教之力反而在商店等等。若不在本朝（日本）之寺院稀少之地设寺，则布教之实效不大。池上之一言值千金。①

池上以军人特有的重实效和成果的眼光，观察到了基督教在中国成功的做法，即将传教和经商相结合，以商店为据点，传布福音，争取信众。对西方传教士热心学习语言，通达民情的献身活动尤为褒赞。池上告诫小栗栖，基督教的成功之处，恰是佛教所欠缺的，提醒其要认真吸收传教士的经验。这些都开阔了小栗栖的视野，因而小栗栖称之为"一言千金"。其后，小栗栖在北京写给龙泉寺僧本然的信中，所阐述的对抗基督教的主张，全面袭用了池上的观点，以增强对中国僧人的说服力。对于小栗栖而言，能在上海相遇这些创造了明治历史的人物，并得其见识和指点，无疑是一个意外的收获和体验。

八、近代中日僧人的最初邂逅——龙华寺

小栗栖来华的主要目的，是访高僧、观大寺、了解中国佛教

---

① 《八洲北京书状》第一号。

的状况。而在他的想象中，京城北京应是高僧大刹集中之地，所以起初并没有探访上海寺院的计划。由于办理前往北京的通行证尚需时日，只好在上海耐心等待。龙华寺的存在，便是经一位中国商人介绍才得知的：

> 市商陈子逸来，笔谈数刻，告之北京之行一事。其曰，先生此去可先往普渡（海中补陀落山），请彼一信至北京更佳。又曰，城内文人最多，黄吟梅、胡公寿，并画师周铁舟、周殿村为其魁。又曰，上海弹丸之地，恐未有清洁地，唯龙华寺在离城九里之处，稍可容膝。①

由此得知上海城外的龙华寺是此地最大的佛寺，于是决定携友人野田范一前去踏访，并暗中期待借此机会能从寺僧处得到前往北京寺刹的介绍信。于是，中断百年之上的中日僧人的交流，在彼此毫不相知、毫无准备的情况下重新开始了：

> 与范一乘舟溯江水而访龙华寺，邦里约有三里。龙华寺大寺也。有七进伽蓝，直接进入大堂。众僧围观，有三十余僧人。上大殿拜佛，有一位看上去是寺务的僧人出来，引入一客堂，上茶，于是开始笔谈。有一位叫镜清的僧人出来说："大师到敝寺，本寺和尚至上海，在大马路五台山，名所澄。"又曰："本寺前寺主观竺和尚现在北京取大藏经。"又曰："本国宗教律三门，现在本寺。"又曰："普渡（陀）山在大海中，

---

① 《八洲北京书状》第一号。

路程不远，三天之数也。"①

《北京纪事》中对此的记述更为详细，还被龙华僧人问及日本僧有无戒疤之事，即在头顶或身体上烧烫戒痕，以示受戒修行。因为真宗没有受戒守戒之说，小栗栖含糊的回应以有守戒之事，而无烫痕之事。此外，当被问及中国僧可否前往日本时，小栗栖表示日本僧将大为欢迎。接着，小栗栖参观了寺院，并登上了龙华佛塔：

> 求上七重之塔，令一僧为先导。第一，拜三尊殿，有弥陀、观音、大势至之巨像。第二，谒弥勒殿，第三谒释迦殿。本殿在长毛贼时，遭遇兵燹。北面比我东寺开阔，七重塔大为剥落。僧扶我上最上头，日本人题名颇多，有品川春光题字。我才知上海地势。平野苍茫，唯北方有三四山峦，是苏州的凤凰山，据说中国人正在此地练兵。除了此山，不见其他一山。此山也相距邦里十七八里地。我东京虽也是平远之地，不及此地平远。大国之称，不可诬也。②

然而，在他的日记里却记述了另一个印象，即衰落的寺院和愚昧的僧人：

> 此寺大殿有三尊佛像（阿弥陀、观音、大势至）也。一殿安置弥勒，一殿安置释迦。其余古门尘埃，佛像倾仄，可

---

① 《八洲北京书状》第一号。
② 同上。

谓衰寺也。寺僧顽愚，不解文字，似本朝庄内坊主（即和尚之蔑称—译者注）。范一曰，皆愚僧也。①

中国佛教业已衰落这一印象，可以说是在龙华寺开始得到证实的。自此以后，无论是天津还是北京，小栗栖所看到的大多是其所谓"寺衰僧愚"的景象。

第二天（7月23日）上午，小栗栖写就一信，遣人呈送所澄，下午便亲往租界内大马路（今南京路）上的五台山，拜访了龙华寺主所澄。不过，《北京纪游》（即《留燕日记》）所录与《八洲日历》相较，在行文表述上，颇有差距。今将二者一并抄录，以作对照：

表1 《八洲日历》与《北京纪游》对比

《八洲日历》第三十一号 （1873年7月23日）	《北京纪游》"七见所证"
日本僧释香顶呈书所澄和尚足下 香顶以本月二十三日解缆发国，二十五日至上海，将游北京，观寺宇之壮丽，问高僧巨德之学术。然言语未通，地理未谙，加之北京无日本人之开店，单身独行，不堪想象也。	日本僧香顶顿首拜白。 香顶以六月廿三日（阴历）发日本，廿五日至上海，将游北京，观寺刹，接高僧。憾语言未会，地理未谙，且无邦人之寓北京。
窃念获知于上海高僧，乞其书而北游，到处得奇遇。问之市人，曰此去七里有龙华寺，高僧所居焉。于是，昨朝买舟，溯江至贵刹。寺众曰，和尚在上海五台山，顶不堪其遗憾，顶一悲一喜。昨夜疲劳，不问安否。今朝欲直往请谒，不知上人有闲容客否。若相容，则疾步面谒。	是以千万苦心，想得上海名僧之知遇，为之先容，可以大安身。问之市人，曰：此去七里，有龙华寺，大德云集。昨买舟，叩贵寺。曰：和尚在上海。本日欲往谒，不知闲否。若许面谒，则直拜趋焉。

---

① 《八洲日历》第三十一号。

续表

《八洲日历》第三十一号 （1873年7月23日）	《北京纪游》"七见所证"
日本素禁外游，近来许之，顶不胜其喜，曰，中国者佛法、大德之所兴，翻译胜迹之所创。凡释氏可不一游乎？决意来游焉。上海未见巨寺，唯见西洋寺屹立云间。顶无意讨论焉，唯欲观佛教何如耳。欲见佛教，则无如游北京也。北京岂可无绍介乎？欲请绍介，岂可无知己耶？上海无一相识，所不得已，亦理之所然者。上人相容，识顶之为人，若以顶为人可采，则请为顶容受。闻龙华前寺主观竺和尚，现今在北京，若得上人一书，得谒老师于北京，顶不胜至幸也。	敝邦曩禁外游，王政一新，解此禁。尔来出游者，前后接踵。顶谓："支那"龙象之所兴，翻译之所创，苟入释氏门者，可不一游乎？于是决意渡航。上海未见大刹，唯见耶稣堂之巍立耳。
日本方今有七宗派，则曰天台宗，曰真言宗，曰禅宗，曰净土宗，曰真宗，曰法华宗，曰时宗。顶属真宗也。真宗之教义，请后日陈之，不知大清现有几宗派耶。或曰"支那"无佛法，或曰唯有南北二禅耳。顶大疑之。玄奘、慈恩之法相，贤首清凉之华严，智者、章安之天台，金智广智之真言，其将湮灭委地耶？日本七宗犹有，文献可见。堂堂中国三藏之所兴，岂啻南北二禅存耶？西洋二教，骎骎日进，日本僧不学不能当之。彼学术之精微，教法之力行切实。日本僧懒惰谫劣，井蛙自安，不知海外有何教，况有护法之志念耶？如此则佛法之亡不在远也。屋之盛大者，兴之兆也，倾仄者，亡之兆也。方今寺宇大抵毁颓，僧亦顽愚。洋教之堂巍然臻天，万国仰瞻，僧亦励精布教，一亡一兴，如观火然。	日本方有七宗，闻"支那"唯有南北禅而已，顶大疑之。玄奘慈恩之法相，贤首清凉之华严，智者章安之天台，金智广智之真言，其将湮灭委地乎。日本七宗，犹有文献可征，堂堂中国，三藏之所云兴，岂啻南北禅而已乎？近来洋教东渐，彼学术精微，力行切实。日本僧侣，懒惰谫劣，井蛙自甘，不知海外何状，其不能抗彼明矣。顶意，寺刹之兴废，实教法存亡之兆也。而天主之堂，日见隆起，佛陀之殿，月致毁废。一亡一存，了然如观火。顶不胜切齿也。

续表

《八洲日历》第三十一号 （1873年7月23日）	《北京纪游》"七见所证"
伏乞上人，了顶之意，使顶遂北游之念，幸甚幸甚。顶拙于文，得其意，忘其言可也。不具，顿首。	顶将叩辇下诸大刹，问护法之策。闻前寺主观竺老师，方在北京。若得和上绍介，谒老师于辇下，则何幸加之。伏冀和上照顶之亦心，为顶裁一书，为北游之先容。顶顿首拜白。

两者对照，显然《北京纪游》所录文章，行文表述简洁、确当、自重，而《八洲日历》之稿则仓促草成，略显冗赘，并更具现场所特有的急迫感。不过，除了修辞上的区别之外，两者在内容上，出入不大，可见《北京纪游》的编纂除了修辞上的变动外，大体上尊重了原文。

这是小栗栖给中国僧人的首封书信，讲述了来访原委以及来华的经过、目的和对于中国佛教现状的听闻，最后希望为自己的北京之行得到所澄的帮助。此信的内容，与在长崎时致林云逵的书信大致相同。一是说明中国佛教的辉煌时代在现在也应该得到继承，对于仅存南北二禅的传说，表示难以置信。二是对于基督教东渐以及在华兴盛表示忧虑，希望能与中华高僧协商"护法之策"。三是希冀所澄能给已在北京的观竺前寺主致信，引荐自己，以便使自己在北京寺院安身。其中，对于佛教现状的危机感，和前赴北京的迫切心情，溢于纸面。

小栗栖不待所澄回复，当天下午便携带一名当地人直赴其处，与之笔谈：

> 午后与一名至中国人，至大马路五台山。其壁上题有南无阿弥陀佛，作为禅宗寺院，看上去却像天台念佛。领事馆

都说是净土宗，不过是因念佛流行，故有此号。非善导、源空之净土宗。呈上名片，拿出点心。所澄出来，笔谈数刻。①

日本净土宗创始人法然（源空）曾将中国净土的源流分为三支，即东晋慧远、唐善导流和日照，而自己（日本）承继的是专称名号的善导流。净土真宗也承袭了这一法脉，将善导、法然视为宗祖。所以小栗栖对此十分敏感，以为中日不同。在中日僧交往完全断绝的状况下，小栗栖的突然登门造访，一定让所澄大出意料。对于小栗栖的询问和向北京僧引荐的请求，所澄做了十分委婉得体的答复：

> 妙正寺大和尚，法驾来游大清国之寺宇，观海上之风景。目今江苏省有常州天宁寺、扬州金山寺，又有高明寺并几处寺院庵堂，大行道业，宗风盛振。已今遭乱之后，渐渐而衰。目今我本国亦有邪魔外教众多亦盛，无可奈何。情长纸短，难以尽言。语言不通，故云不便。又曰，关竺师至北京无回信，不知在何寺。向来京都未曾至，相熟之人少。我等出家之人，方外之士到处为家。此去直至天津，进京城不过三天之路。京城内闻有八大寺，多是挂单接众，可以安身。②

所澄的答复，一定让小栗栖颇为失望。在与北京龙泉寺僧本然相遇之前，到了北京如何安身，是一直困扰小栗栖的难题。尽管他一直尽力四方寻求，最终还是依靠自己的努力，说服了想要拒己于门外的本然，被收留于龙泉寺附近的小庵。为此，他在日

---

① 《八洲北京书状》第一号。
② 同上。

记里曾抱怨中国僧人的薄情。因太平之乱的打击、基督教的扩张压制以及皇室朝廷的疏远,陷于艰难维持状态的中国佛教,的确失去了唐宋时代的大度和自信。正如本然所说,小栗栖来华此举是钵盂安柄,纯属多余。

然而,同时代的中国人的龙华寺记述,并非如此悲观。龙华寺作为上海郊外的景点,《沪游杂记》也有介绍:"寺在龙华镇,距城南十八里有浮图七级耸入云霄。每岁春间传戒,三月十五日为龙华会期,香火极盛。"① 高大的佛塔,定期的传戒,繁盛的龙华庙会,显示了龙华寺的兴隆,毫无衰落之景象,迥异于小栗栖的印象。王韬在其《瀛壖雜志》(卷二)中,对于龙华寺的记述,也是着重其日趋昌盛的前景:

> 龙华教寺在黄浦西村,离城十余里,近水回环远山遥供。寺建自赤乌十年,吴地梵刹,此为最古。寺前浮图七级,高插云表,颇称壮丽,昔人都有题咏。《云间志》略云,塔为文笔峰,脩之则邑中有科第。相传吴越忠懿王夜泊浦上,见草莽中祥光烛天,乃为大兴木。宋治平间赐额曰"空相"。嗣后屡修。山门外有二井曰龙井,一清一浊,大旱不涸。宋空相寺碑仅存残石,字迹不可辨识,惟篆额尚存。咸丰三年,僧观竺募资重建,十年为贼毁。旋有檀越捨金葺修后殿,及钟楼,焕然改观。每逢三月十五日焚香赛愿者,自远毕集。明时大内曾颁经赐敕,倍极隆重。今远枕荒郊,香火之盛,远不逮昔。春时而外,游迹甚稀。惟晓云残月与波光塔影相参差耳。甲戌夏间,寺中主持观竺由部领到藏经,备仪仗迎之,

---

① 葛云煦:《沪游杂记》,第61—62页。

入护从僧约百余人。兵燹之後，象教日昌，此其征也。[①]

中日记述显然大相径庭，究其原因，主要因各自观察和认识的立场相异所致。王韬等人的记述侧重于龙华寺历史的连续性和新的变化，及其在当地佛教界和当地社会所扮演的角色。因此，在他们的笔下，龙华寺尽管遭到了太平天国运动的打击，隆盛不如从前，但是现在正在恢复和发展之中，不仅传承戒律，而且年年举办的龙华庙会也吸引着当地的居民，香火犹存。不仅如此，前寺主观竺上京迎请龙藏，显示了在遭受兵火劫掠之后，佛教将获振兴的征兆。与此相反，小栗栖则偏重现状，将之与想象的过去（龙象辈出的唐宋），以及与日本寺院的现状作比较，眼中所见的是倒坏的佛像和无学无识之僧，所感受的是衰败的景象。因此，小栗栖的观察显然欠缺历史和现地（当地社会）的视角，这也是外来的旅行者常常容易持有的视线和偏见。

小　　结

1862年，作为日本幕府首次派出的贸易团前来上海的高杉晋作、纳富介次郎、日比野辉宽等，在沪滞留二月余，写下了内容颇丰的游清见闻录。其中不乏对上海港的繁荣、西洋馆的壮观，西洋人的跋扈，以及不洁吸毒、国势衰败的描述，但是，他们仍然尊崇孔圣之教，视西洋为夷，对于西方列强在中国的跋扈，甚至抱有同仇敌忾之情。[②]然而，时隔不过十年，西方和中国的形象

[①] 王韬：《瀛壖杂志》，上海古籍出版社，1875年初版，1989年，第35页。
[②] 日比野辉宽、高杉晋作等：《1862年上海日记》，陶振孝、阎瑜、陈捷译，中华书局，2012年。

与地位，在日本人的认识中产生了根本的变化。西方列强不再是夷狄，而是文明开化的楷模，中国的圣教一变为固陋衰败的根源。

正如松本三之介所指出的那样，近代日本的中国认识，主要受到了对于世界变局判断的影响。西方列强在东亚的扩张，给日本带来的严重的危机感，因而日本试图将中国作为一个防波堤，阻挡西方的侵入。在此认识下，既有意与中国进行连带，期待中国自身实行改革，迅速摆脱传统的体制迈向近代型国家。同时，又试图通过富国强兵，实施远比中国更为彻底的文明开化政策，加入西方列强行列，从而取代中国，获取在东亚的指导地位。因此，当前者的企图遭到挫折，发现中国依然固执传统的儒教规范，而拒绝近代西方文明的价值和原理时，蔑视中国，将中国视为"固陋之国"的认识便由此产生。[1]

上述小栗栖的上海体验，也正是这一历史脉络下的产物。他是带着如何防御基督教在东亚的扩张这一课题来到中国的。可是，他在上海看到的却是西方的跋扈，和中国社会的守旧固陋，以及佛教的衰落，唯一称赞是租界内的西方世界。尽管如此，他还寄希望于北京，期待着与中国佛教连带的可能性。实际上，在寄居北京不到一个月，北京佛教界的无力现状，以及首都的守旧不洁，让他深感中国已无自主更新的活力，却发现了日本佛教在中国传教的可能性。他在9月13日草成的《有关在"支那"开设真宗前景之事》（此文后来由其弟小栗宪一整理为《"支那"开宗前景》，呈交给净土真宗东本愿寺派的法主。而在此文抵达日本之前的9月20日，小栗栖被任命为中国传教主管）。该文一开始便主张业已文明开化的国家，有义务帮助和引导尚未开化的国家这一当时流

---

[1] 松本三之介：《近代日本的中国认识》，以文社，2011年，第288页。

行于日本的文明开化论:"方今我朝廷,遣人游学西洋各国,为取彼之长。而其深意无疑在于中国。先机而行,是为僧徒护法之急务。"这里可以看出,小栗栖认为日本佛教(净土真宗)在中国传教之所以可能,首先由于中日两国在文明开化上的逆转状态,就是说,业已文明开化的日本,其势力必然要扩张到尚未文明开化的中国,佛教宜配合这一形势,到中国传教。当然,除此之外,日本佛教齐整的宗派、传承完好的教义体系和传统,远远高于现存的中国佛教,因而更具有正统性。在小栗栖看来,文明开化的先进性和教义传承的正统性,是日本佛教取代中国佛教传统地位的最大理由。小栗栖还认为要实现真宗在中国的传道,必须实行适应中国社会的教法。具体而言,第一要传授孔子之教,宣讲戒除不洁,改良风俗之义。第二,废除妇女之缠足恶习,对其宣讲若信奉真宗之教,则不缠足也可成贞女之义。第三,为了让中国人戒除吸鸦片之恶习,真宗有必要制定唯一之戒律即鸦片戒,以此可以救助众多人命。自此,中日佛教的交流关系,进入了不同于以往的逆转时代。

明治时期日本人的中国印象

——以内藤湖南的《燕山楚水》为中心[1]

吴卫峰（日本东北公益文科大学）

序　　言

　　1899年9月22日，日本《万朝报》的头版，开始了题为《游清记程》[2]的连载。这是内藤湖南的中国——清朝——的处女行的纪录。连载持续了半年左右，翌年4月4日结束。不久，湖南基于连载的内容写出《燕山楚水》一书，由博文社出版。

　　《燕山楚水》由《禹域鸿爪记》《鸿爪记余》和《禹域论纂》三部分组成，以时间顺序分十二章纪录清国游的《禹域鸿爪记》占了大部分篇幅。《绪言》中提到书名"燕山楚水"乃随书肆所好，那或许《禹域鸿爪记》是湖南最初的书名。[3]《鸿爪记余》汇

---

[1] 本文根据旧文《明治日本人的中国印象——以内藤湖南的〈燕山楚水〉为中心》，《圣德大学言语文化研究所　论丛》14（2007年2月）改写而成。
[2] 从第二次连载以后，"记"字改为"纪"。
[3] 内藤湖南：《燕山楚水》，吴卫峰译，中华书局，2007年，第1页。

集了湖南对清国社会文化各方面或长或短的杂感,《禹域论纂》主要收录了他在清国游前后发表的关于中国问题的社论。

写作《燕山楚水》时的内藤湖南,众所周知,尚未进入学术界,还在《万朝报》执笔社论。湖南的清国游,正值甲午战争四年后,光绪皇帝在康有为、梁启超的辅佐下发动戊戌变法失败的第二年。因此,这次游历,不仅饱含一位汉学家印证文化祖国心象的炙热之心,还具有考察中国时局、确认中国变革方向的目的。

以前的内藤湖南论,也有对《燕山楚水》的各种分析。①本文主要通过以下问题来展开讨论:作为明治日本人的内藤湖南,对于成功现代化的日本和改革受到挫折的中国之间的关系,以及对于汉学者的"华夷秩序"这样的矛盾,是如何应对,如何思考的?

一、第一印象

湖南在船上颠簸了数日之后,从"仙台丸号"第一次看到了中国的景色。湖南写下了当时的感想。

> 正如我的料想,山都裸露着山脊,山脚下的土是褐色的,坡度很缓,海岸上可以看到不少陡峭的岩石。像撒上了沉香一样的绿色覆盖着的山野,正是南画中常见的景象,两千年郡县制度的流弊使这个历史久远的国家荒废到如此地步,实在让人痛心。②

---

① 参照竹内实《日本人眼中的中国形象》(春秋社,1966年)、钱婉约《内藤湖南研究》(中华书局,2004年)等。
② 内藤湖南:《燕山楚水》,第21页。

这里，我们可以明显看出湖南讨论中国问题时采取的基本态度。

首先，清朝末年的荒废景象给他留下了很深的印象。所谓"正如我的料想"，是说他通过以前来中国的人们的旅行记，对中国的风景和社会现状，已经有了一定的了解。在书中湖南提到了著名汉学家竹添井井（进一郎）的汉诗，他肯定读过竹添所著的《栈云峡雨日记》。

其次，对于"南画"，如后述，湖南在《鸿爪记余》中结合中国的风土详细讨论。把从中国画得到的中国山水印象和实际的风景进行对比，并非湖南一个人。然而湖南没有停留在单纯的印象论上，事实上他是通过中日风景的比较，来展开他的民族主义立场。

第三，把当时中国荒废衰败的原因归于"两千年郡县制度"，我们可以认为是沿袭了始于明末清初、在鸦片战争后再次兴盛起来的"经世思想"的主张。在分析中国问题时，湖南总体上避免依据当时流行的社会进化论，而是从汉学家的立场上，以顾炎武以来的"经世思想"为理论依据。

二、中国风景的雄伟与苍茫

湖南为中国风景的雄伟所压倒，惊叹不已。他是这样描写去长城路上看到的山峦的。

> 从路上可以看到居庸关方向的山峦奇峰耸立，成荷叶皴状；等走近南口再看，又成小斧劈状。可知关口险峻的程度，确实不负雄关之名，我几乎迫不及待地期盼第二天大

饱眼福了。①

第二天，比前一天有过之而无不及的奇峰绝谷等待着湖南。

> 这附近沿路翠峰屏立左右，都是陡峭的岩石。大斧劈、小斧劈层出叠现，气势逼人，如石笋簇生。景色之奇，即便在我国的名山也极为罕见。②

有趣的是，湖南用"荷叶皴""小斧劈""大斧劈"这些中国画的术语来描写山姿。博闻强识的湖南，当时虽只有33岁，已经积蓄了深厚的汉学功底。他对画很精通，游清之前，他应该用看过的绘画印象在心中描出了中国的风景吧。

或许这是当时具有较高汉学造诣的日本人的共同特点。比如石幡贞（谦斋）所著《清国纪行 桑蓬日乘》中，把从船上看到的芝罘附近的景色描绘为"巉巉岩石怒立快走为大斧劈"。

而且，当乘船溯长江而上的时候，湖南对沿岸芦苇无边无际的雄伟景色赞不绝口。

> 一般来说，在大江的沿岸，或洲渚平坦的地方，会有芦荻丛生，往往数十上百里连绵不断。现在时节正是初冬，叶枯花开，如霜如雪，极目远望也看不到边际。不然就是长天杳渺，云树相接，倦飞的鸟用肉眼看不清楚，借助望远镜才能看到它们在低翔盘旋。这样的景致，这样的恢宏远大，只

---

① 内藤湖南：《燕山楚水》，第44页。
② 同上书，第48页。

有大陆中原才有，不是看惯了富于细腻景趣的日本风光的眼睛所能想象的。真是天地间的一大壮观。①

但是，对以上的中国景色，湖南并非无条件地赞美。特别对北方的山水景色，他看出的是缺乏生机的苍茫。在惊叹了去长城的路上的风景之后，他接着写道：

> 我国的名山景色，松柏散植，半空闻涛声；湍水激石，脚下见飞雪。而这里的山上只有枯黄的矮草盖在土上；溪水无精打采地缓流在乱石间，岸边不时看到种着杨柳的村落连着密集的羊群和稀疏的骆驼群；沿山的道路也不是那么险峻，路面上沙土夹杂着碎石，驴蹄踩蹙走过，尘土便飞扬起来。再想到《唐土名胜图会》的画家以日本人的想象在居庸关的景中加上了松柏，就觉得眼前的景色实在不敢恭维。②

将我国北方的风景和水源充足的日本风景比较，评价很是苛刻。这样的中日风景以及风土的对比，使人想起志贺重昂（1863—1927，号矧川）的《日本风景论》。1894年出版的《日本风景论》，作为政教社的"国粹主义"、文化民族主义的一个表现，无疑带给湖南很大的影响，而湖南与志贺重昂的私人关系亦很亲密。后来湖南回忆这本书的出版，写出了他当时的想法：

> 记得是明治二十七年左右的事。前辈志贺矧川先生出版

---

① 内藤湖南：《燕山楚水》，第113—114页。
② 同上书，第48页。

《日本风景论》，他主张：一般人都知道日本风景的特征之一是樱花，但还有一个，就是松树，松树应被视为日本风景的特征之一。那时候我虽然对风景还没有仔细考虑过，但记得曾对先生说过：此外日本风景应该还有一个特征，就是火山的山麓。总之，先生的看法和我的看法都是认为，日本的风景有日本风景的特征。①

且不论关于火山脚的评价，对松树的看法，湖南与志贺重昂的思想是相通的。湖南在《鸿爪记余》中比较中日风景，得出了以下的结论：

> 总而言之，中国的风景，长处是苍茫、宏阔、雄健、幽眇，而不在明丽、秀媚、细腻、曲折，如果打个比方，就像啃甘蔗杆，渐入佳境；不似我国的风景像舔蜂蜜，唇齿之间溢满甘甜。②

"渐入佳境"这个典故，来自东晋画家顾恺之的轶事，从这里也能看出湖南汉学知识的渊博。总之，湖南对比中日风景的特点，特别强调日本风景的价值，这点须要我们注意。

三、风景与绘画

风景与绘画的关系，始终是内藤湖南的关心所在。除了上边

---

① 内藤湖南：《日本风景观》，《大阪每日新闻》，1927年7月13日。
② 内藤湖南：《燕山楚水》，第160页。

的引用，他还如下写道：

> 元明以后的画中，青绿的山水多是杨柳之类，没有画其他的树木；和宋人笔下苍老的松柏相比，很没有气势，这也是囿于眼前实景的自然结果。我国画南画的人，学习这种没有气势的笔法，而不去描绘我国苍郁的景物，如此的愚蠢行为实在可笑。文人画风画岩石不画青苔的苍润，而是画枯瘦干燥，也是地力枯竭的中国景物的写实；崇尚模仿这种画风，可谓大错特错。①

基本上可以看出，他认为明清的南画（南宗画、文人画）不过是对中国北方山水的写实，评价不高，以为其中没有多少独特的艺术美。

湖南将对中国南北山水风景的探讨，和绘画的南北宗联系在一起。

> 北方山水确实有些奇杰雄厚的地方，然而大抵是萧索枯瘦，多有衰飒的气象，绝无刚健爽直。毋宁说更像明清文人画的佛掌薯山水，而不像北宗的嵌崎磊落、苍润秀劲。而南方的山水，虽然也有蕴藉萦纡的景致，但它的苍润秀劲，则宛然如同宋明北宗的妙品中所画。②

所谓"佛掌薯山水"，是比喻讽刺文人画中经常出现的那种总

---

① 内藤湖南：《燕山楚水》，第52—53页。
② 同上书，第162页。

体呈圆形而细部粗糙的山的表面。他一方面把南画（南宗画、文人画）和北方的山水联系起来，评价很低；另一方面他把明清以来被摆在和南宗画相对的位置上、贴上二流标签的北宗画，和南方的风景关联起来，给予高度的评价。

对南画评价之低，反映出当时一般社会的审美观受到佛诺罗萨（Ernest Francisco Fenollosa）对文人画批判的影响。不过京都大学时代的湖南，改变了对南画的看法，承认其为中国绘画的正统。

后来，湖南在一次讲演中，做出如下可以看作批判佛诺罗萨的发言：

> 西方人在研究中国绘画时，是否对中国各个时代绘画都具有理解能力，这是个疑问。特别在中国的绘画中，对近世最盛行的南画的理解能力，现在能具备多少，是一个很大的问题。这从出口到西方的中国画的倾向也可以看出。现在西方人多少具备一些理解能力而从中国进口的，多是宋元时代的画，也就是距今九百年前到六百年前的画比较多，其后较新的时代的绘画还没有进口多少。①

在同一演讲中，湖南揭示了南画美的本质：

> 所谓南画，是一种具有优雅情趣的绘画。特别是作为近世后期的南画趣味的一个重要条件，像荒寒或松秀被视为相当重要的因素，在荒寂的情趣中呈现出一种美的趣味来。②

---

① 内藤湖南：《"支那"绘画史》，筑摩学艺文库，筑摩书房，2002年，第281—282页。

② 同上书，第283页。

也就是说，在《燕山楚水》中被看作如实摹写北方山水缺乏生气的"苍莽"而加以批判的地方，这里作为南画美的特征给予了新的评价。

而且，湖南还批判了对南画的误解。

> 有一种论者认为这是亡国的艺术，表现了萧飒的心情的无聊艺术。不只是日本人，中国人中也有持这种观点的。但艺术不是根据国家的兴亡来增减其价值的。①

这里批判的日本人或中国人具体指谁尚不清楚，但是年轻时的内藤湖南也持有类似的想法。在《燕山楚水》中，湖南总是把南画连同北方的山水当作清朝衰败的症状。

关于湖南的南画造诣，三田村泰之助这样说："因为以下的理由，我可以断定，湖南对中国画，特别是南画或文人画，有着非凡的鉴赏力。近世中国绘画，和西欧现代绘画理论上完全不同，以诗画一致为宗旨，用笔和书法相通。需要比较深的古典的学养。看了《灯华记》会想起赖山阳，从他的画论会进一步阐明四条派的主张；在中国绘画方面，他读了王维的山水诗论和清代的沈芥舟学画论，蒲山张庚的《画征录》等，还有郑板桥和金冬心的画记之类，不断深入他的研究。这些积蓄，和他对大量绘画实物的亲手鉴定相辅相成，使他成为我国的中国绘画研究史的开拓者，他的著作至今仍是不朽的名著。"②

所谓不朽的名著，当是指《"支那"绘画史》。但是三田村所

---

① 内藤湖南：《"支那"绘画史》，第283—284页。
② 三田村泰之助：《内藤湖南》，中公新书，中央公论社，1972年，第140—141页。

赞扬的是已入圆熟期的湖南，而写作《燕山楚水》时的湖南，虽然对南画有着丰富的知识，却并没有充分看出南画的艺术价值。他对《芥舟学画编》的部分内容，也给予了严厉的批判（这个批判并非错误）。

修正南画认识的契机，应该是因为他后来有机会"对大量绘画实物的亲手鉴定"。对此，曾布川宽在筑摩文库版《"支那"绘画史》的《解说》中有详细介绍。

据曾布川文介绍，1911年辛亥革命后，清廷被推翻，内府的高官们把所藏的书画等卖到国外，大量流入日本。而且这次的流入和以前不同，"属于南宗正统派系列的作品很多"①。内藤湖南是从事这次收集活动、并扮演了指导性角色的一员。经过这次珍贵的经验，湖南"亲眼看到了大量的作品，在提高对中国绘画的鉴别能力的同时，也加深了审美的认识"②。"如此，以新近流入的作品为基础写出的《"支那"绘画史》，当然和以前的中国绘画史不同。以前的绘画史，主要是以镰仓、室町时代传入的作品为基础作成，其主体是南宋画院的李唐、马远、夏珪这些画家，也就是后来董其昌提倡南北宗论时被划分为北宗的画家们的作品。湖南则主张，从董源、巨然开始延续到元末四大家、四王吴恽这一谱系的画家，这个南宗的谱系才是中国绘画的正统。"③

我们再回来看《燕山楚水》，湖南无疑采取了拥护北宗的立场，属于尚北贬南论的阵营。这除了曾布川所举理由以外，受佛诺罗萨批判文人画的影响应不少。当然，佛诺罗萨对南画的态度，除了受阻于文化理解的高墙，当时南画或文人画的一流作品尚未

---

① 内藤湖南：《"支那"绘画史》，第459页。
② 同上书，第460页。
③ 同上书，第461页。

传入日本,也是一个重要原因。即便天才如内藤湖南,也没能超越时代的局限。

不过我们还可以从另一个角度来审视《燕山楚水》中的湖南画论。就是说,湖南本来便不是为了论画而褒贬南宗北宗,他或许只是利用画论来展开他的地气转移说的观点。

四、南北之别

《燕山楚水》中,中国的南北差异被当作一个重要话题反复提起,在其中可以看到荒废与绝望的北方和富饶与希望的南方的对比。

毫无疑问,中国北方的荒废之状给内藤湖南带来很大冲击。虽然他有一定的预感,如前引所说,但没有想到"荒废到如此地步"。登北京城墙赏中秋月时,湖南展望北京城内,不禁感伤起来:

> 都城的风景无限地凄凉,让人觉不出这是君临在四亿生灵之上的大清皇帝的所在,我不禁流下泪来。①

而且,比较《水经注》里描写的树木茂盛的往昔,再看居庸关附近的荒凉,他感叹道:

> 如今候台的石室已经渺然无迹,树林也看不到一处,令人伤思的反倒是这里景色的荒凉。古今之变,竟至于此,怆然之感,不禁而生。②

---

① 内藤湖南:《燕山楚水》,第42页。
② 同上书,第49页。

结束了北京游,回到天津,在和两位中国年轻学人笔谈时,内藤湖南直言不讳地写出自己的感想。

> 只不过看了北边的长城,凭吊了明代的陵寝,游览了京郊的各寺观罢了。我所到之处看到的州县都非常荒废。……看了郊外土地,我觉得地力已经枯竭,即便有真命天子出世,也不会再以这里为都城。二位先生以为如何呢?①

对于北方的衰落,"地力"成为一个关键词。即便出现了改变中国命运的真正王者,也不会再立都于北——他的这个判断,已经近乎绝望。

而和荒芜、绝望的北方相比,南方则看起来富饶而充满希望。

> 上海郊外草木茂盛,禾稼丛生,青葱芊绵,和我国别无二致。不同的只是这里缺少修整。②

虽然不是毫无批判,但提到和日本风土相似,应是在某种程度上产生了亲近感。在《风景的概况》这个题目下,湖南对比了中国南方和日本:

> 京津地区接近北方沙漠地区,……在我国没有类似的地方。上海、苏州在平原当中,尚有大陆的风貌,类似刀根沿岸地区,只是更宽阔。只有杭州地区傍山靠海、土地狭隘,

---

① 内藤湖南:《燕山楚水》,第77—78页。
② 同上书,第91页。

很像我国。……像西湖，景色几乎和我国京畿中国地区类似，在中国是明媚秀丽之最，而和我国相比，还略显暗淡。①

依然是带有批判的评价，但这里举出了和日本的类似之处，湖南或许以为这是"希望"的所在吧。在上海和改革派知识分子张元济的笔谈中，内藤湖南阐明了他在南方感到的希望：

> 看到江南民风和物产的丰富，和北京附近迥然不同，内心感到对未来的希望。（略）果以东南的富庶来图自卫，财政充足兵力精锐，几年的时间就可以达成。②

所谓"财政充足兵力精锐"，也就是说江南地区物产富庶、人才辈出。湖南一直认为，和北方比较，中国的南方不但自然条件丰富，在人才上也优于北方。在天津见到陈、蒋两位青年知识分子时，他是这样描写二者的风貌的：

> 陈二十八岁，蒋三十三岁，听说都是少壮有为的人才，慧敏之气，在相貌上就显露了出来。③

和二位的笔谈快结束时，湖南又提到他对南北人才不同的看法：

> 我觉得贵国的南方人和北方人并不是一个种族。南方人

---

① 内藤湖南：《燕山楚水》，第159—160页。
② 同上书，第135页。
③ 同上书，第76页。

的骨骼轮廓很像我国人。看到二位的风采,我更觉得是这样了。北方人大多浑朴桀骜,只是缺少英气。南方人大多英锐慧敏,缺点是不善持久,就像我国人一样。这恐怕不是我的一家言吧。①

对南方人才的高度评价,与南方的风景一样,和与日本的近似有关。

湖南的南北论,从清国游的五年前的甲午战争期间发表的《地势臆说》②和《日本的天职与学者》③两文中已现其端倪。《地势臆说》在清朝学者赵翼的地气说的基础上加以修改。赵翼提出了地气迁移学说,认为地气最先聚于西北长安一带,以唐朝的开元、天宝为最盛,然后向东北移动;到了清朝,王气完全凝固在东北地区。湖南的观点是:中国的文明发展以洛阳为中心展开,后来长安代替洛阳的文化中心地位,而赵翼的所谓气积东北一说,仅是军事、政治上的势力,北京从未成为人文中心。

湖南继续展开他的论述。他认为,江南地区极六朝之繁华,后来也没有衰落,在经济和人文上越来越繁盛;在经济上支援不能自给自足的北方,在人才方面,从文人到将相都多有出现。湖南进一步引用章潢的分析:"西北之兵,便于持久而不便于速战;东南之兵,利于亟战而不利于持久,……自古闻北人之畏南,未闻南人之惮北。"

这里看出,《燕山楚水》中内藤湖南对南方地区的感想,和数

---

① 内藤湖南:《燕山楚水》,第83页。
② 《内藤湖南全集》第一卷,筑摩书房,1971年,第117—125页。
③ 同上书,第126—133页。

年前几乎没有变化。在《日本的天职和学者》中，湖南如下总结他的地气迁移说："至于中国，三代两汉和唐宋明清，虽说文化近乎断而再盛、三盛，但河洛的开化不是汉中的文明，江北的休治不是江南的人文，代代相移，必不可兴也。唯江南人文久而益隆，虽治世者更替，不曾与之同盛衰。私意其民种之潜在势力深厚，一再经文明之域而未穷尽其发挥之势。"而且他把中国复兴的希望寄托于江南地区，"松柏后凋，国家社会其潜在势力最雄厚者寿命长久。现在的中国，帝系虽然出于沈阳胡种，其实权则在江南人手中。欧人多恐惧中国人未来的复兴，不是没有理由"。

五、经世思想的影响

湖南的南北盛衰论，经世思想的影响非常显著。《地势臆说》中的观点是以赵翼、顾祖禹等的学说为基础。而《燕山楚水》中，明末清初的经世思想大家顾炎武的影响最为重要。

这个影响首先现于舆地学。讨论芝罘的历史和地理形势时，他已经引用了顾炎武的《天下郡国利病书》；在北京游的时候，特别是去长城时，他基本是把顾炎武的《昌平山水记》当作导游书的。翻开《禹域鸿爪记》中《第四 长城，明十三陵》，就注意到《昌平山水记》的引用之多。比如对于元代城墙遗物的"土城"，他引用下边一段来说明：

> 顾炎武的《昌平山水记》记载："正统十四年己未，也先奉上皇车驾，登土城，以通政司左参议王复为右通政，以中书舍人赵荣为太常寺少卿，出见上皇于土城"，说的就是这个

地方。①

对于居庸关附近的南口镇，他引用以下一段。

《昌平山水记》上说："居庸关南口，有城，南北二门。魏书谓之下口。常景传：都督元谭，据居庸下口。北齐书谓之夏口，文宣纪：天保六年，筑长城，自幽州北夏口至垣州九百余里，是也。元史谓之南口。自南口以上，两山壁立，中通一轨。凡四十里，始得平地。而其旁皆重岭叠嶂，蔽亏天日"。②

在此章的结尾，关于十三陵，湖南写道：

谒陵的记录，为了后来游客的方便，我穷尽自己的记忆尽量详细录出。但这是驴背上的游览，自然不免疏漏。所以我抄录顾炎武的《昌平山水记》放在后边，来补充我的记录所不及的地方。③

此段后边他引用的顾炎武文占《内藤湖南全集》一页以上。他对顾祖禹的《方舆胜览》参考也很多，此处省略。

我们在湖南身上看到了舆地实学的影响，这当然超过作为单纯事实的地理知识，更接近地政学。湖南感兴趣的正是这点。湖南的学问是经世实学的学问，所以可以推测，这在他内心也触发

---

① 内藤湖南：《燕山楚水》，第44页。
② 同上书，第45页。
③ 同上书，第58页。

了建功立业的野心。

从长城上环望四方，湖南不禁发思古之幽情，心中一阵骚动：

> 自古以来，有多少朔北的英雄驱驰着战马向中原挺进，到达这里的时候，看到烽火欲熄、旌旗委地，无一卒把守关门，胸中充满囊括四海、气吞山河的豪情。想到这些，我岂能不为之神往，为之激动呢？[1]

而且，游览金陵这个"帝王州"的时候，看到眼前地势之雄伟，湖南不禁感慨：

> 雄浑是金陵景色的特点。……野色远近，高城百里，策马走在从孝陵到朝阳门的高原上，会使你想到驰骋千军万马、旌旗蔽野的古代英雄们。我曾经对本愿寺的一柳氏说："在金陵做总督而不起反心的人，一定是个庸才。"[2]

连内藤湖南都会感到这样的冲动，借用他的话，或许一部分以英雄自居的人到中国去，"梦想是席卷四百州，创立空前勋业"。[3] 敦促湖南游华的亡友吕泣对湖南写过：

> 君不见禹域四百州，风云如箭，烟雾如墨。何不速速背上君之剑，跨上君之马，即刻过长江，渡黄河，北上长城，一览

---

[1] 内藤湖南：《燕山楚水》，第50页。
[2] 同上书，第160页。
[3] 同上书，第201页。

> 平原？策文章雄图，与俗子争得失，此实非吾侪之所为。①

虽有文人间交流应酬的成分，也不失为充满气概的发言。但是湖南自己，在中国问题上，始终持有冷静的判断。在选拔派往中国的留学生一事上，湖南提出："应该选择谨慎踏实、机敏圆滑，而且适应实际实务的讲习的人。"②

经世思想在湖南身上体现出的另一个方面是，他不把清末荒废的现状归为一时的状态，而是在更深层的地方探究其原因。在天津和陈、蒋二氏笔谈时，湖南提出以下见解：

> 我个人以为，贵国的积弊，并不是从本朝开始，从远处追究根本，则在商鞅的废井田而开阡陌上；从近处寻找原因，则在科举取士的有美名而无实效上。再加上郡县制度以来，地方官不把老百姓的生计放在心上。③

这种认识，和本文开头引用的"两千年郡县制度的流弊"同出一辙，其根据是明末清初兴起的经世思想，特别是顾炎武的思想。美国学者Fogel认为："中国的经世思想诞生于十七世纪，十九世纪再次盛行。其主要特征可以总结如下。中国最大的弊害在官僚制度的最下层，即'中饱'税金压迫民众的'胥吏'。中央政府在采用回避本籍制度的同时，还把地方官的任期缩短，结果地方行政被这些胥吏所把持。因此，首先须要改革地方行政制度。这种经世思想中体现出来的改革精神，可谓目的在回归中国古代

---

① 内藤湖南：《燕山楚水》，第17页。
② 同上书，第201页。
③ 同上书，第77页。

的'封建制'。……但是，具有代表性的经世学家顾炎武也不得不遗憾地承认，回归到周代封建制这个最初的体制已经不可能。于是顾炎武探索'把封建制的意义包含在郡县制当中'。"[1]内藤湖南熟读顾炎武著作，这从《燕山楚水》中关于舆地的引用文字可以看出，而他对郡县制以及"胥吏"的批判，则可以从顾炎武《郡县论》[2]等文章中找到思想的源泉。

六、中国文化与日本

在《燕山楚水》的开头，列有"游清杂诗次野口宁斋见送诗韵"，第一首的首联和颔联如下：

> 风尘满目近中秋，一剑将观禹九州。
> 故旧当年空鬼籍，江山异域久神游。[3]

对于内藤湖南，中国是现实问题的考察对象，更是神游已久的文化之国。因而，确认自己对中国保有的心象，在游清过程中占有很大比重。

游览西湖之际，凭吊传说中的美女苏小小之墓时所发的感想，如实地体现出文化对于湖南的心象如何重要：

> 且休道什么"苏小小、冯小青都是子虚乌有的美女，她

---

[1] J. A. Fogel：《内藤湖南——政治学与汉学》，井上裕正译，平凡社，1989年，第73—74页。
[2] 顾炎武：《亭林文集》卷之一，《四部丛刊》初编，〈集部〉。
[3] 内藤湖南：《燕山楚水》，第3页。

们的墓也起于好事之徒的假托"，毕竟使西湖入于诗、有情有韵的，多半就是这些乌有假托的美女们。即便把历史上存在过的美女称为乌有，又岂能把人心咏叹、为西湖景色画龙点睛的美女墓称为乌有呢？①

即便是假托，若借助文化之力而产生了美感的话，有时候不是比枯燥的事实还有价值吗？但我们刚看到把心象放在实象之上的湖南，马上又看到他面对二者之间落差感受到的沮丧：

> 孤山坐落于二堤之间，翠槛可掬，只是往来于堤上的人们的辫发胡服，让人觉得和眼前的风景格格不入。②

显然是对满族统治的不满。在《鸿爪记余》中他对由于缺少下水设备而导致遍地粪便的北京现状表露反感。他写道：

> 据说现在已经废坏的明代都城，建设的当时，拥有规模很大的下水设备，不输现在文明各国的都会。清朝的文明和前朝相比如何，从这里不难推测。③

如此，内藤湖南虽然对清末中国的荒废感到惊讶，并为心象与实象之间的落差沮丧，但他没有放弃对中国文化的热爱。从这个意义上，和中国知识分子的交游，可以说对湖南是一个精神上的拯救。同样在《鸿爪记余》中，湖南倾慕中国知识分子的笃学，

---

① 内藤湖南：《燕山楚水》，第94页。
② 同上。
③ 同上书，第150页。

赞叹用个人财产进行文化事业的行为：

> 从（驻日公使）黎氏刚回国就把《古逸丛书》全部的版捐赠给苏州书局来看，显然他的计划中没有营利的目的在里边。近来的我国人能做到这样的事情吗？不能！到底是谁在说中国人利欲熏心了？①

在收入《禹域论纂》的《所谓日本人的天职》一文中，湖南是这样理解近代中国文化的价值的：

> 况且中国虽弱，所谓文武之政，布在方策，从前的文明留下的成果，保存下来的典籍，汗牛充栋，并非完全没有用处。连怪诡空远的印度的宗教典籍，经过欧洲学者的沙里淘金，珍重之余，使百年来欧洲的学风有了相当的变化。中国的文化虽然平实稳健，难以使人动好奇之念，入门或许太久太慢，但是一旦入了门，连它的残羹冷饭，也足以医治他们被甘美伤害的口腹。②

从现在的观点看，他对于中国的传统文化，抱有相当乐观的态度，但对于日本须要扮演的角色，内藤湖南反问道：

> 难道我们的天职不是吹其余烬使其复燃，而是泼水将其浇灭吗？③

---

① 内藤湖南：《燕山楚水》，第170页。
② 同上书，第182页。
③ 同上书，第183页。

这句话显然暗示，日本应该取代中国，承担起复兴中国文化的职责。

结　　语

内藤湖南在《燕山楚水》中显露出来的对清末中国现实的忧虑、对中国改革的希望，以及对中国传统文化的热爱，我们应该认为是真挚的。但是，从甲午战胜而得到的成功者的自负，与对中国的亲近感之间，无疑存在着心理上的矛盾与纠葛。

在传统中国，存在着以中国为中心、中国以外的国家与民族为蛮夷的所谓"华夷"秩序的观念。湖南同时拥有现代化成功的日本的社会言论者与深爱中国传统文化的汉学家的双重身份，所以对他而言，必须打破华夷秩序所规定的观念上的中日关系。

本居宣长曾对"华夷"秩序做过以下的抨击：

> 看中国后世之书，彼国之内，大体南方万事为优；而北方处处居于劣位。然而以"中国"而自称自傲者乃北方，南方被贬损为"蛮夷之地"。由此可见，所谓"华夷"之事，虚而无实。①

"万事为优"的南方被贬损为蛮夷，"处处居于劣位"的北方却以中华自负。他以这个矛盾，简明地"解构"了华夷之辨。

不约而同，湖南在《燕山楚水》中，展开了和宣长类似的论法，而且进一步，在地理条件与人才这两方面，强调了中国的江

---

① 本居宣长：《玉胜间》十四卷，华夷（九六三），《本居宣长全集》第一卷，筑摩书房，1966年，第433页。

南地区与日本的类似。出版《燕山楚水》之前，他在《地势臆说》中提出伴随文化中心迁移南方对北方的优势之后，又在《日本的天职与学者》一文中把文化中心的迁移扩大到世界范围，进而主张日本"成就了东方新的鼎盛，代替欧洲，成为坤舆文明的中心，岂不在反掌之间？"。

这样的思想，诚如丸山真男的批判，体现了明治时代的浮士德性格的一面。同时，对于采取"国粹主义"立场的汉学家，使民族自尊与文化价值观并存、克服华夷观念秩序，是一个无法躲避的心理过程。本文旨在通过对内藤湖南《燕山楚水》的分析，揭示明治时代日本人对华印象的一个侧面，以及其反射出的明治日本思想状况。

第四编

日本人的中国游记文献

近代日本人涉华边疆调查及其文献概述[①]

张明杰(浙江工商大学)

中日交往,源远流长。千百年间,日本曾视中华为"圣人之国""礼仪之邦"。然步入近代,中国却一变而为日本侵略扩张的标的。在以西学为范本的近代学术的诸多领域,也是日本人着了先鞭。早在清末民初时期,日本的一些组织或个人就深入到中国内陆及边疆地区,从事形形色色的调查及其他活动,并留下了为数众多的调查报告、见闻游记等文献资料。

仅调查活动而言,既有出于政治与军事目的的侦探,包括兵要地志、政情民俗、商贸经济、民族文化、社会风貌等,也有以所谓学术考察为名的各种调查,如考古发掘、民族宗教、地质地理、建筑美术等。就笔者所见所知,这类调查文献大大小小数以千计,仅东北和内蒙古(日本所谓"满蒙")地区,就多达二三百种。若加上那些秘不示人或已焚毁的机密报告等,近代日本人涉及我国边疆地区的调查等文献资料,其数量之多,可想

[①] 本文是笔者为"近代日本人中国边疆调查"译丛所做的总序,曾刊载于《国际汉学》2016年第1期。

而知。

这些边疆调查及其文献资料，对于我们解读近代中日关系，考察日本人的涉华活动及对华认识至关重要，同时对弥补和丰富我国的边疆史料，再现边疆地区的社会风貌及历史断面，也有一定的参考价值。

一、军事侦探

在这类文献资料中，最早的应属军事侦探类。明治政府成立之初，即现觊觎中国之心。早在1872年8月，日本政府就派遣池上四郎少佐、武市熊吉大尉及外务官员彭城中平三人，秘密潜入我国东北地区，从事侦探活动。为掩盖军人身份，两名军官暂被委任为外务省官员。他们改名换姓，乔装成商人，从营口到沈阳等地，对辽东半岛及周边地区的地理兵备、政情风俗等进行侦探调查，翌年回国后，提交了由彭城中平起草的《满洲视察复命书》。[①] 此乃近代日本人最早的对华军事调查报告。报告中尤其提到辽河结冰与解冻的情况，具有鲜明的军事侦探色彩。

1873年后，日本政府有组织地派遣陆海军官，分批潜入中国，从事侦探谍报活动。如1873年末派遣以美代清元中尉为主的8名军官，1874年派遣以大原里贤大尉为首的7名军官等，即早期所谓"清国派遣将校"之实例。这些人名义上打着留学的旗号，其实所接受的指令是"收集情报"，尤其是对与朝鲜、俄国接

[①] 《满洲视察复命书》原件下落不明，现在看到的是作为附录收录于《西南记传》上卷1（黑龙会编，原书房，1969年复制版）里的同名文本。

壤的东北地区和内陆、沿海各省,以及台湾等地进行调查。1875年,日本驻华公使馆开始常驻武官,福原和胜大佐上任后,负责监督和指挥在华军官的行动。1878年,随着日本参谋本部的设立,以军事侦探为目的的入华军官派遣体制得以最终确立,派遣及侦探活动也更为组织化、规模化和具体化。分期分批派遣的军官以营口、北京、天津、烟台、上海、汉口、福州、广州、香港等为根据地,对我国诸多省区进行广泛而又缜密的调查,范围不仅仅限于东北、华北、华中及南方沿海诸省,而且扩展到陕甘内陆、新疆及云南等边疆地区。如常驻北京的长濑兼正少尉曾潜入甘肃区域,大原里贤大尉曾深入到川陕地区,小田新太郎大尉曾入川鄂云贵地区,从事密探。1886年奉命来华的荒尾精中尉,以岸田吟香经营的乐善堂为据点,纠集一些所谓"大陆浪人",对中国内陆省份及新疆地区进行侦探调查。其谍报活动后由退役军官根津一继承,日后设立日清贸易研究所,后又发展为东亚同文书院,成为培养和造就涉华情报人员之摇篮。在调查和收集大陆情报方面,荒尾精及根津一所构筑的谍报网发挥了极为重要的作用。

这些派遣军官定期向日本政府及有关组织发送情报,不少人还留下了详细的侦探日志、调查复命书及手绘地图等。如岛弘毅的《满洲纪行》、梶山鼎介的《鸭绿江纪行》等,即其中的调查报告。后来,日本参谋本部编纂《中国地志》(总体部,1887)、《满洲地志》(1889)和《蒙古地志》(1893)等文献时,曾参考了这些实地调查记录,部分军官还直接参与了编纂和校正。这些地志并非普通意义上的地志,而是带有强烈军事色彩的兵要志书,而且完成于中日甲午战争之前,这一点尤其值得注意。遗憾的是,除部分已公刊的之外，不少文献已遭人为销毁①，致使今日无从获知其下落。只是当时的一些手绘地图等，二战后为美军扣押并运往美国，现藏于美国国会图书馆。②另外，甲午战争后，由日本参谋本部牵头实施的在华地图测绘及侦探活动，更是触目惊心。《外邦测量沿革史草稿》(3卷，参谋本部北中国方面军司令部编，1979复制版)、《陆地测量部沿革志》(陆地测量部编，1922)、《参谋本部历史草案》(7卷及别册，广濑顺皓主编，2001)以及《对"支"回顾录》(上下卷，对"支"功劳者传记编纂会编，1936)、《东亚先觉志士记传》(上中下3卷，葛生能久主编，1933—1936)等文献，可资参考，在此不赘。

1879年，东京地学协会成立，它比我国地学会的诞生(1909)足足早了30年。该协会以英国皇家地理学协会为蓝本，名义上以"普及地理学思想"为宗旨，实际上则是倡导和实施海外(尤其是中国和朝鲜)"探险"及调查，为对外扩张的国家战略服务。发起人及中心成员有渡边洪基、长冈护美、榎本武扬、花房义质、锅岛直大、北白川能久、细川护立、桂太郎、北泽正诚、山田显义、曾根俊虎等，多为皇亲贵族、政治家、外交官和军人。该协会除直接派人赴华调查，收集情报资料之外，还定期举办演讲会，发行协会报告，1893年与东京大学地学会合并后，以该会的《地学杂志》作为会刊逐月发行。

地学协会早期的演讲、报告多为以中国为主的东亚及南洋诸

---

① 参见原刚：《陆海军文书的焚毁与残存》，《日本历史》第598号，1998年3月，第56—58页。

② 参见小林茂著《外邦图——帝国日本的亚洲地图》(中央公论新社，2011年)和小林茂、渡边理绘、山近久美子著《初期外邦测量的展开与日清战争》(《史林》第93卷第4号，2010年7月)等。

国或地区的探查。其中涉及中国边疆的，除上述岛弘毅的《满洲纪行》(1879)、梶山鼎介的《鸭绿江纪行》(1883)之外，还有古川宣誉的《辽东日志摘要》(1879)、福岛安正的《多伦诺尔纪行》(1881)、《亚细亚大陆单骑远征记》(1893)、山本清坚的《从哈克图到张家口·上海》(1882)、菊池节藏的《满洲纪行》(1886)、长冈护美的《清韩巡回见闻谈》(1895)、铃木敏等的《金州附近关东半岛地质土壤调查报文》(1895)、神保小虎的《辽东半岛巡回探查简况》(1895)、《辽东半岛占领地之地理地质巡检报告》(1896、1897)等。这些调查报告的实施者大多为陆海军军官及政治家。可见，该协会自成立之初，就显露出与国家对外扩张政策相呼应的特征。

在中国边疆地区从事侦探调查的，除军人外，还有一些外交官、记者及大陆浪人等。这方面的文献主要有：西德二郎的《中亚纪事》(1886)、永山武四郎的《周游日记》(1887)、小越平陆的《白山黑水录》(1901)、植村雄太郎的《满洲旅行日记》(1903)、中西正树的《大陆旅行回顾》(1918)、日野强的《伊犁纪行》(1909)、波多野养作的《新疆视察复命书》(1907)、林出贤次郎的《清国新疆旅行谈》(1908)、竹中清的《蒙古横断录》(1909)、深谷松涛、古川狄凤的《满蒙探险记》(1918)、星武雄的《东蒙游记》(1920)、吉田平太郎的《蒙古踏破记》(1927)、副岛次郎的《跨越亚洲》(1935)、米内山庸夫的《云南四川踏查记》(1940)、《蒙古风土记》(1938)、成田安辉的《进藏日志》(1970年公开)、矢岛保治郎的《入藏日志》(1983年公开)、野元甚藏的《入藏记》(1941)、木村肥佐生的《西藏潜行十年》(1958)、西川一三的《秘境西域的八年潜行》(1967)等。

其中，军人出身、后转为外交官的西德二郎(1847—1912)，

1880年7月从圣彼得堡出发，经吉尔吉斯斯坦、塔什干、撒马尔罕等地，进入新疆伊犁，后经蒙古、中国北部边疆及上海，于1881年4月返回东京，历时9个月，踏查了对当时日本人来说尚属秘境的俄属中亚和我国新疆地区。《中亚纪事》（上下卷，陆军文库，1886）即此次探险调查所得。书中记述了作者所经之地的山川地理、气候、民族、人口、沿革、物产、贸易、风俗及动植物等，尤其是对中俄边境地区的实况等多从军事角度进行观察和记述。该书是近代日本人最早涉及新疆踏查的文献之一，在近代边疆尤其是西域探险研究领域具有重要意义。

二、所谓"学术调查"

19世纪90年代中期以前，尽管也有部分日本人赴华从事某些领域的考察，但真正的"学术调查"，主要还是在甲午战争之后。这里需要说明的是，近代日本人的涉华学术考察，几乎都与日本侵略扩张的国策并行不悖，只是有的明显，有的隐秘而已。有些完全是打着学术旗号的国策调查，有些则是间接服务于国家战略的越境活动，甚至那些标榜纯宗教目的的探险或学术考察，也都与国家的扩张政策有这样或那样的关联。因此，为避免误解，这里的"学术调查"是应该加引号的。

甲午战争后，出于侵略扩张与殖民统治的需要，日本加紧了对中国的调查与研究，一些机关、学校、宗教团体、学术机构或个人也纷纷行动起来，开展实地考察等活动。当时的东京帝国大学、京都帝国大学、前述的东京地学协会、1884年成立的人类学会（后更名为"东京人类学会"）、1895成立的考古学会（后改称"日本考古学会"）以及东西两本愿寺等组织和团体即其中之代表。

1895年，受东京人类学会派遣，年仅25岁的鸟居龙藏（1870—1953）前往辽东半岛作考古调查，事后，于东京地学协会作了《辽东半岛之高丽遗迹与唐代古物》（1896年5月）的演讲报告。可以说，这是日本人类学或考古学者赴华调查之嚆矢。其后，鸟居又先后四次被派往台湾，从文化人类学角度，对台湾岛及当地原住民作实地考察。1902年7月，为开展与台湾的比较研究，鸟居又深入到四川、云南、贵州等地，对苗族等少数民族聚集地，进行了为期9个月的考察。事后，撰写了《清国四川省满子洞》（1903）和《苗族调查报告》（1905）[①] 等，后者堪称近代第一本有关我国苗族地区的田野调查著作，至今仍为学界所重。他此次调查活动本身，对当时及后来的大陆民族研究学者也有很大触动，某种程度上促进了我国学者对西南边疆民族的实地调查与研究。

1902年3月，身为东京帝大工科副教授的伊东忠太（1867—1954），为探究日本建筑艺术的发源及其与外国的关联，对中国及印度等地的建筑进行长达两年多的实地考察。他先到北京，然后经山西、河北、河南，西至陕西、四川，再穿越湖北、湖南，入贵州，最后从云南出境，历时一年，纵贯中国大陆南北，考察后撰写了多种学术报告、旅行见闻等。其中《川陕云贵之旅》《西游六万里》等著述，有一些是涉及我国边疆的重要记录。

1902年11月至1904年1月，工学博士、京都帝国大学教授山田邦彦（1871—1925）等奉日本外务省之命，赴长江上游地区，对四川、云南、贵州及川藏边境的地质矿产进行调查。回国后，于《地学杂志》发表《清国四川、云南、贵州三省旅行谈》

[①] 鸟居龙藏著《苗族调查报告》，后稍经修改，由富山房于1926年出版，书名为《人类学上所见之西南中国》。

(1904）。但其日记等尚未整理发表，山田即不幸病逝。后东京地学协会征得其家属同意，将日记及当时拍摄回来的照片，稍做修整，以遗稿形式，出版了《长江上游地区调查日志》(附照片集，1936）。日志中，不仅有所到之地的气候、地形地势、水文矿产等的详细记录，而且还有大量的测绘地形图等，再加上174幅原始图片，可谓了解上述地区地理地貌、矿产资源及风土民情的难得资料。

在言及近代日本涉华边疆调查时，不能不提到"大谷探险队"及其他"僧侣"的特异活动。在近代西方殖民主义风潮刺激下，为调查和探明佛教流传的路径，同时也是为了呼应日本对外扩张的国策，净土真宗西本愿寺第22代门主大谷光瑞（1876—1948）于1902年至1914年间，先后三次派遣年轻僧侣，对新疆等地进行探险考察。世间将他们俗称为"大谷探险队"。其考察活动除所获文物外，考察亲历者还留下了大量的纪行、日记等文献资料。大谷家藏版《新西域记》（上下卷，1937）和《西域考古图谱》(2册，1915）等，即其中代表。这类文献资料具体有：大谷光瑞的《帕米尔行记》，橘瑞超的《中亚探险》《新疆探险记》，渡边哲信的《西域旅行日记》《中亚探险谈》，堀贤雄的《西域旅行日记》，野村荣三郎的《蒙古新疆旅行日记》，吉川小一郎的《天山纪行》《中国纪行》，前田德水的《云南纪行》《从缅甸到云南》，本多惠隆的《入新疆日记》等。

另外，近代日本开始染指西藏，多次派僧侣等潜入西藏从事调查或侦探活动。如河口慧海（1866—1945），1897年6月从日本出发，经香港、新加坡，抵印度加尔各答。在印度及尼泊尔等地停留准备近三年时间后，于1900年7月进入西藏领地，1901年3月成功抵达拉萨，成为第一个进入西藏首府的日本人。他隐瞒国籍和身份，在当地滞留一年多时间，后因身份败露，于1902年5月底仓皇逃离。两年后，他又离开日本，在印度、尼泊尔等地滞留近10年后,再度进入西藏地区,并得到达赖喇嘛赐予的百余函《大藏经》写本。两次入藏,河口慧海都留下了详细的旅行记。第一次入藏记录《西藏探险记》,是以其口述形式连载于日本报刊的,长达一百五十余期,后由博文馆编辑出版了两卷本《西藏旅行记》(1904)。该书曾多次再版,使河口慧海的名字连同"神秘西藏"(日本所谓"秘密之国")一起蜚声日本。尤其是1909年该书英文版(Three Years in Tibet)的问世,更令其大名及西藏之旅享誉世界。第二次入藏记录《西藏潜入记》和《入藏记》,同样以报刊连载的形式于1915年推出,后辑录为《第二次西藏旅行记》出版(1966)。继河口慧海成功潜入拉萨之后,接受日本外务省密令,多年暗地活动的成田安辉(1864—1915)也在1901年12月抵达拉萨。因其入藏属赤裸裸的谍报活动,故记录其入藏经过的日记,直至他离世五十余年后才得以公之于世。[1]

除河口慧海、成田安辉之外,寺本婉雅(1872—1940)、能海宽(1868—1901)等也是早期涉足西藏的日本人。寺本婉雅先后三次进入西藏,而且还曾奉日本军方之命,在北京从事政治活动,并成功地将两套贵重的《大藏经》运往日本。他第一次入藏是1899年,于打箭炉邂逅同为东本愿寺派遣的僧侣能海宽,两人欲由此进入西藏腹地,但因当地官民阻拦,游历理塘和巴塘后返回。不过,能海宽仍不死心,接着又企图由甘肃、青海远道入藏,但亦未果,再后来决意由云南入藏,不料却在中途死去。其入藏记录有《进藏通信》(1900)、《能海宽遗稿》(1917)等。

寺本婉雅第二次入藏是受日本政府派遣,于1902年10月从北

---

[1] 成田安辉入藏日记,名曰《进藏日志》,刊载于山岳会会刊《山岳》第65和66号(1970—1971年)。

京出发，经张家口、多伦诺尔、包头、西宁等地，翌年2月抵著名藏传佛教寺院——塔尔寺，在当地居留两年后，独自进入西藏境地，并于1905年5月抵达其向往已久的拉萨，后自印度归国。返回日本不久的1906年4月，他再度接受政府指令，第三次踏上入藏征途。不过，他这次主要是在青海活动。记述以上三次进入西藏或青海活动的是其《蒙藏旅日记》（横地祥原编，1974）。书后还附录《五台山之行》《西藏大藏经总目录序》《达赖喇嘛呈赠文原稿》《西藏秘地事情》《回忆亚细亚高原巡礼》等。除西藏、青海部分之外，尚有不少涉及当时北京及沿途各地政治、外交等领域的史料，是研究日本涉藏史乃至中日近代史的重要文献。

这方面的文献资料还有：青木文教的《西藏游记》（1920）、《西藏文化新研究》（1940），多田等观的《西藏》（1942）、《西藏滞在记》（1984）等。

日俄战争结束后，伴随着日本殖民政策向我国东北及内蒙古等地的转移，各种形式的中国"学术调查"更是有恃无恐地开展起来。满铁调查部（1907年设立，下同）、东洋协会学术调查部（1907）、东亚经济调查局（1908）、满鲜历史地理调查部（1908）、东亚同文书院（1900）等国策机构，以及其他一些调研组织等也应运而生。加上原有的那些学校、机关或团体，一时间，对中国大陆，尤其是对东北及内蒙古等边疆地区的实地考察或研究成为时尚。

前述鸟居龙藏的所谓"满蒙探察"即其中之代表。截至中日战争爆发，他曾先后十余次到上述地区从事调查。具体地讲，东北9次，内蒙古4次。除1906年前后随夫人赴内蒙古喀喇沁王府任职时的调查之外，几乎每次都是受组织派遣而为，有些调查是在军方协助下实现的。鸟居当时率先采用从西方导入的所谓近代科学方法，精心测量，详细记录，每次调查均有一定收获或新发现。如：1905年在普兰店发掘到石器时代遗迹，在辽阳发现汉代砖墓。1928年，在吉林敦化发现辽代画像石墓。多次在内蒙古地区考察辽上京、中京遗址及辽代陵墓，发现一些包括石像在内的遗物等。对辽代文化遗迹、遗物等的发掘和发现，是他这些调查中的最大收获。后来结集出版的《辽之文化图谱》[①]四大册，虽然只是调查成果的一部分，但足见其研究价值。关于鸟居在中国的调查足迹，可从以下旅行纪录中探明：《蒙古旅行》(1911)、《人类学上所见之西南中国》(1926)、《满蒙探查》(1928)、《满蒙再访》(与夫人合著，1932)、《从西伯利亚到满蒙》(与妻女合著，1929)等。

不可否认，鸟居的这些实地调查及成果，在我国迟于日本而导入的某些西方近代学科或领域，有的是先行了一步。今天我们在梳理或讲述这些学科史时，也不得不提到他的先行调查和研究。另外，鸟居从调查台湾时起，就携带着当时尚极为难得的照相机，拍摄并留下了大量珍贵图片。这些图像资料在时隔近百年的今天看来，尤为宝贵。鸟居去世后，后人编辑出版的《鸟居龙藏全集》(12卷及别卷，朝日出版社，1975—1977)，至今仍为学界推崇。在诸多著名学者著作或全集日趋低廉的当今日本古旧书市场，唯独鸟居的著述和全集售价坚挺，甚至有日益高涨之势，这也从一个侧面体现出其著述的学术价值。另外，鸟居龙藏的夫人——鸟居君子(1881—1959)曾接替河源操子（著《蒙古风物》），于1906年3月赴内蒙古喀喇沁王府毓正女学堂任教。她利用此机会和后来的旅行，对蒙古族历史文化、社会风习、宗教信仰等详加

[①] 鸟居龙藏：《辽之文化图谱》（又作《考古学上所见辽之文化图谱》）1—4册，东方文化学院东京研究所，1936年。

考察，后撰写《民俗学上所见之蒙古》（1927）一书。该书内容包括蒙古族的语言、地理人情、风俗习惯、遗迹文物、牧畜、宗教、美术、俚语、童谣等，是了解当时蒙古地区社会生活及文化状况的难得文献。书中还附有当时拍摄的照片或素描插图200余幅。

东京地学协会自1910年起，独自开展了大规模的对华地理调查，耗费巨资，历时6年。先后派遣石井八万次郎、野田势次郎、饭塚升、小林仪一郎、山根新次、福地信世等地理学者，对我国长江流域及南方诸省区进行广泛调查。事后，编纂出版了三卷本《中国地学调查报告书》（1917—1920）和《化石图谱》（1920）。该报告书中既有调查者的"地学巡见记"，又有调查区域的地质、地理、水文、古生物等记录，内容十分翔实，而且配有很多手绘地图和实地照片。

至于前面提到的满铁调查部、东洋协会学术调查部、东亚同文书院等国策机构涉及我国边疆的调查及其资料，更是数不胜数，限于篇幅，在此不予详述。仅举满铁调查部组织实施的众多调查中的一项为例。1922年5—6月，受满铁调查部之委托，考古学者八木奘三郎（1866—1942）对沈阳以南大连铁道沿线地区进行实地探察，后参考其他文献，编写出版了《满洲旧迹志》（1924）。该书对东北地区各时代之遗物、遗迹，尤其是寺庙道观及其建筑等，均做了具体记述和考察，与村田治郎后来编写的《满洲之史迹》（1944）一起，成为了解东北文物史迹的代表作，同时，也为我们研究日本殖民统治时代的实地考古调查提供了一份实证材料。

进入20世纪20年代后期，又有东亚考古学会（1927）、东方文化学院（1929）、上海自然科学研究所（1931）等涉华学术机构或团体诞生，日本对我国边疆，特别是所谓满蒙地区的"学术调查"及研究，也进入一个新的阶段。其中，考古调查尤为突出。在此领域扮演主要角色的是以东（东京）西（京都）两所帝国大学考古学者为首的东亚考古学会。该学会凭借日本军政界的后援和充足的资金，打着与中国考古学界合作的旗号，无视中国主权，对东北及内蒙古等地的古代遗迹，先后多次进行大规模的发掘调查。如：1927年滨田耕作、原田淑人等对旅大貔子窝遗址的发掘，1928年对牧羊城遗址的发掘，1929年对老铁山麓南山里汉代砖墓的发掘，1933年对旅顺鸠湾羊头洼遗迹的发掘，1933年和1934年两度对渤海国上京龙泉府（东京城）遗址的发掘，1935年对赤峰红山后遗迹的发掘等。发掘后的调查报告由该学会以"东亚考古学丛刊"的形式出版，其中甲种6巨册、乙种8册。前者依次为：《貔子窝》（书名副题省略，下同，1929）、《牧羊城》（1931）、《南山里》（1933）、《营城子》（1934）、《东京城》（1939）、《赤峰红山后》（1938）；后者涉及边疆的有：《内蒙古・长城地带》（乙种1，1935）、《上都》（乙种2，1941）、《羊头洼》（乙种3，1943）、《蒙古高原〈前篇〉》（乙种4，1943）、《万安北沙城》（乙种5，1946）。另外，该学会还编辑出版了《蒙古高原横断记》（1937）等调查日志和《考古学论丛》（1928—1930）等研究论集。上述洋洋大观的调查报告在日本被誉为"奠定了东亚考古学基础"的重要文献。

东方文化学院更是由日本官方主导的对华调查研究机构，属于所谓"对华文化事业"的一部分，在东京和京都均设有研究所。其评议员、研究员等主要成员，几乎囊括了当时全日本中国学研究领域的权威或骨干。如：池内宏、市村瓒次郎、伊东忠太、关野贞、白鸟库吉、宇野哲人、小柳司气太、常盘大定、鸟居龙藏、泷精一、服部宇之吉、原田淑人、羽田亨、滨田耕作、小川琢治、梅原末治、矢野仁一、狩野直喜、内藤湖南、桑原骘藏、塚本善隆、江上波夫、竹岛卓一、水野清一、长广敏雄、日比野丈夫等等。若列举受该组织派遣或委托赴华从事调查研究的人员，仅其名单就需要数页纸。他们的在华调查及成果为数众多，内容也涉及方方面面，其中与边疆有关的调查文献资料主要有：伊东忠太的《中国建筑装饰》(5卷，1941—1944)，常盘大定、关野贞的《中国文化史迹》(12卷，1939—1941)，关野贞的《中国的建筑与艺术》(1938)，关野贞、竹岛卓一的《辽金时代之建筑及其佛像》（上下卷，1934—1935)，原田淑人的《满蒙文化》(1935)，竹岛卓一、岛田正郎的《中国文化史迹增补〈东北篇〉》(1976)，佐伯好郎的《景教之研究》(1935)，《中国基督教研究》(3卷，1943—1944)，驹井和爱的《满蒙旅行谈》(1937)，池内宏、梅原末治的《通沟》（上下卷，1938—1940）等。

中日战争爆发后，为实现彻底征服中国，进而侵占整个亚洲及太平洋地区的野心，日本以举国之人力、物力和财力，投入到侵华战争中去。此时，学界及研究界更是身先士卒，主动配合国策，积极参与对华各种调查与研究。先后设立的东亚研究所、太平洋协会、回教圈研究所（以上为1938年设立）、民族研究所（1943）、西北研究所（1944）等国策学术机构，均是涉及中国边疆调查的核心团体。如：东亚研究所就曾开展过许多涉华边疆调查与研究，其成果大多成为日本制定国策时的基础资料。笔者手头有一本盖着"秘"字朱印的《东亚研究所资料摘要》，编刊于1942年，是该研究所登录资料之目录或简介，包括"甲、调查委员会报告书""乙、本所员调查报告书""丙、中间报告、翻译乃至部分性成果资料等""丁、委托调查报告书""外乙、本所讲演速记"等，区域涵盖中国内陆及边疆省区，另有"南洋、近东、苏联、外蒙"等，内容涉及政治、经济、社会、文化、资源、外国对华投资、黄土调查、满蒙关系、海南岛关系等，其中有很多关于满蒙及西北伊斯兰教地区的调查资料。又如，民族研究所从1943年成立，至1945年日本战败，短短两三年时间，不仅从事过大量服务于国策的文献研究，而且还奉政府及军方之命，对从东北到西南的我国边疆省区进行了多项调查，其中1944年曾组派两个调查团，奔赴内蒙古和新疆等地进行民族宗教文化探查。

以上只是对日本近代涉华"学术调查"进行的简单而又部分性的回顾和介绍。这类调查涉及面广，文献资料浩瀚庞杂，限于篇幅，本文不可能全面涉及。但从中也可以看出，以甲午和日俄两大战争为契机，为响应或配合对外扩张的国家战略，日本人的对华"学术调查"逐步开展起来，并日益活跃。20世纪20年代后期，随着日本政府所谓"对华文化事业"的实施和刺激，东亚考古学会、东方文化学院等国策学术机构先后成立并迅速行动起来，尤其是在伪满洲国建立后，在所谓"满蒙地区"开展了一系列大规模的发掘调查。侵华战争开始后，日本学者更是主动配合国策，奔赴大陆及边疆从事调查研究等活动，以实际行动实践所谓"学术报国"。因此，可以说，近代日本人的对华"学术调查"或研究从初始阶段即有扭曲的一面，尽管在方法上有科学的成分，在成果方面也有值得肯定或可取的地方，但是总体上却难以否定其充当殖民主义工具的本质。

二战后，日本的中国研究学界对其战前的所作所为，虽有部分反思或批判的声音，但整体上并没有做深刻反省和彻底清算，甚至今日仍有全盘肯定或肆意讴歌者。对在这样一种历史背景下发展起来的日本战后中国学研究，在不少方面需要有批判性眼光和谨慎辨别、正确对待的态度。对战前的"学术调查"及其文献资料这一正负兼有的遗产，更应有这种眼光和态度。

明治时期日本人的中国游记文献综述[①]

张明杰（浙江工商大学）

幕末明治时期，日本官民或考察，或观光，或留学，以各种名目和渠道航渡欧美，并留下了为数众多的欧美见闻录。其中最多的，即所谓"洋行日记"。如《特命全权大使美欧回览实记》（久米邦武）、《航西日记》《欧美纪行》（涩泽荣一）、《周游杂记》（矢野龙溪）、《欧美漫游日记》（大谷嘉兵卫）等，即其中较广为人知的几部。[②]

与众多的"洋行日记"一样，明治以后日本人也撰写了大量的中国游记。目前散见于日本各大图书馆的近代中国游记文献数以千计，其中以作为国立国会图书馆分馆的东洋文库收藏为最，该文库近代中国研究委员会于1980年编辑出版了《明治以后日本人的中国旅行记（解题）》，对该文库所收藏的明治、大正、昭和三个时期（截止至1979年）逾四百种中国游记作了简介，其中包括明治时期的中国游记40部左右。其实正如该书前言所及："这个

[①] 本文曾刊载于《日语学习与研究》（2013年第5期），此次收录时稍作修改。
[②] 因文中涉及书籍文献众多，对其基本信息恕不一一注明。

数字与明治以来日本出版的全部中国旅行记相比，只是九牛一毛而已。"由此可以推知，此类游记的数量之多。而且，仅就该文库收藏的游记而言，其中以昭和时期的居多（几乎占整体的三分之二），明治和大正时期的只有百余种，遗漏甚多。后来，游摩尼书房于1997年出版了由小岛晋治监修的《幕末明治中国见闻录集成》20卷，后作为其续篇又相继出版了《大正中国见闻录集成》20卷，收录了幕末至大正时期的中国游记65种，其中包括一些世人不易看到的珍贵资料，大大地方便了读者。但这套四十卷本的中国见闻录集成也只能说是这一时期中国游记的精选。笔者通过十余年来的收集和考察，目前已掌握的明治大正时期的中国游记逾三百余种，仅明治时期的就多达百余种。限于篇幅，本文考察对象主要限于明治时期。

　　近代中日两国真正意义上的交流始于19世纪70年代。1870年，成立不久的明治新政府即派外交代表柳原前光等前往中国，游说清政府与日本订约通商，建立正式外交关系。翌年，两国代表在天津最终签订《中日修好条规》和通商章程，约定互设使领馆，准许彼此商民来往贸易等。

　　应该指出的是，出于国策，较之中国人，日本人在交流之初就显得异常积极主动。与中国迟至1877年末才派使团进驻日本相对照，1872年初开始，日本即先后开设上海领事馆（首任领事品川忠道）和福州领事馆。同年8月，政府派遣陆军少佐池上四郎等3人前往我国东北地区侦探调查。1873年开设香港领事馆，并派遣美代清元中尉等8名陆军留学生赴华，名为留学，实则军事侦探。1874年8月在北京正式设置公使馆，并开始常驻外交官。同年又开设厦门领事馆。两年后牛庄领事馆和芝罘领事馆也先后开设。同时期，与日本的台湾出兵相呼应，大批军人进入台湾和大陆，从事侦探和调查活动。1875年2月，受政府委托，三菱商会开通横滨至上海间的定期航路，投入"东京丸号"等4艘汽船，开始每周一班的航行。后来，共同运输公司又开通日本—芝罘—天津—牛庄间不定期航线，大大方便了日本人来往中国。

日本政府及其后援组织或企业的这些举措，无疑鼓励和方便了日本人进入中国。因此，自中日订约建交开始，前往中国的日本官民组织或个人逐渐增多。这些组织或个人的目的多种多样，有的是观光旅游，有的是调查侦探、收集情报，有的是求学或工作，还有的是出于其他目的。其中一些组织或个人把亲身所见所闻或所感所思以日记、游记、随笔、见闻录、报告书、调查书、复命书、地志、诗文等形式记录了下来，有的已公开刊行，有的尚未正式发表，有的归入秘藏档案。以上这些统称之为游记。

在撰写游记的组织或机构中，较有代表性的有驻华使领馆、日清贸易研究所、东亚同文书院等在华机构以及日本国内的以省厅机关为主的政府组织、学校修学旅行团等，其中留下文献最多的当数内务省、外务省、大藏省、农商务省等省厅机关和东亚同文书院。省厅机关曾派遣大量官僚或专业人员赴华从事各种调查，如大久保利通和大隈重信主导内务与大藏省事务的19世纪70年代，为推行殖产兴业政策，与欧美列强及中国争夺商贸权，先后多次向大陆派遣调查员，实地探察商贸情形。所派人员回国后，即提交调查复命书或见闻报告等。如今仅从《大隈文书》中就能找到一些此类报告。另有《清国蚕丝业视察报告书》（农商务省，1897）、《清国盐业视察报告书》（同上，1899）、《清国染织业视察复命书》（同上，1899）、《清国林业及木材商况视察复命书》（同上，1905）、《清国商况视察复命书》（外务省通商局，1902）等。

东亚同文书院其前身为日清贸易研究所，该书院早自1902年第一期学生开始，就让部分学生进行实地调查。1907年后，学生的调查旅行更加组织化、规模化、常态化，每年毕业生都分班前往中国各地及东南亚地区踏查旅行，其足迹几乎遍及中国的各个省区。作为义务，回来后撰写调查旅行报告书，如《禹域鸿爪》（1909）、《一日一信》（1910）、《旅行纪念志》（1911）、《孤帆双蹄》（1912）等，即第6至9期学生的调查旅行记。东亚同文会于1917年至1920年出版的18卷本《中国省别全志》，其中多是根据中国有关文献及该书院学生的调查旅行报告汇总编辑而成的。

出自个人之手的游记为数最多。从撰写者身份来看，大体有以下几种类型。

第一，官僚或政治家。如：作为驻华使馆外交官的竹添进一郎于1876年5月从北京出发，经河北、河南至陕西，进而翻越秦岭，横断栈桥难关进入成都、重庆。后乘舟下长江，过三峡，8月抵上海。其将此次历时百余日的长途跋涉以优雅的汉文写成《栈云峡雨日记》刻印出版。卷首尚有李鸿章、俞樾等名流所作的序言。除早期的一些调查报告等文献之外，《栈云峡雨日记》堪称日本近代第一部真正意义上的中国游记，对后世影响颇大。另外，较有代表性的还有：石幡贞的《清国纪行桑蓬日乘》（1871）、森有礼的《使清日记》（1875—1876）、西德二郎的《中亚纪事》（1886）、大鸟圭介的《长城游记》（1894）、黑田清隆的《漫游见闻录》（1888）、村木正宪的《清韩纪行》（1900）、股野琢的《苇杭游记》（1909）、胜田主计的《清韩漫游余沥》（1910）等。

第二，军人或所谓大陆浪人。近代中日交往史上，有一个非常显著的特点，即日本军方及大陆浪人的对华谋略和暗中活动。

早在明治初期，就有不少军人潜入中国，从事军事侦探活动。前面曾提到，1872年8月，叫嚣征韩论的西乡隆盛即派遣陆军少佐池上四郎、大尉武市熊吉以及外务省彭城中平3人前往旧满州侦探调查。三人由上海经芝罘，9月28日抵营口。他们改名换姓，乔装行商，从营口到奉天府、海城、盖平、牛庄等地，对辽东半岛及其周边地区的地理兵备、政情风俗等进行侦察，直到翌年春夏期间，才先后返回日本。池上四郎还只身潜入华北内陆地区活动。三人归来后，即向政府和有关部门提交了《满洲视察复命书》（载《西南纪传》上卷附录）和《清国盛京牛庄见闻录》（1872）。可以说，他们三人是近代最早潜入东北地区活动的日本人，其视察报告也成了明治时期日本人最早的对华调查文献。报告中，所到之地的地形、人口、官府建制、道路交通、兵备甚至日常生活等均有详细记述，尤其有对辽河结冰与解冻的时期、状态等的细致观察和记录，可谓出于军事作战目的的侦察报告。1873年，美代清元中尉等8名陆军留学生被派往中国，后来又有不少军人、将校等被陆续送往大陆和香港。这些被称为"清国派遣将校"的职业军人，以留学名义，从事对华谍报活动。按常规，他们每人都要将在华期间的所见所闻，整理成报告或复命书，呈报给其上司或相关组织。这类报告有酒井玄蕃的《北清视察战略》（1874）、大原里贤的《陕西经历记》（1878）、古川宣誉的《辽东日志》（1879）、岛村干雄的《惠潮日记》（1881）、福岛安正的《多伦诺尔纪行》（1881）、梶山鼎介的《鸭绿江纪行》（1883）、岛弘毅的《满洲纪行》（1887）等。还有如《邻邦兵备略》（1880）之类的重要军事文献，也是根据当时福岛安正等派遣将校的侦探旅行报告编辑而成的。遗憾的是这些调查报告等，相关文献资料中虽有提及，但大多都成了秘不示人的机密档案，而且又多在二战临近结束时被人为销毁。

另外，海军少尉曽根俊虎也是大陆侦探旅行的先驱者之一。他于1874年为筹备军需物品被派往上海，翌年又被派往内陆和沿海地区从事谍报活动，1878年回国后向政府献上《清国近世乱志》和《诸炮台图》。其后又多次潜入中国侦探调查。《清国漫游志》（1883）、《北中国纪行》（1875）等，即其游历之记录。这方面较有代表性的文献还有：小泽豁郎的《中法战争见闻录》（1901）、小越平陆的《白山黑水录》（1901）、成田安辉的《进藏日志》（1901）、植村雄太郎的《满洲旅行日记》（1903）、小川运平的《北清大观》（1905）、日野强的《伊犁纪行》（1909）等。

第三，学者或留学人员。明治时期，除上述假借留学之名的军人"留学生"之外，文部省、外务省等省厅或企业都曾派过不少留华学生。在文部省所派遣的留学生中，有一些留学前其身份已为学者。如宇野哲人、桑原骘藏、狩野直喜、盐谷温等即其代表。他们以访学为目的，用现在的话来说，即"访问学者"。如：1907年前往北京留学的东洋史学者桑原骘藏，出于访古考史之目的，曾分别深入到山东、河南、陕西、内蒙古等地，做了三次长途之旅。每次旅行他都详细记录下所探访的史迹，包括古建筑、陵墓、碑碣等，并拍下不少照片。事后留下《雍豫二州旅行日记》《河南山东地方游历报告书》《东蒙古旅行报告书》等旅行记。后由其弟子森鹿三重新整理，以《考史游记》之书名出版。该书出版以来一直为学界所称颂，成为中国游记领域的一部典范上乘之作。这些学者和留学生留下的纪行文献较多，不过，总体上可分两大类，一是旅行见闻录，一是学术调查记。前者如：曾师从何如璋及俞樾的大藏省官派留学生井上陈政的《西行日记》（1884）、足立忠八郎的《清国旅行记》（1893）、宇野哲人的《中国文明记》

（1918年版，1905—1907）①、户水宽人的《东亚旅行谈》（1903）、小林爱雄的《中国印象记》（1911）、后藤昌盛的《在清国见闻随记》（1884）、盐谷温的《燕京见闻录》（1904）、川田铁弥的《中国风韵记》（1912）等。后者较有代表性的有：伊东忠太的《中国旅行谈》（1902）、《南清地方探险略记》（1907）、山田邦彦的《扬子江上游地方调查日志》（1902—1904）、关野贞的《中国旅行日记》（1906）、塚本靖的《清国内地旅行谈》（1908）、鸟居龙藏的《清国四川省满子洞》（1903）、《苗族调查报告》（1905）、《蒙古旅行》（1911）等。

第四，记者或编辑。如：曾历任《大阪朝日新闻》《台湾日报》《万朝报》等报社记者或主笔、后任京都大学东洋史学教授的内藤湖南于1899年9至11月游历中国北方及长江流域地区，并与严复、方若、文廷式、张元济、罗振玉等会面笔谈，事后写下游记《中国漫游 燕山楚水》（1900）。此类游记较多，较著名的还有：小室信介的《第一游清记》（1884）、尾崎行雄的《游清记》（1884）、田冈岭云的《义和团事件从军记》（1900）、德富苏峰的《七十八日游记》（1906）、竹中清的《蒙古横断录》（1909）、坪谷水哉的《海外行脚》（1911）等。

第五，作家或艺术家。如：夏目漱石1909年9月到满洲地区，历时一个半月游历了南满铁路沿线，并将所见和观感写成《满韩漫游》，先在《朝日新闻》上连载，后与其他文章结集成单行本出版（1910）。该游记不仅记录了当地的风物人情和日本人的生活情况，同时也再现了日俄战争后日本对满洲的殖民过程和经营状态。

---

① 本文书名后括号里的年号多为出版时间，但也有个别年号为旅行实施时间。这里的"1918年版，1905—1907"，意为"出版时间是1918年，旅行时间为1905年至1907年"。

这类游记还有：佐佐木信纲的《南中国风景谈》(1903—1904)、冈仓天心的《中国旅行日志》(1893)、正冈子规的《阵中日记》(1895)、高岛北海的《中国风景》(1909)、福田眉仙的《中国大观》(1909—1912)等。

第六，教习及教育工作者。甲午战争的失败，迫使清政府一改往日的对日政策，而把日本看作是学习效仿的对象。于是，推出一系列以日本为样板的改革措施，其中包括模仿日本制定新学制、设立新学堂、聘请日本教习、奖励赴日留学考察等项目。自1902年开始，应中国方面的聘请，先后有数百名日本教习前来中国各地从事教育活动。服部宇之吉、矢野仁一、岩谷孙藏、吉野作造、川岛浪速、二叶亭四迷、井上翠、中岛裁之、藤田丰八、河原操子等即其中的一部分。不少教习留下了见闻记录，如：北京东文学社教习高濑敏德的《北清见闻录》(1904)、先后在陕西宏道高等学堂和湖北武昌陆军小学堂担任过教习的小山田淑助的《征尘录》(1904)、在上海务本女学堂和内蒙古喀喇沁王府毓正女学堂担任过教习的河原操子（后改姓为"一宫"）的《蒙古风物》(1909)、接替河原操子，继任喀喇沁王府毓正女学堂教习的鸟居君子的《民俗学上所见之蒙古》(1927年版，1906)、赴四川任教的山川早水的《巴蜀》(1909)、成都补习学堂兼优级师范学堂教习中野孤山的《中国大陆横断——游蜀杂俎》(1913)等。清末学堂聘请日本教习是近代中日文化交流史上的重要史实，教习所留下的中国游记也是一项不容忽视的遗产。

第七，实业家或商人。如：曾担任过日本邮船公司上海支店长、时为横滨商业会议所特别议员的永井久一郎，于1910年随日本"赴清实业团"来华考察，经朝鲜入中国东北边境，历访沈阳、大连、天津、北京等地后，南下汉口、武昌，至南京参观"劝业会"。又访镇江、上海、苏州、杭州等，最后从上海归国，历时近两月。事后用汉文撰写了《观光私记》（1900），在日本受到高度评价。该游记不仅记述了实业团的访华活动，而且详细再现了作者及其他实业团成员在参观途次或酒席宴会上的即兴赋诗、诗文唱和等情形，从而展示诗文交流在清末中日民间外交上的作用。这类游记另有大阪商船会社石原市松的《清国长江运送业现况》（1900）、实业家木村祭市的《北清见闻录》（1902）、古董商中村作次郎的《中国漫游谈》（1899）、设立图南商会的阿川太良的《中国实见录》（1910）等。

第八，宗教界人士。自古以来，中日宗教界的交流与往来就十分活跃，以鉴真和尚东渡、日本的遣唐僧、遣宋僧、遣元僧等为代表的中日佛教领域的友好交往，最能说明古代日本学中国这一史实。但到了近代，关系却发生了逆转，出现了日本佛教徒主动打入大陆的所谓"中国开教"。1876年8月，东本愿寺即于上海开设其别院，当时中国人称之为"东洋庙"。1899年1月，西本愿寺门主大谷光瑞率其骨干，赴华巡游，历时三月余，先后考察了香港、广东、上海、杭州、南京、武汉、信阳、开封、顺德、保定、北京等地，为该宗派在华大规模布教，做了准备。《清国巡游志》（1900）即此次中国游历之记录。1902年开始，先后三次组派探险队，对新疆等地进行考古发掘的所谓大谷探险队，更是人们熟知的事实。至明治末期，中国不少城市均已拥有东西两本愿寺的分院或其他设施。其实早在1873年，东本愿寺和尚小栗栖香顶就以调查和布教为目的前往中国大陆，后以留学身份在北京龙泉寺从本然师学北京话，当时的见闻详见其《北京纪游》和《北京纪事》（1873）两种游学记录。其他较著名的游记还有：河口慧海的《西藏旅行记》（1904）、堀贤雄的《西域探险日记》（1902）、渡边哲信的《西域旅行日记》(1902)、野村荣三郎的《蒙古新疆旅行日记》(1908)、寺本婉雅的《蒙藏旅行日记》(1899—1906)、橘瑞超的《新疆探险记》(1912)、《中亚探险》(1912)、能海宽的《能海宽遗稿》(1917年版)等。

  第九，儒学者及民间人士。如：与何如璋、黄遵宪、杨守敬等驻日使馆人员交往甚密的儒学者冈千仞，应王韬之邀，于1884年5月至翌年4月在中国巡游观光。他以上海为据点，先后游历苏州、杭州等地后，又北上天津、北京，最后入广东，经香港回国。其每到一处，必求见当地官绅名流，阔谈时局和救国之策，先后拜访过李鸿章、盛宣怀、俞樾、张裕钊、袁昶、李慈铭、张焕纶等知名人士。其撰写的《观光纪游》(1886)是了解中法战争开战前后时期的中国社会，尤其是知识阶层思想状况的绝好材料。另外，山本宪的《燕山楚水纪游》(1899)、冈田穆的《沪吴日记》(1890)也是这类游记的代表之作。尤其是《观光纪游》《燕山楚水纪游》和前面提到的《栈云峡雨日记》被称为明治时期最有代表性的三部汉文体中国游记。从这三部游记中的象征性描述，我们就能清楚地了解当时日本人对晚清帝国的认识及其演变。

  总体来看，上述游记内容广泛，其社会影响也较复杂，加之作者身份多样，动机不一，因此不应猝然定位，亦难于一概而论。但如果把它们笼统地分为纯粹以游山玩水为目的的观光游记和以特殊使命或特定目的而出游的行役记两种性质的话，那么明治日本人留下的中国游记则多属后者。由于当时日本人的中国之行，总体上与日本的大陆扩张政策相关，因此这就决定了他们所写的游记大多不同于纯粹以访古探胜、欣赏大自然为目的而做的"观光记"，而是以调查和探知中国的政治、经济、军事、地理、风俗等为目的的"勘察记"或"踏勘记"。正因为这一点，从今天来看，这些游记本身已远远超出文学的范畴，而是涉及历史地理学、国际关系史学、经济史学、文化史学等多种领域、多门学科的综合门类，是研究近代中日两国的社会、经济、政治、军事、外交、思想、文化等时不可或缺的参考资料。而且，这些游记中不少还配有图画、照片等，非常珍贵。这是同时代中国人所留下的访日游记（亦称"东游日记"）中所少见的。

人们常说，近代中日关系发生逆转，即古代日本学中国，近代中国学日本。同时也常说，近代以后，尤其是以甲午之战为契机，日本人对中国及其文化由崇敬而变为蔑视。那么，中日关系是如何发生逆转的呢？日本人又是如何由对中国的敬仰而变为蔑视的？这些游记不失为解读这种演变过程的一方上好材料。因为它们对近代日本人中国观的形成及其演变过程起到了不容忽视的重大作用。像短期内一再重版的德富苏峰的《七十八日游记》（1906年11月初版发行后不出两个星期即再版，一年后则发行第三版）、尾崎行雄的《游清记》等不少游记，对当时的日本人，甚至是决策层的对华态度产生过不同程度的影响，另外还有像安东不二雄的《中国漫游实记》（1892）以及极力主张对俄开战的户水宽人的《东亚旅行谈》等，在意识形态领域对甲午战争、日俄战争等近代史上的重大事件也曾起到不可低估的作用。以上这些都是需要认真加以考察和研究的课题。

另外，不少游记不仅详细描述了各地的山川景物、风俗民情及物产，而且还记录了作者所拜会的知名人士的逸事等，有非常高的史料价值。这对于了解当时的中国实况，复原瞬间历史，弥补或佐证我国相关领域的一些史料，都将起到一定作用。

近代日本人中国游记文献目录[①]

张明杰、王成、陈瑜

1. 骨筆題詠，江南游草，江南游草後，吉嗣拝山著，馬馥堂，1878。
2. 桟云峡雨日記，桟云峡雨詩草，竹添進一郎著，奎文堂藏版，1879。
3. 北支那紀行，曽根俊虎著，海軍省，1879。
4. 清国漫遊誌，曽根俊虎著，東京：續文舎，1883。
5. 西航漫吟，莊田胆斎著，莊田氏藏版，1884。
6. 在清国見聞随記，後藤昌盛著，出版者不明，1885。
7. 中亜細亜記事，西徳二郎著，東京：陸軍文庫，1886。
8. 観光紀游，岡千仞著，石鼓亭藏版，1886。
9. 観光游草，岡千仞著，藏名山房藏版，1887。
10. 漫遊見聞録，黒田清隆著，東京：農商務省，1888。
11. 北清見聞録，仁礼敬之著，亜細亜協会，1888。
12. 滬呉日記，岡田篁所著，脩竹吾楼藏版，1890。
13. 支那漫遊実記，安東不二雄著，東京：博文館，1892。
14. 長城游記，大鳥圭介著，東京：丸善書店，1894。
15. 亜細亜大陸旅行日誌並清韓露三国評論，原田藤一郎著，東京：青木嵩山堂，1894。

---

① 本游记书目只收录了日本明治时代至第二次世界大战结束前的日语文献。按照书名、著编者、出版机构或个人，以及出版时间排序。

16. 清国事情探検録（一名清国風土記），宮内猪三郎著，東京：東陽堂，1894。
17. 支那時事，高橋謙著，東京：日清協会，1894。
18. 台湾視察報告書，長谷川鏡次編，長谷川鏡次，1896。
19. 燕山楚水紀遊，山本憲著，大阪：山本憲，1898。
20. 支那漫遊談，中村作次郎著，東京：切偲會，1899。
21. 台湾視察談，中橋徳五郎述，安達朔寿記，大阪：安達朔寿，1899。
22. 実歴清国一斑，西島良爾著，東京：博文館，1899。
23. 清国巡遊誌，朝倉明宣著，朝倉明宣，1900。
24. 清韓紀行，村木正憲著，出版者不明，1900。
25. 燕山楚水：支那漫遊，内藤虎次郎著，東京：博文館，1900。
26. 南清漫遊雑記，岡崎高厚著，神戸：岡崎高厚，1900。
27. 南清視察復命書附録，大阪商船株式会社編，大阪：大阪商船，1900。
28. 満洲旅行記（一名白山黒水録），小越平陸著，東京：善隣書院，1901。
29. 西湖折柳，小山松溪著，小山三木造，1902。
30. 北清見聞録，木村粂市著，木村粂市，1902。
31. 東亜旅行談，戸水寛人著，東京：有斐閣，1903。
32. 満洲旅行日記，植村雄太郎著，東京：偕行社，1903。
33. 清国漫遊案内，青柳篤恒、中山東一郎編，東京：博文館，1903。
34. 東亜の大寶庫満洲案内，今井忠雄著，東京：実業之日本社，1904。
35. 西藏旅行記（上下），河口慧海著，東京：博文館，1904。
36. 北清見聞録，高瀬敏徳（花陵）著，東京：金港堂，1904。
37. 征塵録，小山田剣南著，東京：中野書店，1904。
38. 湖南，安井正太郎著，東京：博文館，1905。
39. 七十八日遊記，徳富猪一郎(蘇峰)著，東京：民友社，1906。
40. 蒙古行，鳥居きみ子著，東京：読売新聞社，1906。
41. 朝日新聞満韓巡遊船，石川周行著，東京：東京朝日新聞會社，1906。
42. 戰場の花：雲照律師満韓巡錫誌，田中清純著，東京：田中清純，1907。
43. 満韓旅行記，田淵友彦著，大阪：時習舎，1907。
44. 苗族調査報告，鳥居龍蔵著，東京帝国大学理科大学人類学教室編，東京帝国大学，1907。

45. 遼東修学旅行記，東京高等師範学校修学旅行団記録係編，東京高等師範学校，1907。
46. 蒙古土産，一宮操子著，東京：実業之日本社，1909。
47. 蒙古横断録，竹中清著，青木嵩山堂，1909。
48. 葦杭游記，股野琢著，股野琢，1909。
49. 巴蜀，山川早水著，東京：成文館，1909。
50. 伊犁紀行，日野強著，東京：博文館，1909。
51. 観光私記，永井久一郎著，東京：永井久一郎，1910。
52. 南国記，竹越与三郎著，東京：二酉社，1910。
53. 清韓漫遊余瀝，勝田主計著，東京：勝田主計，1910。
54. 一日一信，東亜同文書院第七期生，上海：東亜同文書院，1910。
55. 鉄胆遺稿，阿川太良（鉄胆）著，石川半山編，東京：平井茂一，1910。
56. 南清紀行，佐藤善次郎著，東京：良明堂書店，1911。
57. 海外行脚，坪谷水哉著，東京：博文館，1911。
58. 最近支那事情，西島良爾著，寶文館，1911。
59. 蒙古旅行，鳥居龍蔵著，東京：博文館，1911。
60. 旅行記念誌，東亜同文書院第八期生，上海：東亜同文書院，1911。
61. 満韓観光団誌，下野新聞主催栃木県実業家満韓観光団，宇都宮：1911。
62. 支那印象記，小林愛雄著，東京：敬文館，1911。
63. 中亜探検，橘瑞超著，関露香編，東京：博文館，1912。
64. 新疆探検記，橘瑞超著，東京：民友社，1912。
65. 孤帆双蹄，東亜同文書院第九期生，上海：東亜同文書院，1912。
66. 支那文明記，宇野哲人著，東京：大同館書店，1912。
67. 支那風韻記，川田鉄弥著，東京：大倉書店，1912。
68. 支那遊記，前田利定著，東京：民友社，1912。
69. 支那大陸横断 遊蜀雑俎，中野孤山著，東京：中野孤山，1913。
70. 南支那，益子逞輔著，台北：台湾銀行，1913。
71. 蘇浙見学録，来馬琢道著，東京：鴻盟社，1913。
72. 楽此行，東亜同文書院第十期生，上海：東亜同文書院，1913。
73. 満韓ところどころ，夏目漱石著，東京：春陽堂，1914。
74. 支那周遊図録，鳥谷又蔵（幡山）著，東京：周遊図録発行所，1914。

75. 沐雨櫛風，東亜同文書院第十一期生，上海：東亜同文書院，1914。
76. 海陸五千哩，奥田与治郎著，大阪：奥田与治郎，1914。
77. 甘粛省地方旅行日誌，宮崎嘉一、粟野俊一著，出版者不明，1915。
78. 大陸修学旅行記，広島高等師範学校編，広島高等師範学校，1915。
79. 青島游記，松浦厚著，東京：葛西又次郎，1915。
80. 山東遍路，遅塚麗水著，東京：春陽堂，1915。
81. 遇戦閑話，勝田主計著，東京：勝田主計，1915。
82. 我が観たる満鮮，中野正剛著，東京：政教社，1915。
83. 最近の支那と朝鮮，杉本正幸著，東京：如山居，1915。
84. 同舟渡江，東亜同文書院第十二期生，上海：東亜同文書院，1915。
85. 暮雲暁色，東亜同文書院第十三期生，上海：東亜同文書院，1916。
86. 支那大観：揚子江の巻・黄河の巻，福田眉仙著，東京：金尾文淵堂，1916。
87. 長江十年：支那物語，桂頼三著，東京：同文館，1917。
88. 南支那之一瞥，岡田忠彦著，東京：警眼社，1916。
89. 支那旅行記，藤山雷太著，藤山雷太，1916。
90. 風餐雨宿，東亜同文書院第十四期生，上海：東亜同文書院，1917。
91. 能海寛遺稿，能海寛追憶会編，京都：能海寛追憶会，1917。
92. 支那漫遊五十日，山本唯三郎著，東京：神田文吉，1917。
93. 支那旅行見聞談：英和対訳詳註，柴田義彦著，東京：明誠館書店，1917。
94. 行け大陸へ：満蒙遊記，真継雲山著，東京：泰山房，1918。
95. 燕雲楚水：楞伽道人手記，釈宗演著，神奈川：東慶寺，1918。
96. 利渉大川，東亜同文書院第十五期生，上海：東亜同文書院，1918。
97. 満蒙の旅嚢，飯田耕一郎著，大連：小林又七支店，1918。
98. 支那印象記：世界乃富源，安本重治著，東京：東洋タイムス社，1918。
99. 西隣游記，関和知編，東京：関和知，1918。
100. 支那漫遊記，徳富猪一郎著，東京：民友社，1918。
101. 満州より帰りて，内藤豊著，東京：玄文社，1918。
102. 満蒙探検記，深谷松濤、古川狄風著，東京：博文館，1918。
103. 訪郷紀程，内藤久寛著，東京：内藤久寛，1918。

104. 満鮮の五十日間，間野暢籌著，東京：国民書院，1919。
105. 虎風竜雲，東亜同文書院第十六期生，上海：東亜同文書院，1919。
106. 支那に遊びて，河東碧梧桐著，東京：大阪屋号書店，1919。
107. 支那を観て，細井肇著，東京：成蹊堂，1919。
108. 支那満鮮遊記，大熊浅次郎編，福岡：大熊浅次郎，1919。
109. 支那漫遊，竹田柳吉著，竹田竜太郎編，神戸：竹田竜太郎，1919。
110. 支那我観：対支新策支那小遊，松永安左衛門著，東京：実業之世界社，1919。
111. 支那仏教遺物，松本文三郎著，東京：大鐙閣，1919。
112. 禅僧の支那行脚達磨の足跡，関清拙著，東京：二松堂書店，1919。
113. 朝鮮満洲支那案内，鉄道院編，東京：鉄道院，1919。
114. 満・鮮・支那旅行の印象，高森良人著，東京：大同館，1920。
115. "秘密之国"西蔵遊記，青木文教述，京都：内外出版，1920。
116. 支那一ケ月旅行，佐藤綱次郎著，東京：二酉社，1920。
117. 中華三千哩，東京高等商業学校東亜倶楽部編，東京：大阪屋号書店，1920。
118. 蒙古見物，真継雲山著，東京：大阪屋号書店，1920。
119. 鮮満支実業見物，木津金平著，三重：木津金平，1920。
120. 鮮満風物記，沼波武夫著，東京：大阪屋号書店，1920。
121. 支那日記，村上猪蔵編，村上猪蔵，1920。
122. 最近の朝鮮及支那，伊藤貞五郎著，神戸：神戸市会支那視察団，1921。
123. 金陵遊記，山田謙吉著，上海：禹域学会，1921。
124. 支那佛教蹈査：古賢の跡へ，常盤大定著，東京：金尾文淵堂，1921。
125. 江南の名勝史蹟，池田桃川著，上海：日本堂書店，1921。
126. 絵の旅：朝鮮支那の巻，石井柏亭著，東京：日本評論社出版部，1921。
127. 老大国の山河：余と朝鮮及支那，渡辺巳次郎著，東京：金尾文淵堂，1921。
128. 支那朝鮮，根本正述，東京：根本正，1921。
129. 粤射隴游，東亜同文書院第十八期生，上海：東亜同文書院，1921。
130. 呉山楚水，大谷光瑞，大谷尊由著，東京：金尾文淵堂，1921。
131. 虎穴竜頷，東亜同文書院第十九期生，上海：東亜同文書院，1922。

132. 混乱の支那を旅して：満鮮支那の自然と人，早坂義雄著，宇野宮：早坂義雄，1922。
133. 南方紀行：厦門採訪冊，佐藤春夫著，東京：新潮社，1922。
134. 青島二年，泉対信之助著，東京：帝国地方行政学会，1922。
135. 曲阜紀行聖蹟・江蘇省の教育概観，山田謙吉、大村欣一著，上海：東亜同文書院研究部，1922。
136. 朝鮮満州支那のぞ記，小野賢一郎著，東京：東京刊行社，1922。
137. 西藏を望みて，石川順著，伊藤總平編，伊藤總平，1922。
138. 山東旅行叢話，山田謙吉著，上海：春申社，1922。
139. 満洲見物支那紀行，棟尾松治著，大連：大阪屋号書店，1922。
140. 大同雲岡の石窟，小川晴陽著，東京：日光書院，1922。
141. 金声玉振，東亜同文書院第二十期生，上海：東亜同文書院，1923。
142. 蒙古巡礼，真継義太郎著，東京：日本仏教新聞社，1923。
143. 台湾見聞録，大阪市教育会編，大阪：宝文館，1923。
144. 偶像破壊期の支那，鶴見祐輔著，東京：鉄道時報局，1923。
145. 乾ける国へ：満鮮支那旅行，木下立安著，東京：鉄道時報局，1923。
146. 支那佛教史蹟，常盤大定著，東京：金尾文淵堂，1923。
147. 満鮮支那游記，石井謹吾著，東京：日比谷書房，1923。
148. 最近踏査鮮満支那の教育と産業，高井利五郎著，広島県立広島工業学校，1923。
149. 薄氷を踏みて，沖野岩三郎著，東京：大阪屋号書店，1923。
150. 中華民国に遊ぶ，乗杉義久著，上海：乗杉事務所，1923。
151. 一瞥せる台湾，北原碓三著，東京：拓殖産業協会，1923。
152. 支那漫遊記，今井安太郎著，大阪：永広堂，1923。
153. 支那三度旅，大井風伯著，東京：経済新聞社，1923。
154. 彩雲光霞，東亜同文書院第二十一期生，上海：東亜同文書院，1924。
155. 川村満鉄社長燕京訪問記，畠護輔編，大連：高畠護輔，1924。
156. 雲岡大石窟，佐藤孝任著，北京：華北正報社，1924。
157. 日本より支那へ，後藤朝太郎著，東京：日本郵船営業部船客課，1924。
158. 支那行遊紀録，左右田信二郎著，横浜：左右田信二郎，1924。
159. 鮮満支那漫遊雑感，島連太郎著，島連太郎，1924。

160. 支那を巡りて，外山與次郎，東京：新進堂，1924。
161. 中支汗漫游話，今関天彭著，北京：今関研究室，1924。
162. 満鮮の行楽，田山花袋著，東京：大阪屋号書店，1924。
163. 魔都，村松梢風著，東京：小西書店，1924。
164. 人類学より見たる南支那，鳥居龍蔵著，亜細亜学術協会，1924。
165. 鮮満の車窓から，平野博三著，東京：大阪屋号書店，1924。
166. 新聞記者の旅，水巷亭主人著，大阪：大阪朝報社出版部，1924。
167. 支那から日米へ：附満鮮支那旅行者の為に，吉井豊藤丸著，東京：木内書店，1925。
168. 韮の匂い：鮮満支の初旅，相袈溪芳著，ホノルル：日布時事社，1925。
169. 新入蜀記，遅塚麗水著，東京：大阪屋号書店，1925。
170. 新聞記者の旅，岡島松次郎著，大阪：大阪朝報社出版部，1925。
171. 燕呉載筆，那波利貞著，東京：同文館，1925。
172. 揚子江を中心として，上塚司著，東京：織田書店，1925。
173. 支那の旅，前田武四郎著，東京：工業雑誌社，1925。
174. 支那の田舎めぐり，後藤朝太郎著，東京：日本郵船営業部船客課，1925。
175. 支那視察旅行の改善，後藤朝太郎著，東京：東亜研究会，1925。
176. 支那遊記，芥川龍之介著，東京：改造社，1925。
177. 支那漫遊図録，増田東洲著，大阪：聚楽会，1925。
178. 一商人の支那の旅，服部源次郎著，東京：東光会，1925。
179. 最近の南満洲，保科紀十二著，大連：州政研究会，1925。
180. 台湾訪問の記，田川大吉郎著，東京：白揚社，1925。
181. 支那旅行大感小感，二村光三著，南満洲鉄道庶務部社会課，1925。
182. 満洲を振出志に，橋本喜作著，大阪：橋本喜作，1925
183. 漫船歩苦馬，野村得庵述，大阪：野村合名会社，1925。
184. 長江の旅：揚子江案内，上海経済新報社編集局編，上海：日本堂書店，1925。
185. 鮮満及支那瞥見記，落合保著，出版者不明，1926。
186. 蘇浙游記，高山英明著，大分：高山英明，1926。

187. 長江漫遊日記，高山生著，高山孤竹，1926。
188. 乘雲騎月，東亜同文書院第二十二期生，上海：東亜同文書院，1926。
189. 満鮮行：附北支紀行，農業学校長協会編，東京：農業学校長協会，1926。
190. 蒙古の旅，二葉山人著，東京：偕行社，1926。
191. 武昌滄桑記・武漢三鎮游記(東亜研究講座：第11輯)，笹川潔述，後藤朝太郎述，東京：東亜研究会，1926。
192. 支那研究：西湖より包頭まで，藤田元春著，東京：博多成象堂，1926。
193. 鮮満及北支那之産業，藤本実也著，東京：大阪屋号書店，1926。
194. 学生の見た亜細亜ところどころ，亜細亜学生会出版部編，東京：亜細亜学生会，1926。
195. 満鮮支那ところどころ雲烟過眼日記，森本角蔵著，東京：目黒書店，1926。
196. 支那南北記，木下杢太郎著，東京：改造社，1926。
197. 支那祖蹟参拝紀行，高橋定坦著，東京：中央仏教社，1926。
198. 満蒙を廻りて，神田正雄著，神田正雄，1926。
199. 人類学上より見たる西南支那，鳥居龍蔵著，東京：冨山房，1926。
200. 塑壁残影：呉郡奇蹟，大村西崖著，東京：文玩荘，1926。
201. アジアを跨ぐ，副島次郎著，大阪：大阪毎日新聞社，1927。
202. 黄塵行，東亜同文書院第二十三期生，上海：東亜同文書院，1927。
203. 旅の亜細亜，亜細亜学生会編，東京：亜細亜学生会，1927。
204. 蒙古踏破記，吉田平太郎著，東京：満蒙研究会，1927。
205. 鮮蒙支素見，中山正善著，奈良：中山正善，1927。
206. 南支那に遊びて，勝部本右衛門著，松江：松陽新報社出版部，1927。
207. 瞎驢行，伊藤敬宗著，京都：内外出版，1927。
208. 支那行脚記，後藤朝太郎著，東京：万里閣，1927。
209. 支那印象記，竹内逸著，東京：中央美術社，1927。
210. 支那遊記，後藤朝太郎著，東京：春陽堂，1927。
211. 教育家の目に映じる朝鮮支那南洋事情，福徳生命保険株式会社編，大阪：福徳生命保険，1927。
212. 漢華，東亜同文書院第二十四期生，上海：東亜同文書院，1928。

213. 東京外国語学校支那旅行報告（昭和二年度），東京外国語学校支那語部、蒙古語部，1928。
214. 日本仏教徒訪華要録，水野梅暁編，東京：日本仏教連合会，1928。
215. 支那視察に旅して：上海、蘇州、杭州、南京，中田守仁述，大阪：中田守仁，1928。
216. 謎の隣邦，神田正雄著，東京：海外社，1928。
217. 支那漫談，村松梢風著，東京：騒人社書局，1928。
218. 東蒙を踏んで：実地踏査記，柴田富陽著，東京：テクルヒト産業青年団出版部，1928。
219. 支那遊行記，北条太洋著，東京：北洋社，1928。
220. 満蒙の探査，鳥居龍蔵著，東京：萬里閣書房，1928。
221. 孫文移霊祭の記，近藤達児著，東京：近藤達児，1929。
222. 眠れる獅子：支那縦談，後藤朝太郎著，東京：萬里閣書房，1929。
223. 線を描く：大旅行記念誌，東亜同文書院第二十五期生，上海：東亜同文書院，1929。
224. 鮮満十二日：鮮満視察団記念誌，下関鮮満案内所編，下関：下関鮮満案内所，1929。
225. 新支那訪問記，村松梢風著，東京：騒人社書局，1929。
226. 支那近情管見，今関寿麿（天彭）著，北京：今関研究室，1929。
227. 鮮満巡遊，日本旅行会編，日本旅行会，1929。
228. 西比利亜から満蒙へ，鳥居龍蔵、鳥居君子、鳥居幸子著，東京：大阪屋号書店，1929。
229. 鮮支一瞥，太田寿著，太田寿，1929。
230. 教育家の目に映じたる欧米南洋鮮支事情，福徳生命保険株式会社編，大阪：福徳生命保険，1929。
231. 見たままの北支と満蒙，的場実著，東京：文明社，1929。
232. 足跡：大旅行記念誌，東亜同文書院第二十六期生旅行誌編纂委員会，上海：東亜同文書院，1930。
233. 大東文化学院第壹回支那大陸旅行記，大東文化学院，1930。
234. 満蒙遊記，与謝野寛、与謝野晶子著，東京：大阪屋号書店，1930。
235. 蘇浙游記，小倉正恒著，上海：小倉正恒，1930。

236.鮮支巡礼行，大屋徳城著，京都：東方文献刊行会，1930。
237.江南乃詩の旅，細貝香塘著，東京：帝国教育会出版部，1930。
238.鮮支遊記，藤山雷太著，東京：千倉書房，1930。
239.大支那案内，馬郡健次郎著，東京：春陽堂，1930。
240.支那旅行通，後藤朝太郎著，東京：四六書院，1930。
241.東京外国語学校支那旅行報告（昭和四年度），東京外国語校編，東京外国語学校支那語部、蒙古語部，1930。
242.呉輶蒸馬録，東京文理科大学支那旅行団，東京文理科大学，1930。
243.満鮮趣味の旅，遅塚麗水著，東京：大阪屋号書店，1930。
244.行きつつ歌ひつつ，尾上柴舟著，東京：雄山閣，1930。
245.曠漠の支那満鮮を尋て，坂野勝憲著，名古屋：麗粋会，1930。
246.飛ぶ鳥物語：支那満洲朝鮮旅行，友田宜剛著，東京：三成社書店，1930。
247.南華とはどんな処か，森清太郎著，東京：大阪屋号書店，1931。
248.大陸無銭紀行，平井三朗著，大阪：牧口五明書店，1931。
249.南華に遊びて，村松梢風著，東京：大阪屋号書店，1931。
250.大陸を歩みて，東京府立第一商業学校校友会編，東京府立第一商業学校校友会，1931。
251.燕山楚水，東京文理科大学第二回支那旅行団旅行記，東京文理科大学支那旅行団，1931。
252.満鮮紀行，賀茂百樹著，東京：賀茂百樹，1931。
253.満支一見，里見弴著，東京：春陽堂，1931。
254.支那文化を中心に，評論随筆家協会編，東京：大阪屋号書店，1931。
255.鮮満の旅，東京鉄道局編，東京：東京鉄道局，1931。
256.中華五十日游記，松本亀次郎著，東京：東亜書房，1931。
257.最近の南支那瞥見，佐藤恒二述，千葉：千葉県図書館，1931。
258.燕呉遊蹤：第二回支那大陸旅行記，大東文化学院編，東京：大東文化学院，1931。
259.東南西北，東亜同文書院第二十七期生旅行誌編纂委員会，上海：東亜同文書院，1931。
260.台華視察記，藤井満彦著，大阪：藤井満彦，1931。

261. 風雲を孕む支那を旅して，最上政三著，東京：交通研究社，1931。
262. 内外蒙古の横顔，玉井荘雲著，東京：海外社，1931。
263. "満洲国"を旅して，津村重舎著，東京：津村順天堂，1932。
264. 千山万里，東亜同文書院第二十八期生旅行誌編纂委員会，上海：東亜同文書院，1932。
265. 赤裸の支那，多賀宗之著，東京：新光社，1932。
266. 満蒙を再び探る，鳥居龍蔵、鳥居きみ子著，東京：六文館，1932。
267. 商心遍路，小田久太郎著，東京：実業之日本社，1932。
268. 蒙古を新らしく観る，石塚忠著，東京：三省堂，1932。
269. 新"満州国"ヲ観テ，神田正雄著，神田正雄，1932。
270. 戦火閃く満蒙から上海へ，小松謙堂，東京：玲文社，1932。
271. 中国視察記念誌，三浦一編，名古屋：中国観光団，1932。
272. 燕遼游記：第三回北支満鮮旅行記，東京文理科大学第三回支那旅行団，1932。
273. 北斗之光，東亜同文書院第二十九期生旅行誌編纂委員会，上海：東亜同文書院，1933。
274. 支那の山水，後藤朝太郎著，東京：嵩山房，1933。
275. 台湾跋渉，吉野豊次郎著，東京：吉野屋本店，1933。
276. 熱河風景，村松梢風著，東京：春秋社，1933。
277. 建設途上の満洲に旅して，山道襄一著，山道襄一，1933。
278. 蒙古の旅：羊群は招く行け蒙古の大原野へ，今村忠助著，東京：大亜細亜会出版部，1933。
279. 満蒙の旅，橋本隆吉著，岐阜：甘氷會，1933。
280. 柳絮，信楽真純著，京都：芝金声堂，1933。
281. 趣味の漢口，内田佐和吉著，漢口：思明堂書薬房，1933。
282. 満蒙紀行，川上隆正著，大分：川上隆正，1933。
283. 本年観夕北支那，神田正雄著，神田正雄，1934。
284. 帝制後の"満洲国"を視察して，神田正雄著，神田正雄，1934。
285. 西南支那一瞥，神田正雄講演，日華俱楽部，1934。
286. 西北支那視察報告書，神田正雄著.東京：国政研究会，1934。
287. 満洲旅行記，吉本米子著，東京：冬柏発行所，1934。

288. 上海から北平へ，中山正善著，奈良：天理教道友社，1934。
289. 熱河探検記，藤木九三著，東京：朝日新聞社，1934。
290. 満洲産業建設学徒研究団報告（昭和八年度）第5篇（紀行・感想），東京：至誠会本部，1934。
291. "満洲国"を旅して，佐治八郎著，安田銀行，1934。
292. 草画随筆：満鮮と支那，小杉放庵著，東京：交蘭社，1934。
293. 亜細亜の礎，東亜同文書院第三十期生旅行誌編纂委員会，上海：東亜同文書院，1934。
294. 遊於処々，中里介山著，東京：隣人之友社，1934。
295. 葦の髄から満州覗く，下飯坂元著，1934。
296. 我等の満鮮，早坂義雄著，札幌：北光社，1934。
297. 支那仏教印象記，鈴木貞太郎著，東京：森江書店，1934。
298. 承徳への旅，黒旋風著，出版者不明，1934。
299. 訪満華語講演旅行記，片山英夫著，姫路：小林印刷所，1935。
300. どろやなぎ：満鮮紀行，山浦護著，東京：高田尚亮，1935。
301. 広西遊記，森清太郎著，広東：岳陽堂出版部，1935。
302. 南北：中山正善著，奈良：中山正善，1935。
303. 出廬征雁，東亜同文書院第三十一期生旅行誌編纂委員会，上海：東亜同文書院，1935。
304. 満支を語る，原田鳴石著，名古屋：浅井恒矩著，1935。
305. 星に映る鮮満支，中村順三著，東京：中村自助，1935。
306. 上海から巴蜀へ神田正雄著，東京：海外社，1935。
307. 乙亥訪華録，日華仏教研究会編，京都：日華仏教研究会，1935。
308. 台湾視察談，大平賢作著，大平賢作，1935。
309. 蒙古，山本実彦著，東京：改造社，1935。
310. 支那游記，室伏高信著，東京：日本評論社，1935。
311. 楊子江流域の近況，神田正雄講演，日華倶樂部，1935。
312. 満鮮雑録，岩崎清七著，東京：秋豊園出版部，1936。
313. 旅と人生，中里介山著，隣人之友社，1936。
314. 満州から北支へ，神田正雄著，東京：海外社，1936。
315. 江南雑俎，泉山三六著，吉田真一郎，1936。

316. 満州、北支及ビ西部支那視察報告書，神田正雄著，神田正雄，1936。
317. 北満"国境線"を画く，野長瀬晩花著，野長瀬晩花，1936。
318. 北支満鮮旅行記，本多辰次郎著，東京：日満仏教協会，1936。
319. 満蒙其他の思ひ出，鳥居龍蔵著，東京：岡倉書房，1936。
320. 満洲と支那三週間の旅，山下猛著，大阪：山下猛，1936。
321. 翔陽譜，東亜同文書院第三十二期生，上海：東亜同文書院，1936。
322. 支那社会の測量，円谷弘著，東京：有斐閣，1936。
323. 鮮満支旅行報告書，東京外語東亜同学会著，東京：東京外語東亜同学会，1936。
324. 台湾遊記，藤山雷太著，西原雄次郎編，東京：千倉書房，1936。
325. 大阪より満鮮北支へ，満支視察団記編輯部，大阪：満支視察団記編輯部，1936。
326. 満支このごろ，長与善郎著，東京：岡倉書房，1936。
327. 未開地：紀行随筆，安藤盛著，東京：岡倉書房，1937。
328. 土匪村行脚，後藤朝太郎著，東京：北斗書房，1937。
329. 満洲をのぞく，石川敬介著，京都：カニヤ書店，1937。
330. 躍進支那を診る：中支から南支へ，神田正雄著，東京：海外社，1937。
331. 南腔北調，東亜同文書院第三十三期生旅行誌編纂委員会，上海：東亜同文書院，1937。
332. 丙子訪華録，塚本善隆編纂，日華仏教研究会，1937。
333. 鮮満北支の旅，有田芳太郎著，東京：有田芳太郎，1937。
334. 新西域記（上下巻），上原芳太郎編，東京：有光社，1937。
335. 満支研究団報告，東京：大亜細亜日本青年聯盟，1937。
336. 遼の文化を探る，鳥居龍蔵著，東京：章華社，1937。
337. 長江千里，後藤朝太郎著，東京：高陽書院，1938。
338. 嵐吹け吹け，東亜同文書院第三十四期生旅行誌編纂委員会，長崎：東亜同文書院，1938。
339. 長江千里，後藤朝太郎著，東京：高陽書院，1938。
340. 北支へ，大阪商船編，大阪：大阪商船，1938。
341. 北支那の名勝・旧蹟，華北事情案内所編，北京：華北事情案内所，1938。
342. 南満の思ひ出影壁，林富喜子著，東京：春秋社，1938。

343.北支案内，布利秋著，東京：北支研究会，1938。
344.鮮満北支たび日記，松本佐太郎著，金沢：松本佐太郎，1938。
345.北支・シベリヤ・蒙古，佐藤弘著，東京：三省堂，1938。
346.支那・蒙古行脚：漫談，稲村青圃著，大阪：更生出版部，1938。
347.大陸縦断，山本実彦著，東京：改造社，1938。
348.興亡の支那を凝視めて，山本実彦著，東京：改造社，1938。
349.黄塵紀行，村松益造著，甲府：汲故館南塘文庫，1938。
350.昆明，河合絹吉著，東京：育英書院，1938。
351.双月旅日記，中島真雄著，神奈川：中島真雄，1938。
352.北支物情，岸田国士著，東京：白水社，1938。
353.満支旅行日記，平野亮平著，東京：平野亮平，1938。
354.支那と支那人と日本，杉山平助著，東京：改造社，1938。
355.游支雑筆，諸橋轍次著，東京：目黒書店，1938。
356.支那漫談続，村松梢風著，東京：改造社，1938。
357.中北支より満鮮へ，光永星郎述，東京：真相通信社，1938。
358.東京在住外人中支那視察旅行報告書，文化情報局編，外務省文化情報局，1938。
359.香港より観たる支那，神田正雄講述，東亜同文会，1938。
360.江南の古詩を尋ねて，細貝香塘著，東京：秋豊園出版部，1938。
361.江南百題，西晴雲著，東京：富山房，1938。
362.支那佛教史蹟踏査記，常盤大定著，東京：竜吟社，1938。
363.北支風土記：絵と文，向井潤吉著，東京：大東出版社，1939。
364.支那風土記，米内山庸夫著，東京：改造社，1939。
365.満支を覗いて，海津一男著，東京：海津一男，1939。
366.大陸の土を踏んで，野坂寅次郎著，京都：丸物，1939。
367.渦まく支那，山本実彦著，東京：改造社，1939。
368.中支視察報告，日満財政経済研究会，東京：日満財政経済研究会，1939。
369.靖亜行，東亜同文書院第三十五期生旅行誌編纂委員会，東京：東亜同文会業務部1939。
370.満支雑記，安藤徳器著，東京：白揚社，1939。

371. 満支四十日，長谷川義郎著，兵庫：長谷川義郎，1939。
372. 満支行雑記，津田亥子生著，東京：津田亥子生，1939。
373. 満支へ使ひして，石井伝一著，東京：帝国児童教育会，1939。
374. 亜細亜の旅：満洲・朝鮮，小生夢坊著，東京：日満新興文化協会，1939。
375. 満支へ気まゝの旅，杉村大造著，函館：函館経済協会，1939。
376. 満洲膝栗毛，門脇隆二郎，東京：小西嘉三郎，1939。
377. 拓け大陸：大陸視察の栞，大阪市産業部貿易課編，大阪：大阪市産業部貿易課，1939。
378. 己卯訪華録，塚本善隆編，日華仏教研究会，1939。
379. 新支那案内記，山県初男著，東京：万里閣，1939。
380. 支那へ行く知識，後藤朝太郎著，東京：高陽書院，1939。
381. 満・蒙・支旅行案内，上村知清著，東京：満蒙支旅行案内社，1939。
382. 没法子物語，菊池門也著，東京：高見沢木版社，1939。
383. 新支那の感情：中国人印象記，山中峯太郎著，東京：春陽堂書店，1939。
384. 中北支一ヶ月の旅，伊藤正雄著，川崎：帝国社臓器薬研究所，1939。
385. 大陸巡遊吟，吉植庄亮著，東京：改造社，1939。
386. 北支、蒙彊及満州視察報告書，神田正雄著，神田正雄，1939。
387. 学徒至誠会派遣団報告（昭和十一年度北支篇），学徒至誠会編，東京：学徒至誠会，1939。
388. 興亜経済行脚，田村浩著，東京：厳松堂書店，1939。
389. 蒙彊・北支及中支視察記，堤倉次著，堤倉次1939。
390. 支那事変戦跡行脚，野崎圭介著，東京：聚文館，1939。
391. 江南ところどころ，徳川義親著，東京：モダン日本社，1939。
392. 中支風土記：絵と文，高井貞二著，東京：大東出版社，1939。
393. 北支と南支の貌，川島理一郎著，東京：竜星閣，1940。
394. 外地の魅惑，大宅壮一著，東京：万里閣，1940。
395. 大旅行記，東亜同文書院第三十六期生著，東京：東亜同文会業務部，1940。
396. 支那山水随縁，橋本関雪著，東京：文友堂書店，1940。

397. 満洲風物誌，春山行夫著，東京：生活社，1940。
398. 支那情調，水谷温著，東京：銀座書院，1940。
399. 満洲紀行，島木健作著，東京：創元社，1940。
400. 全国中等学校地理歴史教員第十三回協議会及満洲旅行報告書，第十三回全国中等学校地理歴史教員協議会編，東京：全国中等学校地理歴史教員協議会，1940。
401. 広東百題，西晴雲著，東京：富山房，1940。
402. 上海夜話，内山完造著，東京：改造社，1940。
403. 雲南四川踏査記，米内山庸夫著，東京：改造社，1940。
404. "満洲国"視察記，島之夫著，東京：博多成象堂，1940。
405. 支那紀行，木村毅編，東京：第一書房，1940。
406. 大陸：随筆，村上知行著，東京：大阪屋号書店，1940。
407. 長江三十年，栗本寅治著，上海：栗本寅治，1940。
408. 内蒙古の生物学的調査，木原均編，東京：養賢堂，1940。
409. 大陸旅行案内：満洲北支那中支那南支那，興亜研究会編，東京：大東出版社，1940。
410. 朝鮮から支那の戦蹟を尋ねて，関口安五郎著，東京：関口安五郎，1940。
411. 重大時局に直面して：五ヶ月間中南支視察報告，神田正雄著，神田正雄，1940。
412. 南北支那現地要人を敲く，野依秀市著，東京：秀文閣書房，1940。
413. 南の処女地，長谷川春子著，東京：興亜日本社，1940。
414. 満支視察の旅，関内正一著，磐城文化協会，1940。
415. 大陸視察私の覚書より，江崎利一著，大阪：グリコ，1940。
416. 北支の旅，若竹露香著，東京：龍星閣，1940。
417. 蒙彊紀行，鎌原正巳著，東京：赤塚書房，1940。
418. 中支視察行，中村一六著，東京：警防時代社，1940。
419. 蒙彊の旅，飯山達雄著，東京：三省堂，1941。
420. 蒙彊漫筆，高津彦次著，東京：河出書房，1941。
421. 新支那を観る，長野朗著，東京：東世社，1941。
422. 満鮮産業の印象，石橋湛山著，東京：東洋経済新報社，1941。

423.和平来々：满支纪行，鹫尾よし子著，東京：牧書房，1941。
424.海南島紀行，水平譲著，東京：光画荘，1941。
425.满鲜の旅日记，著者不明，札幌：札幌運輸事務所，1941。
426.海南島より仏印へ，井出浅亀著，東京："皇国"青年教育協会，1941。
427.山西通信，山下謙一著，東京：三元社，1941。
428.楊子江の魚，別院一郎著，東京：大都書房，1941。
429.沿線案内：華中鉄道，美濃部玄雄著，華中鉄道股分有限公司，1941。
430.北京案内記，安藤更生編，北京：新民印書館，1941。
431.南方紀行，真杉静枝著，東京：昭和書房，1941。
432.鮮、满、北支を語る，西嶋東洲著，大阪：紙業出版社，1941。
433.鮮・满・北支の旅：教育と宗教，市村興市著，一粒社，1941。
434.满洲印象記，今村太平著，京都：第一芸文社，1941。
435.满洲紀行：写真と随想，長谷川傳次郎著，東京：日黒書店，1941。
436.满洲の見学，長与善郎著，東京：新潮社，1941。
437.陸又陸，三樹樹三著，名古屋：三樹樹三，1941。
438.呉越彩管游記，松村雄蔵著，上海：上海毎日新聞社，1941。
439.支那風物記，村松梢風著，京都：河原書店，1941。
440.海南島視察報告，神田正雄著，神田正雄，1941。
441.考史游記，桑原隲蔵著，東京：弘文堂書房，1942。
442.蒙古高原横断記，東亜考古学会蒙古調査班編，東京：日光書院，1941。
443.蒙古の感覚，野村泰三著，東京：日光書院，1942。
444.大陸を旅して：随感随想，井上光義著，井上光義，1942。
445.大陸遍路，東亜同文書院第三十八期生旅行誌編纂委員会，上海：東亜同文書院大学，1942。
446.新京郵信，横山敏男著，東京：肇書房，1942。
447.满洲旅日記：文学紀行，井上友一郎、豊田三郎、新田潤著，東京：明石書房，1942。
448.内蒙古の一年間，常木勝次著，大阪：日本出版社，1942。
449.山西学術紀行，宮本敏行著，東京：新紀元社，1942。
450.朝鮮台湾海南諸港，野上豊一郎・野上弥生子共著，東京：拓南社，1942。
451.支那を行く，中村孝也著，東京：講談社，1942。

452. 支那農村襍記，天野元之助著，東京：生活社，1942。
453. 満州旅情，田口稔著，満鉄社員会，1942。
454. 芸術の支那・科学の支那，後藤末雄著，東京：第一書房，1942。
455. ゴビ砂漠探検記，澤寿次著，東京：目黒書店，1942。
456. 大陸の青春，福田清人著，東京：小学館，1942。
457. 江南の旅，華中鉄道株式会社編，上海：華中鉄道，1942。
458. 大陸の姿：少年少女・旅だより，武田雪夫著，東京：ワット社出版部，1942。
459. 華北の風物文化，加藤将之著，東京：山雅房，1943。
460. 大陸紀行：昭和十七年度東亞同文書院大学学生調査大旅行誌，上海東亞同文書院旅行誌編纂委員会編，上海：大陸新報社，1943。
461. 自動車人ノ見タ満洲，阪井政夫著，大阪：日満自動車界社，1943。
462. 蒙疆の農村，山田武彦著，大阪：錦城出版社，1943。
463. 満州旅行記：昭和十七年，鮎沢幸雄編，鮎沢印刷所，1943。
464. 蘇州日記，高倉正三著，東京：弘文堂書店，1943。
465. 蒙疆，保田與重郎著，東京：生活社，1943。
466. 満支印象記，藤本実也著，東京：七丈書院，1943。
467. 詩と随筆の旅：満支戦線，白鳥省吾著，東京：地平社，1943。
468. 大陸資源行脚，納富重雄著，東京：月刊満州社東京出版部，1943。
469. 私の支那紀行：清郷を往く，豊田正子著，東京：文体社，1943。
470. 自然科学南と北，挟間文一著，東京：力書房，1943。
471. 支那の四季，米田祐太郎著，東京：教材社，1943。
472. 行旅：画筆・文筆，石井柏亭著，東京：啓徳社，1943。
473. 蒙古横断：京都帝国大学内蒙古学術調査隊手記，宮崎武夫著，東京：朋文堂，1943。
474. 大陸行路，楢崎観一著，東京：大阪屋号書店，1943。
475. 北辺紀行，安藤英夫著，東京：西東社，1943。
476. 寧滬土産，中山正善著，奈良：天理時報社，1943。
477. 西北満雁信，日野岩太郎著，東京：育英書院，1943。
478. 江南紀行：絵と文，宇原義豊著，東京：山水社，1943。
479. 中支紀行，小笠原八十美著，小笠原八十美，1943。

480. ゴビ砂漠探検行，澤寿次著，東京：東雲堂，1943。
481. 太郎の満洲旅行記，岡本良雄著，国民出版社，1943。
482. ぼくの満洲旅行記，田畑修一郎著，児童図書出版社，1944。
483. 二十五年前の回顧支那満鮮遊記，大熊浅次郎著，福岡：大熊浅次郎，1944。
484. 少年北支の旅，梶田周作著，大阪：葛城書店，1944。
485. 満洲の印象，風土研究会編，奉天：吐風書房，1944。
486. 太湖踏査記，荘司憲季著，東京：三省堂，1944。
487. 満支草土，小林彰著，東京：東京社，1944。
488. 大陸をのぞく，寺本五郎著，東京：紀元社，1944。